花醉三千

完结篇 下

素子花殇 / 著

目录

第十三章 终于夺回 / 001

第十四章 新帝登基 / 023

第十五章 葬身火海 / 046

第十六章 她还活着 / 067

第十七章 龙凤双子 / 087

第十八章 谁的孩子 / 109

第十九章 我好想你 / 131

第二十章 君傲之死 / 149

第二十一章 心无尘埃 / 169

第二十二章 天子姓蔚 / 188

第二十三章 惊天真相 / 209

第二十四章 不离不弃 / 230

第十三章　终于夺回

禁卫们得令，纷纷上前，那些伪装成宫女的男女也不惧，举着兵器迎了过去。一时间，兵器交接的声音大作。打斗声、惊叫声、脚步声，各种声音嘈杂一片，那些臣子跟女眷们纷纷逃到偏殿，远远地看着，就连右相夜逐寒跟左相夜逐曦，哦，不，应该说是康叔跟高朗两人也不例外。

"刀剑无眼，大家都先到偏殿躲躲。"康叔护着大家在一片混乱中转移到了偏殿。百官多是文臣，哪里会武功，而且身边还带着女眷，更是不方便，所幸两个相国会兄弟两人就护在外面。当然，只是护在外面，并不参与打斗。高台上，铃铛看着这一幕，亦是不动声色地退到了角落里。而鹜颜手中的那个假锦弦忽然出手击向她的胸口，鹜颜眼疾手快，险险避开的同时，大力扯住缠绕在对方颈脖上的烟纱。

一直到对方一张脸被勒成了猪肝色，完全断了气，鹜颜才微微喘息地将手松开。抬眸的瞬间，发现人群中，有谁的目光深凝，她循着望去，就看到叶炫正站在一片刀光剑影中看着她，眸光映着烛火，神色复杂，每一下闪动，都是她看不懂的情愫。心口微微一颤，她别过眼，不再看他。如此形势下也容不得她多想，脚尖一点，她飞身落在混战的人群中，加入战斗。

其他几个一起跳舞的女子亦是跟鹜颜一样，因为身上兵器不易藏，所以未带刀剑，而她们手中的烟纱却并不比刀剑差，一条条甩出去，连绵起伏，轻盈逶迤。明明柔软的烟纱，所到之处，却带着摧毁一切的力量。闷哼声、痛嚎声、拳脚声、兵器碰撞声，各种声音响成一片。空气中有血腥味弥漫。

在一片混乱中，凌澜跟锦弦静静对峙。一人站在门口，一人站在人群中，久久地对峙。忽然，凌澜拔出腰间软剑，脚尖一点，飞身而起，直直朝门口飞过去。原本立于他身后的叶炫见状，脸色一变，连忙也飞身跟了过去。

凌澜落在锦弦的面前。叶炫落在凌澜的身后。于是，就成了凌澜在中间，前后是君臣二人的局面。叶炫的剑尖直指着凌澜，凌澜的剑尖直指着锦弦，而锦弦，只是负手立在那里，凤眸沉沉盯着凌澜不放。

"凌澜，今日你跑不掉了。"锦弦徐徐转眸看了一眼还在痴缠打斗的众人，又将目光落在凌澜的脸上。凌澜冷哼："跑不掉的人是你！"话落，凌澜回头，冷眼一瞥身后用剑尖指着他的叶炫，叶炫眸光微微一闪，更紧地握住了长剑的剑柄，"知道吗？我的人就在宫门口，只等我一声令下。"

"你的人？"锦弦不屑地轻笑，"你的人再多，有十万吗？或许你还不知道吧，孟河正带着十万大军在赶过来的路上，这个时候说不定已经到宫门口了。"

凌澜微微一怔。睨着他的反应，锦弦唇角一勾，眼角眉梢都是志在必得的笑意，戏谑道："哦，你当然不知道。朕刚刚将孟河赶了，你是不是心里还在窃喜呢？告诉你，朕不过是做戏给你们看，麻痹你们这些贼人而已。"

他让赵贤找人送的圣旨就是给孟河的。孟河一直追随于他，是怎样的一个人他又岂会不知？孟河心中有气他知道，孟河的忠心他也知道，而且他还深知孟河的脾气，所以在圣旨中，他解释了他一切做法的原因，虽然在今日之前，他的确是忽略了对孟河的嘉奖。他让孟河带兵来宫护驾。他深信孟河会来，这一点是毋庸置疑的。所以，胜券在握，主动权在他这边。

"束手就擒吧，或许朕会考虑赐你一个全尸！"锦弦倨傲地看着凌澜。凌澜同样回看着他，片刻之后，忽然就笑了："锦弦，看来，你还真的一点都不了解我，我凌澜从不打无把握之战。"

锦弦笑容微微一敛："你什么意思？"

"没什么意思，皇上不是说孟将军去军营调兵了吗？那我们就看看孟将军是如何将拉肚子拉了一上午的十万士兵带过来？"

凌澜淡声说完，锦弦脸色一变："你说什么！"

"我说，军营里的茅厕一个上午都供应不过来，十万人啊，轮流挤茅厕，那场面，真是蔚为壮观，怎么，没人过来禀报皇上吗？也是，这多低俗的事儿啊，怎么能来叨扰无比尊贵的皇上。"

"你——你竟然给大军下毒？"锦弦伸手指着他，又是难以置信，又是气得不轻。

"错，不是下毒，我还不至于跟皇上一样为达目的不择手段，只是早膳的小米粥里加了点巴豆而已，死不了人的。"凌澜气定神闲道。心里却暗自庆幸，幸亏这样做了。他们的第一计策原本想着离间孟河和锦弦的关系，正好可以利用此次锦弦嘉奖了他跟叶炫却忽略孟河这件事。孟河手下有两个副将是他的人，他让副将在孟河耳边吹风，意在挑拨，然后今日早晨又让人偷走了孟河的进宫腰牌，他知道，依照孟河的暴躁脾性，一定会闹，只要一闹，他就设法让人将消息传到锦弦这边。

果然，一切都如意料中一样，只是，他没有想到，锦弦竟然是将计就计。幸亏他做了两手准备，让副将在大军的膳食里做了手脚，不然，今天还真的得栽在这个阴险狡诈的男人手上。

锦弦显然气得不轻，胸口起伏，眸子里有根根血丝爬上来。

这时，一个宫女自雨幕中急急跑过来，快步入了未央宫的大门，叶炫识得此人，是司乐坊的婢女湘潭。湘潭浑身湿透，神色有些慌乱，进门见到三人对峙的画面微微一怔，径直走到凌澜的身边，低声道："爷，姑娘不在碧水宫。"

凌澜脸色一变，转眸看向锦弦。虽然湘潭声音不大，可几人毕竟隔得近，湘潭的话，锦弦自是也听在耳里。见凌澜骤变的脸色，锦弦眸光微微一闪，笑道："既然已经知道你们谋反的计划，朕就想到你们会去碧水宫劫人，朕又怎么会将人继续留在碧水宫呢。"

"说，鸯颜在哪里？"手中长剑直直对上锦弦的眉心，凌澜嘶吼道。锦弦轻笑别过脸，一副不想告诉他的模样，却在下一瞬，眸光一敛，袍袖骤扬，一柄软剑，从袖中快速而出，直直刺向凌澜的胸口。谁都没想到他竟然袖中藏剑骤然突袭。湘潭脸色一变，高声惊呼，所幸凌澜眼疾手快，连忙举剑去挡，才险险避过那致命一剑。两人便打斗在了一起。

高手过招，旁人自是插不上，譬如叶炫，譬如湘潭。一时间只见两个身影，一抹雪白，一抹金黄，痴缠相斗，两尾长剑如龙，变幻莫测，带出幽蓝的寒芒在空中相接。两人从门口一直打到门外，从门外一直打到雨幕中。其实，确切地说，是凌澜一边进攻，一边逼着锦弦在走，朝着碧水宫的方向。

雨越下越大，瓢泼一般，天地同色，都是灰蒙蒙一片。湘潭跟了出来，站在未央宫的宫门口望着雨幕中的两人，叶炫也紧随其后。湘潭回头戒备地看着叶炫，叶炫大手执着长剑，也转眸看向她。一时间，竟不知道要不要出手。很奇怪的感觉。叶炫觉得自己的立场从来没有这么乱过。

雨中的两人越打越凶，身形纵跃交错间，手中长剑劈开倾泻而下的雨柱，惊起漫天骇浪。凌澜剑法精湛、变幻莫测，锦弦亦是快如闪电、招招狠戾，两人都早已浑身湿透，发上、衣袍上，无一丝干迹。

"快说，她在哪里？"雨声喧哗，凌澜在大雨中咆哮。

"杀了朕，你一辈子都别想知道她在哪里。"锦弦森冷地笑，笑得狂妄邪气，也笑得有些穷凶极恶。于是，凌澜手中的剑愈发凶狠，逼着锦弦不断后退。

见帝王渐渐处了劣势，躲在廊柱后的赵贤惊呼："护驾，护驾！"未央宫里打斗的禁卫闻言冲了出来，纷纷冲进雨幕，帮助锦弦一起对付凌澜。而凌澜的那些人自然也不是吃素的，同样紧随着禁卫而出，追杀上去。一大堆人就在大雨中打得不可开交。

鸯颜亦是出了未央宫，经过叶炫的身边时，身形微顿，却终是没有看对方一眼，冲进了雨幕里。叶炫欲抬步跟上去，边上的湘潭就也迈了一步，一副他若不动手，她便不动手，他若加入，她便对他不客气的样子。叶炫瞥了湘潭一眼，终是没有动，而目光却是再也没有离开过雨中的那个身影，唇线越抿越紧，紧紧握在长剑剑柄上的大手更是指甲泛白，微微颤抖。

鸯颜直接加入凌澜这边，与他一起对付锦弦，手中烟纱虽被雨水打湿，却丝毫不影响她的发挥。锦弦本已经有些力不从心，鸯颜的加入，更是变成了他一人敌两人，边

第十三章　终于夺回

003

上的禁卫想抽身过来帮忙，却又被凌澜的人纠缠住。于是，锦弦更是劣势尽显，慢慢地，就只有招架之功，却没了还手之力。

雨水不断冲刷在脸上，当脸上的紧绷感越来越松弛，鸷颜才意识到自己脸上的面皮虽然防水，却不能在雨中如此暴淋。不过，也无所谓了，既然今日来反，所有人就已经知道了凌澜跟鸷颜这两个身份必然是有联系的。只要撇开了相府就行。见面皮半掉不掉，她索性伸手一抹，将脸上的面皮抹掉。当面皮掉在地上，当鸷颜真实的眉眼暴露在锦弦的面前，锦弦震惊了，差点都没避开凌澜狠刺过来的一剑。

"你……"锦弦难以置信。鸷颜轻笑，眸光却是骤然一冷，在锦弦险险避开凌澜那一剑的下一瞬，手中烟纱直直甩出去，缠上对方的腰身。"皇上不是一直想看踏水舞吗？不久前我们在未央宫里跳的那曲便是，只可惜，皇上当了缩头乌龟，让别人顶替前来，皇上今生怕是再也没有机会看了。"鸷颜一边说，一边手中用力，想将对方拉至跟前，锦弦脸色一变的同时，连忙挥剑，将缠绕在自己腰上的烟纱砍断。

可此时凌澜的下一剑又再次带着风驰电掣的速度直直刺了过来，锦弦眸光剧缩，想要避开都来不及，惊惧的瞳仁里映着锋利的剑尖劈开一路倾泻的雨柱，越来越近，越来越近……而鸷颜同样云袖扬起，抛出只剩下一截的烟纱，准备再次将对方缠住。似乎败局已定，再无回天之力，锦弦忘了动，其实再动也没用。就在这千钧一发之际，电光石火之间，只见一抹藏青色的身影飞身而来。

"当——"的一声，挡开凌澜几乎就要刺在锦弦胸口的长剑，与此同时，更是大手一抓，握住烟纱的另一头，大力将烟纱扯开。兵器重重相接，凌澜被震得一个轻盈后翻稳住身子，而鸷颜猝不及防，又加上身子并未痊愈，被这样大力一扯，身子斜斜飞出，撞在边上的青石花坛上，跌落在地上。

"鸷颜——"凌澜一惊，连忙飞身前去。而惊住的又何止他一人，护在锦弦面前的那抹藏青色身影亦是。他垂眸看着自己手上的半截烟纱，再慌痛地看向那倒在地上水洼里起不来的女子。他……他竟然用了那么大的力道。女子蹙眉撑着身子，也透过雨幕朝他看过来，沉痛的眸子、苍白的容颜被雨水割离得支离破碎。

"叶炫，多亏你出手及时，待这件事情平息后，朕一定会重重赏你。"逃过一劫的锦弦微微喘息。

"快去杀了他们两个！"他伸手，指着倒在地上的女子和赶过去蹲下身的男人。叶炫没有动。

"你怎么样了？"这厢，凌澜蹲身，正欲将鸷颜扶起，被鸷颜扬手止住，她另一手捂在腹上，秀眉皱在一起，雨水冲刷下的小脸惨白如纸，就连嘴唇都毫无一丝血色，她咬着唇瓣，佝偻了身子，似是在极力忍受着巨大的痛苦。凌澜猛然意识过来什么，脸色一变，连忙伸手探上她的脉搏。瞳孔剧烈一缩，他垂眸下意识地看向她的身下。果然，在她粉色的裙裾下，有殷红缓缓流出，融入身下的水洼里，慢慢晕染开来。

"鸾颜。"凌澜惊痛地看着她。

"没了,是吗?"她眸色痛苦地看着他,小声开口。

凌澜看着她,看着她的脸上,纵横了一脸的水不知是雨水,是汗水,还是泪水。那日在云漠的山洞里,叶炫刺她两剑,他给她救治的时候,就发现了她的喜脉。也是因为这个,他才决定将自己身上的血放出来输给她。因为她失血过多,一直昏迷不醒,本来大人就很危险,对于腹中的胎儿更是十分不利。这也是后来,为何他决定去采"夜绽"的原因。他不知道她几时才能醒,但是他知道,如果她一直昏迷下去,孩子必定胎死腹中。他必须给她补血,他必须让她尽快清醒。

所幸,她醒了。他没有跟她说这事。他不是很清楚她知不知道自己有孕,他想,依照她的做事风格和细腻心思,她应该是知道的。毕竟对于一个女人来说,就算自己不会医术,至少,月事来没来,自己心里应该有数。而且那日他探脉搏的时候,胎儿已经四十多天的样子,想来,应该是灵源山上,她身中醉红颜那次后有的。

"鸾颜。"他伸手点了她腰间的几个大穴,正欲将她抱起,却是被她猛地抓住了手。

"你早就知道是吗?"鸾颜喘息地问他。凌澜俊眉微拢,没有回答:"我抱你去走廊上。"

"你是医者,我知道你早就知道,我也去找过大夫,大夫说,我身子刚受重创,失血过多,如果此时堕胎可能会引起大出血,原本我还想着等身子休养一段时间再……现在好了,药都不需要了,也不需要下决心,挺好的……"被凌澜抱起的同时,鸾颜垂眸,怔怔望着水洼里的一泓血水,笑得黯然,笑得苦涩。

凌澜一声不吭,痛苦的神色却是纠结在眸里。他知道,她想要留下这个孩子的,不然,刚才也不会说下决心之类的话,不然也不会孩子那么大了一直没堕,再大就堕不掉了,得引产才行。留下一个不该留下的孩子,这对于一个永远理智走在情感前面的人来说,有多不易,他很清楚。可是,造化弄人,孩子没了。他方才探她的脉搏,孩子已然流了。再无回天之力。而且因为她的身子大创未愈,还出现了血崩的迹象。

抱着鸾颜疾步而行,凌澜眼梢一掠,冷冷地掠过那个一动不动站在大雨里的罪魁祸首。起先,叶炫还没反应过来发生了什么,直到目光触及水里的那一摊殷红,又看到女人染血的裙裾,才猛地意识过来什么,愕然睁大眼睛,难以置信。他做了什么?他垂眸看向自己的手。他刚才做了什么?他努力地想,他颤抖地想,就在刚刚,就在刚刚他做了什么?

他用剑挡下了凌澜刺向锦弦的剑,他徒手抓住了鸾颜缠向锦弦的烟纱,然后大力扯开。大力?他用了大力!他成功在姐弟二人的手下救下了他的主子,他的君王,锦弦,而鸾颜被他的大力甩了出去。然后呢?然后重重砸在了花坛上,腹部着地,然后,然后……然后就是血,好多血,从裙裾下流出……

老天!

第十三章 终于夺回

"鸳颜……"他的唇抖得厉害。

"鸳颜……"他颤抖地唤着她名字，忽然举步朝走廊上跑去，一颗心又慌又痛。

锦弦怔了怔，快速扫视了一圈雨中众人打斗的身影，朝不远处躲在廊柱后微微探了一点脑袋的赵贤使了一个眼色，赵贤会意，返身跑开。

那厢，凌澜已经将鸳颜放在廊柱边让她坐靠在那里，快速跟湘潭交代了几味药，让她去太医院取，然后又吩咐了几人护在鸳颜身侧，便提起长剑，径直迎上雨中飞奔而来的叶炫。这一剑，叶炫没有去避，也没有去挡，脚下依旧不停。

"不要！"身后传来鸳颜惊惧嘶哑的声音。眼见着剑尖就要直直刺入叶炫的眉心，凌澜骤然手腕一转，身子在空中往后一翻，才紧急撤回了手中软剑。见叶炫还在不管不顾地往鸳颜那边跑，凌澜又伸手一抓，一把抓住叶炫的手臂，将他大力拉回，下一瞬，"啪"的一声清脆耳光响在大雨喧哗里。

"若不是鸳颜，我恨不得杀了你！"凌澜红着眸子嘶吼。叶炫苍白的脸颊上瞬间浮起五个红红的手指印，可见，凌澜用了蛮力。叶炫没有吭声，凌澜只觉得还不解气，手臂骤然一扬，"啪"又是一记耳光重重落在叶炫的另一侧脸上："你知不知道，你亲手杀死了自己的孩子？"

也不知道是被凌澜的耳光击到，还是被凌澜的这句话震到，叶炫脚下一软，踉跄了好几步，才失魂落魄地站住。依旧没有吭声。凌澜的第三巴掌再次落下，第四巴掌，第五……

"你凭什么这样对鸳颜？"

"你凭什么这样伤害她？"

"你知不知道，你是我见过的最蠢、最笨、最无能的男人！"

"……"

凌澜俨然疯魔了一般，一边猩红着眸子嘶吼着，一边重重扇着叶炫的耳光，一下又一下。叶炫也不避不躲，也不反抗，也不说话，就承接着。

"凌澜，够了……"鸳颜痛苦地摇头，嘶哑干涩的声音被大雨声淹没。

"全都住手！"男人的厉吼声划过雨幕，骤然响起。雨中打斗的众人全都停了下来，循声望过去，包括凌澜，也包括虚弱靠在廊柱上的鸳颜，还包括站在雨中的帝王锦弦。

出声之人是禁卫副统领，在他的边上站着内务总管赵贤，在两人的身后，乌泱乌泱都是人。是弓弩手。禁卫中的弓弩手。显然，是赵贤去通知了对方。一排一排的弓弩手快速四散排开，顷刻就将未央宫的外面包围了起来。手中的弯弓全部都已上了羽箭，更拉满了弦，对着场中的众人。

锦弦笑了，仰天大笑。好一会儿才止住，然后举步，缓缓朝凌澜走去。或许是为了安全考虑，他并没有完全靠近，在距离凌澜还有几步远的地方站定，轻勾着唇角，看着凌澜，又扫了一眼全场，缓缓开口："凌澜，就算你的人在宫外将皇宫包围了只等你一声令下，那又怎样？大不了同归于尽，朕，现在就让你们死！到时候看你们群龙无首，他们还等谁的一声令下？"

锦弦说完，唇角蓦地笑容一敛，挥臂道："放箭！一个都不许给朕放过！"

顿时，"嗖""嗖""嗖"羽箭漫天飞起，穿透雨幕，直直朝大雨中的那些人飞来。众人脸色一变，连忙挥剑劈挡，凌澜也松了叶炫，闪避，而走廊上，守护鸷颜的几人也挡在其前面，挥剑劈斩。但是，还是有人没有躲过。闷哼声、惨叫声四起。凌澜从袖中掏出一个什么东西，抛向天空。顿时，璀璨的七彩烟火噼啪绽放，如美丽的昙花绽开在大雨滂沱里。

是信号。

锦弦瞳孔一敛，厉声吩咐弓弩手："给朕再放！"唇角勾着一抹嗜血的冷笑，有些歇斯底里。

凌澜蹙眉，因为考虑到今日大雨，那枚烟花已经经过了特殊制作，以确保在大雨天也能燃着，但是，绽开却只是一瞬，很快便熄灭了，而且雨天天色苍茫，这般刹那的绽放也不知外面看没看到。总之，形势非常严峻。

就在弓弩手羽箭再次上弓，准备进行第二轮的齐射时，骤然传来纷沓的脚步声。众人一怔，全都循声望去。又是乌泱乌泱一拨人奔至。锦弦刚开始还以为是凌澜的人，心想着，这也太快了吧，信号烟花刚刚燃放，这些人下一瞬就出现了，可当看到那拨人穿着整齐统一的禁卫服时，一颗心大喜。原来还是他自己的人。禁卫军的弓弩手分左营右营，方才来的是左营，现在来的是右营。凌澜啊凌澜，今日看你插翅也难飞出去。

新来的一拨人也是快速散开，包围在原本的左营的弓弩手身后的不远处。凌澜这边人都面色凝重，心知凶多吉少，鸷颜眸色忧虑地看向凌澜，凌澜眉心微拢。锦弦见状，忽然改变了主意，扬手止了弓弩手，转眸看向凌澜，眼角眉梢都是志在必得的笑意："凌澜，你们已是穷途末路，还要垂死挣扎吗？只要你们乖乖束手就擒，并告诉朕蔚景在哪里，朕便放过你手下的这些人，饶他们不死，赏你跟鸷颜两人全尸！"

所有人都看向凌澜。凌澜却是透过雨幕回望着锦弦，任凭雨水冲刷而下，也未眨一下眼睛。忽然，唇角一弯，轻轻笑开："我尊敬的皇上似乎还没有搞清楚状况，请皇上看看那些将士们手中的弓箭，所指的方向。"

众人一怔，锦弦更是脸色一变。所有人又全都朝后来的那一拨弓弩手望去。在看到他们手中拉满弦的羽箭，直直指着他们前面的那一拨弓弩手的背心时，全场惊愕，锦弦更是身形一晃，难以置信地睁大眼睛："你们……你们不是朕的右营吗？你们这是要造反吗？"

其中一人朗声回道："我们听从叶统领安排。"

叶统领？众人震惊，锦弦愕然看向叶炫。叶炫眸光微闪，轻抿了唇瓣。凌澜唇角微微一勾，看来他猜得没错，刚刚他看到这些人弓箭拉开的目标是前面左营的人时，他

第十三章 终于夺回

就在想，是不是叶炫。还果然是这个木头。

"叶炫，你竟然背叛朕！"锦弦难以置信地摇头，一双眸瞬间染上血色，盯着叶炫，咬牙切齿，恨不得将他生吞活剥了一般。

叶炫沉默地低下头。他并不想这样。他也并不是背叛。这些人是他安排的不错，可是，他也是没有办法，到万不得已才为之。他不想锦弦死，也不想鹜颜有事。可看到刚才那样的架势，锦弦竟然连这些人当中有自己那么多的禁卫都不顾，就下令弓弩手放箭。这样下去，凌澜跟鹜颜必死无疑。他不想做个不忠不义之人，可他也看不得鹜颜死。如果鹜颜有事，他宁愿自己死。

"你这个叛徒，你这个不忠不义的叛徒！"锦弦愤然嘶吼，身子在大雨中摇摇欲坠。

胜败已分、大局已定。等外面的那些人看到烟火信号，进宫来，他更是穷途末路。

凌澜眸光一敛，忽然脚尖点起，举起手中长剑，直直朝锦弦飞过去。而在他身边的叶炫见状，也同样飞身而起，将凌澜手臂一拉的同时，越过他身边，飞在他前面，先他一步落在锦弦的身前。锦弦以为叶炫要对他不利，刚准备举剑刺向他，就听到他急急低声道："快挟持我做人质！"

锦弦瞳孔一敛，收了手中力道，可已然太迟，剑已刺出，且刺向了叶炫的心口。

"叶炫！"远处似乎传来女子惊呼的声音。叶炫闷哼一声。所幸因锦弦的紧急撤手，剑尖并未刺入太深。锦弦又用力一拨，剑尖带出一串殷红的血珠，锦弦长臂一捞，将叶炫擒住，下一瞬，锋利的剑锋就直直横在叶炫的脖子上。

众人都被这突如其来的变故震住，落在两人身前的凌澜亦是眼波一动，冷冷扫了一眼锦弦，又眸色深深地看着叶炫。虽然雨声太大，他没有听清楚叶炫跟这个男人说了一句什么，但是看现在的行为，他想他已然知道。刚刚还以为叶炫的榆木脑袋开了窍。却原来还是愚忠一个。叶炫啊叶炫，我知道你夹在中间的为难，可是，这世上之事，又岂是事事都有两全之策？

目光所及之处是叶炫被他扇得红肿的脸颊，微微垂目，目光在叶炫胸口的殷红上稍顿，他又回头望去，走廊上，鹜颜脸色苍白，满目沉痛复杂，凌澜眉心微蹙，徐徐转眸，看向锦弦，沉声开口："你想怎样？"

锦弦一手举剑横在叶炫的脖子上，一手快速点了叶炫的穴道，然后，伸手一指，直直指向坐靠在廊柱边的鹜颜，咬牙，一字一顿道："朕要她死！"

众人一惊，凌澜跟叶炫更是瞳仁一敛，鹜颜微微垂目，小脸清冷，就像是锦弦手指所指的人是别人一样。

"皇上！"是叶炫。虽然身上穴道被锦弦所点，但是，只是手脚不能动而已，听跟说都不影响。他原本只是想保住这个主子的性命，协助他逃脱而已，没想到他竟然提出这样的要求。

"皇上此举，只会……"他的话还未说完，肩胛处又是骤然一重，锦弦竟然连他的哑穴都点了。锦弦并未看他，凤眸中森冷的目光凝落在鸷颜那边，末了，又缓缓转眸，看向凌澜，唇角一点一点勾起。既然，大势已去，今日他锦弦要败在这个男人的手上，他不好过，他也不会让这些人舒坦。

很明显，鸷颜便是叶炫深爱的那个女人，而且，凌澜跟这个女人关系匪浅，不然，那日灵源山上，这个女人身中醉红颜，凌澜不会连什么毒都不知道，就冒死现身出来要解药。还有，刚才，叶炫失手让那个女人滑胎，他如此疯狂地揍叶炫，更说明关系绝非一般。所以，那幅画像上的男孩女孩，就是凌澜跟鸷颜。鸷颜同样是他深爱的女人也不一定。不对，这个男人爱的是蔚景。想到蔚景，锦弦蓦地想起一件事来。如果说这个才是真的鸷颜，那么碧水宫里的那一个鸷颜又是谁。很显然，此次宫变，就是为了营救那个女人而来。所以……

锦弦瞳孔倏地一敛，她是蔚景。那个女人是蔚景。正兀自想着，男人低低的笑声传来，他抬眸望去，是凌澜。

"你难道还以为自己是那个掌握着生死大权的帝王？你已是穷途末路，自身都难保，你有什么资格让别人去死？"

"是吗？"锦弦轻嗤，"她不死也可以，那就他死吧！"说着，锦弦手里的长剑就朝叶炫脖子上收了收，锋利的刀锋触碰着叶炫的喉结，似乎下一瞬就要割下去一般。

凌澜淡然摇头，一副完全不为所惧的模样，并且伸手朝他优雅地做了一个"请"的姿势，说道："请便！"末了，便收了手臂，长身玉立在大雨中，一副好整以暇等待的姿态。

叶炫眼帘微微一颤，锦弦更是没想到凌澜会是这般反应，冷然道："别以为朕不敢。"

"我有说你不敢吗？我说请便。"凌澜依旧不为所动。

"好！"锦弦点头，薄薄的唇边噙着一抹冰冷的弧度，"好！既然人家为了帮你不惜背叛主子，而你却罔顾人家的性命，那朕就成全你。叶炫，你也休要怪朕，是你心生外向、对主不忠在先。"锦弦一边说，一边握紧手中长剑，对着叶炫的颈脖作势就要划下去。

"等等！"喑哑的女声划过雨幕而来。锦弦唇角几不可察地一勾，不用看，他也知道是谁。鸷颜是吗？徐徐抬眼，他朝鸷颜看过去。

凌澜忽然转身，也朝鸷颜那边走，众人都不知道他要做什么，直到他一直走到鸷颜身前，手臂骤然一扬，快速在鸷颜身上点了几下之后，众人才反应过来。他点了鸷颜的穴道。鸷颜震惊地看着他，无奈不能动，也不能说话，就只能看着他。凌澜没有吭声，只默然转过身，又走回到雨中自己刚刚所站的地方站定，依旧一副闲适的姿态睥睨着锦弦，"你继续，我等着，等你杀了叶炫以后，我们好动手擒你。只麻烦你快点，这天还在下着雨呢，那么多人都在淋雨等着你，请吧！"

叶炫眼波一动，鸷颜脸色更白。锦弦却是气得不轻："你——"

第十三章 终于夺回

"我怎么了？"凌澜轻笑。

想跟他玩心理战术，他还真不怕。他就不相信，他会真杀了叶炫。当然，他并不是说他会舍得，会顾及君臣之情，而是因为叶炫现在是他手中唯一的筹码，他了解他，这个男人绝对不会笨到亲手毁掉自己的筹码。其实，这些道理，他相信鸷颜也懂。但是，在感情面前，又有几人能够理智对待，所以，他点了她的穴道，一来，不让她冲动，二来，给锦弦施压。

看来，效果达到了。看着锦弦恼羞成怒的脸，他又闲闲浅笑重复了一遍："我怎么了？"

"你难道就不想救回你的女人吗？"锦弦骤然开口。凌澜唇角笑容一僵。他的反应锦弦尽收眼底，得意之色就一点一点爬上眼角眉梢，"所以，不要以为朕不敢杀叶炫，没了叶炫，朕手上还有你的蔚景不是。"

蔚景？你的蔚景？纵使雨声喧哗，风声猎猎，依旧没能遮住全场低低的哗然。凌澜眸光敛起，胸口震荡，缓缓垂目，静默了片刻之后，他再次抬头看向锦弦，唇角笑容漾开："忘了跟皇上禀报，蔚景我们早已经成功救到。"

这次轮到锦弦面色一滞。同样，凌澜也将他所有微末的表情尽数收进眼中，继续道："所以，我们无所畏惧！"一字一顿，掷地有声，笃定而自信。

锦弦脸色白了又白，凤眸定定望进凌澜的眼底，似是想要将他看穿。五指收紧，攥住了手中长剑，凌澜坦然承接上他的目光。四目相对，好一会儿没有人说话。因为跟锦弦隔得近，叶炫清楚地听到落在他颈脖后的呼吸慢慢变得粗重。

一点一点殷红慢慢爬上锦弦的双眸，他的眼中一片血色，死死盯着凌澜，薄唇紧紧抿成一条没有弧度的直线，许久，忽然咬牙切齿道："凌澜，算你狠！"最后一字落下，他亦是挟着叶炫脚尖一点，飞身而起，从禁卫们的头顶踩踏而过，直直往宫门口的方向飞去。

众人一怔。逃了？

"爷，要不要追？"有人立即上前请示。凌澜站在雨幕里，微眯着眸子望着锦弦跟叶炫离开的方向："派人跟着，只是跟着，有任何情况先来禀报，他有人质在手上，切莫轻举妄动！"

"是！"几人领命而去。

那些原本还准备负隅顽抗的禁卫，见帝王就这样弃宫而逃了，纷纷丢了手中兵器，缴械投降。躲在廊柱后的赵贤早已惊慌失措，正欲趁众人不备偷偷溜走，可还没走两步，就被一个女子用手中烟纱缠了回来，跪在地上。

文武百官以及各府女眷都挤在未央宫的门口、窗边，震惊地看着这一切，一个一个回不过神来。人群中，扮作右相夜逐寒的康叔和扮作左相夜逐曦的高朗互看了一眼，唇角皆是一弯。站在角落里的铃铛缓缓垂眼，看着自己身前的地面，不知心中所想。

雨越下越大，明明还是晌午的时间，天色暗得就像是快要入夜了一样。凌澜转身，走到鸷颜身边，伸手解了她的穴道。

"你怎样？"他问道。鸷颜顺势握了他的手："蔚景真的救出来了吗？"

凌澜眸色一黯，轻轻摇了摇头："没有。"

"没有？没有你就这样放他走了？"鸷颜愕然睁大眼睛，只觉得难以置信。换做寻常人，不发疯才怪。

"不放又怎样？不放，他会交出来吗？而且……叶炫还在他手上不是吗？"凌澜说完，吩咐已经去太医院取药回来的湘潭找个地方煎药，又吩咐两人将鸷颜扶进未央宫偏殿先歇着，自己则是再次走入雨中。

"你去哪里？"回神过来的鸷颜急急问道，这剩下的残局还没收拾呢。

"碧水宫！"男人头也没回，步履飞快。

凌澜踏进碧水宫的时候，碧水宫里早已经一个人都没有。宫女太监一个都没有。也是，宫里发生那么大的事情，怕是早已经闻风逃了。

外殿、中殿，凌澜径直走进内殿。内殿的桌上还摆着满满一桌酒菜，有荤有素有汤有饭，只是看样子，一动也未动。将目光从饭菜上收回，他缓缓看向四周。内殿被几扇精致山水屏风隔成两半，一半居用，一半是温泉池。他缓缓走进屏风后面。

温泉池里池水清澈，一眼能望见池底的玉石砌面，就连里面用来按摩脚底的细小圆石头都看得清清楚楚。温泉池很大，池中央是一尊仕女铜像，仕女姿势优雅地端着一只铜壶，铜壶的壶嘴一直有水洒下来，发出"叮咚叮咚"的清脆之声，响在静谧的殿中，尤为悦耳。这也是此池中的水一直如此干净清澈的原因，因为一直在换水，铜像就是用来做循环之用。

凌澜又四下看了看，俊眉微拢。蔚景，你在哪里？刚刚鸷颜问他，没有救出蔚景，怎么就放锦弦走，其实他有他的打算。没有人比他更想救出蔚景，也没有人比他更担心蔚景在锦弦身边。但是，正因为如此，所以，他一再告诫自己要冷静。

记忆中，似乎任何事情只要跟蔚景沾上，他就会变得没有理智，而每次，就是因为他的那一份冲动，又让事情变得更糟。他了解锦弦，在今日这般情况下，他是不会交出蔚景的，绝对不会。不仅因为他一直以来对蔚景的占有欲，更因为他很清楚，蔚景在他手上，他们就不敢将他怎么样，钳制蔚景，等于扼着他们的咽喉。

既然不会交出，便只能另想他法。所以，他让锦弦走了，并故意说，蔚景已经被他们所救。他当时的目的有两个，一个就是想看看锦弦的反应，希望能从中寻到一些蛛丝马迹；另外一个就是，放锦弦走之后，正常人的反应，必定会去关押蔚景的地方确认，看人是不是真的被他们救走，所以，他让人不追，只悄悄跟着，有消息回报，不打草惊蛇，就是希望通过这个方式找到蔚景。

第十三章　终于夺回

可是，锦弦当时的反应却有些奇怪。对他的话相信得太快了。他说，蔚景被他们所救，锦弦的反应就是一震，他说，他们无所畏惧，锦弦就不吭声，接着就说，凌澜，算你狠！心思缜密如锦弦，阴险狡诈如锦弦，善猜多疑如锦弦，他的第一反应不应该是怀疑他说的话吗？毕竟蔚景又没出现。难道就不觉得是他故意诈他吗？所以，那一刻，他忽然生出一种感觉，蔚景会不会已经不在他手上？不然，依照锦弦的性子，一个曾经推蔚景出来替自己挡剑的男人，应该一开始就会用蔚景来威胁他才对，而绝对不会几次处于劣势、身陷绝境都没将蔚景搬出来。

可，如果蔚景不在他手上，又在哪里呢？难道还有第三方的人？影君傲？影君傲救走了蔚景？如果是影君傲救走了蔚景，虽然他心里对这个男人再一次抢在他的前面很是不爽，但，至少蔚景是安全的。可如果不是他所想的那样，蔚景还是在锦弦手上呢？其实暂时也应该是安全的，只是，他不知道已是强弩之末的锦弦，会如何对她。

一想到这里，他又无法冷静下来。不行，得赶快找到她才行。一刻都是煎熬。他得自己去。对，亲自去！猛地转身，疾步往屏风外走，身后骤然传来"哗啦"一声巨响。他一怔，回头，就看到温泉池里的池水蓦地溅得老高，有什么从水底破水而出。是一个人。当那人从水里慢慢浮出来，先是黑发，后是额头，紧接着就是如画的眉眼，熟悉的五官，一点一点撞入眼中，凌澜浑身一震，忘了动、忘了反应，也彻底忘了呼吸。

直到女子抬手抹了一把脸上的水，自池中站起身，朝他嫣然一笑，唤他："凌澜"，他才回过神来，欣喜若狂上前。甚至等不及她上来，他已纵身跳进池中，将她大力一拉，重重裹进怀中。

当熟悉的身子入怀，凌澜只觉得一颗心颤到了极致，好半天，都不敢相信这是真的，就只双臂紧紧用力，将女子孱弱的身子死死裹住，生怕一松手，她就会消失。蔚景被他箍得有些喘不过气，却没有推开他，反而也用力将他回抱住，第一次宁愿这样窒息在他的怀里。

"凌澜，你怎么才来？我一直等，一直等，都等不到你，我怕你出事，想出来看看，却又不敢出来，怕出来被他们抓住，反而连累到你，你知道吗？我差点就见不到你了，我……"窝在他的胸口，蔚景语无伦次地说着，声音颤抖又哽咽，话未说完，两颊蓦地一热，凌澜已经捧起她的脸，将她吻住。

原本就被他箍得透不过气，然后又一口气说了那么多话，哪里还能经得住他如此深深一吻？蔚景气息不稳地软在他怀里，几乎都站立不住。直到她觉得自己真的快要窒息过去的时候，他才缓缓将她放开，看着她，凤眸深深，目光黏稠，映着温泉池中清澈的池水，熠熠生辉、波光潋滟。

"没事了，都过去了。"大手依旧保持着捧着她脸的姿势，温热的指腹轻轻在她的眼角边上来回摩挲，他轻声道，唇角一抹浅笑。

没事了，都过去了？蔚景怔怔回望着他，微微喘息，一张小脸也不知道是因为被吻得娇羞，还是因为憋气，涨得绯红。虽意料之中，却仍觉得震撼。

"成了吗？"她哑声问。

"嗯。"凌澜轻应。

蔚景眼帘颤了颤，一时间心头激荡得不行，早已想过无数次这一天，可这一天真的就这样来了，她却觉得自己是在梦里。说不出心中感觉，她忽然问："锦弦呢？"

男人怔了怔，没有回答她，目光从她脸上离开，环顾了一下池中，开口换了一个话题："你怎么会从水里面出来？"

他方才仔细看过了，池水清澈，一览无余，根本无法藏身，而且，就算她已经克服了对水的恐惧，却也终究不会潜水。是怎么做到的？

蔚景见他不想回答她的问题，也不强求。说实在的，她也不知道自己出于什么心理忽然问及锦弦。或许是不想他死，毕竟曾携手并肩走过三年的青葱岁月，又或许是想亲手让他死，因为他的身上背着她亲人的血海深仇，她不知道，她也不知道自己想怎样。她只知道，经历了那么多，九死一生下来的她，不能再因为这些不值得的人，影响她跟凌澜的感情，见凌澜不动声色地避过，问了她另一个问题，遂拉过他的手，将他拉到仕女铜像边，笑着指了指铜像："是这位美女救了我。"

凌澜疑惑地看向铜像，铜像应该是根据真人的比例做的，眉目如画、体态婀娜，也不知有没有原型，如果有，也定是个倾世大美人，铜像做得非常的逼真，长发轻扬、裙袂飞舞，甚至连睫毛都做得栩栩如生。凌澜伸手轻轻敲击了一下铜像，有清脆的声音传来，他附耳倾听，脸上浮起了然的表情："原来铜像是空的。"

"嗯，"蔚景点头，"我也是钻到水底才发现的，在她裙摆下面可以进去，幸亏我不胖，不然，藏身的地方都没有。"

"你怎么会想到要躲起来？"牵着蔚景的手顺着玉石台阶而上，走到池边，凌澜顺手取了边上挂钩上的干锦巾，帮她擦拭着头发。

"自从被关进了这里，外面就被禁卫层层守着，外面的人不让进，里面的我也出不去，每日能见到的人只有龙吟宫的大宫女绿屏，她给我送一日三餐的膳食。为安全起见，我都是先用银针测试有无下毒之后才用，一直都很正常，可今日午膳，银针却在测试翡翠老鸭汤的时候变黑了。"

凌澜眸光一敛，手中动作顿住。蔚景看了看他，继续："很明显，有人想让我死。这个人可能是锦弦，也可能不是，不管是不是他，这个想让我死的人肯定会过来确认我有没有死，如果发现我还活着，肯定会再下一次手，而我逃又逃不出去，又不会武功，不能硬碰硬，我就只能先躲。"

"当然，我还有另外一方面的考虑，那日金銮殿上，我被禁卫带走的时候，你跟我说，庆功宴反，让我等你！正是今日！我担心一旦你们对峙，锦弦必定会挟持我来遏制你，为了不被他利用，我也只能躲起来，让他找不到我。我将碧水宫内外殿都找了个遍，都

第十三章 终于夺回

没有找到适合的藏身之地，几个普通得我能想到的地方，锦弦他们也一定会想到，后来，见实在找不到，我就下到温泉池里面，想看看有没有什么密道、天格、或者排水道之类的，结果，无意间发现了这尊铜像是空的，就藏了进去。"

凌澜面色稍稍一霁，弯唇道："亏你还算机灵，然后呢？"一边问，一边继续用手中干锦巾轻柔地拭着她发丝上的水珠。

"什么叫还算？明明非常机灵好不好？"蔚景不满地斜了他一眼，嘟囔道。见男人低笑，自是知道不过是他的调侃，便也懒得跟他计较，继续，"我刚一钻进去，险险躲好，就听到外面传来绿屏的声音，因为在铜像里面，听得不是非常清楚，大概就是她跟守在门口的禁卫说，皇上宣我去龙吟宫，她过来将我带过去。然后，她进来就发现我不见了，铜像有一个鼻孔是通着的，透过那个小窟窿我可以勉强看到外面，我看到绿屏慌乱地到处找我，然后又有很多禁卫进来找，再后来锦弦也来了，他甚至让禁卫下到池里找，我躲在铜像里大气不敢出，生怕被他发现。最后，他气急败坏地走了，走之前，吩咐众人，任何人都不许将我不见的消息透露出去。"

"难怪。"凌澜若有所思道。

难怪他说蔚景已经被他们所救时，那个男人那般相信。果然他的感觉是对的，他就是怀疑她是不是已经不在他的手上。果然。

"难怪什么？"蔚景睁着黑白分明的大眼睛看着他。凌澜回神，微微一笑："难怪我会来碧水宫找你，原来是冥冥之中，跟你心有灵犀。"

"切，"蔚景不以为然地轻嗤，心底深处的甜蜜却是一点一点泛起来，她瘪嘴道，"若不是我出来，你还不是没有找到我，看你那样子，是准备走了吧？"凌澜笑，没有吭声，转眸看了一眼窗外依旧不见停歇的大雨，敛眉道："得赶快找身干净的衣衫给你换上才行，夏日染上风寒最是受罪。"一边说，一边扯了边上横梁垂坠下来的彩色帷幔，裹在她的肩上。末了，又说，"你等我一下。"说完，转身就往外走。

蔚景一直看着他。看着他出了内殿，出了中殿，也出了外殿，看着他左右环顾了一下，准备冲进雨幕去，看着他似乎突然想起什么又顿住脚步，然后，就转身往回走。进了外殿、中殿、内殿，一直走回到她的身边。

"要不，还是一起淋雨吧。"他说着，朝她伸出手。

蔚景看着他，看着身上明明比她还要湿透的他，片刻，垂眸一笑，将小手递进他的掌心。凌澜五指一收，将她的手裹住，拉着她往外走。原本他是想去司乐坊取一套干净的袍子过来，后又想，锦弦是逃了，可是宫里他的很多势力还在，他不能将她一个人留在这里。在一切还没有肃清理顺之前，她必须在他的视线范围之内。

蔚景被他拉着往外走，一边只手解着身上的帷幔，想将其丢掉，却被凌澜不悦地制止。

"就这样！"口气虽不重，可是却霸道得不行。蔚景皱眉看看堆在身上的红红绿绿：

"这样缠在身上很奇怪。"

"有什么奇怪的？你身上的那套衣服本来薄得就像张纸一样，湿透以后搭在身上，跟没穿有什么区别，而且背上还被叶炫开了一个大洞，你若这样出去，那才叫奇怪呢。"男人口气微沉，脸色也明显有些黑，"还有，我的中衣呢？金銮殿上，我不是将我的中衣脱给你了吗？"

"中衣在是在的，只是被我……"蔚景轻轻咬了咬唇，见男人看着她，便没有说下去。

"被你怎么了？若你嫌帷幔奇怪，就穿中衣好了。"

见让她穿中衣，蔚景头皮一阵发麻，于是，又眯眼一笑道："那还是缠着帷幔吧。"

男人无奈地摇摇头，拉着她的手，继续往外走，可走两步，又蓦地顿住，侧首看向她，"我想知道，中衣被你怎么了？"

"也没怎么。"蔚景略略垂目，不去看他的眼睛。男人眯了眯眸，目光越发探究："被你撕了，扯了，还是剪了？"

"没有，"蔚景呐呐道，"只是被我画了一些东西。"蔚景一边说，一边走到床榻边，自枕头下面将那件叠得整整齐齐的中衣取了出来，抖开。

凌澜被那胜雪的白衣上密密麻麻的小黑圈圈震住了。

"你画的是什么？"

虽说知道她不是那种琴棋书画样样精通的女子，可曾经她还给他画过与锦弦交易名册的那个内奸的画像不是吗？画功还行啊。怎么就画成了这样一幅鬼画符？

"你不知道？"见他没看出来，蔚景很是吃惊。

"我应该知道吗？"凌澜敛眸，再次皱眉看向那件面目全非、狼藉一片的中衣。

"你当然应该知道啊，怎么说你也是擅长岐黄的高手，没看出来这都是人身上的穴位吗？被关在这里面，一个人都没有，我就想着找点事打发时间，其实关于施针，理论上我是会的，只是实际经验缺乏，有史以来，也就两次，一次是将影君傲的穴位封住，将他困在山洞里，一次就是……"

蔚景顿了顿，睨了睨凌澜脸色，犹豫了一下，才道："一次就是刺你虎口麻穴，逼你放手。两次都是在危急之下，可两次都成功了，说明，其实我是可以的，只是手生而已，所以，就想着练练手，碧水宫里正好有笔墨，我身上又有银针，我就在你的这件衣服上画上人体穴位，然后套在枕头上，然后，练习……"

凌澜看着她，摇摇头，语重心长道："好在只是枕头，你没拿自己练手。"

"我有那么傻吗？"蔚景挑眉，斜了他一眼，又将中衣小心翼翼地叠好，"以后就拿这个练。"

凌澜抚了抚额："练习倒是无所谓，只希望你不要轻易对人出手就行！"

蔚景一怔："你什么意思？"

"没什么意思，"凌澜微微一笑，上前握了她的腕，"走吧，鸳颜她们还在未央

第十三章 终于夺回

宫等着呢。"

"我知道，你是高手，你不就是瞧不起我的医术吗？"蔚景一边被动地走着，一边不悦地噘嘴，"曾经我练习都没练习，不是照样刺准了你的麻穴吗？"

男人低低一笑，脚下不停，淡然的声音响起："难道你不知道那日你刺中的是我的殇穴吗？"

蔚景浑身一震，愕然睁大眼睛。

锦弦挟着叶炫一直出了宫，意识到身后有人跟踪，他专门往人多的街道上走，然后又穿过多条小巷，又是躲，又是绕，又是设计制造骚乱，才总算将跟踪的几人甩掉。他一直带着叶炫来到城郊的一处无人居住的偏院，才伸手解了叶炫的穴道。叶炫对着锦弦撩袍一跪。

雅苑，厢房，鸷颜靠躺在金丝楠木大床的床头上，凌澜坐在床边，凝神给她探着脉。这是蔚景第二次看到鸷颜如此虚弱的模样，上一次是在云漠的山洞里，这才短短数日的时间，旧伤未愈，又逢滑胎，铁打的身子也承受不了啊。而且，就算身子的伤能医，心里的伤呢？那种丧子之痛，那种撕心裂肺的切肤之痛，或许只有自己经历过的人才会真正感受到。

这世上有哪一个母亲不想要自己的孩子，没有，可世事却总有这样那样不如人意的无奈。她曾经亲手将自己的孩子生生堕掉，如今鸷颜的孩子又被自己的父亲亲手扼杀。最痛也痛不过孩子的母亲吧？鸷颜终究比她坚强，曾经的她差点放弃了生的念头，而此刻的鸷颜就算心里在流血腐烂，面上却依旧没事人一样，平静得可怕。倒是屋内的其他几人脸色一个比一个凝重。

连她在内，屋内总共有七人，鸷颜、凌澜、湘潭、弄儿、康叔以及高朗。高朗她是第一次见到，听说是凌澜的隐卫头领，俊眉朗目，高大挺拔，此次宫变，扮作夜逐曦而来。不知是不是自己太过多心，还是过于敏感，虽说人人都担心鸷颜，但她觉得，高朗最甚，而且是那种想担心却又不敢担心，想表现却又不得不压抑的担心，很复杂，她也说不上来。

凌澜探完脉，吩咐边上的湘潭去煎药，又吩咐弄儿去熬汤，起身之际，却是被鸷颜拉住了袍袖："听说，锦弦跟丢了？"

凌澜微微一怔，反手握了她的手背，轻轻拍了两下，点头"嗯"了一声。这么多年的相依为命和并肩作战，他又岂会不懂这个姐姐的心思。她想要问的又怎会是锦弦。

"你放心，锦弦大势已去，掀不起什么大浪，而叶炫虽在他手上，暂时却也安全，毕竟他现在只有叶炫这唯一一张可以对付我们的牌了。"

鸷颜没有吭声，缓缓松了凌澜的衣襟，轻垂眉目，看着身前的薄被，不知在想什么。

凌澜又交代了几句，让她好好休息，领着众人就出了厢房。

外面，雨不知几时已经停了，放晴的天空竟还出现了彩虹，七彩的颜色铺进院中，染了一地的绚烂。这是一处崭新的宅院，其实可能已经建了很久，只是一直没人住，所以显得特别新。

因为此次事件，只是暴露了鹜颜，并没有让相府彻底暴露，所以，鹜颜不适合回相府，凌澜就安排她住到了这里来。鹜颜的身份不适合回相府，就等于她也不用回相府了，反正夜逐寒有康叔，夜逐曦有高朗。只是锦溪……

蔚景正兀自想着，凌澜转身握了她的手："你也暂时在这里住下来，我已经吩咐弄儿给你收拾好了厢房，你也可以顺便照顾一下鹜颜。"蔚景怔了怔，点头："那你呢？"

"还有很多事情等着我去处理，处理完了，我就回来。"凌澜一边说，一边抬手，将她额前的一缕碎发轻拂到耳后，"这屋子四周都是隐卫，他们会保护你跟鹜颜的安全。"

"嗯。"蔚景微笑点头，小脸映着彩虹七色的光，就好像是聚集了这世上最璀璨的光芒，耀人双眸。凌澜心中一动，忽然倾身吻上她的唇。这一吻来得突然，蔚景猝不及防。明明青天白日，明明康叔跟高朗就在身旁。羞涩窘迫间，蔚景刚想伸手推他，他却已先她一步放开她的唇。

"我走了。"转身，他招呼早已不好意思别过眼的康叔跟高朗，三人一起离开，留着蔚景一人站在那里耳热心跳了好半天。

相府前院，锦溪心急如焚地走来走去，不时探头看向门口的方向，一张小脸密布愁云。直到身着一袭银白色朝服的夜逐曦走了进来，她才心头一喜，提着裙裾，快步奔了过去。

"二爷，听说宫里出大事了，是吗？"人还未走近，她就急急问道。

"嗯。"男人淡应了一声，脚步不停，继续往前走，锦溪心头一沉，怔愣了片刻，又连忙追了上去："听说是凌澜跟鹜颜合伙谋反，我皇兄已弃宫而去，是这样吗？宫门口都被戒严了，我想进宫去看看都不行，怎么就……"

男人忽然顿住脚步，转头看向她，锦溪一震，被他凤眸中瞬间腾起的冷冽吓到，一时就忘了自己接下来要说的话。

"这个时候进宫，你想找死吗？"男人冷声开口。

"我……"锦溪的心里早已乱作一团。她也是听到街上的人在议论，才知道这件事的，对她来说，无异于晴天霹雳，起初她还不信，直到她赶到宫门口，看到乌泱乌泱手持兵器的人。饶是这般，她依旧不信，所以，就想着等夜逐曦回来问问。没想到，竟是真的。最后一丝希望也破灭。

一下子，她就哭了，从未有过的惶恐和绝望："那我该怎么办？皇兄哪里去了？他真的败了吗？我要怎么办？"眼泪就像是断了线的珠子扑簌扑簌往下掉，锦溪俨然一

第十三章　终于夺回

017

个无助的孩子，哭得上气不接下气。

凌澜眸光微闪，低低一叹，转身，轻轻揽过她的肩，将她拥在怀中："没事，你放心，只要相府在，你就绝对平安。"大手轻轻拍着她的背，凌澜低声哄劝。

锦溪吸吸鼻子，自凌澜怀中抬起头，眼眶红红地看着他，哽咽道："可是……我是公主……我是锦弦的妹妹，凌澜……凌澜那个奸贼又怎么会放过我？"何况，她还一直得罪鸷颜、陷害鸷颜，鸷颜肯定也要报复她。

凌澜却是不以为然地微微一笑："是，你是公主，你是锦弦的妹妹，可是，别忘了，你也是相府的人，是我夜逐曦的妻子，只要相府在，只要你的丈夫还在，又岂会没有你这个妻子的活路？"

锦溪怔怔看着凌澜，刚刚止住的眼泪再一次漫了出来。这是自她嫁给这个男人以来，这个男人说得最动人的一句话。她没想到，却是在这样的情况下。都说患难见真情，是这样吗？如果是，她可以不要公主光鲜的身份。

"可是，一朝天子一朝臣，二爷要怎么做才能让凌澜放过相府？"

凌澜低低笑，拥着她的肩往前走。

"虽说一朝天子一朝臣，但是，相府却不是一般的臣，你想，大哥是前朝的相爷，你哥哥登基，都没能铲掉我们相府，他凌澜上位，就敢对我们相府不利？还有，鸷颜怎么说也是我大嫂，就算当初是带着目的潜伏在相府，但不管怎么说，一日夫妻百日恩，我就不相信，她对我大哥没有一丝感情。而且，正因为她潜伏在相府，就算相府是清白的，文武百官们也不会这样想，多少肯定会怀疑相府跟凌澜他们早就串通一气。凌澜刚刚上位，需要得到大家的支持，只要我们相府愿意臣服，他必然欣喜，正好也将我们相府彻底黑化，让文武百官的怀疑成真，这样我们相府也再无回头路，他日，就算你哥哥卷土重来，也定然不会再相信相府，如此一举两得，凌澜何乐而不为？"

锦溪虽然听得不是特别明白，但是大致意思还是听懂了。好像似乎是那么个理儿。一颗心也稍稍安定。

"所以，你不要再胡思乱想了，不管发生什么事，我定会护你无虞！"

锦溪一时心绪大动，抬头怔怔看着他，鼻尖又酸了："你为何要对我这么好？"

凌澜眸光微微一敛，绝美的唇边浅笑漾开："你不是也对我很好，为了我，为了相府，甚至不惜跟自己哥哥闹翻？"

锦溪怔了怔，才反应过来他说的是何事。不提这个还好，一提这个，她又来气了："谁让他竟然送无后鸟给自己的妹妹，我就说我怎么……"

"好了好了，已经过去了，来日方长，不是吗？"凌澜笑得绝艳，眼角眉梢都是意味深长，锦溪顿时红了脸，嗔道："没正经。"

不达眼底的笑意缓缓敛起，凌澜眸色深深，松开她的肩："你先回房歇着，出了这么大的事，我得去跟大哥商量一下。"

"嗯，好！"

锦溪刚走，康叔就从不远处走了出来，凌澜看了他一眼，两人一起往书房的方向走。

"爷真的打算将溪公……锦溪留下来？"

"叶炫在锦弦的手上，锦溪在我们手上，不好吗？"凌澜边走，边侧首瞥了康叔一眼。

"好是好，只是……"康叔犹豫了一下，才接着道，"只是，也可以将她囚禁起来，或者……"

"囚禁起来？那岂不是告诉世人，相府就是跟凌澜一伙的？"凌澜顿住脚步，回头，"而且，你难道不觉得，一个帝王倒台了，而这个帝王的妹妹却光鲜地活在仇人那一边，很有意思吗？当初将锦溪嫁到相府也是他锦弦以君权强行迫相府所为，他就应该想到会有这一天，说到底，我不过是以其人之道还治其人之身罢了。"

康叔一怔，不是很明白他最后一句话的意思。凌澜也没有打算跟他讲明白，唇角一勾，走在前面，眸光一寸一寸寒凉。锦弦，当初你利用蔚景谋得天下，又让蔚景背负天下骂名，今日，我便让你尝尝，自己的妹妹背负着这一骂名的滋味。

"派人监视好她！"侧首，他吩咐康叔。

厢房，蔚景看着鸳颜将最后一勺汤药饮尽，伸手将瓷碗接了过来的同时，递了两粒蜜饯给她。

"谢谢！"鸳颜弯了弯唇，伸手接过，送了一粒含在口中。

"甜不甜？"蔚景笑睨着她。这药后配蜜饯，她也是跟这个女人的弟弟学的。

"嗯。"鸳颜点了点头。

蔚景含笑转身，将瓷碗放到桌上。

"能坐下陪我说会儿话吗？"鸳颜忽然开口。

蔚景一怔，几时听过这个女人说过这样的话？

"好！"她回头笑道，末了，又走到床边的一个软椅上坐下，"想说什么？"

"说说你怎么想的？"

蔚景一愣："我？"

"嗯，你，此时此刻，你心里怎么想的？"鸳颜靠在软枕上，虚弱地看着她，目光轻柔。

蔚景思忖了一下她的话，依旧不是很明白她的意思。

"你指的是？"

"今日的事。譬如，锦弦终于被拉下来了，你觉得自己复仇了吗？还有，在你心里，中渊的江山姓蔚，应该是你们蔚家的，如今被凌澜所得，你又怎么想？"

原来是问这个。

蔚景弯了弯唇："我没想那么多。"

她说的是实话，她真的没想那么多。的确，一直以来，复仇复国是她的人生目标，

第十三章　终于夺回

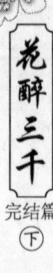

可是，曾几何时起，这个人生目标已经在悄然发生着变化，她也不知道。她只知道，今日在碧水宫里，她想得最多的不是锦弦要倒台了，不是自己的仇恨要报了，而是担心，担心此事失败，担心凌澜的安全。她想着凌澜一定要平安，她自己要平安，她等他，她不能拖累他，她要平安见到他。仅此而已。再无其他。

"那如果凌澜登基为帝，你……"鹜颜又试探性地开口，却终还是没有将话说完。

蔚景自是知道她要问什么，垂眸弯了弯唇。静默了好半晌，才抬起头："我总不可能当女帝。"

其实，对她来说，锦弦的倒台也算是报仇了，至于谁做皇上，对她一个女人来说已经不重要了，公主只是一个身份而已，没有这个身份她也一样能生活。江山姓什么有什么关系，只要凌澜勤政爱民，百姓安居乐业，让中渊繁荣昌盛，她也不会计较到底谁坐龙椅，何况是她爱的男人。

鹜颜还在她那一句话里没有回过神，她又补了一句："我相信，凌澜会是个好皇帝。"

鹜颜怔了怔，会心笑开。

真的，蔚景第一次看她这么笑，非常会心的笑，那感觉就像是卸下了千斤重担一般释然。其实，她知道的，这个女人是在帮自己的弟弟试探。鹜颜困扰的事，凌澜也会困扰吧。其实，真的没必要。

一直回到房间，蔚景还在想这个问题，等凌澜回来，她要不要也明确跟他表个态。捻亮屋里的烛火，她望了望窗外苍茫的夜色。走到门口，刚准备关上门，一个身影就蓦地出现在她的面前，笑吟吟地看着她："怎么？不等我，就准备睡觉？"

吓了蔚景一跳。所幸屋内烛火够亮，来人俊颜正对着光，是自己再熟悉不过的容颜，才没失声叫喊出来。

"你当自己是神仙啊，正门不走，玩从天而降。"惊魂未定，蔚景抬头望了望屋檐，嗔怒道。男人方才就是从那里翩然落下的。

凌澜笑笑："这不是要给你一个惊喜嘛。"边说，边举步走进屋内。

"惊喜？我看惊吓还差不多。"蔚景瘪嘴，将房门关上，还未转身，背上就蓦地一热，男人的手臂已经自后面将她拦腰抱住。

"才两日的时间，为何我觉得像是过了很久？"温热的气息喷在她的侧脸上，蔚景的心口一颤。

"什么？"微红着脸，她故意佯装听不懂。

凌澜松开了她的腰，大手扳过她的肩膀，让她面朝着自己，凤眸炽烈地看着她："所幸这两日很忙，一直在部署所有的事。"

举事本就是迟早的事，可却也没有打算这么急，但是锦弦将这个女人收押的事，彻底将他逼上了这条路。他再也克制不住，他再也不想等了。这个想法就在金銮殿上她被禁卫带走的那一刻就无比坚定。虽说一直都在准备着，可夺宫却终究不是小事，两日的准备时间太短，根本来不及，所以，起先鸷颜还是反对，但他执意。他必须反，他也必须赢，因为他让一个女人等他两日。大军刚从云漠回来，长途跋涉，正处在休整期，庆功宴君臣同乐、人多聚集，这一切都是举事的好时机。他不知道错过这一日，还要等多久，他不能等。一刻也等不下去，所以他连夜部署，两日两夜都没有合过眼。终于成了。

"蔚景，你在，真好。"

曾经无数次想过大成之日会是什么样子，却从未想过，她会在自己身边。也不是未想，是想过而不敢想。没有人知道他的心情，只有他自己知道。只有他自己知道，在碧水宫看到她破水而出那一刻的心情，远比在未央宫前面看到锦弦弃宫逃跑时的心情要强烈百倍千倍。

捧起蔚景的脸，凌澜轻轻吻了吻她的鼻翼唇角，而后又定定凝着她看，那专注的样子，似是要将她的模样镌刻到心里面去。

"为什么这样看我，我脸上有花吗？"蔚景被他看得窘迫，面色不由得越发绯红。

"愿意嫁给我吗？"他忽然开口。声音微哑，低沉醇厚。蔚景心尖一抖，愕然抬眼，撞上男人炙热的目光。

"蔚景愿意嫁给凌澜吗？"温热的气息打在脸上，萦着淡淡的墨竹香，清新好闻，凌澜再次轻声问。

蔚景怔怔望着他，心里说不出来的感觉。一直以来，他们有着夫妻之实，却从不是夫妻。夜逐寒的妻子是鸷颜，夜逐曦的妻子是锦溪。而她，什么都不是。

许是见她半天没反应，凌澜又轻轻吻了吻她的唇，喑哑的声音在两人相贴的唇瓣间逸出："蔚景，你愿意吗？"

蔚景微微后倾了身子，避开他的唇，仰脸望着他，男人眸光黏稠，胶在她的瞳上。见他难得一本正经的样子，蔚景一时兴起，想闹他一闹，遂煞有其事地想了想，然后，一脸慎重道："我考虑考虑。"

"不许考虑，必须愿意！"她的话音刚落，男人霸道坚决的声音紧接而起。

看着他一副强势霸道不容人拒绝的样子，蔚景不满地嘟囔："哪有你有这样的？一点诚意都没有。"

男人拉着她的手开了厢房的门往外走。蔚景被他拖着，被动地移动脚下的步子："这么晚了，你要去哪里？"

一直被拖到后院的水榭旁边，男人让她站着，而自己却是脚尖一点飞身而起，轻盈地踩着水面，一朵一朵摘下浮开在水面上的睡莲时，她才明白过来。原来是来摘花的。心神一动，本想阻止他，却又不忍破坏这一幅美丽景致，便站在那里没有动，也没有出声，就看着他。

或许是大雨过后的原因，今夜的天空很蓝，就像是湛蓝的湖面，湖面上镶嵌的星子也格外的璀璨明亮。漫天星斗下，男人一袭白衣，袍袂簌簌，如同九天而来的谪仙。

第十三章　终于夺回

男人轻盈踩于水上，或盘旋、或一跃而起，在他的脚下，是被夜风吹得摇曳的莲叶和被他脚尖点过泛着一圈一圈涟漪的水面。当男人手捧一大把睡莲递到她面前的时候，她还沉浸在那一幅水墨画里没有走出。

"嫁给我！"他说。

蔚景怔怔回过神，垂眸看着面前一大捧娇艳的睡莲，花瓣上还有未来得及滚落的露珠。皱眉道："凌澜，你还真下得了手，没有水，这些花很快就会蔫掉的，你这分明就是要了它们的命。"

蔚景抬眸，撞上男人殷殷等待的目光。只不过凤眸中的那一抹殷切在她的这一句话后，很快剥落了下去，凌澜面色一沉。

蔚景细细睨着男人神色，见男人真的像是在生气的样子，她就笑了，瘪嘴道："幸亏还没答应嫁给你，一句话就让你不耐烦了，一辈子还长着呢。"说完，蔚景扭头就走。凌澜这才意识过来她的故意，眸色一黯，直接将手中的一大捧睡莲丢掉，跨步上前将她的手臂拉住。

"不管答应不答应，你都已经是我的人了，还想反悔？你早就没有了回头路。"男人沉声，带着一丝咬牙切齿，话音未落，身形骤然一矮，直接将她抱起，快步往厢房的方向走。

蔚景对他突如其来的动作猝不及防，身子陡然失去平衡的那一刻，就本能地伸手抱住他的颈脖，望着身后被他掷得凌乱一地的睡莲，蔚景直觉得可惜。

还想反悔？你早就没有了回头路。她想着男人的话。她的确没有了回头路。凌澜，只愿你真心待我，莫让我有反悔的那日。更紧地圈住男人的颈脖，她静静地趴在男人的肩头，也没有要求他放她下来，心里面从未有过的宁静，只希望夜更久、路更长。忽然心神一动，她歪过脑袋，轻轻吻上他的唇，男人明显身子一僵，与此同时，也顿住了脚下的步子。而蔚景依旧不管不顾，一边笨拙地吻着他，一边喃喃地问："凌澜，你会一辈子对我好的，是吗？"

男人没有回答，直接加深了那个吻。

蔚景想，已无须言语，她已然明白他的心。

透过男人的肩头，蔚景看到身侧两边不知名的花儿开得正烈，摇曳跌宕中，不时有花瓣飘飘落落，在那一片纷扬中，蔚景看到了湛蓝的天、晶亮的星、皎洁的月，还有漫天的花雨。

"凌澜……"她紧紧攀上男人的背，眼角落下泪来。

第十四章 新帝登基

疲惫至极,小睡了片刻醒来,发现自己正躺在男人的怀里,男人坐在花径中,不知几时,已经穿好衣服,也给她穿好了衣服。她没有唤他,也没有动,就躺在那里静静看着男人俊美的侧脸。男人不知在想什么,目光凝落在前面的一株花树上,一眨不眨,想得很入神,从她的这个角度看过去,竟觉得他的侧脸莫名透着丝丝清冷,下颌也拧着一丝紧绷。

"凌澜。"她轻轻唤他。男人垂眸看她:"醒了?"

"嗯,"蔚景朝他的怀里蹭了蹭,"在想什么?"

男人眸光微闪,沉默了好一会儿,才道:"想登基的事。"

蔚景微微一怔,见他方才面色清冷的样子,蹙眉道:"是不是有什么麻烦?"

男人未语。

蔚景想起夜里跟鹭颜的对话,伸出手臂将他的腰身抱住:"凌澜,如果是顾忌我,你大可不必,蔚家的江山,我坐,还是我男人坐,有什么关系?只要你做一个勤政爱民的好皇帝。"

男人依旧垂目看着她,因背对着光,看不到他脸上的表情,只看得到他一双眸子波光粼粼、熠熠生辉。

"谢谢。"他说。

如此郑重和正式,蔚景就"扑哧"一声笑了。

"夜里凉,我们回屋吧。"男人抱着她起身,往屋里走。

"现在知道夜里凉,方才我要回屋,你怎么说的?"蔚景瘪嘴,却也乐得享受这份宠溺,就任由他抱着走。男人微微笑着,没有吭声。

蔚景又蓦地想起另一件事来,"对了,文武百官那边,有麻烦吗?"虽说相府仍在,也权势滔天,但是,毕竟只是一个相府,新帝登基,最重要的就是臣子的扶持。锦弦也绝非等闲之辈,虽在位时间不长,肯定已培养自己的亲信,而这些人……

"没事,"凌澜淡然的声音响起,"这些困难事先我们已经想到了,所以,我们才利用锦溪,制造她跟锦弦的矛盾,目的就是让朝中像我们这样的老臣对锦弦心生嫌隙,毕竟老臣占了三分之一，且都位居要职，只要这些人臣服了，就好办。另外，朝中也有不少人本就是我的人。加上那些老臣，至少有一半人以上，所以，问题不大，而且，还有你，明日我会召集那些大臣，将当初锦弦跟蔚卿一起，将利用你、陷害你，篡夺皇位的事告诉他们，相信他们也都是明道理、识时务的人。"

"嗯。"见他如此自信淡然的样子，蔚景便也不再担心，她相信他，只要他想，这世上似乎就没有他办不成的事。

"对了，你方才说利用锦溪，除了让夜逐寒假意休妻，利用了锦溪，后面你们又做了什么坏事？"

"坏事？"男人挑眉，想了想，又唇角一弯道，"倒还的确是坏事，只不过，不是我们做的，是锦弦做的，正好被我们揭穿利用了而已。"

蔚景一听，顿时就来了兴致："说来听听。"

"还记得那夜我们三个人商量的时候，你说，在给蔚卿做法事那夜，锦溪跟你提过鹜颜跟我的事吗？"

"嗯。"蔚景点头。

"你跟我们讲得很详细，你说，锦溪还说冬雨被人下了'忘忧'，你后来骗锦弦的那两粒'忘忧'就是从锦溪那里所得。"

"是啊，那又怎样呢？"

"所以我们就利用了这件事，我让人找到真正的冬雨，将其送出了京城，然后，又让我们的人假扮成冬雨，跟锦溪偶遇，跟她讲了'忘忧'是锦弦所下，并告诉她，锦弦将她嫁给相府是利用她，利用她稳住相府，控制相府，以达到铲除相府势力的目的。锦溪头脑简单，而且除了冬雨是假的，冬雨所说的也都是事实，所以她相信了，她的性子你也知道的，冲动任性，她肯定会去找锦弦。我们也不怕，毕竟这些事的确是锦弦所为，不管锦弦用什么办法稳住她，她的心里终究是起了疑。"

"正在我们想该如何再下一剂猛药，让两人矛盾再加深，最好弄得百官皆知的时候，鹜颜想起了一件事，就是锦弦送给锦溪的那只鸟，鹜颜说，那只鸟很奇怪，很像她曾经见过的无后鸟，无后鸟比较稀有，机缘巧合她见过一次，因其珍稀却功效奇特，所以她记忆深刻，锦溪的这只鸟就很像，但是，毛的颜色不对。我当时就想，会不会颜色是假的，用水一试，果然。所以，我们就想着，要让锦溪知道这件事情，你想，送她无后鸟，故意让她不孕，这个人还是她一直信赖的哥哥，她不闹个天翻地覆才怪。老天似乎也在帮我们，正好下大雨，然后，我们就在挂鸟笼的屋顶上，将琉璃瓦弄了个小洞，让小鸟洗个澡，所以，就这样……"

后面凌澜说了什么，蔚景也没有听进去，她关心的是另外一个问题："你跟我说过，你从来没有碰过锦溪，那锦溪为何会觉得跟你有过？"

凌澜讳莫如深地一笑："因为她的确有过，只是不是跟我。"

蔚景愕然睁大眼睛："是谁？"

凌澜犹豫了好一会儿，见她一副必须要知道的样子，才低声道："高朗。"

啊！

"高朗？"蔚景只觉得难以置信。让高朗跟锦溪，那他……他不是心仪鸳颜吗？

"凌澜，你好过分！"蔚景怒道。

"过分？"凌澜显然没有想到她是这种反应，脸色一沉道，"那如果是我，是不是就不过分？"

"不是，你这样……哎呀，我也说不清楚。"

"说不清楚，就不要说！"凌澜也隐隐有些怒了。想当初要不是为了拿醉红颜的解药，他又何至于如此。

回房沐浴后躺在床上，凌澜的脸色还是不好看，蔚景拿眼偷偷睨他，见他平躺在边上，目光平视着头上的帐顶，也没睡着，也不说话，不知在想什么。两人沉默了好久，蔚景忍不住了，便拿胳膊肘碰他："喂，你不会那么小气吧？"

凌澜没有理她。

蔚景等了等，见他依旧目不斜视，没有一丝反应，心中不免有些委屈，嘟囔道："你一个大男人，至于吗？"

凌澜还是不理她。

见他如此，蔚景便也不再自讨没趣："好吧，我睡了，困死了，你也早点睡。"蔚景边说边打着哈欠，翻了一个身面朝里而睡，留给对方一个背脊。还未待阖上眼睛，肩上就是一重，凌澜大力将她扳了回去。温热的气息逼近，她对上男人略显沉怒的双眼。

"你这个女人有没有心？"男人一边说，一边伸出手指点了点了她的左心房，咬牙切齿道。蔚景眨着无辜的大眼睛看着他："我怎么了？"

男人不说话，就盯着她。两人僵持了好一会儿，见他一直保持着撑着手的姿势，蔚景忽然用嘴努了努他的胳膊，问道："酸不酸？"

成功地看到男人的脸色瞬间又黑了几分，她便再也克制不住地"扑哧"笑出声来。展臂缠上男人的颈脖，顺着吊在颈脖上的力道，她蓦地仰起头在男人菲薄的唇瓣上亲啄了一口："好了，不要生气了，我知道你都是为我好。"

作为天生爱浪漫的女人，她当然知道在一个男人捧着一大束花站在面前的时候，丢一句"没有水，这些花都会蔫掉的，你这分明是要了它们的命"有多煞风景。她也知道，在听说跟锦溪一起的不是他，而是高朗时，她震惊之余自己心里的那一份欢喜。想到这里，她又禁不住将男人的头拉低，再次啄上他的唇。原本打算跟第一次一样亲一下就放开，谁知道男人顺势就压在了她的身上，加深了那个吻。

被男人狠狠地吻住，头昏脑涨中，蔚景叫苦不迭。都说吃一堑长一智，她怎么就

第十四章 新帝登基

忘了刚刚在后院，就是她的一个吻惹了祸，害得她被摧残得浑身就像是散了架一般。果然自作孽不可活。

好在这一次，他只是发狠地吻了她一通，就放开了她。

"那你愿意还是不愿意？"裹着炽烈和暗火的眸光落在她微微红肿的唇瓣上，男人哑声问。

"什么？"蔚景喘息地望着他。

"嫁给我，你愿意不愿意？"

原来还在问这个，蔚景有些哭笑不得，嗔道："不是你自己说，不管答应不答应，我都是你的人了吗？"

"我要你亲口说。"

"不说！"蔚景故意别过脸。可下一瞬又被男人大手给扳了回来："说！"

"不说！"

"说！"男人俯看着她，黑眸炽暗。

"不说就是不说。"蔚景一边笑着拒绝，一边伸手想要将他落在脸上的手拂开。

如她所愿，男人主动将手拿开了，可是紧接着，又趁她不备快速地伸到了她的衣襟里面。

"你说不说？"一边逼问，一边手上开始动作。蔚景吓得赶紧在衣服外面按住他乱动的大手，气喘吁吁地求饶："我说我说……"

夜很静，远远地有打更的声音传来，一声一声，竟已是四更的天。原本两日两夜没有合眼，忽然一放松，很累，可是他却怎么也睡不着，垂目看着怀里睡熟的人儿，伸手轻轻抚上她的容颜。不知梦到了什么，女子微微弯起了唇角，含糊不清地梦呓了一句，小脑袋朝他怀里蹭。

凌澜以为她醒了，轻唤了一声，却又见她呼吸均匀，睡得正酣。又抱着她静躺了一会儿，凌澜才将手臂轻轻抽出来，让她枕在软枕上，起身下床，拾起中衣穿在身上，开门走了出去。

夏末秋初，夜里已经有些凉，凌澜缓步走在夜风中，不知心中所想。在一株大树下站定，他轻拍手掌。凉风习习，衣袂簌簌。黑影翩然落在他的面前。

"爷。"黑影恭敬鞠身。

"登基那日，让他也来观礼。"

一阵夜风吹来，将凌澜清冷的声音吹散。

八月二十八，黄道吉日，中渊新帝登基。自上次新帝登基只相隔不到半年的时间。两任新帝都不是世袭继位的帝王，原则上，就等同于改朝换代，但是，很奇怪，可能是为了不给百姓们带来太大的影响，新帝锦弦登基后，没有改国号，依旧国号中渊，如今的这位新帝亦是。

这一日天气非常好，晴空万里、秋高气爽。整个皇宫都被布置得喜气洋洋，因为新帝登基跟封后大典同时进行，所以，随处可见的颜色只有两种，一种明黄，一种大红。大红彩架，明黄布幡，大红灯笼，明黄地毯。浓烈的色彩，奢华、张扬、喜气、尊贵。

许是见天气晴好，又许是怕人员众多，一般帝王的登基大典都是在金銮殿里进行，而此次新帝却是选在未央宫外面的空旷之地进行。一大早未央宫前面就聚满了人，除了文武百官，还有各府女眷，这也是继锦弦以后，又一个登基大礼让女眷也参加的帝王。就连皇后的哥哥蔚佑观和蔚佑博也在其列。康叔和高朗也在其中，当然，此时的他们是夜逐寒和夜逐曦。紧挨着高朗而站的是一身华服、妆容精致的锦溪。意识到众人或有心或无意投过来的各种复杂目光，锦溪又是紧张，又是窘迫，便一直拉着边上高朗的手不放。

最让大家惊奇的是，就连天下第一庄的庄主影君傲也来了。因为曾经锦弦让影君傲来宫里住过几日，所以众臣基本上都认识他。谁也没有想到他会来参加，毕竟历朝历代，啸影山庄跟朝廷从无来往，说白了，也就是从不臣服于朝廷，朝廷对此却也无可奈何。

而此刻他的出现，让众人不禁纷纷揣测起来。莫非啸影山庄也是新帝身后的一股势力？竟然连一向清高孤傲、势力强大的啸影山庄都来支持新帝，这位新帝，果然不简单。

众臣都讨好地跟影君傲打招呼，影君傲淡淡应着，表情有些落寞。倒是边上的影无尘一直嘀嘀咕咕没闲着。

"不就是一个帝王登基嘛，真不晓得你跑过来凑什么热闹，自降身份！"影无尘一边抬袖扇着袖风，一边不悦地嘟囔。影君傲瞟了他一眼："我又没让你跟着，你不爱来就别来。"

"切，"影无尘瘪嘴，"我要不是怕你形只影单，见人家伉俪双双，心里受不了，我才不跟过来呢。"

影君傲没有吭声。无尘看看众臣依旧不时盘旋过来的目光，用手肘碰了碰影君傲，眉目弯弯道："喂，有没有听说过狐假虎威的故事？"

"你又想说什么？"影君傲瞥了他一眼。

纤长的手指轻轻拂过衣袖上的褶皱，影无尘不紧不慢道："我想说呀，我们被人利用了，凌澜那小子就是一只狐狸，分明是想借我们啸影山庄这只老虎的威风，吓唬吓唬这些不明真相的大众。你想啊，他登基关我们屁事，为什么还要发个什么帖子到山庄。也只有你，还真来了。你难道不知道，我们现在站的这个地方是应该谁站的？我们周围的这些人又是些什么人？"

影君傲没有理他，目光始终盯着入口的方向。

"你有没有听我说话啊？"他的反应让影无尘很是受伤。

"在听，你说。"依旧没有回头，影君傲言简意赅。

"我们所站的这个地方应该是中渊的臣民们站的，我们周围的这些人都是凌澜的臣子，你说，我们往这里一站，是不是表示啸影山庄也俯首称臣啊？如此一来，凌澜利用啸影山庄的威风镇场的目的就达到了。"

影君傲无奈地摇摇头："你想多了，我又不是为他而来。"

"为了那个女人就更不应该来啊。人家都是别人的皇后了，你堂堂天下第一庄的庄主，想要什么样的女人没有，偏偏喜欢一个有夫之妇，这要传出去，让世人怎样看你，怎样看啸影山庄？"

"你少说几句会死啊！"影君傲终于听不下去了，猛地一回头怒道。

影无尘瞬间噤了声。片刻之后，又忍不住嘟囔："人家还不都是为你好……"

影君傲一个回头冷睨，他的话便又没有说完。

终于等到辰时，随着内侍太监尖细的唱喏声："皇上驾到——"

未央宫前面顿时四寂了下来。众人齐刷刷跪下行礼，当然，除了啸影山庄的影君傲和影无尘。在一片震耳欲聋的"万岁万万岁"中，男人一袭大红龙袍从入口处走了进来。一直沿着明黄地毯，经过两旁伏地而跪的众人，脚步沉稳，快步往高台而去，高台上早已摆好龙椅、搭好华盖。

影无尘看了看男人身上的龙袍，又看了看自己身上同样红得似火的袍子，小声嘀咕道："登基不是应该穿黄色吗？怎么穿个大红？搞得跟我撞色了。"

边上的影君傲没理他，目光同样落在那个沉稳走在明黄地毯上的红袍男人，微微苦笑。或许他知道为何是红色。他想，如果是他，也会这样。

男人拾阶而上，一直走上高台，转身一撩袍角，坐于龙椅上。目光如炬，一扫全场，在看到影君傲的时候微顿，含笑略略一点头，算是打招呼，影君傲同样颔首回之。目光收回，新帝扬袖："都平身吧！"

谢恩的声音又是地动山摇，众人纷纷站起。也就是到这时，大家才发现男人穿的是一身大红颜色的龙袍，胸口的五爪龙以金线绣成，栩栩如生，火红配金龙，妖娆中透着冷硬，喜气中端着威严。虽说不应该盯着圣颜看，但是大家都忍不住拿眼偷偷睨向帝王。凌澜的俊美是出了名的，早在前朝就传得响，但是，今日这样一身装扮，不仅俊美得无法比拟，更重要的是，那一股气质。

或许是以前被普通的装扮所掩盖，又或许是被本人自己故意敛芒，这是第一次，大家发现，他身上的那种皇者的尊贵气质就像是与生俱来。似乎他一直生在帝王家一样，而不是乐师，不是逃犯，不是没有父母亲人的孤家寡人。紧接着，内侍太监代念新帝登基明志。念完明志及公文，众人再次跪地参拜，就算登基礼成。紧接着进行的就是封后大典。

内侍太监拔尖的声音再次响起："奉天承运，皇帝诏曰，蔚家九女蔚景性资敏慧、贤良淑德，朕心爱之，特册封为皇后，赐居九景宫，钦此——"

所有人都怔住。倒不是因为册封的是蔚景，这个大家早就知道。就在夺宫的翌日，这位新帝就将所有的臣子都召集起来，讲了这件事，并将锦弦如何跟七公主蔚卿勾结，陷害九公主蔚景夺宫篡位之事详尽地讲了一番，还让当事人蔚景以及当时参与锦弦篡位的两个副将一起出来作证。

大家现在怔住的是三点，一是说的蔚家九女，原则上说前朝已灭，就不应该再提蔚家，何况现在他坐的江山还是蔚家的呢，圣旨这样写，就不怕世人非议？第二点是那一句"朕心爱之"，从未有帝王在册封的圣旨上用过"爱"这个字眼，一般最多会说"朕心悦之"已是了不起，这位新帝是第一人。第三点就是赐居九景宫，历朝历代，皇后都是住在象征权力和地位的凤栖宫，住在别宫的皇后，这位也是第一人。

原本的九景宫已被炸毁，难怪这几日工部一直在赶着重建。就在众人暗暗感叹这位新帝的不寻常之时，几个宫女簇拥着一个身着大红凤袍的女子缓缓从入口处走来。

也就是到这时，众人才明白过来，为何新帝要穿大红了。敢情是将登基封后大典当成了大婚来办。第一次见到这样的帝后。

女子双手轻扣，优雅地端在身前，缓步走在明黄地毯上，肤白若雪、眉目似画、一双清丽的水眸自出了入口就一直凝着高座上的帝王，似乌泱乌泱的观礼众人都不曾入眼，只对着帝王，唇角轻勾，一抹浅笑嫣然。头顶凤冠珠钻闪亮，环佩叮当作响，身上的凤凰亦是金色绣成，与帝王身上的金龙如出一辙。

如果说，那日凌澜召集他们讲蔚卿顶替蔚景之事，他们还有所怀疑，那么今日，他们已经基本肯定。其实，人再像，再一模一样，气质还是不同。穿平素的衣物可能看不大出，穿着这种显尊带贵的凤袍，又潜意识里将两人比较，就很明显地看出了区别。两人的气场是不同的。虽然现在的这个女人满心满眼只对着某人，但是，那份从容淡定，那份超脱淡然，却不是一般人能有的。

人群中，影君傲轻凝着目光，一直追随着女子的身影，一眨不眨。边上影无尘看了他一眼，无声地撇嘴。女子一直走到高台的前下方，轻轻拂了凤袍的袍角，对着凌澜慢慢跪下。内侍太监上前，将手中明黄圣旨交给女子。纤纤素手接过，盈盈举过头顶，女子伏地谢恩。

"臣妾多谢皇上厚爱，皇上万岁万岁万万岁！"女子说完，抬起头，对上男人深邃炽沉的黑眸，等着男人说平身。

没有。

男人却是忽然起身站了起来，龙袍轻荡，快步下了台阶，走到女子的面前，亲自伸手将她扶起。起身的刹那，忽然低头凑近，用极快又极小的声音道："你也得活一万岁陪我！"

蔚景一怔，骤闻这一句，还以为自己听错了，对上男人含笑的眼眸，她就知道没有。顿时，小脸一红。这个男人！也不看看什么场合？如此众目睽睽，自己还身为帝王。虽

第十四章　新帝登基

然那语速那音量，除了她别人是听不到的，但是，他的那个动作众人总是能够看到的吧？也不怕威严扫地。又不好表示自己的不满，只得在他牵着她手的时候，反手握了他一下，提醒他收敛点。在众人山呼"皇后娘娘千岁千岁千千岁"的声音中，凌澜牵着她的手走上台阶，上了高台。

凌澜坐在龙椅上，她坐在边上的凤座上。也就是到这时，蔚景才发现人群中的影君傲。因为大家都是跪着，就他跟影无尘两人是站着的，而且影无尘那一身火红，显眼得不行。撞上影君傲看过来的目光，她一时心中激动，本能地就想起身过去，后又想不妥，便连忙坐了下来。边上的凌澜看了看她，她略略歪过头，小声问道："影君傲怎么来了？"

"我请的。"凌澜也不隐瞒。

蔚景一怔，转眸看向他："为何请他？"

她倒不是说影君傲不该来，自上次她偷偷离开山庄之后，也有很长时间未见，心里也是想看到他的。只是，心里本就对自己的不辞而别不好意思，又加上影君傲对她的心，她明白，这样让他前来观礼，岂不是在人伤口上撒盐！

"因为他是我的朋友，所以请他。"男人淡声道。

蔚景本还想数落几句，见众人都看着他们两个，便也只得作罢，而且，人来都已经来了，再说也无益。

凌澜扬手，众人谢恩起身。蔚景朝影君傲含笑点头，影君傲也看着她，浅浅笑。收回目光的瞬间，发现身边的凌澜眯眯看着一个方向，她本能地也循着望过去，好像是远处的城楼，只是此时太阳正在那个方向，这样望过去，光线刺眼得厉害，蔚景连忙别过视线。

凌澜也很快将目光收了回来，然后，就宣布皇帝登基、皇后册立，皆礼成。

接下来就是庆祝的时间。大批的宫女太监很快将小桌案摆了起来，瓜果糕点、茶水蜜饯也每个桌案上摆满。众人落座。琴声起，丝竹声声，司舞房的女子进场表演舞蹈。好一片繁华热闹。

就在众人想，宫女们都站在身后，为何不知道伺候倒茶的时候，帝王跟皇后双双从高台上下来，分开两边，亲自挨个儿给众人的杯盏添上茶水。众人都被这惊人之举震住。再一次感受到了这个新帝的不一般。历朝历代，哪有帝王和皇后给臣子倒茶的？他们是第一人。这可折煞了那些臣子，一个一个感激不已地跪地谢恩。

蔚景终于倒到了影君傲那席。

"影君傲。"她开心地走过去，笑着唤他。

"恭喜皇后娘娘！"影君傲开口的第一句话就让她差点没拿住手里的茶壶。

影君傲弯唇笑着，笑容苦涩苍凉。蔚景心头一堵，不知该说什么好。所幸边上的影无尘打破了尴尬，自袖中掏出一个朱漆小木匣递到她面前："送给你。"

蔚景一怔："什么？"

影君傲也朝他看过来。影无尘嘴巴一撇，不悦道："礼物啊，你今日封后了不是。这可是很稀奇的玩意儿，一般人我还不送呢，要不是见你是我们家君傲的……"影君傲眸光一敛，影无尘顿了顿，继续道，"君傲的好朋友，我才不送给你呢。"

见他的手伸了良久，蔚景将手中的茶壶放在桌案上，伸手将小木匣接了过来，笑道："谢谢！"

末了，就将小木匣打开。是一截竹筒一样的东西。蔚景疑惑地将它拿了出来，正准备问是什么，影无尘已经迫不及待地献宝了起来："这个东西非常神奇，你将它放到眼睛上，可以看到很远的地方。都说皇宫是牢笼，只能看到厚厚的宫墙和四四方方的天空，那得多没劲。所以，我将它送给你，你可以用它看很远的地方，如果站在高处，还可以看到宫外的京城，我想你应该会喜欢。"

蔚景闻言，将竹筒轻轻覆在眼睛上面，朝远望去。

果然能放大景物，能看到很远。蔚景缓缓移动着，宫墙、勾檐、殿顶、远处的城楼……

城楼上似乎有个人推着一个轮椅离开，轮椅上坐着的……

蓦地，她的瞳孔剧烈一敛，难以置信地惊呼："父皇。"与此同时，已是疾步朝城楼的方向飞奔而去。站在不远处正给百官斟酒的凌澜见状，脸色大变，也顾不上手中的酒壶和杯盏，直接弃在了地上，快步追了过去。

众人错愕，不知道发生了什么。

"父皇，父皇……"蔚景嘴里喃喃地叫着，脚下狂奔，一颗心激烈狂跳得就像是要跳脱胸腔。凤冠沉重、凤袍繁长，她直接摘下头上的凤冠，拿在手上，另一手提着凤袍长长的袍角，跌跌撞撞往前跑。骤然，鞋底踩到一个石子，猛地一滑，她整个人就失去了平衡，直直朝前栽去，手中的凤冠也脱手而出，甩得老远，砸在地上，珠翠碎了一地。预期的疼痛并没有来，在她的身子倒地之前，腰身蓦地一暖，惊呼声未落，她整个人已稳稳落在凌澜的怀里。

"为什么跑？"凌澜轻拧着俊眉看着她。蔚景气喘吁吁地看着他，却也顾不上解释，在他怀里刚一站稳，便又连忙撒腿往前跑。可是没跑两步，却又被凌澜拉住手臂，"蔚景，到底怎么了？"微沉的声音已然绞着一丝薄怒。

"哎呀！"蔚景急死了，大力甩掉他的手，丢了一句"我看到我父皇了"，就又继续往前跑，下一瞬却又被凌澜拉住："哪里？"

"城楼上。"

凌澜眉心锁得更紧了些，一边转眸望向远处的城楼，一边沉声道："他怎么可能会在那里？"

"我怎么知道？"蔚景哪里还有时间在这里说这些，想拂掉他的手。却见他抓着

第十四章　新帝登基

不放。蔚景皱眉，有些恼了，刚想张嘴说话，凌澜长臂一捞，将她揽在身前："你这样跑，几时能跑到，不累吗？"

蔚景还未反应过来，脚下已是一空，凌澜带着她飞身而起。蔚景一惊，本能地伸出手臂抱住对方。耳边风声呼呼，两旁景物快速后退，见凌澜带着她踏风而去的方向正是宫门口的城楼，她心中一喜。

场下众人一个一个瞠目结舌。

"哟，哟，哟，这两人还玩儿起来了，"影无尘不屑地撇嘴，"这到底是要炫耀自己的轻功有多好，还是要告诉世人两人有多恩爱啊？至于吗？切！"

影君傲没有吭声，跟众人一样站在原地，目光紧随着那一对踏风远去的火红身影，心里的酸楚又一点一点泛出来。的确，郎才女貌，佳偶天成。他该祝福的才对。只要她幸福。只要她幸福就好。曾经不就是这样想的吗？曾经认识她的时候，得知她跟锦弦已经两情相悦，他不就是这样想的吗？只要锦弦对她好，只要她幸福，他，默默地看着就行。为何现在就做不到了呢？是因为锦弦换成了凌澜吗？

不，不是。是他自己的原因，是他自己越陷越深，是他自己越来越贪心。明知道没有结果，还一头栽下去，就像明知道这次来参加观礼，会伤会痛会难过，他还是来了，只为来看她一眼，只为来看她是否真的幸福。

那日她留下一封信不告而别，她说，她有很多的事未了，她要一一去完成，她说，希望他明白她的心，尊重她的选择、不要找她、不要干涉她。话都说到了如此地步。好，他尊重她，他强迫自己压抑住心里疯狂想要将她找回去的念头，他闭关静养半月，他屏蔽掉所有跟她有关的东西。

可是有些东西，越压抑越强烈。譬如情感，譬如思念。想了就是想了，再让自己变得忙碌，变得麻木都无济于事。所以，当他接到凌澜派人送到啸影山庄的帖子时，他本不打算来的。影无尘说的那些话，他不是没想过。作为啸影山庄的庄主，来参加登基观礼，的确不合适。但是，他终究还是来了。有理由了不是，有见她的理由了不是。这不算他不尊重她，来找她，来干涉她吧？是他们请他的不是吗？

刚才她给他倒酒的时候，他真的很想问她，这就是她说的还有很多要一一去完成的重要事？在看到她开心的笑靥时，他终究没能问出口。只要她幸福，他在心里跟自己说。

"他们好像是飞去城楼那边。"影无尘还仰着头望着早已远去的身影，文武百官亦是。

"你管人家去哪里！"影君傲皱眉，回头斥道。

凌澜裹着蔚景，翩然落在空空如也的城楼上。对，空空如也，除了几个木桩一般雷打不动站在那里的守卫。

"刚刚我明明看到的……"蔚景有些难以相信，挣开凌澜的怀抱，就开始心急如焚地找了起来。

凌澜就由着她。其实，城楼建筑简单，只是瞭望之用，根本是一眼望穿、一览无余，无须刻意找，城楼上的一切就尽收眼底。

"凌澜，我真的看到了，我刚才真的看到了，"蔚景苍白着脸，无助得就像是迷途的小鹿，她手足无措地转着，嘴里念叨个不停。

凌澜皱眉："兴许你看花了眼睛，未央宫跟城楼隔得那么远的距离，你怎么看得到呢？"

"眼睛自然是看不到，可我用的是这个，这个可以看得很远，我真的看到了，他好像坐在轮椅上，后面还有人推着……"蔚景从袖中掏出那个竹筒望远镜，努力回忆着当时。

"这是什么东西？"凌澜敛眸上前，将她手里的东西接过。

蔚景没有吭声，还沉浸在自己的回忆中。凌澜拿起来放在眼睛前面看了看，脸色微微一变，转眸看向她："你怎么会有这样的东西？"

蔚景回神："影无尘送的。"

凌澜眸光轻轻一敛。

"凌澜，你说，会不会本来在的，然后走了，我们没来得及？"蔚景犹不死心，跑到两边的青石台阶上去看，一副要哭出来的样子。

凌澜低低一叹，上前揽了她的肩："不会的，如果真如你所说，是坐在轮椅上，坐轮椅下台阶很不方便的，以我带你飞过来的速度，应该赶得上，所以……"大手轻轻扳过她的肩膀，让她面对着自己，凌澜望着她的眼睛，"所以，蔚景，你肯定是因为心中太思念你父皇了，看花了眼睛，你想，如果他在，他为何一直不露面出来找你？"

蔚景的心一点一点沉下去，想想凌澜说的话也不无道理。

"真的是看花了眼睛吗？"她抬眸怔怔看着凌澜，幽幽开口。凌澜轻"嗯"了一声，将她揽进怀中。

听着男人沉稳有力的心跳，蔚景有些恍惚。或许是真的自己看错了。或许是潜意识里，希望在自己人生最重要的时刻，那个疼她、爱她、一直将她捧在手心、替她遮风挡雨的父亲能够亲眼见证吧。只是，父皇，你在哪里？还活着吗？如果还活着，为何不出来见女儿？

"凌澜，你能帮我找我的父皇吗？"在男人的怀里抬起头，她水眸殷殷地看向男人。

男人微微一笑："当然，你的亲人也是我的亲人。"

回到九景宫，蔚景还一直有些浑浑噩噩，典礼如何结束的都不知道。

九景宫里布置得一团喜气，红毯红帷幔，红被褥红床单红枕头，尽管还是白日，宫灯也都尽数掌起，且都是红烛。可蔚景看到宫里摆设的那熟悉的一物一件，又情不自

第十四章 新帝登基

033

禁地想起曾经的点点滴滴，心中也越发地想念她的父皇。

凌澜见她依旧愁眉不展，本有事情要处理，便也只得暂时放下，屏退了所有宫人，将蔚景抱在怀里。一边安慰着她，一边耳鬓厮磨。

门外忽然传来铃铛求见的声音，两人皆是一怔，凌澜还未开口，蔚景就先出了声："进来！"这段时间，她还差点将这么个重要的人物给忘了。

门开人入，铃铛身着一套普通的布衣，进来后看到帝后两人竟然是抱在一起，有些窘迫，低眉顺目给两人行礼。蔚景发现，褪去一身华服的她竟有几分曾经的样子，一时又是心绪大动。

"你怎么来了？朕不是给你安排了去处？"凌澜朝她扬了扬袖，示意她平身，却依旧没有放开怀里的女子。

铃铛没有起身，依旧低着头："奴婢想留在宫里，留下来伺候公主，这些日子以来，奴婢无时无刻不在怀念曾经跟公主一起无忧无虑的时光，是奴婢不好，是奴婢辜负了公主的信任，奴婢知道错了，请公主看在奴婢多年伺候公主的情分上，给奴婢一个改过自新的机会。"

"不行！"未等蔚景开口，凌澜已是断然回绝。

"你是锦弦的女人，怎可以继续留在宫里？锦溪只是锦弦的妹妹，她还不是留在宫里呢，只是留在相府，都有那么多人非议，你一个锦弦的贤妃娘娘，来给蔚景做婢女，这让人怎么想？"

"是，奴婢是锦弦的女人，可是又怎样呢？"铃铛抬起头，声音隐隐透着一丝颤抖，"说句大不敬的话，公主不也曾是锦弦的女人吗？"

蔚景一震，凌澜眸色一冷，铃铛见状，又连忙补了一句："虽然只是身份上的，但是，只要爷愿意，爷就一定有办法不是吗？而且，宫里那么多爷的人，不是都留下来了吗？为何唯独要将铃铛送出宫？"

"为何？"凌澜轻笑，眸色平淡无波，"朕不是已经跟你说明白了吗？"

"铃铛不明白！"

"这件事绝对不行！"

"好了，不就是要留在宫里吗？想留就留咯！"蔚景不以为然地打断两人的话，纤纤素手轻轻拨弄着凌澜胸口的金龙，一副闲适之姿。

"蔚景。"凌澜愕然转眸看向她，铃铛亦是有些难以置信，遂连忙欣喜地磕头谢恩。

见凌澜一副生气的表情，蔚景粲然一笑："好了好了，不就是多一个人嘛，九景宫里反正已经有了三个婢女，两个小太监，再多一个也无妨。"

因为湘潭会武功，所以凌澜让她也进了宫，留在九景宫伺候她，另外还拨了两个宫女两个小太监给她。

"而且铃铛也有经验，毕竟跟了我这么多年，也了解我的脾性。"

"但是……"

"你不是还有事情要忙吗？我尊敬的皇上，快去，快去！"凌澜的话还没有说完，就被蔚景打断，并被其推推搡搡出了门。凌澜还没准备走，她却已是调皮地躬身行礼："臣妾恭送皇上！"凌澜哭笑不得，却也拿她没有办法，无奈地摇摇头，睇了铃铛一眼，抬步离开。

天一擦黑，凌澜就回了九景宫，一进门就吩咐湘潭去准备酒水，并屏退了所有的宫人，将蔚景拉进怀里。

"今夜是我们的洞房花烛，虽然凤冠不需揭红盖，但是，合卺酒一定是要喝的。"

不知为何，送酒进来的却是铃铛。她端着托盘，站在边上，凌澜明显有些不悦，冷声让其将东西放下，退了出去。提着酒壶，凌澜亲手将两个杯盏倒上酒水，问蔚景："为何要将铃铛留下来？"

蔚景狡黠一笑，不答反问："那你又为何发帖子给影君傲让他来？"

凌澜手中动作一顿："这是两码事。"

"怎么两码事？"蔚景不以为然地挑眉，"在我看来就是一样的。"

"女人，非要我说明白吗？我就是要让影君傲看看，你是我的，以后莫要再觊觎你一毫一分！"

"对啊，我也是要让铃铛看看，你是我的，以后莫要再为你要死要生！"

凌澜震惊了，愕然看着她："她几时为我要死要生了？"

"那日在殷伯伯的山洞里，她不是为了你受伤了吗？"蔚景瘪嘴，面露不悦。

"那照你这么说，我身后成千上万的人呢，都是为我要死要生的。"

"不管，我就是要将她留下来！"

"好好好，你说怎样就怎样，"虽有些无奈，可凌澜心里却还是欢喜的。几时能听到这个女人说这样的话？他是她的。以前可是打死她都不会说。掏出银针试了试酒水，见没有什么异常，就端起一杯递给蔚景。

蔚景含笑接过，忽然凑到他的面前，眯眼看着他："你真的对她没有一丝意思？"

"没有！"凌澜一本正经道。末了，又觉不够，还笃定地重复了一遍，"君子坦荡荡，绝对没有！"

蔚景定定望进他的眼睛，一眨不眨，好一会儿，才直起腰身："那好吧，我问你一个问题。"

"什么问题？"

"你不是早已经吩咐过所有送进九景宫的膳食和饮品都必须专人验过？所以，这酒水肯定是验过安全的，"蔚景一边说，一边举了举手中杯盏，看着凌澜，"那你方才做何还要用银针再测？"

第十四章 新帝登基

035

凌澜眼波微微一动:"你想说什么?"

蔚景弯唇一笑:"我想说,我跟你心里的想法是一样的。"

凌澜一怔,愕然看向她,眸底顷刻浮起欣喜:"你……"

"对!这是我将铃铛留下来最主要的原因。你也怀疑她不是吗?不然,为何她送的酒,你还要测第二次?"

凌澜有些难以置信地看着她,摇头:"哈,你几时变得这般聪明了?"

"什么?"蔚景不悦地噘嘴,"我一直聪明好不好。"

"好,我聪明的皇后娘娘,你是从何怀疑她的?"

"就是我被关在碧水宫里,翡翠老鸭汤被下毒一事,我当时觉得是锦弦,事后想想,不可能是他,我在他手上,对他来说,是非常重要的一颗棋子,有了我,他才可以威胁你们,他又怎会去下毒让我死?所以,只可能另有其人,而且这人对我熟悉啊,知道翡翠老鸭汤是我的最爱呢。这就让我不得不怀疑到铃铛的头上。原本我还不想说,怕你说我小肚鸡肠,也怕你会护着她,刚刚见你用银针测试,我就知道,你也是警惕她的,所以,才决定跟你坦白。"

"嗯,有道理,"凌澜煞有其事地点头,忽然话锋一转,"既然如此,为何还要留这个危险在身边?"

"人家这不还只是怀疑吗?又没有证据,而且,她那般想要留在宫里,指不定有什么目的,索性就满足她,看她是不是。"

当然,小私心也是有一点的,想想下午铃铛说话的那个样子,她就来气。叫她公主也就算了,竟然该叫皇上的,还叫爷,一副与众不同、熟稔得不行的样子,另外,还一副不答应就长跪不起的架势。

凌澜低叹:"可是,让这样的危险留在你身边,我不放心。"

"没事,只要了然于心,保持警惕,不会有什么。好了,还说洞房花烛呢,光说别的女人去了,这合卺酒还要不要喝了?"

"怎么?"凌澜唇角一勾,忽然倾身凑到面前,暧昧地笑,"是不是等不及了?"温热的气息打在脸上,蔚景一怔,瞬间就明白过来他的意思,顿时脸色一红,嗔怒道:"才没有那么龌龊呢。"

"这哪叫龌龊?"凌澜一脸无辜,"这是欢乐,不然,世人为何会造出'夫妻之乐'这样的词语。"

"无耻!"蔚景的脸更是红了个通透。

"来,夫人,喝酒吧!"

蔚景以为凌澜要挽过她的胳膊,谁知他竟是端起自己手中的杯盏,一口饮了下去,在她错愕之际,猛地将她往自己怀里一拉,覆上她的唇。当氤氲酒香缓缓流于口中,她听到他含糊不清地说:"合卺酒就应该这样喝,等会儿你也要哺我!"

不知是极少饮酒的缘故，还是这样饮酒的方式让人迷醉，当男人将酒水一点一点送入她的口中，并顺势纠缠上她的舌，她就觉得自己醉了。浑浑噩噩，脑中空白，心神飘忽。哪里记得自己手中还端着杯盏，杯盏里的酒水等会儿要哺给面前的男人？拿都拿不稳，直接松掉。杯盏砸落在地上，发出一声脆响，里面的酒水洒了个干干净净。两人却也不管不顾，忘情地吻在了一起。

蔚景伸手勾上他的颈脖，双脚踩到男人的脚背上，热情地回应着他。第一次如此放松。也第一次觉得，那样真实地拥有他。从今以后，她是他的妻。

红烛摇曳，一片迷离红光中，凌澜将蔚景放在大红薄被上，倾身压了上去。

"蔚景，知道吗？我等这一天等了好久。"

"多久？"

凌澜没有回答，一边吻着她，一边结结实实将她占满。也不算久。十几年而已。

翌日清晨醒来的时候，天已经大亮，凌澜上朝去了，铃铛端了水进来伺候她更衣盥洗。虽说经历了那么多的事，蔚景早已学会了做戏，可面对曾经跟自己情同姐妹十几年的铃铛，她终究没有那份心情。

她不说话。铃铛也不吭声。

端坐在铜镜前，蔚景淡淡看着默然给自己梳妆的铃铛。还是一样的手法娴熟，梳出来的发式还是那么精致好看，还是深知她的喜好，不用问，都知道要配什么发簪，还是只给她淡施粉黛，知道她最不喜浓妆……

一切如前。只是没有了欢声笑语，没有了没规没距，没有了叽叽喳喳唠叨个不停，有的只是沉默和谨小慎微。蔚景心里微微苦笑。原来，经历了就是经历了，有些人，有些事，再也回不到从前。

批完奏折，从龙吟宫出来，夜已经很深了。凌澜缓步走在夜风中，身后跟着新上任的太监总管张如。张如一直是凌澜的人，在宫中做太监多年，虽年纪轻轻，为人处世却极为稳重，心思也细腻，对凌澜也忠心，所以，此次凌澜登基，就直接将他提拔了起来。

"皇上，这么晚了，今夜还去九景宫吗？"见男人步伐缓慢，一副有心事的模样，张如小心翼翼地问。凌澜怔怔回神，看了他一眼，没有吭声，可脚下的步子却回答了他。直直往九景宫而去。

守在九景宫外殿的宫女太监刚给他行礼，一袭白色寝衣的女子就风一般从内殿跑了出来："凌澜，凌澜，我知道了，我知道了……"见宫女太监都目瞪口呆地看着她，蔚景这才意识到自己太过激动，竟直呼了帝王名讳，连忙眉眼一弯，讪讪笑道："皇上！"

凌澜眸光在她白玉般的赤足上一顿，眉心微拢，上前，将她打横抱起，往内殿走："你知道什么了？"

第十四章 新帝登基

什么叫做晴天霹雳？

是指人在最春风得意之时，被当头棒喝，还是指人站在最光鲜的高处，突然被打入尘泥？

反正九景宫的人，真正领略了一回晴天霹雳的滋味。

圣旨下到九景宫的时候，铃铛正在帮蔚景梳妆。太监总管张如让蔚景接旨。

众人都纳闷，这除了上朝跟处理公务，新帝其余时间不都是在九景宫吗？有什么话不能当面说，还专门让人过来宣个旨。蔚景带领众人跪下，张如尖细的声音抑扬顿挫："今有证据所指，皇后蔚氏暗自勾结奸敌，传递消息给锦弦，朕已下令彻查此事，在此期间，不许踏出九景宫半步，若有违抗，严惩不贷！"

所有人惊错，包括宫女、包括太监、包括湘潭，也包括铃铛。

"张公公，是不是搞错了？我们娘娘怎么可能……"众人都怀疑这不是真的，湘潭更是不相信。

张如叹息："哎，是五更的时候，禁卫射到了一只信鸽，鸽子腿上绑着字条呢，白纸黑字是写给宫外锦弦的，落款一个景字，皇上看了字条非常生气，在龙吟宫里发了很大的火，然后，一个人在龙吟宫里一声不吭闷坐了很久，才让奴才来宣的这道圣旨。"

"肯定是有人陷害娘娘。"

"对啊对啊，哪里来的鸽子，我们九景宫根本就没有鸽子。"

"是啊，肯定是有人栽赃。"

几个宫女太监你一言我一语表示着心里的不满。张如只是摇头叹息："刚开始禁卫们禀报给皇上的时候，皇上也是这样说的，还震怒了呢，说事情没有搞清楚，岂可妄言，小心治他们的罪，可，当皇上看到字条后，皇上瞬间脸色就变了，奴才猜想，皇上跟娘娘如此熟悉，应该是认识字迹的吧？"

"这……"众人便语塞了。

"有人模仿字迹也不一定。"湘潭始终坚信她们的这个主子绝对不会做出此事。

"对啊，对啊。"众人连声附和。

"这个奴才就不知了，奴才只负责过来传圣旨，圣旨上不是也说了吗，皇上定会彻查此事的，所以，请娘娘还是先将圣旨接了吧？"

张如双手一直托举着圣旨，蔚景却一直跪着未动，他都不知道该怎么办。铃铛看看张如，又看看眉目低垂、面沉如水、不知在想什么的蔚景，眉心微拢。好一会儿，蔚景才抬起眼帘："本宫要见皇上！"

"这……"张如有些为难。这两日那个新帝跑九景宫比回他的龙吟宫都要勤，这次却不亲自前来问明，而是让他过来宣旨，肯定就是不想见这个女人。

"圣旨本宫可以接，但是本宫还是要见皇上！"蔚景伸手将张如手中的明黄卷轴接过，语气强硬。

见总算是接了，张如终于松了一口气，对着蔚景颔首道："娘娘的意思，奴才定会代为转达给皇上，至于皇上愿不愿见，奴才就……"

"没事，公公传到便是！"蔚景笃定道。

张如点头："好，那奴才先告退了。"

"有劳公公了。"

张如走后，宫女们将蔚景从地上扶起来，七嘴八舌地安慰着。蔚景一声未吭，拿着圣旨沉默地进了内殿。

"这都是什么事啊？"

"是啊，这怎么可能？"

"唉……"

众人叹息。

湘潭更是丢了一句"我要去问皇上"，便径直奔了出去，等蔚景听到，转身想要阻止都来不及，哪里还有人影。铃铛看看众人，看看默然走进内殿的背影，微微抿起了唇。湘潭不多时就回来了，一脸的凝重，回来之后一直一声不吭，任凭几个宫女太监们盘问打听，除了叹气，湘潭只字不提。整个九景宫陷入了一片低气压的氛围中。

蔚景将自己关在内殿，一直不出来。不过，就算出来，也只能在中殿、外殿走走，按照旨意，外殿的门槛，她都不能迈出。若有违抗，严惩不贷！

这……这不刚刚才封后不久吗？这不昨日两人还情深缱绻吗？这脸翻得也太快了吧？比翻书还快。难道这就是世人所说的"帝王无情，荣宠瞬息间"？

不过腹议归腹议，他们还是心存希望的，所以，他们跟那个将自己关在内殿的女人一样，在等！等帝王前来，或者宣他们的主子前去。然而，没有，什么都没有。从清晨等到晌午，从晌午等到黄昏，从黄昏等到夜里。帝王没有来，宣旨或者传口谕的太监也没有来。谁都没有来。宫人们都在外殿里唉声叹气。

午膳是湘潭送进内殿的，原封不动退了回来。夜里，大家就让铃铛去送，毕竟两人曾经主仆多年。然而，还是没用，铃铛出来的时候，托盘里的饭菜依旧是一口都没动。大家看在眼里，急在心里，却也没有办法，只希望着事情真相尽快查明。

夜深沉。宫人们相继歇下。内殿，蔚景合上手中书卷，侧首看了看墙角的更漏，见已是亥时的光景，便也从琉璃灯下起身，准备睡觉。

门口骤然传来铃铛的声音："公主睡了吗？夜里送晚膳的时候，奴婢见公主香炉里的香快完了，奴婢刚刚在偏殿找到一块香料，是公主最喜欢的幽兰香，奴婢进来给公主燃上。"

蔚景一怔，铃铛已经推门走了进来。

见她站在房中，铃铛似是微愕了一瞬，旋即便恢复如常。略一颔首，铃铛便径直

第十四章 新帝登基

039

走到香炉边，伸手揭开镂空雕花盖子。自袖中掏出一块香料置于香炉中，并取了边上的铁签一下一下拨弄着让其燃着，铃铛眼梢轻斜，偷偷睨向蔚景。

蔚景也未理会，转身朝床榻边走，等铃铛燃好香，盖上盖子，跟她告退的时候，她已经躺在榻上，拥着薄被，阖上了眼睛。门"吱呀"一声开了，又"吱呀"一声阖上，铃铛退了出去。

夜，一片宁静。殿内，幽香袅袅。

过了好一会儿，门再次"吱呀"一声开了，铃铛又轻手轻脚地走了进来，并低声唤着她："公主……"一直走到床边，见床上的人儿没有一丝反应，铃铛眸光微闪，伸手探向床榻的某处，用力一旋。随着"哗啦"一声响，内殿房中的地面上，一扇洞口赫然开启。铃铛再次看了床榻上的人一眼，便快步走向洞口，跳了下去。

屋里恢复了一片静谧，蔚景缓缓睁开眼睛。眸中一片清明，她起身坐起。

果然熏香有问题。

幸亏对铃铛，她时刻保持着警惕，原本深更半夜过来换香她就觉得蹊跷，然后，还不时偷睨她、一副鬼鬼祟祟的样子，所以，她借转身回榻睡觉之机，用银针刺入了自己的无嗅穴。

以针封无嗅穴，可阻止任何气味的侵袭。

她其实也不确定此香是不是一定有问题，但防患于未然，她只是想看看，静观其变而已。果然，铃铛去而复返。说明此熏香里面一定含有迷香的成分，不然，铃铛也不会如此大胆，在她的眼皮底下，打开陷阱机关。

九景宫重建，凌澜让工部恢复了原有的一切，包括房中的这处陷阱，也包括通往司乐坊暗室的密道。那么，铃铛此时下去，是想走密道去哪里？

眸光一敛，蔚景快速下床，悄声开了内殿的门想看看湘潭在不在外边，她想湘潭有武功，让湘潭跟着比她自己跟着肯定要强，而且，她还在禁足不是吗？

可，湘潭不在，中殿一个人都没有。也是，且不说这个时辰大家都睡了，就是没睡，铃铛也一定会想办法将她们支走，此时湘潭在，那才奇怪呢。

不行！铃铛已经下去有一会儿了，若再不跟上，怕是再想跟也不见人了。这般想着，她一刻也不敢耽搁，便也快步来到洞口，纵身跃了下去。密道里很暗，她却是走得极快，生怕铃铛已经走得不见了。所幸出了密道，出了暗室，从司乐坊里面出来，她就看到了不远处铃铛的身影。见铃铛不时左右张望，且不走长廊大道，一直走偏僻花径，她更加确定了有问题。

怕被发现跟踪，蔚景只能远远地跟着，所幸皇宫的每一处每一条路她都清楚得不能再清楚，不紧不慢，她保持着距离，又确保铃铛在她的视线范围里。最后，她惊讶地发现，铃铛竟是进了七卿宫。

七卿宫跟她的九景宫一样，因为是当时七公主蔚卿住的，从而得名。

但是，此宫早已荒芜。因为锦弦在位的时候，世人知道的是七公主蔚卿在远嫁云漠的途中已死，所以，此宫早已空下，平时，几乎没有人踏足。那铃铛此次是……心中狐疑更甚，她也闪身跟了进去。

所幸此宫因为无人住，便也没有守卫，没有下人。她想，可能铃铛就是看中了这一点，和谁在此私会或者秘密接头？

入了前院，铃铛一直往深处走，她便也远远跟着。一直走到最里面的一间厢房前，铃铛才悄声站定。蔚景震惊地发现，厢房里面竟然是亮着烛火的，这在荒芜已久的七卿宫里，实在诡异。

她以为铃铛会敲门或者推门进去，没有，她只是站在门口，似是在凝神静听屋里面的动静。

蔚景心中好奇极了，不仅好奇铃铛的举措，也非常好奇，厢房里到底是谁。自然不会是蔚卿，且不说蔚卿人在云漠，就算回来，凌澜也不会让其住在宫里，就算住在宫里，也不应该住在这一间厢房。说是厢房，其实这一间，就是一个耳房，平素都是放置一些杂物的。那会是谁呢？

不行，必须搞清楚。现在的皇宫是凌澜的皇宫，而且刚刚登基，任何人任何事都必须谨慎，小心提防才是。

铃铛一直站在那里，她又不好近前，她想起，这耳房后面还有一扇窗户，小时候在此躲过猫猫，她曾翻过窗户。于是，她便又绕了一圈，绕到耳房的后面，蹑手蹑脚，一步一步悄声靠近窗户。窗户紧闭，可随着她的逼近，依稀能够听到里面有人说话的声音。当熟悉的声音入耳，她浑身一震，愕然睁大眼睛。

竟是凌澜。

凌澜怎么会在这里？怎么会在这个平素连宫人都不入的七卿宫里？是蔚卿回来了。还是跟铃铛在这里私会？又或者……一时间脑子里有千百个念头瞬间划过，却一个也没有抓住，她攥紧手心，缓缓凑到窗纸外面，屏住呼吸，凝神静听。

不知为何心跳得特别厉害，一下一下，就像是要跳脱出胸腔一般。

"还不说吗？"是凌澜，声音很冷。

还不说？蔚景一怔，竖着耳朵想要听清对方的声音。没有。对方根本就没有吭声。若不是凌澜用的是问句，她甚至还怀疑厢房里面只有凌澜一个人。

"真不说？"还是凌澜，声音越发寒冽了几分，听得蔚景竟是心头一颤。

接着就听到一串铁链撞击的清脆之声，然后，又是死寂一片。

蔚景眸光微敛，伸出食指放到唇边，舐了一下，然后，又小心翼翼地将濡湿的手指触碰上画着水墨画的窗纸，轻轻捻破。当屋里的烛光透过手指捅破的小洞射出来的时候，她闭了闭眼，一颗原本就狂跳的心越发激烈了起来。深深呼吸，强自凛了心神，她只眼贴上小窟窿。

第十四章　新帝登基

首先入眼的是一抹颀长身影，或许是平素喜欢白衣的缘故，除了那日登基穿了大红龙袍，他一般都穿白色龙衮，鲜少穿明黄。

今夜便是。一袭白色龙袍白得胜雪，不染纤尘，修身的剪裁、上好的面料、精细的做工，越发衬得俊美无俦的他气质出尘，胸口以银线绣成的龙纹，映着屋内烛火，发出闪闪银光，直耀人眼。

他是站着的，负手而立。在他的旁边……是一个轮椅，轮椅上坐着一人。

轮椅？蔚景瞳孔一敛，只觉得呼吸都变得急促起来，她一眨不眨凝过去。

因轮椅是侧朝着窗户的方向，所以，从她的这个角度看过去，只能看到椅上那人的侧面，而那人低垂着头，蓬乱的头发完完全全挡住了侧颜，所以也看不出是谁。但是，那轮椅的构造，那锁在手臂上的粗铁链……好熟悉，好熟悉的感觉。

她努力地想。

蓦地想起那夜十五，她被禁卫抓住，送到冷宫北苑，北苑里住着一个以吸食人血才能生存的男人。对，就是此人！一模一样的铁椅，一模一样的锁链……她记得当时，是因为她袖中有凌澜的瓷瓶，这个男人就是看到了瓷瓶，她才幸免于难。

后来，她还将此事告诉了凌澜。凌澜是在她告诉他之后，就去北苑将人劫了出去？还是此次夺宫，才将人挪出了北苑？她不知道。她只知道，心里好多的疑问都没答案。譬如，此人是谁？跟锦弦什么关系，又跟凌澜有何恩怨？又譬如，不管是早就劫走，还是此次夺宫才发现，冷宫北苑很多地方可以住，为何要搬到这个七卿宫里来？

蔚景还在乱七八糟地想着，凌澜的声音再度响了起来。

"朕没有那么多耐心陪你耗，今夜是最后的机会，你若再不识时务，明日你就等着给你的女儿收尸吧！"凌澜声音不大，却冷得如同腊月飞霜。

蔚景一颤一惊。他的女儿？正疑惑间，凌澜忽然伸手，骨节分明的手指蓦地掐住对方的下颌，逼迫着对方抬起头来。男人垂坠在脸侧的乱发也因为这个动作滑至后面，露出男人的脸。

啊！当熟悉的眉眼直咧咧撞入眼帘，蔚景差点失声叫出来。

父皇！

怎么会？不，不可能！看错了，绝对是看错了！

胸口急速起伏，蔚景只觉得有什么东西将自己裹得死紧，透不过气来，她再次颤抖地凑近洞口……

还是那张脸，还是那张熟悉的脸，还是那张她经常夜里做梦梦到的脸。

是梦吗？对，一定是梦！她经常梦到她父皇的，而且，北苑的那个男人她见过的，不是她父皇，不是！那人容貌尽毁、满脸疤痕、没有一处好的地方，那人声音沙哑难听如同破锣一般。绝对不是她的父皇。

是梦！绝对是！如果不是梦，那毁容的脸怎么就好了？如果不是梦，凌澜怎会不告诉她？凌澜知道她那么想她的父皇，那么想要找她的父皇，又岂会不告诉她？

不是真的！她一遍一遍在心里否认着，浑身抖个不停，眼睛却像是胶在了窗纸上，一眨不眨，瞪得如同铜铃一般。

凌澜似乎在笑。冷笑。大手依旧保持着掐住对方下颌的姿势。

"不要装得那么淡然，朕知道，此时你的心里定是惊涛骇浪、风起云涌吧？亲眼看着朕登基，看着你的女儿做朕的皇后，心中滋味如何？当然，城楼有些远，可能看不清楚，是朕的失误！朕应该安排你到现场来，就像那些臣子一般，近距离地看得真真切切、明明白白。"

蔚景紧紧抓着自己胸口的衣襟，窒息感越来越烈，就像是有什么东西哽在喉咙里，进不去，出不来，上下不得，哽得她喉咙痛、鼻尖酸、眼睛涩。

这不是真的。

蔚景，醒来，快点醒来！

目光依旧一眨不眨地盯着厢房里面，她用自己的右手掐自己的左手，死命掐，死命抠，死命抓……

血腥萦绕、指甲崩断，她也不管不顾。

都说痛能让人清醒，她要醒过来。

"看到现在的一切，你是不是想死的心都有了？放心，朕不会那么便宜你的，死太容易了，朕不会让你如愿！"

屋里男人的声音还在继续，平时低醇好听得就像是美酒一般让人沉醉的声音，此刻却残忍似刀，一刀一刀凌迟在蔚景的心头，鲜血淋漓。

一颗心痛到颤抖。

原来，她没有看花眼，也不是她的幻觉。城楼上，她的父皇的确出现过。是这个男人故意安排。难怪登基大典那日，她要追去城楼，他在后面一直追赶，一会儿拉她，一会儿拽她，其实，就是想要拖延时间，虽然最后用轻功带着她飞上城楼，那也是因为已经确保她的父皇被成功带走是吗？

太可怕了，这个男人太可怕了，心机如此深沉！

其实想想，他的心机又何时浅过，一向深沉似海，运筹帷幄，将所有人掌控在手心之间。只怪她太相信。她相信他所说的每一句话，她相信他所做的每一件事。她说，凌澜，你能帮我找我的父皇吗？他说，当然，你的亲人就是我的亲人。就是这样对待她唯一的亲人的吗？

他说，我也会一辈子对你好，只对你一人好！他说，蔚景，知道吗？我等这一天等了好久。难道这些都是假的吗？都是做戏吗？如果真对她好，又岂会这般利用她的感情？如果真对她好，又岂会看她难过心伤？她那样发疯了一般找她的父皇，她那样无助地喊着叫着她的父皇，他不是没有看到，他就在她的身旁，如果真对她好，又怎能忍心？

第十四章　新帝登基

凌澜，你怎能忍心做得出来？

呵……

等这一天等了好久？多久？她苦笑，当时，她傻傻地以为他等的是，她终于做了他的新娘。或许此刻，她才真正理解过来这句话的意思。他等到的是，她终于做了他的新娘，终于将她钳制在了自己的手里，终于坐拥了她家的江山，是吗？可笑如她，还怕他心里有压力，又是跟鳌颜表态，又是跟他坦白心迹。

骗子，跟锦弦一样的骗子。

不，比锦弦更可怕！这样的人比锦弦更可怕！

眼角酸涩得厉害，却是一滴泪都没有。她死死盯着屋里，屋里男人终于将手拿开，低低笑："好吧，既然你沉默，明日就给你女儿收尸吧！"

第一次，蔚景第一次发现，一个如此俊美的人笑起来，也会有这般难看的时候。那是她从未见过的凌澜。就算曾经他最冷漠的时候，都不是现在这样。果然，人有千面，她永远也不可能真正看穿。她不懂，她真的不懂。就算人心难测，就算她看不穿，就算做戏欺骗，可一个人怎能演戏演到这般？他可以为她跳崖，他可以为她割腕，他连生死都不顾，不是吗？难道一个人演戏可以演到死了也无谓吗？

不！她一定要问他，亲口问他。为何？为何要这样对她？为何要这样欺骗她？她最爱的男人啊！

难道都是苦肉计吗？都是为了让她死心塌地地全身心交付吗？

眼前倏地一暗，是厢房里的灯火被捻灭，她忽然觉得心头也跟着一片漆黑。她看不到方向。

"吱呀"一声，厢房的门被拉开，又"嘭"的一声关上，那沉闷的响声就像是重重撞在蔚景的心坎上一般。脑中是空的，心里是空的，她浑噩地站在窗下，茫然四顾。许久才想起来自己要做什么，问他。对，问他。

她开始跑，往外跑。围着游廊跑了两圈，她才发现，在皇宫里闭着眼睛都不会迷路的她，竟然在小小的七卿宫里跑错了方向。

呵，她自己都禁不住笑了。笑着笑着，视线就模糊起来，她再跑。全凭着感觉跑。这一次对了。

出了七卿宫，没有看到凌澜。她便直直往龙吟宫而去。抄了一条偏僻的近路，终于在快到龙吟宫的拐角处，看到了那抹熟悉的身影。男人缓缓走在苍茫夜色下，白袍轻荡，墨发飞扬。依旧是她心中最初的模样。

"凌……"张嘴，她正欲喊他，却蓦地听到另一道女子的声音同时响起。

"爷！"随声而出的是女子娇俏的身影。如同一只翩然的蝴蝶，自角落里跑出，直直朝凌澜跑去，裙裾和发丝被夜风吹起，在暗夜里摇曳跌宕。

凌澜顿住脚步。

蔚景在远处也停了下来，最后一个澜字还未出声，已被夜风吹散，婆娑光影中，她看到女子直接扑进了男人的怀里，如同这几夜，这个男人处理完政事回九景宫，她跑出来迎接他的方式一样。那样直接入怀。

她以为他会推开女子。没有！不仅没有推开，还叫着女子的名字，将女子抱住。不仅抱住，还以迅雷不及掩耳的速度弯腰将女子打横抱起，快步走向龙吟宫。

怎么回事？今夜是怎么回事？怎么一直在噩梦中醒不来？一阵夜风吹来，蔚景打了一个寒颤。泪在风中笑。她抬手一抹，一手的湿凉。她终于还是哭了。她以为，她已经不会哭了，她以为，她再也流不出眼泪。是谁说，我对铃铛没有一丝意思，君子坦荡荡，绝对没有？是谁说，让铃铛这样的危险留在你身边，我不放心？是谁？到底是谁？

假的，都是假的。

难怪铃铛会如此嚣张，难怪那日她敢说出"奴婢是锦弦的女人，可是又怎样呢？公主不也曾是锦弦的女人吗？"难怪铃铛非要留在宫里，而凌澜非要将她送至宫外。难怪凌澜说原因已经说明白，而铃铛说自己不明白。难怪铃铛一直叫凌澜爷，叫她公主。从不叫她娘娘，是因为打心里就不承认是吗？

视线里早已没有了男人女人的身影，远处有禁卫巡逻的身影，蔚景抬头望了望天，泪流满面。

第十四章 新帝登基

第十五章　葬身火海

　　翌日清晨，湘潭踏进内殿的时候，蔚景正端坐在铜镜前，纤纤素手执着一枚螺黛专注地对镜描着细眉。湘潭有些吃惊，这平素不都是铃铛帮她梳妆的吗？铃铛人呢？
　　"娘娘，让奴婢来吧！"放下手中铜盘，湘潭走了过去。
　　"不用！"蔚景放下手中螺黛，对着镜子左右看了看了描好的眉形，又拿起梳妆台上的脂粉，用粉扑轻轻扑在小脸上，末了，又在两颊上了一些腮红。
　　湘潭站在旁边，心中越发奇怪。虽说服侍这个主子时日不久，但还是知其性子，本就天生丽质、容貌倾城，寻常都只是略施粉黛，有时还经常素面朝天。今日怎么了？竟如此一丝不苟地化起妆来。
　　"娘娘夜里没睡好？"莫非涂脂抹粉是为了掩饰面色憔悴？
　　蔚景没有回答，轻轻抿上唇瓣间的胭脂红纸，再将红纸拿下，顿时，两片原本毫无一丝血色的唇瓣顿时变得鲜艳欲滴，她再次看了看铜镜中自己精致的妆容，缓缓起身站起，朝湘潭嫣然一笑："本宫今日的妆容怎么样？"湘潭看着她，点头："好看！"是真的很好看。平素见惯了这个女人清丽的模样，虽已可谓倾城，可今日如此盛容，却是另外一种风情，娇而不媚、艳而不俗，妖娆魅惑，却又不失大气尊贵。
　　"娘娘是奴婢见过的最美的女人！"本不善言辞，可湘潭还是由衷地赞叹。
　　蔚景笑笑，没有再说什么。这时，宫女将早膳端了进来。湘潭走过去接过托盘，问宫女："铃铛呢？"
　　"不知道，昨夜我起来小解的时候就见她床上没有人，也不知哪里去了，一直到现在还没有回来。"
　　一宿没回？湘潭皱眉，眸光征询地看向蔚景："娘娘，要奴婢出去找找吗？或者……或者去禀报皇上？"
　　"不用了。"蔚景眉眼淡淡，声音也极淡。见她如此，湘潭便也不再多说什么，将手中的托盘放到房中的桌案上："那，奴婢伺候娘娘用早膳吧。"
　　"撤下吧，本宫的唇上刚刚点好胭脂，不想破坏了去。"蔚景一边说，一边对着镜子整理着身上的衣袍。湘潭怔了怔，本想说唇红没了可以再点，后又想起什么，终是什么都没说，只颔了一下首，道："是！"湘潭刚端着托盘走出内殿，太监总管张如就风风火火走了进来。

见到张如，且手中拿着明黄卷轴，九景宫里的宫女太监皆是一喜，还以为新帝已经查明真相，还他们主子的自由来了，可当看到跟在张如身后的两名禁卫时，众人脸色一变，你看看我，我看看你，心里都打起了鼓。

果然。圣旨上说，已经查明，蔚景就是勾结奸敌，传递密信，为以示公正，以儆效尤，赐蔚景火刑，即刻执行。

圣旨宣完，宫人们全部震住。一个个都怀疑是不是自己听错了。原本说蔚景放信鸽传消息就已是很震惊了，这才一日，竟又来一旨，赐其火刑，还即刻执行。这……这也太……而且什么叫已经查明，无论是帝王亲查，还是刑部查，都还没有宣他们的主子去问过话不是吗？必要的过场都不走一走吗？

也就是到这时，众人才明白过来，什么勾结外敌不勾结外敌，这些都是幌子，说到底，不过是新帝想让这个女人死。想想也是，撇开这个女人跟曾经的帝王锦弦的纠葛不说，她终究是中渊的九公主，中渊的江山终究是姓蔚。坐拥她家的江山，却要时刻面对江山的主人，哪个帝王心里会舒服？或许，这才是最根本的原因吧？

果然帝王无情啊！太可怕了。荣衰只是朝夕。

众人虽心中为这个服侍不久的主子叫屈，却又都无可奈何。天子是谁？掌握着所有人的生杀大权，天子做的决定，他们这些做奴才的又能怎样。

大家都哭丧着脸，相反，当事人很平静。很平静地拂裙跪地，很平静地接旨谢恩，很平静地起身站起，很平静地随禁卫们而去。

"娘娘……"

"娘娘……"

再压抑，宫人们还是哭了。虽然才服侍这个主子没几日，可这个主子的好，众人都看在眼里，活生生的一个人，就这样忽然去赴死，他们心里怎能承受得了！

"娘娘……去跟皇上求求情吧！"

"娘娘……"

宫女太监都跪在地上，红着眼睛看着蔚景。待蔚景被禁卫带走，宫人们再次哭成一片。湘潭看了看门口，又看看痛哭流涕的众人，唇瓣动了动，欲言又止。

在宫外的一处山林，蔚景见到了凌澜，只不过两人的身份，从原本的帝后，变成了帝王和死囚。

明黄华盖，明黄软椅，一袭月白龙衮的男人端坐在软椅上，似是已等候多时。在他的身后是一字排开的禁卫，禁卫们手持大刀长矛，一副武装戒备之姿。

蔚景在禁卫的带领下，缓缓走了过去，也缓缓走进男人的视线。她发现男人先是

第十五章　葬身火海

眸光一亮，不过旋即，又掩匿了去，然后，就一直目光冷冷地看着她。她知道，因为她的妆容是吗？她从未化过这样浓的妆。第一次，她盛装盛容，却是为了上刑赴死。

他看着她，她便也看着他。他还是那样俊美，那样意气风发，时值上午，阳光不是很烈，金灿灿的日晖镀了他一身，一眼望过去，真是美得如同神祇。她缓缓走近，他起身站起。在离他还有一段距离的地方，她站定，他也并未举步，只是在软椅边上长身玉立。将落在他身上的视线收回，蔚景眸光轻凝，缓缓环视四周。

他们现在所处的位置是一块空地，可周围都是茂密的林地，翠竹苍梧、参天大树，连林边的杂草都茂盛得有一人多高。还真是个好地方。也难为这个男人能寻到如此宝地。蔚景弯了弯唇，缓缓转眸，看向空地不远处的刑架。一个粗壮的十字木架，木架下，已经铺上了一堆干柴，旁边，膀粗腰圆的刽子手执着一个火把，火把已经燃起，火苗映着阳光，摇曳生姿，似是就只等着将邢犯绑上去，然后帝王一声令下。

"你还有什么要说的？"男人清冷的声音骤然响起。蔚景怔了怔，将落在刑架上的目光收回，转眸朝男人望去。

许久，都没有出声，直到男人正欲启唇再说什么的时候，她才忽然开口："你有没有爱过我？"

男人一怔，似是有些意外她问这样的问题。

"爱过吗？"她又重复了一遍，目光专注地看进他的眼底。凌澜眉心微微一拢，垂眸静默了片刻，才抬眼看向她："没有！"口气笃定坚决。

似是意料之中，蔚景脸上并未见任何讶异，只微微一笑，又问："那你跟我说过的那些话也都不作数，都是骗我的？"

凌澜再次一怔，微微眯了凤眸回望进她的眼睛，末了，眼梢又轻轻一掠，瞥了一眼她身后的不知哪里，最后又将目光收回，看向她，薄薄的唇边轻飘飘逸出一字："是！"虽只一字，却掷地有声。

"那你对我做过的那些事呢？你随我跃下山崖，你替我割脉取血，你甚至为我夺宫，这些事难道也是假的？"

"当然！"这一次蔚景的话刚落，男人没有做出一丝思考，就斩钉截铁地将她的话打断，"当然是假的。随你跃下山崖，那是因为朕知道那断岗不高，摔下去不会致死；替你割脉取血，那也因为朕是医者，朕能把握分寸，知道放多少血出来是安全的；而为你夺宫，就更说不上了，没有你，朕一样要夺，这中渊的江山朕坐定了！"

男人沉声说完，月白袍袖骤然一扬，在阳光下带出耀眼的弧度："点火！"

点火？在场的所有禁卫都是一怔。刽子手更是蒙住。原则上，火刑不应该是先将犯人绑在木架上，然后再点火吗？现在就点火？光点火？本想张嘴询问，可见帝王正冷冷地睥睨着他，似是对他的无反应甚是不满，连忙诺了一声，将手中火把，递到柴堆下方，将多处燃起。只片刻，大火就熊熊燃烧了起来，火光冲天，烟雾缭绕。

望着那阳光下袅袅升起的热浪和青烟，蔚景轻轻摇头，轻轻笑开，缓缓转眸，她再次看向男人："凌澜，你怎么可以这样利用一个爱你的女人？"

"爱？"男人不以为然地轻嗤，"蔚景，我告诉过你，像我们这种人，是不能有爱的，一旦动了心，就等于给了对方一把对付自己的利器。"

蔚景终于忍不住笑出声来，那一笑，仿若云漠山洞顶上只在夜间瞬息盛开的"夜绽"，刹那芳华，却耀眼夺目。好一会儿没止住，笑得连双肩都抖动了起来，笑着笑着，便笑红了眼睛。

"利器吗？我有更狠的。"话音未落，她已翩然转身，山风鼓起她的衣袍，簌簌作响，她疾步朝大火处狂奔。

事情发生得太突然，众人根本来不及反应。凌澜更是脑中霎时一片空白。怎么回事？当女子衣发翻飞的身影如同飞蛾一般直直扑进熊熊大火之中，他才猛地如遭棒击，脸色剧变："不——"一声嘶吼骤然响起，随声而动的是男人狂奔的身影。

火光很快就将女子包裹，比刚刚男人那声嘶吼更痛苦的悲嚎声自大火中响起，响彻天地："父皇，是女儿不孝，女儿有眼无珠，两度错信男人，才落得今日如此悲惨下场，女儿无颜面对中渊百姓，无颜再见父皇，女儿走了，父皇保重——"

那悲鸣声就像能刺破九天，回声盘旋，就像是有把极细的刀子划过在场众人耳膜的同时，也划过他们的心窝。

"不，蔚景——"

男人失声痛吼，如同刚刚女子一样，未作一丝犹豫，纵身扑入火海。

禁卫们全都惊呆了，一个一个石化在原地。还是掩匿在林中的高朗见状，骇然叫道："快扑火，救驾，救驾——"众人这才反应过来，连忙七手八脚上前。

可是，附近并无水源，如何灭火？众人只得脱掉衣物去扑。

大火中，凌澜拉住了蔚景，却又被蔚景甩手挣脱。热浪烫得惊人，周身灼痛至极，衣服烧焦的气味、毛发烧焦的气味、皮肤烧焦的气味，各种气味充斥，凌澜一边号叫着，一边伸手再次去拉蔚景。任凭蔚景挣扎，他紧紧将她摇摇欲坠的身子裹在怀里，正欲带着她借助轻功而出，这时，用来捆绑犯人的十字木架被大火烧断，骤然倾倒了下来，直直砸在他的后脑勺上，他眼前一黑，想要强自撑住，却终是松了怀中女子，在女子倒下之时，同她一起倒在了火海之中。

"皇上……"

"皇上……"

禁卫们吓坏了，高朗更是脸色大变，下一瞬便飞身而起，直接纵入火中，去救倒地的凌澜。

这时，有人惊叫的声音响起："不好，起火了，有人劫囚——"

禁卫们一看。天啊！

第十五章 葬身火海

除了火刑那一处,四周竟不知何时也都燃了起来。草深林密,都是易燃的东西,瞬间,整个山林都燃烧了起来。火势很快蔓延,不消片刻,就将空地团团包裹住。禁卫们大骇,开始四下逃窜,场面一片混乱。

好不容易将凌澜从大火中拖出来的高朗见状,亦是吓得不轻,连忙吩咐众人赶快撤退。不远处,隐约传来兵器交接的声音,高朗皱眉。消息传得可真快。这些人是冲着那个老不死的来的吧?想趁乱劫人?看来,还真不能小觑了那老不死的势力。

和两个禁卫一起扶着凌澜突出火围,高朗又吩咐了一些禁卫去林子那边支援,最后回头,望向那火刑之处。视线所及的范围之内,早已经是一片火海,哪里还分得清何处是火刑之处,火光熊熊、热浪滔天,天地只有一种颜色。火。都是火。漫天大火。

听说,朝廷很快就派了大量的人过来灭火,可是,这场山火还是烧了三天三夜。一直将一片林子烧成了灰烬,一处原本郁郁葱葱的山头最后只剩下光秃秃的黑土,大火才总算熄灭。当然,这是后话。

鹜颜得知消息赶进宫的时候,龙吟宫里忙作一团,太医们刚将凌澜身上烧伤的地方涂好药、包扎好,只是凌澜还没有醒。望着全身缠得就像是一个粽子一样,躺在龙榻上一动不动的男人,鹜颜秀眉微蹙。

"怎么回事?"太医们一退下,她就迫不及待地问向守在边上、灰头土脸、一身狼狈的高朗。高朗只得将事情一五一十地讲了一遍。鹜颜震惊了。

"怎么会这样?"好半天,她才回过神,眉心更是皱成了一团。高朗摇头叹息:"属下也不知道哪个环节出了问题。"鹜颜怔忡了片刻,再次转眸看向床榻上的男人,沉痛的神色纠结在眸底。这往后可怎么办?

"你回去休息吧,我在这里陪他。"

刚刚太医说,他是后脑被重物所击,以致昏迷,但是身上烧伤严重,强烈的疼痛感可能会加速他的苏醒,她得守在这里,指不定醒来发什么疯。

"小姐的脸色不好,应多休息,还是属下留在这里陪皇上吧。"高朗的面色有些窘迫,微抬着眼梢偷睨着鹜颜,见鹜颜回过头来,他心尖一抖,连忙垂下视线。

"我没事,要真有事,也是听说了你们的事被吓的。"鹜颜抬手抚了一下自己的脸。脸色不好?有这么明显吗?这几日她都特意扑了胭脂不是吗?竟也能被他看了出来。

铃铛睁开沉重的眼帘,入眼一片光亮,晌午的阳光透过半开的木窗投进来,照在床头上有些刺眼。

眸眸适应了一会儿光线,她撑着身子缓缓坐起来。这是哪里?陌生的房间,陌生的一切。不是龙吟宫,也不是九景宫。头有些痛,浑身也酸软无力,她强撑着下床,趿上鞋子就走了出去。出门便是一个院子,院子里到处都是簸箕,上面摊晒着各种药材,有两个身着太医服的男人正在翻抖着簸箕里的草药。这里她并不陌生，以前她经常跟蔚景来这里。

太医院的后院。那么，她现在在太医院是吗？其中一个晒药的男人正好回头瞧见了她："你醒了？"

铃铛含笑点了点头，忽然又想起什么："对了，我怎么会在这里？"

"是前天夜里皇上命人将你送过来的，你中毒了。"

凌澜醒过来的时候，已是五日后的黄昏。当时，鸳颜正坐在边上低头想着心事，凌澜骤然大叫着"蔚景"从床榻上坐起来，鸳颜吓了一跳，惊吓之余，却又不免欣喜："你总算醒了。"

"蔚景呢？"男人一把抓住她的手。许是被烟火呛到了喉咙，声音沙哑破碎得不行，完全就像是另外一个人，听得鸳颜心头一颤，却是没有吭声。她不知道该怎样回答他。说人已经没了？她不敢说。也不忍心说。

见她沉默，凌澜眉心一皱，大吼道："来人！那么黑，为何不掌灯？"

鸳颜浑身一震，愕然睁大眼睛。那么黑？一颗心就像是瞬间被什么东西抓住，她惶遽地回头望了望殿内。虽已是黄昏，可落日的余晖正透过西窗投进来，室内一片红彩。明明如此亮堂……他说，那么黑？蓦地意识过来什么，她惊痛地望向男人。

男人正摸索着掀开薄被，从床榻上下来。对，摸索。她呼吸一滞，蓦地上前大力将他按坐下来，男人挣扎要起身，却是被她死死按住不放。

"等一下，凌澜，等一下，你听我说，你听我说……"一颗心又慌又乱，又惊又痛，鸳颜喘息着，试图将男人稳住。男人以为是说蔚景，便安静了下来。鸳颜缓缓蹲在他的面前，定定望进他的眼睛。

果然！原本那般晶亮，那般黑如曜石的一双眸子，此刻就像是蒙上了一层薄雾一般。没有焦距，没有倒影，什么都没有……鸳颜身子一晃，险些跌坐在地上。犹不死心，她又伸出手在他的眼前晃了晃，刚晃了一下，腕，就被男人重重握住。

"你做什么？"男人皱眉。鸳颜心中一喜，以为他能看到，刚想张嘴询问，却又听到他问，"张如呢？为何还不掌灯？"鸳颜唇角一僵，一颗心瞬间沉到了谷底。侧首，她看向早已闻声进来，一脸惊愕站在边上的张如，摇了摇头。张如会意，眉心微微一拢，一脸凝重。

"蔚景呢？"见鸳颜一直没回答他，男人"噌"地一下起身站起，连鞋子都没穿，就举步往外走。鸳颜连忙伸手将他拉住，可下一瞬，却又被他大力甩开。身子本就正虚，又连续几日不休不眠，鸳颜哪里经得起他这样推甩，踉跄几步，想要稳住，却还是重重摔倒在地上。这一幕正好被从外面进来的高朗看到，看到凌澜终于醒了，高朗心中一喜，可看到鸳颜倒地，又瞬间脸色一变，疾步奔了进来："小姐！"

第十五章　葬身火海

在他搀扶起鸷颜的间隙，凌澜已经跌跌撞撞碰翻了内殿里的几个椅凳和摆设。原本身上到处都是烧伤，还打着绷带，这样一撞，很多地方都有血水渗出来，一点一点晕染在白色的绷带上，他也浑然不觉，继续往外殿走。张如见状，连忙过去搀扶："皇上！"

终于听到张如的声音，凌澜面上一喜，伸手抓了他的臂："快！摆驾九景宫！"

"皇上……"张如一副快要哭出来的样子。听他如此，凌澜脸色一沉，松开他的手臂，又自顾自往外走。鸷颜心中一急，连忙吩咐高朗："快拦住皇上，他眼睛看不见了。"

眼睛看不见？高朗一震。震住的又何止高朗。当事人凌澜亦是。只不过，他仅仅僵硬了片刻，片刻之后，又跌跌撞撞往外走。回过神来的高朗眉心皱成了一团，一颗心又痛又惊。

"皇上……"他颤抖上前，想要拉住凌澜，却被凌澜大力甩开。

"皇上要去哪里？"

"去找蔚景！"凌澜脚步不停，声音沙哑颤抖。因为眼睛看不见，脚尖骤然"嘭"的一声踢在了门槛上。屋内三人一惊，听那声响，都知这一脚踢得不轻，十指连心，何况他还没有穿鞋子，然而，他却完全没有一丝反应，就像踢上去的是别人的脚一般，径直迈过门槛，走了出去。

高朗心痛不已，对着他的背影嘶吼出声："娘娘已经没了！"

张如一惊，鸷颜大骇，想要阻止高朗都来不及。那一句话已然落下，重重落在几人的心头。果然！凌澜停了下来。只这一句，只这六个字，就让发疯一般要出门的男人如同被施了定身术一般，瞬间僵硬在了当场。

看看男人僵硬的背脊，又看看鸷颜煞白的脸色，高朗才意识到，自己是不是不该说。

"皇上……娘娘……娘娘她……"他想改口说点别的，却又不知该说什么，凌澜却是忽然转身往回走。这一次，目标很明确，就算看不到，凌澜还是直直走到了高朗的面前。几人都不知道他要做什么，高朗更是只感觉到他浑身戾气弥漫。

"皇上……"颤抖的话音还未落下，高朗脚下已是一轻。凌澜抄着他的衣领将他提起的同时，森冷的声音也从喉咙深处挤出来，一字一顿："你方才说什么，再跟朕说一遍。"

高朗脸色一变，边上的鸷颜沉声低喝："凌澜，放开高朗！"

凌澜就像是没有听到一般，依旧拎着高朗不放，缠着绷带的胸口急速起伏，猛地一声咆哮："快说！"

高朗吓了一跳，转眸看向鸷颜。鸷颜垂眸静默了片刻，抬起眼："蔚景已经死了……"声音不大，却像是一把重锤砸向凌澜的心田，凌澜身子一晃。

"不可能！"他嘶吼出声，"绝对不可能！"末了，又似想起什么，骤然松了手中高朗，再次转身往外走。鸷颜眸光一敛，疾步上前，手掌凝起一股内力，猛地劈向他的后颈。

男人高大的身子倒了下去，鹜颜连忙伸手将他扶住。

"皇上！"高朗一惊。

"快，将他扶到床上去！"鹜颜皱眉吩咐高朗，末了，又吩咐张如，"速去太医院请太医过来！"

鹜颜打马紧赶慢赶，赶到行云山，在一个光秃秃的山头，便看到了凌澜。身上还缠满绷带，在一大片黑土间，他孑然而立，伟岸身姿一动不动，不知在想什么，在他的身后，远远地站着高朗。

早上她醒来，床榻上不见人，她急得不行，太医说，他的眼睛被浓烟所熏，一时半会儿不易恢复，得慢慢用药才行。眼睛看不到，身上一身的烧伤，他还不消停。她找遍了宫里，都没找到人，最后，她猜想可能是来了这个地方。果然！只是，火已燃、人已逝、这里早已寸草不生，来这里又有何用？何况他还是一个盲人。

下马默然站了片刻，她才抬步朝那抹孤寂的身影走过去。许是听到她的脚步声，男人缓缓回过头。明明他什么都看不到，但是，那一刻，她却真切地感受到了，那满是迷雾的眼眸里透出来的哀伤，尽管此时的他脸色平静，看不出来有一丝一毫的不对劲。

"凌澜……"鹜颜眸色一痛，相对于昨日，她更怕此刻这样的他。男人长睫微微一颤，又将"目光"收了回去，转眸继续"看"向自己的前面。

"三姐，你知道吗？那日，她就是站在我现在站的这个地方，问我，有没有爱过她？"鹜颜心口一颤，看向男人。男人面色依旧沉静，甚至唇角还微勾着一抹轻弧。

"三姐，你也是女人，你说，一个女人该是怎样的绝望，才会问一个男人'有没有爱过'？"

"凌澜……"鹜颜颤抖出声，心里想着找一些话来安慰，却第一次发现，自己找不到语言。男人淡然的声音还在继续："可是我说没有，我说从来没有，我说我对她说过的所有话，做过的所有事，都是假的，都是骗她的。三姐，你知道为何我的眼睛会瞎？"他转眸，轻笑着"看"着她。

"不是瞎，太医说，只是被浓烟熏了，暂时性失明。"鹜颜绷直了声线，却依旧难掩声音的颤抖。

"那就是瞎！"男人笃定而语，又将头转了回去，"老天是公平的，它让我瞎，是因为我该瞎。我看不到她问我那句话时，眼里的伤痛和心里的绝望，我什么都看不到，明明她很反常，她从不化妆，却盛装盛容，明明我们事先商量好的说辞不是这样，她擅自改了问题，而且一连追问了几个，我都没觉察出来。"男人轻轻摇头，轻轻笑，眸子里的迷雾却是越聚越浓，越聚越重。

那是鹜颜从未见过的模样。她低低一叹："当初，她提出来的时候，你就不应该答应她。"

第十五章　葬身火海

当初？男人怔了怔，思绪又回到了几日前的那个晚上。

他进九景宫，那个女人那般欣喜地跑出来迎他，连鞋子都没穿，一个劲地说，凌澜，我知道了，我知道了。说实在的，当时，要不是她是兴高采烈说这句话的，他还真以为她知道了他隐瞒她的秘密。他问她知道了什么。她说，她知道如何找她的父皇了，他当时听了，又是一惊。她说，你看，我跟你大婚，他上城楼来看着，这说明什么？他不动声色地问，说明什么？她说，亏你如此睿智的一人，这么简单的道理都没看出来，说明我父皇一直就在我的附近啊。

说实在的，当时的他是有些慌乱的，他问，所以呢？她说，所以，我得想个办法将他引出来，逼他现身。他问，那么，你想到了吗？她眯眼一笑，说，当然，做了聪明人的妻子，自然也变得聪明了，我想到了一个一箭双雕的好计。

到现在，他还清楚地记得，她说这话时，唇角如花一般的笑靥。

他很是受用，笑道，有何计谋，说给为夫听听。她就开始耍赖，说，不行，你要先答应，按照我的计谋行事。见她娇憨的模样，他有些想逗她一逗，说，不行，先说来听听，让聪明的为夫给你把把关，觉得可行，就答应。她不依，又是摇他，又是晃他，又是装可怜，又是耍无赖。他最拿这样的她没办法。只得妥协，说，好，我答应你，你说。

然后，她就说，我父皇最疼爱我了，如果我面临生死危机，他一定会出来，所以不如这样，找只鸽子，我假装传递消息给锦弦，反正大家都知道我跟锦弦曾经有过一段，也会相信。然后消息上写着你已经知道了他的藏身之地，准备什么时候行动去抓他。鸽子找禁卫们能发现的时候放。此举可以一箭双雕，第一，我通敌，你可以判我死罪，生死攸关，我父皇肯定会出来，就算他不出来，也一定会有所行动，到时我就可以顺藤摸瓜找到他；第二，我的消息被拦下来了，宫里面隐藏的真正的锦弦的人，就一定会想方设法将这个消息再送出去给他，不仅可以引蛇出洞，揪出奸细，还有可能找到锦弦的藏身之地。

是不是良策啊？她问他。他直摇头，还笑她，一个搭上自己生死的计谋，竟然说是良策，亏你想得出。她说，这不是假的吗？又不是真去死。他坚决不同意，他说，生死是大事，且你还是一国之后，世人的眼睛都看着，岂能这般儿戏？

她便又不依了，说，不管，反正你已经同意了，君无戏言。世人看着就看着，那又有什么？最终还是你天子一句话。如果我父皇出来了，或者一直到最后关头，他都还是不出来，就算了，你就说，已查明，通敌一事是别人所为，与我无关，不就洗清了我的罪名。我也是没有办法了，我真的非常想非常想找到我的父皇，连做梦都想。然后，又是撒娇又是讨好，又是耍赖又是撒泼，他才点头。

点头的同时，他动了一点私心。如果真这般做，或许……能解决他这段时间最困扰的问题。

正好某人嘴硬什么都不说不是吗？或许上演如此一出，可以逼那人开口。

"知道吗？三姐，不是我当初不应该答应她，而是不应该瞒着她动了私心。"凌澜声音沙哑，其声恍惚。就是这一点私心，将她推向了绝望。

鸳颜皱眉："可是，我想不通，她又是如何知道她父皇在我们的手里？"

"是啊，我也想不通。"

蔚景是头一天夜里提出如此做的，第二日她就被禁足，第三日就发生了这样的事。很明显，头天夜里她是不知道的，那就是第二日，可那一日，她都被禁足，又是从何得知？这些已经不重要了，她终究是知道了，她终究是伤心绝望了，他终究是失去了她，彻底。

他永远也忘不了，她在大火中那撕心裂肺的悲嚎。

"父皇，是女儿不孝，女儿有眼无珠，两度错信男人，才落得今日如此悲惨下场，女儿无颜面对中渊百姓，无颜再见父皇，女儿走了，父皇保重——"

记忆里，她一直是个坚强的女子。就算曾经被锦弦欺骗，就算曾经家破人亡，就算一夕之间从尊贵的公主沦为见不得光的卑微女子，就算再难再苦，就算历经劫难，就算几经生死，她都顽强地活着，她都没有想到死。这一次，她如此甘愿赴死，那是要怎样的绝望才会做出这样的决定？如此毫不犹豫，如此决绝坚定。如此不给他一丝一毫的机会，甚至连问他都不问一下，连提都不提她父皇一句。心已经死了，是吗？只有心死之人，才会觉得一切都没有了意义。他不敢想，她得知这一切时的心情。

自己心心念念要找的亲人，原来一直在自己最爱的人手里。他何尝不知道，这打击是毁灭性的，是致命的，他知道。可是，他一直以为可以两全其美。人，真是很奇怪的东西，道理摆在别人身上，似乎都懂，而一旦降临到自己身上，却永远也不明白。就像他看叶炫，这世上之事怎能两全？而他看自己，却看不到自己的执迷不悟。

"三姐，或许你是对的。"

鸳颜一怔："什么？"

"当初，你说，应该告诉她一切。"

鸳颜沉默了片刻，轻轻摇头："不，她同样受不住。"

此一时彼一时，她当然不会告诉面前的这个男人，当初，她提出来，告诉那个女人一切，她的目的，其实是想拆散他们两个。

当然，那只是当初。

桃花烂漫，鸟语花香，仲夏已过，本是入秋的天气，可这里却是犹如春季，入眼都是怡人景致。桃花树下石桌边坐着的妇人，一边剥着手中荔枝，一边抬眼睨向小屋，秀眉微蹙。妇人三十多岁四十岁的光景，一身素袍，虽已经过了芳华之景，却依旧眉目如画，就算口鼻以下被一方与衣服同色的素帕所掩，但是，依旧难掩其倾城姿色。就连双手亦是同年轻女子一样，纤纤细细，白玉一般。

在她娴熟的动作下，一颗一颗晶莹剔透的荔枝肉很快就将石桌上的小瓷碗装满。她端起瓷碗，递向蹲趴在她脚边上的镇山兽："去，将这些给她送过去。"

　　镇山兽蹭了蹭她的脚，晃着身子站起，张嘴叼住瓷碗，转身往小屋走去。不一会儿就出来了。妇人手中又剥开一颗荔枝，从素帕下面塞进自己嘴里，一边嚼巴一边问："怎么样？她吃了没有？"镇山兽不是人，自然不会回答。妇人低低一叹，从石凳上站起，这些年，幸亏有这只东西。至少她可以经常跟它说说话，不然，怕是早已经忘了嘴巴除了吃以外，还有其他的作用。

　　镇山兽又回到原来的位子，缓缓趴下，慵懒地晒着花林间斑驳的阳光，妇人举步进了小屋。小屋的石榻上躺着一个女子，身上多处被绷带所缠，一动不动，虽然睁着眼睛，可一双眸子空洞溃散，就像是一个死人，毫无一丝生机。在她的边上，装着新鲜荔枝肉的瓷碗还满满地搁在那里。

　　果然还是不吃。妇人叹息着摇了摇头，走了过去："你再这样，我可真不管你的死活了。"

　　这都几日了，一直这样不吃不喝，俨然一个活死人，再这样下去，怕是就要成真的死人了。犹记得镇山兽将她拖进岛中的那日，她还真的以为她死了。镇山兽拖着她，她睁着眼睛没有一丝反应。简直无法用言语来形容当时的那个样子，衣衫褴褛就不说了，到处都烧得焦黑，全然看不出原本的颜色，头发亦是烧得卷成了卷儿，身上大面积烧伤。只是奇怪的是，一张脸却完好无损，虽然也被烟灰所污，但是，她用清水擦拭以后，就露出了眉目如画的容颜。看样子，很显然，是刚刚经历过一场大火，只是，在哪里经历，为何经历，她是谁，又为何会出现在啸影山庄的缠云谷里，她都不知道。无论她怎样问，对方就是不语。

　　她会医，她当然知道，对方不是聋了，也不是哑了，就是不理她。刚开始，她还有些恼火，想让镇山兽将人再送出去，可看到她那个惨样子，扔出去肯定会死，便又有些于心不忍，终究是决定先救人再说。她将她已经烧得面目全非的衣袍换了下来，给她搽烧伤药，给她打上绷带，还给她熬汤熬药。可是，对方不吃，无论她怎样说，怎样劝，就是不吃。看她的样子，一副万念俱灰的模样，一心求死，想来，应该是经历了一场很大的变故。

　　"你还年轻，人生的路那么长，何必要如此作践自己。"歪头，将嘴里的荔枝核"啐"的一口吐掉，她缓缓蹲在床榻边上，"来，多少吃点，这荔枝可新鲜了，只有我这岛中有，外面可是买都买不到的。"拈了一粒荔枝肉，她碰了碰女子的唇瓣。

　　因为不吃，也不喝，又加上被大火烤过，女子的唇瓣干得厉害，又是脱皮，又是干裂的血口子。女子依旧一动不动。

　　她顿了片刻，见女子无一丝反应，便也不再强求："就算你不为自己考虑，你也应该为你腹中的孩子考虑考虑吧，世上哪有你这样不负责任的母亲，就算再有什么，孩子终究是无辜的吧？你死，凭什么要他陪着你一起死啊？"

话音落下，她惊喜地发现，女子竟然有了反应。长睫轻颤，空洞的眸子缓缓地、机械地朝她转过来，目光溃散地看着她，干得脱皮的唇瓣嚅动："你说什么？"声音哑得就像是破锣一般。

妇人面上一喜，可想起几日来她那个不死不活的样子，心里却又憋着一股气："哟，会说话呢，我还以为我救了一个哑巴呢。"

女子没有理会她的冷嘲，又艰难地动了动唇："孩子？"

"是啊，孩子，"妇人一怔，"难道你不知道自己有喜了？"末了，又似想起什么，自顾自道："也是，还非常小，喜脉也很不明显，是我医术高才探得出来，外面一般的大夫可不一定，估计得过些日子才行。"

女子眼波动了动，缓缓抬起自己缠着绷带的右手臂。

"你要做什么？"妇人刚疑惑出声，就发现女子用自己的右手搭上自己左手的脉搏，"你也会医术？"

女子没有理她，凝神静探，忽然，眸光闪了闪。这是多日以来，她第一次看到她那空洞的眼眸中出现情绪。

第十五章 葬身火海

九景宫。

虽然主子已经不在，但是内务府也并没有对人员进行重新调拨，所以，那些宫人们还继续待在九景宫里，只是一个两个，脸上早已没有了喜色。铃铛自是也回了九景宫，听她自己说，宫人们才知道，几日不在，原来她是中了毒，待在太医院里。宫人们便叹息，叹息她曾经跟他们的皇后娘娘主仆一场，连送皇后娘娘最后一程都错过了。铃铛似是也很难过，整日蹙着眉心，面色凝重。

刑场之上，新帝纵入火中，想要救出皇后，结果自己昏迷五日五夜、甚至被大火熏瞎龙目一事，自是早已传开，宫人们深深缅怀他们主子的同时，不免又有些许安慰。他们的帝王并未真的无情无义，并未真的要处死他们的主子。

湘潭更是心中端着疑惑。那日圣旨下来，说蔚景勾结奸敌的时候，她就去龙吟宫找过帝王。帝王只跟她说了一句，放心，皇后不会有事。追随这个男人多年，她自是知道这句话的意思。帝后二人在进行着某一项计划是吗？一颗心安定，她不动声色地回了九景宫，任凭其他宫女太监盘问，她自是只字不提。她不能坏了他们的计划。几次看到宫人们哭得那个伤心的样子，她都差点忍不住告诉了他们。当然，终是没有。必须忍住。

当皇后被烧死，帝王昏迷不醒的消息传到她耳朵里的时候，她几乎都不相信。那个男人不是跟她说，皇后不会有事吗？这就是"不会有事"？到底发生了什么变故，让事情变成了这个样子？她不知道，也无从得知。

主子没了，所以九景宫的宫人们也都没有多少活干，但是却也没有闲着，每日将地面清扫了一遍又一遍，拖了一遍又一遍，屋中物件更是擦得干干净净、一尘不染。

铃铛手执抹布，轻轻擦拭着早已锃亮得不能再锃亮的铜镜，梳妆台上的烛火倒影在铜镜里，摇摇曳曳、闪闪烁烁，一片迷离烛光中，铃铛眼前不禁浮起曾经每日清晨，一个女子坐在这前面，她给那个女子梳妆的情景。曾经十几年如一日，如今想来，竟遥远得像是上辈子发生的事一样。缓缓垂下眼帘，倏地，目光触及到梳妆台上的一个脂粉盒，她眸光一顿，伸手将脂粉盒拿起。

脂粉盒很精致，上面还有雕花，但是，她认识，并不是蔚景平素用的脂粉。这些日子每日都是她帮蔚景梳妆，用的什么脂粉她清楚得很。轻轻打开脂粉的盖子，一股淡淡的香气轻盈上鼻尖，很好闻很让人舒服的味道，脂粉的粉面稍稍凹下了一点点，显然是被用过的，只是用得不多。想来，应该是蔚景出事那天用的，只有那天她不在，没有给蔚景梳妆。

蔚景向来对这些东西不上心，怎么会突然换脂粉？心中揣着疑惑，她拉开梳妆台的抽屉，找原本一直用的那盒，找了半天没找到。这时外面骤然传来太监总管张如尖细的声音："皇上驾到——"

她手一抖，手中的脂粉盒一个没拿住，跌落了下来，她一惊，连忙伸手去救。接是接住了，可里面的脂粉洒泼了出来，弄了她一手，也顾不上拭擦，她连忙将脂粉盒盖好放在原处，快步出了内殿，跪在宫人们身后，随大家一起行礼接驾。

一袭明黄的男人从门口走了进来，脚步有些虚浮，紧随其后的张如，一直伸着手，似是想要扶他，可又不敢。铃铛眸光微微一敛，这是自蔚景出事后，第一次看到这个男人。明显消瘦了不少，让原本就刀削一般的一张脸更加的轮廓分明，也未让他们平身，男人径直越过他们的身边，跌跌撞撞往内殿走。微风拂过，带起浓郁的酒香。他饮酒了。

"我去将其他的灯掌上！"铃铛起身，随后也入了内殿。

内殿里，男人已经坐在了桌案旁，手肘撑在桌面上，双手掩面，似是很疲惫，又似是很痛苦。铃铛却也不敢多言，只轻步上前，取下桌上琉璃灯的灯罩，吹了火折子，将灯芯点亮，一边拿眼偷偷睨他。一时看得有点失神，等意识过来的时候，才发现手中的火折子都被燃尽，而自己的手一直在灯芯上。火苗打在她的手上。她一惊，连忙将手缩回。可是，却惊奇地发现，她竟没有感觉到疼，也没有感觉到烫。怎么可能？难以置信，她又将手伸到吐着火苗的灯芯上。

真的没有。没有一丝感知，就像那只手不是她的一样。目光触及到手上的脂粉，她瞳孔一敛，连忙换了另一手伸过去，刚一碰到火苗，就烫得她将手缩了回来。

果然！果然脂粉有问题。涂抹了这个脂粉，就不惧火烧火燎。这种东西，她以前也听说过，传闻，那些江湖卖艺的，表演什么钻火圈、火烧活人之类的时候，就是身上涂了特殊的东西。那么……蔚景搽了它，就不会被大火烧伤到。那么……蔚景这是在表演金蝉脱壳？

不，不是！看那脂粉的凹陷程度，应该只是涂抹了脸，如果想要完好无损地金蝉脱壳，光保护脸有什么用，还不是会活活烧死，可如果身上也搽了，脂粉又绝对不会凹下去那么一点点。脑中瞬间有千百个念头一晃而过，乱作一团，她沉心理了理，得出了几个认知：第一，脂粉不是蔚景所换。如果是她所换，就表示她不想死，若不想死，她就应该会搽身上，可看脂粉的消耗程度，显然没有；第二，脂粉一定是九景宫里的人所换。这段时间，并没有别人进九景宫。

只是，这个人是谁呢？九景宫里，加上她，一起四个婢女，两个太监，会是哪一个呢？而且，这个人又是谁的人呢？显然不是凌澜的。不管是谁的人，为何只保护蔚景的一张脸呢？很多疑问，她想不明白。她只明白一点，蔚景可能还活着。眉心微拢，她收了思绪，将琉璃灯的灯罩罩上，她又提起桌上的茶壶倒了一杯水，递到男人面前："爷醉得不轻，喝点茶吧！"

男人缓缓将撑在脸上的双手移开，"看"向她。当目光撞上男人蒙着迷雾的眼眸时，铃铛一震。没有倒影，没有昔日的神采，除了迷雾，就只剩下血丝，根根像蜘蛛网一样密布的血丝。果然是瞎了。可是，她听说，他不让太医院的人诊治，也拒绝用药。

"爷……"

"出去！"

夕阳西下，啸影山庄的榕树下，嫣儿举起手中宣纸，稚声稚气问坐在自己对面，说是陪她画画，却一个下午一直在失神发呆的男人："小叔叔，小叔叔，快看嫣儿画的小蜻蜓，像不像？"

影君傲怔怔回神，看了看白纸上鬼画符一般的画作，唇角一弯道："像，像极了。"

"真的吗？"嫣儿歪着小脑袋，眨着乌黑的大眼睛，微微嘟了嘟小嘴。为何她自己觉得一点都不像呢？

"当然是真的，小叔叔几时骗过嫣儿？"君傲笑容和煦，伸手，手指宠溺地在她小鼻子上一刮。

"怎么没有？上次小叔叔跟无尘叔叔出门的时候，嫣儿说让小叔叔将小姑姑带回山庄来看嫣儿，嫣儿想小姑姑了，小叔叔说好，结果，却是小叔叔一个人回来的……"小家伙说到最后，瘪着嘴，一副委屈得要哭出来的模样。

影君傲眸色一痛，上前，将她抱在怀里，坐在石凳上："小叔叔没有骗嫣儿，嫣儿的话，小叔叔带给小姑姑了，小姑姑也很想念嫣儿，但是，小姑姑最近很忙，小姑姑说，过一段时间一定会来山庄看嫣儿的。"

"一段时间是多长时间？"嫣儿扭过小脑袋看他。

多长？

第十五章　葬身火海

影君傲怔了怔，他也不知道多长，或许永远也不会来。如今的她已经贵为一国之后，她爱的男人国家初定，应该很忙吧。正思忖着该如何回答，身后骤然传来影无尘的声音："君傲，嫣儿，看我给你们带什么好东西来了？"

话音未落，大红身影已经行至跟前。影君傲心想，来得可真及时啊，正好救场："什么好东西？"

影无尘眉眼弯弯，一副"你猜猜看"的模样，双手藏在身后，骤然，一手拿出，"当当当——"

赫然是一个小笼子。紧接着就响起嫣儿开心的尖叫声："哇，是小仓鼠，无尘叔叔真好！"

"送给嫣儿，"影无尘将小笼子递到嫣儿胖嘟嘟的小手上。见影君傲看着他，又是绝艳一笑："放心，你也有。"又是一声："当当当"，一个酒坛自身后拿出来，献宝一般呈到影君傲的面前。

"酒？"影君傲挑眉。

见他一副不以为然的模样，影无尘瞬间不悦了，嘴巴一撇道："可别小瞧了这酒，这可是杏花楼藏了五十年的杏花酿，人家找杏花楼的老板娘，嘴皮子都说破了，好不容易才到手的，送到你这里来，你还不稀罕？"

影君傲弯唇笑了笑："说吧，是闯了什么祸，还是有什么事要我帮忙？"

缠云谷，树木参天、绿草茵茵、山涧潺潺、鸟鸣声声，正值黄昏，一大片夕阳斜铺下来，将原本郁郁葱葱的山谷披上大片大片的红彩，美不胜收。影无尘亦步亦趋地跟在影君傲的身后，探头探脑、东张西望，一张原本妖孽绝艳的脸带着一丝紧绷："大白天的，那镇山兽应该不会出来吧？"

影君傲侧首斜了他一眼："你怕呀？你要是怕，昨日为何要偷偷跑到这里来？你明明知道，这缠云谷是禁地，任何人不得擅闯。你倒好，带头破坏规矩，你让我以后还怎么管理山庄里的人？"

"哎呀，人家也是没有办法，为了弄缠云草嘛。"

"什么叫没办法？没长嘴啊？就不知道跟我说一声？"

"那……那还不是怕你骂我吗？一个大男人，喜欢上伶人馆的男伶，我自己想想都觉得荒唐不可思议，又怎敢告诉你？"

"那你现在怎么又敢了？"

"我……"

见影无尘一副无言以对的样子，影君傲无奈地摇摇头："算了，你的那个男伶送给你的扇子是什么样子的？"一边问，影君傲一边环顾左右。

"就是普通的折扇，扇面上画着山水图。"

"你说，你也是有武功的人，身上揣的那么大个东西掉了，竟然当时也没察觉。"影君傲皱眉，缓缓往前走着，搜寻的目光不放过视线范围之内的每一处。影无尘眸光微闪，同样环顾谷中四周，讪讪道："我当时精神高度紧张，生怕镇山兽出来了，哪还顾得上这些？"

影君傲再次摇摇头，也不再多说，一门心思找折扇。影无尘则是缓缓走到山涧的边上，顺着狭长的山谷一直远远望去，凤眸微眯。忽然，他转头看向不远处的影君傲："君傲，你说会不会是被镇山兽叼了去？"

影君傲低头踢着脚边的杂草，漫不经心道："有可能。"

"那你能不能将它唤出来看看？"

影君傲愕然抬起头，难以置信地看着他："无尘，你跟嫣儿一般大吗？且不说是不是镇山兽叼走的，毕竟只是个折扇，又不是什么食物？就算是镇山兽叼去了，现在将它唤出来，还能找到吗？哦，你以为它是人啊，问它它就能说话，就能回答你啊？"

"可是那把折扇对我来说，真的很重要。"影无尘可怜兮兮地看着他。影君傲皱眉："不就是一把折扇吗？又不是人！至于这样吗？你若真想要，去京城伶人馆找你相好的那个男伶，随便编个理由骗骗他，让他再送你一把便是！"

影无尘便不再说话，扭过头去，沉默地站在山涧边，一动不动。

睨了他的背影一会儿，影君傲低低一叹："真是拿你这人没办法，比个女人还麻烦，过来，站到我身后。"

"干吗？"无尘不悦地回头。影君傲无力扶额，沉声道："不是你说要唤镇山兽出来的吗？"

影无尘怔了怔，猛地意识过来什么，面上一喜，连忙三步并作两步朝他飞奔了过来，影君傲只觉得眼前火红一晃，对方已经躲在了他的背后。君傲再次汗颜。将手放到唇边，一声嘹亮的口哨缓缓吹出，悠悠扬扬，响彻在山谷里。

没过多久，就传来一声长啸，云破天惊、地动山摇、盘旋回荡，似是在回应影君傲的口哨声。影无尘紧张地抓住影君傲的衣袍，影君傲将手自唇边拿开，侧首斜了他一眼，调侃道："一个大男人就这点胆量。"

影无尘没有说话，视线早已被远处缓缓走近的怪兽吸引了去。虽然身为啸影山庄的义子多年，但对于镇山兽，他却一直只是听说而已，今日是第一次看到。还真的是个怪物。一人多高、体型庞大、血红的眼睛、凸着獠牙的大口……

他更紧地抓住影君傲的衣袍，身子也往他的身后缩了缩。镇山兽一直走到影君傲的面前，低头轻轻蹭着他的鞋面。影君傲伸手，轻轻抚摸着它的头。

"现在镇山兽也给你唤出来了，你可以了吧？"

透过影君傲的肩头，影无尘戒备地盯着近在咫尺的镇山兽，原本凝脂白玉一般的脸色因为紧张更是苍白得有些透明，但是他犹不死心："说不定它叼去它住的地方了，

第十五章 葬身火海

能去它住的地方看一看吗？"

"不能！"他的话还未说完，影君傲已是斩钉截铁地回绝。

"为什么？"

影君傲沉默了片刻，沉声道："因为它住的地方，我也进不去。"

"怎么会？"影无尘愕然看向他，有些难以置信，"你是山庄的庄主，你还会口哨控制它，你怎么会进不去？"

"因为那里是禁地！当年我爹教会我用口哨驯服镇山兽的时候，就跟我说过，镇山兽住的那个山洞严禁进入，否则必死无疑。"

影无尘浑身一震："这么严重？该不会里面藏着什么东西吧？"

"瞎说什么呢！"影君傲面色一冷，"当年我也问过爹，爹说没有，只是镇山兽天性护窝，在外面可以用口哨驯服，它的窝却不允许任何人靠近。"

"这样啊……"影无尘将信将疑，却也没有办法。

"好了，找也找了，镇山兽也叫出来让你看了，你就死心吧，掉的时候你都没有感觉，指不定不是在缠云谷掉的。"话落，影君傲又抚了抚镇山兽的头，低头咕哝了一句，镇山兽就转身撒腿往远处跑。

"走，回去！"回头瞟了一眼一脸失落的影无尘，影君傲转身走在前面。走了几步，见没人跟上来，又顿住脚步，回头，"你不走？等会儿镇山兽再折回来，我可不管啊。"说完，便不再理他，自顾自往外走。

影无尘望望远处的镇山兽，又转眸看看清澈的山涧峡谷，极不情愿地转身，跟了上去。

没道理啊。一个大活人怎么会就这样消失了？他那么处心积虑地计划，结果老的没救出，还以为至少救出了小的，现在小的也不见了。蔚景啊蔚景，你还真是个让人不省心的主儿。他影无尘这辈子还没见过如此愚蠢的女人。从锦弦手中夺回自家的江山，却让凌澜去坐。

也就是在这时，他得到消息，他一直苦苦找寻的蔚向天竟是在凌澜的手中，而且，凌澜准备让其在登基那日观礼。所以，在他得到可靠消息，是在城楼上观礼时，他就特意准备了一个可以望得远的礼物送给蔚景。没办法，他不能明着露面，他还需要藏着自己做别的事情，而且，他也不知晓蔚景真正的心意，若她真的对凌澜死心塌地，不信他的话，他反成了挑拨，还暴露了自己，所以，他只能用这样的办法，让她自己去发现。

蔚景倒是如他所愿，看到了城楼上的人，只是没想到被狡猾的凌澜轻松化解。

得知凌澜想要通过蔚景的生死来威胁蔚向天的时候，他知道，他不能再按兵不动了。连蔚景的生死都用上了，说明凌澜急了。这应该是凌澜最狠的一招，或者说最后的一招，对他们来说，也是救蔚向天最好的机会。以后，若是再像以前一样，关在哪个隐蔽的地方，他们想找人都找不到，就更别说救人了。所以，必须行动。

潜伏在宫里的人给他传来消息，说凌澜微服去了一趟行云山，他后来也潜入了过去，发现那里搭起了一个火刑架，他就大概猜出了凌澜接下来要怎样做。行云山四面林树灌木，的确适合凌澜藏蔚向天，但，同样也适合他们藏身。

而且，他观察了一番下来，发现火攻最为便利，也最为合适。趁凌澜的人被大火困住，他们救出蔚向天。可是蔚景怎么办？说白了，他不知她跟凌澜是在唱双簧、双双一起做戏，还是凌澜单方面先利用她，他无从得知，宫里他的线人说，两人似乎真的闹僵。

如果果真如此，倒是简单了，直接找个人送个信给她，将营救计划告诉她，让她到时好脱身。可是，如果不是呢？以她对凌澜的感情，若她去问凌澜呢？所以，他不能打草惊蛇，所谓一着不慎满盘皆输，他不能冒险。他想了很久，才想到了一个办法，一个既可以保蔚景的安全，又不至于走漏风声的办法。

每个女子都要用脂粉不是，每个女子都要穿衣不是。所以，他让他的人用一盒特制的脂粉将蔚景的脂粉换掉，还在蔚景翌日要穿的衣服上做了手脚，加了防火的东西。这样，就算他们火攻，也可以确保她的脸跟身子都无事。

当蔚景盛装盛容出现在行云山的时候，他的心里一咯噔。脂粉是抹了，只是不知道是不是他的那盒，但是他知道，衣服一定不是，因为她穿的是一件崭新的华丽无比的凤袍。

他没有想到会这样。但是，箭在弦上不得不发，计划，还是得进行。最后的机会，他们不能错过。所以，他想着，就算没有穿防火的衣服，一旦火烧起来，他们就现身救人，目标明确，应该来得及。但是，他做梦也没有想到的变故发生了。在他们的火攻还没进行之前，在凌澜给她的火刑还没执行之前，她，竟然自己扑进了火海。那样决绝，那样义无反顾。

他不知道发生了什么，他只知道，要赶快救人，救蔚向天，救蔚景。所以，原本是打算等摸清对方隐藏的兵力时再行动的他们，不得不提前行动。火攻。一片混乱。他们趁乱救出了已经昏迷的蔚景。却没有救出蔚向天。

凌澜布置了很多兵力，包括明着的禁卫，包括暗里的隐卫，很多人，且部署周密，护人、转移、有条不紊、无懈可击。他们失败，还被其禁卫追杀。

不想让他们发现蔚景没死、被他们所救，而且带着一个昏迷的人也不易脱身，他将蔚景放在事先准备好做应急用的小竹筏上，让其顺着峡谷山涧漂向下游。这条峡谷他事先已经观察过了，流经的地方两边都是峭壁险峰，不会有人发现，而且，有一段还经过啸影山庄的缠云谷。虽然缠云谷有镇山兽，可能会对蔚景不利，但是，只要摆脱禁卫的追捕，他打马抄小路，完全可以在竹筏到达缠云谷之前，在峭壁险峰间的某几个马足能至的地方将竹筏拦截住。毕竟从京师的行云山到啸影山庄，是一段不近的距离。

可是，他找遍了，没有。没有发现蔚景，也没有发现竹筏。所以，他今日才不得不来找影君傲，来缠云谷寻。不能跟影君傲说实情，他才编了自己爱上伶人馆男伶，然

第十五章 葬身火海

后为了那个男伶,他昨日偷偷进过缠云谷给那个男伶摘缠云草,结果,将男伶送给他的一柄纸扇丢了,然后,求影君傲带他进来找。

他想过了,人不在缠云谷就算了,如果真在,也没关系,毕竟这个女人是影君傲深爱的人,他到时再找点理由也是可以圆过去。只是如今,缠云谷也不见人,会去哪里了呢?难道已经被镇山兽吃了?可是谷里没有看到一丝血迹,而且,就算被镇山兽吃了,应该竹筏还在吧?难道已经流经缠云谷,去了下游?没那么快吧?不行,得去下游找找!

"怡州今年又连连干旱,数月未雨,庄稼颗粒无收,用来求雨的神坛几日前因年久失修,也坍塌尽毁,恳请朝廷能再拨出一些银两,以供重修神坛之用。"鹭颜念完手中奏折,徐徐抬起眼,看向坐在自己对面一身净白龙袍的男人。

男人面沉如水,微微低敛着眉目,细密浓黑的长睫遮住了眼眸,薄薄的唇忽地一勾,发出一声冷笑:"愚昧!"末了,又抬起眼帘,朝鹭颜"看"过来,指示道:"你且批:求天不如求己,朕愿拨款,但不是修神坛,仅供修水道和建水坝之用,怡州临界旷州,旷州以运河著称,修水道将旷州之水引入,可解旱困。"

鹭颜没有动笔,只是看着对面的男人。这段日子以来,他的眼睛看不见,她就每日进宫里来。为了行走方便,凌澜也对外宣布了她是他姐姐的身份,众人都对她以公主相称。为避免被人说成女人夺权,每日的奏折虽都是她在看,但她也只是念,最终的批示都是这个男人亲为,遇到一些棘手的,姐弟两人就商讨一下,然后再做决定。

每日的这个时候,都给她一种这个男人已经走出阴霾的错觉,她仿佛又看到了曾经那个睿智、沉稳、意气风发的凌澜。但是,她知道,没有。这只是表象。或者说,是肩上的责任,让他不得不强迫自己在有些时候坚强。每夜酗酒,每夜烂醉,每夜都宿在九景宫里面,她都知道。康叔说,还有几夜突然出现在相府蔚景曾经住的那个厢房里面,吓得他不轻。

自那日行云山回来,他便不再提蔚景。他不提,她更是不会主动说到这上面。那是他心中永远的伤,是他这辈子永远也过不去的魔,她知道。

"凌澜,听说,你今日早朝罢免了两个官员?"虽然人前叫他皇上,人后,只有他们两人的时候,她还是习惯喊他凌澜,就像他喜欢喊她鹭颜,而不是三姐一样。

男人怔了怔,似是没想到她怎么突然岔到这上面来,点了点头:"嗯,怎么了?"

"你是新帝,刚刚坐上这个位子不久,根基还不稳,就这样做……"鹭颜皱眉,表示着自己的担心。

男人听后却是低低一笑,似是很不以为然:"虽说登基不久,我没有做皇帝的经验,但是,为官多年,我却有做臣子的经验,所谓知己知彼,也就是换位思考。或许天下所有刚登基的帝王,都觉得应该以'稳臣心'为先,先笼络众臣,不轻举妄动,待羽翼丰满之时,才大刀阔斧。当然,这不无道理,但是,做相国多年,特别是历经两朝,我们很清楚，在帝王稳住我们、丰满自己羽翼的同时，我们又何尝不在摸清帝王性情，找其软肋，所以，稳要稳，得分人，得辨忠奸，有些人就得在他还没摸清我这个新帝底细之前，先下手为强。今日罢免的是两个贪官污吏，我不仅要杀鸡儆猴，也想让那些忠臣清官看到希望。"

鹫颜怔怔看着他说完，失神了片刻，垂眸弯唇一笑："是我多虑了。"这些方面，这个男人一直比她强。她深感欣慰，只是……望着男人越发消瘦的面容，她终是忍不住开口，"凌澜，你也是懂医之人。"

男人脸上的笑容一僵，慢慢转冷："你想说什么？"

"我想说，既然你也是医者，你就应该明白'病不能拖'的道理，你的眼睛本只是被烟熏了而已，可你这样不理不治，长此以往，怕是……"

"没事，现在这样不是挺好，你念我听。"

"可是，总不可能一辈子都这样。"

凌澜垂目，静默了片刻，微微一笑："是啊，你还要嫁人。"

鹫颜脸上一热："我不是这个意思，我是说……"

"好了，你的意思是宣个太医看看？"

"嗯。"鹫颜点头。

"张如，宣太医！"凌澜侧首，沉声吩咐门口。

见他如此雷厉风行，鹫颜有些吃惊。平素她也没少劝他诊治，可每次不是被无视，就是被搪塞，今儿个，真是太阳打西边出来了。心中不免欢喜，她又拿起一本奏折打开："那我们继续吧！"

不一会儿，太医就在张如的带领下赶了过来。行完礼后，作势就要给帝王请脉，帝王却蓦地从座位上起身："无须探脉，只需给朕开药就行。"太医一怔，没有明白过来他的意思。

"快拿笔墨，方子朕只说一遍。"

太医这才反应过来，连忙去到桌案边上，张如也赶紧上前给其帮忙研墨。

"当归，白芍，北山楂，艾叶……"帝王一口气说了十几味药，太医写着写着，就觉得不对了。这些药，这些药……哪里是医治眼疾的？分明是给女人开的调经以及治疗崩漏的方子。心下疑惑，却又哪里敢多问一字，只得帝王说什么，他写什么。写完之后，帝王让去抓药，他便去抓药。抓完药送到龙吟宫，帝王接过，让其退下，他便退下。一直到出了龙吟宫，他都没搞清楚怎么回事。

内殿，凌澜提着手中药包走到桌案旁边，轻轻置放在鹫颜面前："以水煎服，每日昼夜两次。"

鹫颜一震，愕然抬头。难怪她觉得那药名奇怪。虽然她不懂医，但是一些非常常见的她还是知道的。原来，竟是给她开的。只是，他不是眼睛看不到吗？而且她自认为

第十五章　葬身火海

065

在他面前，她掩饰得极好。他又怎么会知道她的身体状况？

"你……"鸷颜疑惑地看着他。凌澜淡然一笑："哦，刚刚我们两人一起整理奏折的时候，不小心碰到了你的腕。"

鸷颜怔了怔。原来如此。

"我……"她有些窘迫。

"是不是你们女人都喜欢以爱为理由，拿自己的生死开玩笑？"微哑的声音落下，鸷颜心口一颤，待抬眸再看男人，男人已经转身，抬步朝外走去。清晨的阳光透过殿门斜照进来，男人周身笼在一片晨曦之间，地上的影子被拉得细长。第一次，她发现，那背影是如此苍凉。

第十六章　她还活着

夜，微凉。鹜颜踏进九景宫的时候，宫人们基本都睡了，只剩下铃铛跟湘潭二人守在外殿。见到她忽然到来，两人皆是一怔，连忙行礼，她扬了扬手，止了两人，径直往内殿走，一边走一边问："皇上寝下了吗？"

"奴婢不知道。"

不知道？鹜颜脚步一顿，回头。

"皇上每夜过来后，就不许任何人进内殿，所以……"湘潭低声解释，鹜颜眸光微微一敛，转身，继续往里走。

轻轻推开内殿的门，一股浓郁的酒气扑面而来，鹜颜皱眉，反手将殿门掩上。烛火下，男人俯趴在桌案上，一动不动，也不知是醉得太厉害，还是睡了过去。鹜颜缓缓走过去，将他边上歪倒的一个空酒坛扶起来，转眸看了看床榻。虽知道他夜夜宿醉九景宫，可那也是听湘潭和张如跟她讲的，今夜，她就想过来亲眼看看。果然比两人跟她讲的情况更糟。她甚至怀疑，这个男人每夜是不是都没有在榻上睡。如此这般，他第二天的精神又从哪里来？这样下去，再强壮的身子也受不了。

"凌澜……"她摇了摇他的肩，试图将他弄醒，让他到榻上去睡。摇了好半天，他才有了反应，喉咙里发出一声声沉闷的哼声，似是痛苦至极。鹜颜眸色一痛，更大力地晃他："醒醒，凌澜……"男人终于摇摇晃晃地抬起头，微绯的脸庞映着烛火，鹜颜被他眼中的猩红吓住，那抹妍艳浓烈得似乎下一刻就要滴出血来。

"凌澜……"

"蔚景……"随着男人哑声一呼，鹜颜只感觉腕上骤然一重，等她反应过来，男人已经大力一拉，将她拉倒在了怀中，并伸出手臂将她紧紧地裹抱住。

鹜颜大骇，一张小脸顿时失了血色："凌澜，我不是蔚景，我是鹜颜，是你三姐，快放开我！"

男人却像是没有听到一般，依旧将她裹得死紧，还将自己的下颌搁在她的肩上，嘴里口齿不清地说个不停。鹜颜听了听，一个字也没听明白，只知道声音又沙又哑，又急迫又痛苦。她想，或许是在解释吧。可是，那个人已经不在了。再也听不到了。眼窝一热，她不知道该怎样安慰。

"凌澜……"她的话还没有说完，脸颊又是一热，男人滚烫的手心落在她的脸上，颤抖地捧住。当灼热的气息逼近，她才惊觉过来男人要做什么，顿时大惊失色。扭头，想要摆脱他的钳制，可他的力道大得惊人，眼见着男人的唇就要落下，情急之下，她只得伸手快速点向他肩胛下的穴道。男人身子一僵，被定住。

鸯颜苍白着脸，连忙从男人怀里起身，惊魂未定中，她环顾了一下屋内，目光触及到盥洗架上的铜盆，铜盆里有大半盆水。她疾步上前端过，直接一盆水兜头泼向男人，并顺手解开了他的穴道。男人一个激灵。

"凌澜……"看着被淋得落汤鸡一般的男人，鸯颜再次试着唤他。难怪每夜不许任何人进内殿，是知道自己醉得不省人事，怕出什么乱子来吧？男人甩了甩头，不知是甩头上和脸上的水，还是想要让自己神志清明。

"凌澜。"

"鸯颜？你怎么……来了？"虽然依旧口齿不清，眸子里的猩红也未淡去一分，但至少，认人了。

"你知道自己什么样子吗？"

铃铛端着茶水推门而入的时候，就看到一个拿着铜盘，一个淋得透湿，一站一坐对峙的两人。

许是闻见动静，鸯颜转眸朝她看过来，铃铛连忙开口："奴婢端了一些热茶过来。"

鸯颜怔了怔，还未及说什么，男人却是蓦地出了声："出去！"

铃铛的脚步微微一滞。鸯颜回眸看向男人。烛火摇曳，男人抬手抹了一把脸上的水，摇晃起身，鸯颜不知他要做什么，连忙上前将铜盘放在桌上，伸手将他扶住，却又被他扬手甩开："朕说过，任何人都不许进来，你们是想抗旨是吗？"男人僵着舌头冷斥，虽依旧有些含糊，但是两人却都听得分明。

鸯颜脸色微微一白，铃铛忽然屈膝一跪："铃铛心中一直有一事不明，所以斗胆请问爷。"

鸯颜一怔，疑惑地看着她。男人双手撑着桌面，没有吭声。

"铃铛听太医院的人讲，那夜铃铛中毒，是爷命人将铃铛送去了太医院，在铃铛的记忆中，铃铛昏迷前也是见到了爷，可这么多日以来，为何爷只字不问铃铛？"铃铛抬眸，望着烛火中男人俊美的容颜。男人弯了弯唇："问你什么？"

"问铃铛为何中毒？问铃铛经历了什么？"

"哦，"男人低敛了眉眼，片刻，又徐徐抬起，"那你为何中毒？又经历了什么？"

铃铛脸色一白。鸯颜哭笑不得，这个男人。

铃铛垂眸沉默了一会儿，似是有些受伤，片刻之后，才抬起眼帘，继续道："那夜铃铛收到一张字条，约铃铛亥时去七卿宫见面，有要事相商，没有落款是谁，笔迹也是铃铛从未见过的。铃铛本想着要告诉爷,后来转念一想,对方是谁也不知道,而且现不现身也未定,最重要的是,铃铛不想打草惊蛇,虽说七卿宫已经荒芜多时,但毕竟是在天子脚下、皇宫之中,对方定然也不敢乱来,所以,铃铛未告诉任何人,一人前去赴约。

"铃铛到了七卿宫,并未见到人,铃铛就一直往前找,见到一房间竟然亮着烛火,铃铛以为是邀约之人,便走了过去,当铃铛发现里面是爷跟……跟蔚向天的时候,铃铛吓住了,铃铛也意识过来,自己可能被人陷害了。恐被爷误会铃铛偷听,铃铛连忙离开,可就在快要跑出七卿宫的时候,一个黑衣蒙面人骤然出现,点了铃铛的穴道,并塞了一粒什么东西进铃铛的口中,然后又解开了铃铛的穴道,飞身离开。事情发生得太突然,铃铛根本反应不过来,当时,只有一个想法,赶快离开七卿宫,不能被爷误会。

"当铃铛出了七卿宫,腹就开始隐隐作痛,而且越来越严重,铃铛这才惊觉过来,自己被人下毒了,且还是急性毒药的那种,想来,对方原本的意图应该是想让铃铛发作在七卿宫里面。当时,铃铛害怕极了,不知道该怎么办,想来想去,只能去找爷,可是,又不敢去七卿宫,只得忍着剧痛在龙吟宫外面等。老天也算对铃铛不薄,在铃铛毒性发作昏迷之前,终于让铃铛见到了爷,爷还救了铃铛。

"这件事铃铛醒来那日就想告诉爷的,可是没有机会,白日铃铛见不到爷,夜里爷来九景宫,又不许任何人进来,今夜,铃铛是见小姐也在,才斗胆进来将这件事讲出来。"铃铛一口气说完,目光一直落在烛火后撑桌而站的男人脸上。他竟然没有任何表情,微末的变化都没有。似乎她说了一堆,他根本没有在听,又似乎她说的一切,早已在他的意料之中。反正没有一丝反应。怎么会没有一丝反应?

"朕知道了,现在可以退下吗?"男人扬了扬手,微醺的声音清冷寡淡。

铃铛很是受伤,也不知哪里来的勇气,她忽然开口道:"铃铛不知自己做错了什么,爷要这种态度对铃铛?难道在爷的眼里,铃铛连湘潭都不如?爷对湘潭都没有像对铃铛这样。"不管怎么说,她是经历了一场生死不是吗?这个男人怎么可以如此漠视!

鹜颜眉心微拢,目光从铃铛身上移开,看向男人。男人轻勾了唇角,缓缓坐下来:"想知道你跟湘潭的区别吗?"

铃铛一怔,没有吭声。

"湘潭知道叫朕'皇上',而你却只知叫朕'爷',湘潭不会在朕说'任何人都不许进来'之后,还进内殿,而你此刻却跪在这里;湘潭也不会质问朕这个质问朕那个,而你却一直想要朕的答案;湘潭更不会有人写字条给她,而你,却会被人陷害。"

铃铛瞳孔一缩,面色煞白,颤抖出声:"爷……皇上什么意思?"

"朕没什么意思!"凌澜沉声回应。

鹜颜见气氛不对,连忙对铃铛道:"夜已深了,皇上明日还要早朝,你先退下。"

铃铛垂眸静默了片刻,对着男人略一颔首,缓缓从地上起身,沉默地退了出去。

待铃铛走后,鹜颜刚准备数落凌澜两句,却不想被凌澜抢了先:"看看,这就是

第十六章 她还活着

你的人。"鸯颜一噎，不悦道："什么叫我的人？虽说最初是被我拉拢过来的，但是，我的人不就是你的人吗？你几时跟我分得这般清过？而且，人家对你，可比对我上心。"

"的确上心。"凌澜冷冷一笑。

"对了，"鸯颜又想起什么，走到男人对面坐下来，"如果真如铃铛方才所讲，那说明，蔚景跟铃铛一样，都被人设计了，设计的人应该就是营救蔚向天的那拨人，他们引铃铛去七卿宫，肯定又用了什么方法引蔚景跟踪铃铛，这样一箭双雕，成功让蔚景知道了真相，也成功陷害了铃铛，让我们以为铃铛是故意偷听，故意引蔚景前往。"

凌澜鼻子里发出一声轻笑。鸯颜一怔："你笑什么？"

"对方为何要陷害铃铛？"鸯颜又怔了怔，蓦地脸色一变，愕然看向男人："你的意思是……"

行云山，凌澜负手而立，微微扬着脸，一动不动。光秃秃的山岗，没了树木和杂草的遮挡，风有些烈，直直灌入，鼓起他的衣袍，簌簌作响。整整一月过去了。他却觉得还像是昨日一般。空气中似乎还能闻到缕缕烧焦的味道。

"蔚景……"他喃喃地唤着她的名字，声音出口，就被山风吹散。他曾经想过无数种两人的结局。各种各样的结局。幸福的，不幸福的，圆满的，遗憾的，却从未想到，会惨烈到现在这般。连尸体都没有留下。

"皇上，回吧，变天了，怕是要下大雨了。"高朗是犹豫了很久，才上前来提醒这个帝王的。他以为帝王会生气。没有。帝王只是转眸"看"向他："高朗，通知工部，朕要在这里给皇后修建陵墓！"

高朗一怔，还未做出反应，身后却骤然传来一声冷笑："人都已经被你害死了，再假惺惺修建陵墓又有什么用？"随着人声而落的还有衣袍簌簌的声音。高朗惊愕回头，只见眼前黑影一晃，等再定睛望去，黑影已翩然落在凌澜的前面，手中长剑直指凌澜眉心。高朗脸色一变："你——"

"你终于来了？"凌澜已先他一步开了口，面色却是沉静如水。高朗以为他是眼睛看不到，所以不觉危险，心中一急，伸手就想将帝王拉开，不料帝王却是吩咐他："退下！"

"可是皇上……"

"朕让你退下！"

见帝王冷脸沉了声，高朗也不敢再坚持，瞪了杀气腾腾的影君傲一眼，极不情愿地往后退，边退边对影君傲道："现在，在你看不到的周围，都是我们的隐卫，所以，你千万不要乱来！"影君傲理都没有理高朗，只眸色猩红地盯着凌澜，手中长剑依旧直直指着他的眉心未放："告诉我怎么回事。"

是影无尘告诉他蔚景出事的消息，当时，他只以为影无尘在跟他开玩笑，他甚至还生气了，朝影无尘发了火，说他不该拿这种事情来开玩笑。影无尘也生气了，说自己吃饱了撑着，拿人家的生死开玩笑。看到影无尘的样子，他就慌了，彻底慌了神。嘴里他依旧跟影无尘说他不信，他绝对不信，心里却开始觉得这或许是真的。他连夜出了山庄，打马赶到京城。消息早已在京城传开，他随便抓一个人问，都告诉他这个晴天霹雳一般的答案。他还是不相信。他要找当事人问。准备进宫，却被告知帝王不在，他找到自己的人，辗转才打听到帝王上了行云山，也就是蔚景当初出事的地方。

所以，他来了。他要问清楚。

"快说，这不是真的，这一切都不是真的，是你们的计谋，是你们的一个布局，蔚景没有死！"影君傲嘶吼出声，骤然一道闪电划破天际，一瞬的亮光映得两个男人的脸色都煞白得吓人，随着闪电一起的还有轰隆的雷鸣，将影君傲的声音淹没。

"我也希望这不是真的。"雷鸣的尽头，凌澜喃喃而语，声音恍惚。

影君傲身子一晃，心中的最后一丝希望也彻底破灭，整个人就像是一下子被抽走了所有生气，灰败从布满猩红的眼眸中倾散而出，手中长剑颓然垂下，几乎站立都站立不住，剑尖撑在地上，他才稳住自己的身子。

"哗啦"一声，大雨终是落了下来，就像是天河决了口子，铺天盖地一般倾泻下来，冲刷在两个男人的头上、脸上、身上，以及两人脚下的黑土地上，雨幕成帘，霎时间，天地就只剩下一种颜色。

高朗站在远处，也是被淋成了落汤鸡，他焦急地看着大雨中一黑一白的两个身影，想要上前，却又不敢，只得站在那里干跺脚。

不知是不是被倾盆的大雨淋回了意识，影君傲忽然抬起头，冷冷看向面前的男人："我了解蔚景，绝对不是一个会轻言生死的人，你到底对她做了什么，让她如此绝望？"

雨声喧哗。凌澜没有回答，只沉默地站在那里，任滂沱大雨在脸上纵横。

"你为什么不说话？"影君傲在雨中大吼，"你为什么不珍惜？为什么？"

温热终于跌出眼眶，和着雨水一起，在脸上肆意。身子在雨中摇摇晃晃，影君傲笑着，咧着嘴笑着。为什么？为什么想要的人怎么也得不到？而得到的人却不珍惜？为什么？他那样爱着那个女人。而那个女人却用生死爱着面前的这个男人。

"我要替蔚景报仇，她那么爱你，我要你下去陪她！"随着话音落下，影君傲再次举起手中长剑，这一次，没有一丝犹豫，也没有一丝停顿，直直朝对方的眉心刺去。事情发生得太突然，似乎只在一瞬之间。意识到影君傲的举措，高朗大骇，可想要上前阻挡，却已然来不及。一道闪电劈过，瞬间的白光打在锋利的剑尖上，闪出刺眼的寒芒，剑尖一路穿透雨幕，刺向白衣龙袍的男人。

"啊，皇上——"高朗惊呼，声音被喧哗的雨声淹没。眼见着剑尖就要毫不留情地刺向眉心，凌澜忽然头一偏，锋利的剑尖就轻擦着脸颊边缘而过。影君傲瞳孔一敛，见男人竟然避过，又手腕一转，快速挽出一个剑花，第二剑又直直刺了过去，不给对方

第十六章 她还活着

一丝喘息之机。凌澜脚尖一点，身子在雨中轻盈后翻，再次险险避过。

"你为什么要躲？她为了你甘愿赴死，你却这样怕死贪生，你还是不是男人？"影君傲嘶吼着，第三剑又斜斜刺出，带着狠绝，带着戾气，带着毁天灭地的气势。

虽然眼睛看不见，但是其他的感官却异常灵敏，若不是他避得快，影君傲剑剑致命，在第三剑落下之前，凌澜拔出腰间软剑，"当"的一声挡住："就算我为蔚景赴死，也轮不到你来动手，她是我的女人，你又凭什么？"

"是你的女人，你就可以作践她的生死吗？"

"那也是我跟她之间的事情，轮不到你一个外人来说三道四！"

"外人？"影君傲冷嗤，雨水的冲刷，让原本就猩红的一双眸子，更是妍艳似血，"就算是外人，也有路见不平拔刀相助的时候，今日，我杀你杀定了！你处心积虑得到的蔚家江山，我啸影山庄也会替她夺回来。"话落，影君傲率先将相交的长剑撤回，下一瞬，又以迅雷不及掩耳的速度再次刺向凌澜。凌澜也是个中高手，长剑如虹，出手去迎。两人便痴缠打斗在了一起。

远处的高朗心急如焚，眼睛一眨不眨地盯着雨幕中上下翻飞的一白一黑两个身影，不知要不要上前帮忙，也不知要不要召唤附近的隐卫。

两人都是一等一的剑客。虽大雨如注，虽早已透湿，显然两人都不遗余力，你招招狠厉，我剑剑无情，霎时间，只见天地尽数被雨幕所罩，雨幕中四处都是银剑划过的寒光。原本凌澜剑法精湛，略略稍占上风，可却终究是个盲者，平素靠耳力辨别也丝毫不差，偏生此刻大雨喧哗，喧嚣的雨声给了他很大的阻力。多个回合下来，他便慢慢成了劣势，而影君傲却丝毫没有罢手的意思，继续步步紧逼。

终于，一个闪躲不及，影君傲的长剑直直刺进了他的膝盖。

"皇上——"高朗大声惊呼，终于再也克制不住地朝两人跑来。凌澜痛得眉心一皱，差点跪倒了下去，手中长剑连忙撑在地上，才险险稳住了自己的身子。影君傲的下一剑随即而来。大雨中，狂奔的高朗吓得脸色煞白，惊惧地睁大眼睛。

"住手！"随着一声女子清冷厉喝，一枚什么东西破空而出，划过雨幕，"当啷"一声砸在影君傲已然劈出的长剑上。巨大的力道，震得影君傲拿剑的那只手虎口一麻，劈出的长剑便被力道强行改变了轨迹，轻擦着凌澜的发丝而过。而那枚东西也跌落在地上，溅起一串水花。赫然是一枚小石子。影君傲转眸，就看到小石子的主人，正踏着轻功朝他们而来。

是个女人。他认识，是鸷颜。

"你们两个这样拼得你死我活，蔚景就能活过来吗？你们觉得，蔚景希望看到你们这样吗？"鸷颜落在影君傲和凌澜的身后，蹙着秀眉，厉声质问着两个男人。

凌澜撑着插在地上的长剑，低敛着眉目，已有殷红的鲜血从膝盖处流出，印染在地上的雨水中，一摊红色。而影君傲紧紧抿着薄唇，胸口急速起伏，显然还处在情绪难平中。一时间，谁都没有说话。唯有一片哗啦啦的雨声响在天地。

忽然，黑影一动，是影君傲再次挽起手中长剑蓦地刺向凌澜。鸳颜一惊，高朗大骇，凌澜这一次没有闪躲，就一动不动地站在那里。而就在鸳颜准备出手相救之际，又骤然发现影君傲忽然手腕一转，改变了方向，她一怔，没有动。改变方向的长剑，剑柄朝下，随着影君傲痛苦的一声号叫，剑柄忽然重重砸向凌澜原本已被刺破的那只膝盖。

骨头碎裂的声音。男人闷哼的声音。这一次，凌澜再也没有撑住，单膝跌跪了下去，受伤的膝盖重重着地，雨声中又传来一记男人低低的闷哼。

"凌澜……"

"皇上……"

鸳颜跟高朗同时惊呼出声。

"凌澜，不是我不敢杀你，也不是我不愿意杀你，是因为我怕杀了你，蔚景会伤心！你这一跪，是蔚景该受的！"影君傲居高临下地睥睨着凌澜，墨袖骤然一扬，手中长剑抛出，在空中划出一道耀眼的弧度，直直插在地上，剑柄轻晃。眸色一痛，他转身，走进苍茫大雨里。

望着影君傲的背影渐渐远去，鸳颜低低一叹，将目光收回，看向依旧单膝跪在雨中的男人。"凌澜……"她上前，想要将他扶起。边上的高朗亦是作势想要相搀，都被男人扬手止住。雨越下越大，就像是天河泛滥一般往下倾泻，大雨中，凌澜一直保持着那个姿势，那个单膝跪在地上的姿势。地上的红水越来越多，汇成了小溪，朝更大的面积晕染开去。高朗满眸担忧，却又不知该怎么办，看看鸳颜，看看凌澜，眉心皱成了一团。鸳颜就站在边上，不扶，也不说话，只沉默地一起陪着。

不知过了多久，凌澜才撑着长剑，缓缓地、艰难地从地上站起。高朗心中一喜，又连忙上前去扶，却再次被挥开。拖着一只伤腿，凌澜跌跌撞撞往下山的方向而去，殷红在地上逶迤成一条长长的水线。

"小九，你身上的伤也基本上好了，你想不想出去？"妇人将手中青菜放在竹篮里，问向蹲在自己对面低头安静除草的女子。蔚景手中动作一顿，缓缓看向妇人，摇了摇头："外面我已无家可归，婆婆愿意收留我吗？"

"你愿留下来陪我，我自是求之不得，只是……"妇人低低一叹，直起腰身，"只是我虽是医者，谷中也有很多天然药材，但是，却没有一样是对女子生产有用的，这万一，你临盆的时候，有个难产什么的，那可怎么办？这里出去又不方便，而且，我也不能出去。"

蔚景没有想到她为难的是这些，垂眸看了看自己根本还看不出的腹部，弯了弯唇："这不还早吗？"

"现在是还早，但是你的肚子会一天一天大起来，行动也会变得不便，所以，现在就要趁早打算这些事情。生产不是小事，难道你没有听说过，女人生孩子，等于一只脚踏进棺材里吗？人命关天，不能儿戏。"

"婆婆的意思是？"

"唉，"妇人又是一叹，拂了裙裾直接坐在了地埂上，"这样说吧，我是绝对不能出去的，至于原因你无须知道，所以，只有两条路，一，你离开这里，趁现在身子还方便；二，你留下，但是我们事先将你生产时需要的一切都准备好，当然，最重要的是药材。而我，不能出去，所以，这事就得你出去办，也得早办，等你肚子大了，会很麻烦。"

蔚景垂眸默了默，抬眼："出去的话是不是必须经过啸影山庄？"

"是啊，这也是我担心的地方，"妇人皱眉，"啸影山庄历来不许任何人擅闯，你要是被他们发现，就麻烦了。"

蔚景眸光微闪，没有吭声。啸影山庄的规矩她自是知道。她只是不想让人知道她还活着。平静地生活，好好地将孩子生下来，这就是她现在的全部，其余的，她什么都不想。

"可以走水路出去。"她之所以在缠云谷里，不就是从水路来的吗？她记得，那日，她醒来后就发现自己在一个竹筏上，顺着水流而下，当时她万念俱灰，也没有去想去管这些，就随着竹筏去漂。后来竹筏撞到了一块巨石上，竹筏翻了，她掉进了水里，她也不想理会，任由着竹筏漂走。还以为自己会淹死，谁知竟被涧水冲到了岸边，再后来就遇到了镇山兽，当时的她，全然也没有恐惧，镇山兽看着她，她也看着镇山兽，她等着葬身它腹，谁知道，镇山兽竟然将她拖进了山洞，然后又穿过了很多的地方，似乎有小河，有树林，最后就来到了这里。

现在想想，自己能活过来，真的是个奇迹。是因为腹中的孩子吗？所以老天让她活着。曾经她亲手扼杀掉了一个，这一个，她无论如何也要让他平平安安生下来。这是她人生中最后的温暖。抬手轻轻覆上自己的小腹。

最后的温暖。她忽然心神一动。如果是男孩，就叫末末，如果是女孩，就叫暖暖吧。

龙吟宫。

洋洋洒洒在奏折上写上男人说的话，鹜颜只手拿着朱砂笔，只手"啪"的一声将批好的奏折合上，放在桌案边上摞好，又自小山一般的奏折堆里取下一本翻开，忽然想起什么，抬眼看向面前坐在轮椅上的男人："知道外面的人暗地里怎样叫你的吗？"

"怎样？"凌澜淡声开口。

目光在男人的眼眸上一顿，鹜颜又垂目看向他裹着树皮、打着绷带的腿，低低一叹，"叫你'盲帝''残皇'。"

"盲帝、残皇，"凌澜没有一丝诧异，反而唇角一勾，一副很受用的样子，"挺不错的称呼。"

"你呀！"鹜颜无奈摇头，真拿这个油盐不进的男人没办法。所幸，腿，他还是配合治疗的，不出几日，应该就可以没事。但是，眼睛……为何不见成效呢？疑惑地看了看他，见男人面对着她的方向，她又有些心虚，垂眸看向奏折："我们继续吧。"目光触及到奏折上的内容，她便笑了。

"怎么了？"男人问道。

将奏折合上，放在一边，她抬眼笑睨向男人，"这是今日的第六本要求选秀的奏折，估摸着后面还有呢，不仅有，应该还不少。"

男人冷嗤："我说这些人拿着俸禄怎么就不干点实事？"

"这怎么不是实事了？"鹜颜不悦地反驳，"天家之事，就是国家大事，你自己也说了，你没有帝王经验，却有臣子经验，难道你还不明白这些臣子的心？其实，他们说得也不无道理，历朝历代后宫制衡朝堂，无不息息相关，特别是对于刚登基的新帝，尤为重要。你看，锦弦，就是一个失败的例子，他……"

"那就选吧！"鹜颜的话还没有说完，就被男人淡声打断。鹜颜一震，只以为自己听错了，"你说什么？"

"我说，既然那么重要，又有那么多臣子提出，那就如他们所愿，选吧。"男人面色平静，说得随意。鹜颜还是有些不相信自己的耳朵，"你同意选妃？"她也不过是就事论事那么一说而已，做梦也没有想到，这个男人竟然那么轻易就允了。受刺激了吧？

"你没事吧？"

"怎么？有问题吗？"男人一脸疑惑。

"没问题，只是……你现在是帝王，君无戏言、一言九鼎，说出去的话，不能当儿戏，一旦决定的事，就没有了回头路。"

"不就是选秀吗？怎么听你这话，好像是上刀山下火海一样？"

鹜颜剜了他一眼："我这还不是怕你发疯。"凌澜笑笑，没有说话，微微垂了眉目。

将所有奏折批完，已是黄昏时分，鹜颜如同寻常一样，晚膳也没用，就出了宫回城郊的别院。不坐马车，不骑马，一直步行。每日都是，除了那夜留在宫里，想亲眼证实一下凌澜是不是夜夜酗酒，其余时间，她都是雷打不动。凌澜是想让她住在宫里的，反正她已经是公主的身份，只是，她没有同意。她说，她不喜欢宫里的拘束。其实，只有她自己心里清楚，她是为了什么。

她在等一个人。那个人进不了宫。所以，她只能住在外面。她等着与那人相遇。所以，她不坐马车，不骑马，她日日步行，穿街走巷，走小路。然而，那个人却像是在这个世上消失了一般。是已经将她忘了，将她放下了？她不知道。她只知道，她心底的思念，却如同疯长的野草，抽枝拔节，将她的一颗心塞得密密透透。

第十六章 她还活着

缓缓走在无人的小巷，残阳似血，斜铺而入，迎着红彩而走，心中凄凉一片。忽然，一道冷光闪过，下一瞬，一个黑影从巷头而出，手持长剑直直朝她刺了过来。原来，刚才那一道冷光是落日余晖折射在剑身上的光芒。鸳颜眸光一敛，连忙"刷"的一声拔出腰间长剑，挡了上去。顿时，兵器交接的声音大起，刀光剑影，两人打斗在了一起。

　　许是巷子太窄，功夫不好施展，又或许对方武艺太高，实在难以应付，不一会儿，鸳颜就处于劣势，只有招架之功，没有还手之力。黑衣人蓦地招式一变，招招狠戾，鸳颜被逼得无路可退，对方长剑眼见着就要刺向胸口，电光石火之间，一道人影不知从何处闪出，非常及时地将黑衣人的长剑给挡了回去。

　　"你没事吧？"

　　四目相对，彼此的眸子绞在一起，那一刻鸳颜想哭，而叶炫又很快别过眼去，继续跟黑衣人打斗在一起。

　　大概是见到来了帮手，以一对二，自知会吃亏，黑衣人也不恋战，飞身就走，叶炫便提剑追了上去。

　　"叶炫，算了。"鸳颜想要喊住叶炫。叶炫脚步一顿，回头深看了她一眼，却终是转过头，飞身而起。鸳颜一怔，便也连忙提气追了过去。可，哪里还有叶炫的人影？除了地上一摊血迹。

　　呼吸一滞，她快步上前。血迹未干，是新迹。刚刚他明明没有受伤不是吗？黑衣人也不会让他受伤。因为是她的人。她如此做，不过是想将他逼出来。可悲吧？鸳颜。你几时变成了这个样子？为了见一个男人，竟然还需要假装遇刺。不过此时，她却也没有心思去感叹这些，目光死死定在地上的那一片殷红上，一颗心早已高高悬起。

　　时间过得很快，一转眼，秋天已逝，冬天就来了。

　　刚入冬，天气还算暖和，所有的一切都在有条不紊地进行着。譬如行云山上皇后陵墓的修建，听说很快便可以完工了，虽然，陵墓不需要葬棺木，但听说，还是修建得富丽堂皇、奢华大气。又譬如皇室的选秀活动也在一些官员的筹措下，积极准备着，虽然坊间早已传开，新帝在那场大火中，不仅失了明，还失了男人那一方面的能力，但是，新帝一表人才、文韬武略，就算是不能人道，还有光鲜身份和荣华富贵不是，所以，来报名参加选秀的女子还是挤满了宫门口的一条长街。

　　铃铛跪在龙吟宫外面，主动请旨要去行云山给皇后守陵的时候，鸳颜跟凌澜正在龙吟宫里批阅着奏折。听到这个消息的时候，鸳颜很吃惊。凌澜却很淡然，跟张如说，你去回她，就说，既然她有那份心，朕就成全她，正好皇后跟她曾经也是主仆多年，她去守陵，再合适不过。

　　鸳颜就不懂了。

"我不明白，你怀疑是她将蔚景引去了七卿宫，但是，你却没有杀她，我以为你是因为留着她还有用，想要引出她后面的人，可你现在答应她去守陵，她也发挥不了她的作用，你也达不到你的目的，为何还要同意？"

凌澜唇角一勾，眸色慢慢转冷："听说过'百日劫'的毒吗？铃铛中的便是。中了此毒的人，一开始是剧痛、昏迷，只需要服用一些普通的解毒药，三日之内便可苏醒，醒来后也与正常人无异，但是此毒每隔百日发作一次，每发作一次，人就会丧失一项能力，譬如听力、视力、说话的能力、动手的能力、走路的能力……百日一个，百日一个，至于从哪个能力开始丧失，因人而异，这样直至到死。"

鹜颜是第一次听说这样的事，很是惊讶："难道就没有解药吗？"

"有！只是这个毒的解药很有意思，就是重新制作一粒'百日劫'的毒，要成分完全不变、配制的剂量也完全不变，不仅如此，还需再多加一个东西，就是中毒者的血，事后加也不行，必须制作时同时一起才有效。"

鹜颜怔了怔："那说白了，就是解药只有下毒者有，是吗？因为只有下毒者才清楚成分跟配制，而且还得心甘情愿给中毒的人制作解药，还要取中毒者的血。"

"是！"

鹜颜还是不解："那如果毒是铃铛自己下的，她怎么会下这种完全让自己被动的毒？"

"所以，静观其变！"

鹜颜想了想："现在差不多三个月，不是马上就要百日了。"

凌澜微微抿了唇，没有吭声。

京城，一片繁华景致。吴记糕点店前排着一条长长的队，大家都在等着购买新鲜出笼的芙蓉糕。这家店是百年老店，听说此店出的芙蓉糕还供上用，门头上面那龙飞凤舞的牌匾据说就是中渊的先先帝御笔亲题的。

长龙一般的队伍中，一个女子站立其中，因口鼻以下被一块素帕掩得严严实实，故也看不清容貌，只能看到一双眸子沉静内敛、平淡无波。因为是现蒸现卖，每次出笼的数量有限，所以队伍移动得非常缓慢。

蔚景抬头望了望天色，又将自己两手上的大包小包并在一只手上，腾出一手从怀中掏出一张字条。字条上琳琅满目地写着各种药物的名字、小吃的名字、用品的名字。她一一对下来。似乎都买齐了，就差这家的芙蓉糕。

婆婆跟她说，已经十几年没有吃了，好想念这家芙蓉糕的味道。可是，这个时辰……她又探头看了看前面的队伍，照这样排下去，也不知道天黑前能不能赶回去。耳边嘈杂一片，为了打发等待的时间，排队的人无论认识的，不认识的，都聊得起劲。

"想吃上吴记的糕点，还真不容易，起大早过来，也得排队。"

第十六章 她还活着

"可不是，这排队的架势都赶上宫门口的选秀报名了。"

"对了，说到选秀，你家小姐报名了吗？"

"报了报了，我家老爷还花银子专门请了一个宫里的老嬷嬷过来教小姐呢，临阵磨枪，不亮也光不是。你家呢？听说李员外家二小姐还待字闺中吧？"

"是啊，这次也报名了，只是不知道选不选得上呢？报名的人那么多，能进宫的人是凤毛麟角。"

"也是，这些啊，都是命，命中注定的，强求也来不得。"

"嗯。"

蔚景静静地站在人群中，眼波都没有动一下，就像是这些人说的话根本没有进入她的耳朵。

而此时在街道的另一处，凌澜一袭白衣华袍穿梭在人群之中，边上高朗亦步亦趋地跟着，不时提醒："爷，慢点，走慢点。"他就搞不懂了，堂堂一个皇帝，去鸟兽市场买只小狐狸还要微服亲往？何况，这个皇帝的眼睛还是看不到的。这是体察民情吗？这体察民情的方式还真特别。

"爷为何突然要买小狐狸？"

凌澜怔了怔。因为他亲手杀死过一只叫"乌雅"的小狐狸，还是当着那只小狐狸的主人的面。他忘不了当时狐狸主人沉痛的眉眼，所以，他想再买一只，让它在行云山上陪着她。见帝王没有吭声，高朗便也不敢再多问。见到对面街上长长的队伍，高朗又不禁唏嘘："这吴记的糕点，其实也一般吧，怎么每天都那么多人排队？"

帝王一怔，似是想起什么："说到吴记的芙蓉糕，鹜颜倒是很喜欢吃。"一听到鹜颜，高朗眸光就亮了，想也未想就迫不及待道："那要不属下去买点带回去给公主？"帝王也未反对，只是敛眉道："你不是说排很长的队吗？"

排了再长的队我都愿意等。

"没事，属下去排，皇……爷就请去对面的茶楼先坐坐，属下买好了去叫爷！"高朗一边说，一边轻扶了帝王的手臂，有些迫不及待地将帝王往茶楼里引。帝王弯了弯唇，没有吭声，也未表示反对。

待将帝王安顿好，排了一会儿队以后，高朗才发现，这项任务不是一般的艰巨。前面一溜人头，关键是，半天挪动不了一点，若这样排下去，不知猴年马月才能轮到他。他等无所谓，就怕帝王那边。垂眸默了默，目光触及到腰间的令牌，他唇角一弯，计上心来。偷偷利用一下私权也是可以的吧？

主意一定，他便从队伍中走出，越过排队的众人身边，直接往前面走。人群太挤，他又走得有些急，经过一个女子身边时，竟是将她手中提的东西撞掉了。大包小包散了一地。

"对不起！"他连忙道歉，一边道歉，一边弯腰帮女子一起拾捡。有些包装已经散开，似乎有药材，还有蜜饯之类的，直接滚在脏兮兮的地上，他有些不好意思，女子以素帕掩面，只露一双眼睛在外面，淡淡朝他瞥过来，他都不知该怎么办，"实在抱歉，要不，我赔给你吧。"

女子将能拎的都提在手上，直起腰身，冷冷地回了一句："没事！"可他还是觉得过意不去，看了看地上那些糟蹋了的药材和食品，他坚持要给对方一点银两。女子又是用那种淡若秋水一般的目光扫了一眼他手中银子，然后朝他睇过来，"我说了，不用！"口气跟她的眼神一样清冷，他竟是心里莫名一颤。见她如此，他便也不再强求，对着她微微颔了一下首，算是谢意，就继续往前挤，然后直接入了店堂。

这厢凌澜左等右等不见高朗回来，放了一些碎银子在桌上，便起身出了茶楼。茶楼跟吴记只隔一条马路，他摸索着横穿了过去，唤着高朗。耳边人声鼎沸，不时有人走过，他站在那里茫然四"顾"，有些奇怪。

高朗做什么去了？如果在这里排队，他往这里一站，就应该看到他吧？何况他还喊了高朗的名字。正打算转身往后面找找，忽然感觉到站在身边的那个人似是要越过他离开。他便本能地让了让，稍稍往后小退了一步，衣袂轻擦的瞬间，他忽然心跳得厉害。一种很奇怪的感觉往脑子里一窜，他甚至来不及抓住，那人已经经过了他的身边。

"等等！"几乎想都没想，这两个字就脱口而出。

他上前一步，许是步子迈得太大、太急，而对方被他一喊，又正好顿住脚步回头，他就直直撞到那人身上。确切地说，应该是他的胸口撞到那人的脸上，那人似是想要避开，紧急后退，却显然太迟，被他撞得踉跄，他一急，连忙伸手去拉，可因为眼睛看不到，人没拉到，却抓到别的东西。他眸光一敛，所幸没有听到倒地的声音，对方应该是自己稳住了身子。而他抓到的东西，还紧紧攥在手中，一片丝滑柔软。是一方锦帕。凭感觉应该是对方掩在脸上的，以对方的脸正好撞到他胸口的位子，显然是女子，没想到，他就这样将人家女子脸上掩的帕子给扯了下来。

"对不……"刚想道歉，忽然一阵袖风拂面，紧随着"啪"的一声清脆，他的脸上便重重挨了一巴掌。这一掴来得突然，他被扇得身子一晃，也被扇得一时反应不过来。

周围响起众人指指点点的声音。脚步声响起，渐行渐远，对方已转身离开。他便站在那里，心里面还是被那种很诡异的感觉充斥着，说不上来，手中的帕子还在，他面朝着那人离开的方向，原本一片漆黑的眼前忽然生出一丝光亮来。

光亮越来越强，慢慢地眼前有光影在晃，他闭了闭眼，睁开，果然是能看到了一点，只是视线非常模糊。不仅模糊，还时断时续，一会儿有光影，一会儿漆黑一团，又一会儿有光影，一会儿又漆黑一团。黑暗交替间，透过那断断续续的光影，他似乎看到了很多人，车水马龙，似乎还有女子急急离开的背影。背影婆婆朦胧很不清晰，也很不真切，却是很熟悉。

第十六章　她还活着

蔚景！

他心头狂跳，追了上去。视线依旧时有时无，他只能借着那断断续续的光影，朝着对方的方向。因为是在繁华的街道，而自己追得急，眼睛又等于基本上看不到，所以一直撞到人，还差点跌倒在地上。路人骂骂咧咧，他也顾不上。一颗心跳到了极致，他喘息着，一路大喊着："让开，让开，让开！"

路人便纷纷退至两旁，看疯子发疯一般看着他。朦胧光影中，他看到女子似乎脚尖一点，飞身而起，越过了一面矮墙，然后，便不见了踪影。他浑身一僵，顿住脚步。会轻功？想抬眼再看，眼前却已经一团黑暗，死寂一般的黑暗，连时断时续的光影都没了。

高朗拎着一包芙蓉糕从店堂里面出来的时候，就远远地看到站在大街中央的身影。

皇上？天！他怎么不在茶楼待着，跑到大街上作甚？跑到大街上也无所谓，木桩一般立在路中央算是作甚？寻死？他被自己一晃而过的荒唐想法吓了一大跳，连忙一手提着糕点，一手拨着拥挤的人群，往男人那边赶。车来车往从男人身边经过，高朗吓得一颗心都要从嗓子眼里跳出来。那些车辆行人虽都知避开，却免不了破口骂上几句。男人却像没听到，站在那里就好似失了灵魂一般。

"爷，爷，你怎么站在这里？"终于来到男人跟前，高朗快速将男人拉到了路边上。男人反手抓了他的腕，那力道重得几乎要捏碎他的手骨一般："我看到蔚景了……"

高朗一震。为他的话，也为他的口气。他用的是我，不是朕，用的是蔚景，不是皇后。皇后明明已经死了。而且，他竟然还用的"看"。他看得到吗？皱眉看进男人的眼睛，除了染着一层淡淡的血色，没有任何倒影。

唉！看来真是思念成狂了。而且，这脸颊上是怎么回事？冠玉一般的左脸上，清晰地映着五个红红的手指印。高朗一震。什么情况？这个男人被人打了？他们的皇上被人打了？

"皇上，你的脸……"

而男人皱着眉，似是很痛苦，依旧沉浸在自己的思绪中，口中喃喃有词："不是她，会轻功……"

高朗心中一痛，原本不忍心说的，可看到他一副失魂落魄的模样，不得不残忍地提醒他："皇上，皇后娘娘已经不在了，皇上是太想念皇后娘娘了，才会出现幻觉。"目光触及男人手中紧紧攥住的一方素帕，他一怔。这帕子有些熟悉，他见过。想了想，才想起那个被他不小心撞掉东西的女子。再联想到男人脸上的掌印。就不难想象刚才发生了什么。这个男人揭了女子的面巾，女子给了他一耳光。因为这个男人将女子当成了皇后。是这样吗？是了，就是这样。可是，那个女人怎么可能是皇后？虽说跟蔚景接触不多，却也能感觉到那是一个很温暖的女人。而这个女人眉目如此清冷，甚至清冷得有些可怕。

"皇上是说，戴着这方帕子的女人是皇后娘娘是吗？皇上真的认错人了，属下刚刚跟她有过接触的，她绝对不是皇后娘娘。"

"是啊，她怎么可能是蔚景呢？她不是……"男人声音恍惚。

"嗯，"高朗点头，末了，又强调了一句，"绝对不是！"

在矮墙的另一头，蔚景手里提着大包小包，靠在墙面上微微喘息。还是婆婆想得周到。那日提出让她出谷买东西，后又说让她缓缓，婆婆说，她一点功夫不会，就这样出来，她真的放心不下，可武功不是朝夕就能学会的，那是得日积月累、漫长的过程，而且她现在有孕在身，也不适宜练武。所以，婆婆决定花最短的时间，教会她一点简单的轻功，在危急的时候，能够帮助脱身就行。用了两个月时间，她学会了简单的轻功。还真派上了用场。

回头看看身后的墙，所幸是个矮墙，要是高墙，怕是也不行。弯腰将手中的东西放在地上，她伸手自袖中重新掏出一方丝绢，抖开，轻轻掩在脸上。面色沉静，再将东西提起，她头也不回地离开。

第十六章 她还活着

主仆二人去鸟兽市场，买了只白色的小狐狸回宫的时候，天色已经是黄昏。高朗生怕鸷颜已经出宫回家了，还好，在宫门口的时候正好给碰上了。高朗将手中提的芙蓉糕递给她，她一见是吴记糕点店的包装，顿时就开心了："谢谢！"

她开心了，高朗就更开心了："不用客气，只要公主喜欢。"鸷颜笑笑，见边上抱着白狐的男人一脸沉默，似是有些不对劲的样子，忍不住问高朗："皇上怎么了？"

"皇上他……"高朗不知道该怎样讲，难道说，皇上出现了幻觉，看到了皇后娘娘。

"你是不是对我用了药？"高朗的话没有说完，男人却是忽然开口问鸷颜。鸷颜一怔，高朗一惊。用了药？这个男人的意思是，他出现了幻觉，是因为鸷颜对他用了药，是吗？这怎么可能？

"公主不是这样的人！"鸷颜未语，高朗已是笃定开口。男人没有理他，而是面朝着鸷颜，继续沉声而问："是不是？"

鸷颜脸色变了变，垂眸沉默了片刻之后，抬起头："是，我用了药，没办法，我就是见不得你一直这样瞎下去，蔚景已经不在了，这是事实！你就算一辈子眼睛看不到，她也不会活回来。你何必要这样作践自己？你不肯用药，也不肯医治，我就只能暗着来，我让人将药放在你每夜喝的酒水里面。"

那夜，她之所以去九景宫想亲眼看看他是不是酗酒，目的就是这个。他是医者，人又心细敏感，一般的方法根本不行，只能放在酒水里面，反正喝完，他都烂醉，也觉察不出来，而且，她每次让人加得也少，每夜一点点。太医说，日积月累，时日久了，也定是可以复明，到时候，他应该会以为是自然复明的，跟药物无关。谁知道他竟然这么快就发现了。他怎么发现的？难道……眸光一亮，她愕然看向男人："你是不是有什么反应了？"

男人垂目，长睫低敛，静默了片刻，道："嗯，下午的时候，偶尔能看到一些光影。"男人声音淡然，鸳颜却是听得心中一喜："那就快了，很快你就应该可以看到了。"

边上的高朗面色窘得红红白白。原来，说的用药，是用的治疗眼疾的药啊。

是夜，客栈，厢房，一豆烛火，烛火下面色冷峻的男人静静而坐，一双凤眸盯着烛火摇曳的火苗，一动不动，神思悠远。忽然，门口传来一阵细微的响动，紧接着，一个黑影闪身而入，又快速地掩上房门，动作一气呵成。

"皇上。"黑影对着灯下的男人略一躬身。锦弦怔怔回神，转眸朝黑影看过去，冷声开口："朕让你安排的事安排好了吗？"

"回皇上，安排好了，不仅名已经报上，而且也已通过了秀女的初选。"

"嗯！"锦弦转回头，继续看向面前的烛火，凤眸微眯，眸中寒芒尽显。这江山，迟早是他锦弦的。只可惜，有个人看不到了。蔚景，你对我如此无情，那般帮着那个男人，结果呢？结果你得到了什么？连一抔黄土都没有。

经过海选、初试、宫试、殿试，层层筛选，帝王选秀一事终于落下帷幕。一共有五名女子被选进宫，其中三名是朝中大臣之女，还有两名是民间有名望的乡绅之后。一切仪式都办得很隆重，皇宫张灯结彩，仪仗浩浩荡荡，五名女子风风光光地入了宫，从此变成人上人。不知羡煞了世间多少女子。

唯一美中不足的地方是，不能承帝王雨露。不过也没有关系，听说太医一直在给帝王医治，帝王的眼盲也被治复明了，总有一日，这方面也是能痊愈的不是吗。

那是天下最尊贵的男人，退一万步说，就算没有夫妻之实，只有名义，那也是几辈子修来的福气。何况还是一个如此俊美无匹、龙章凤姿的男人，只一个随随的负手而立，就是一身的风华和仙姿，光远远看着，就会让人心动不已。

鸳颜踏进龙吟宫的时候，凌澜正负手立在一张悬挂的地图前沉思，在他的脚边，一只小白狐摇着尾巴蹭来蹭去。鸳颜蹙眉："这小家伙，你还没送去云行山啊？"一个帝王的龙吟宫里养只狐狸，传出去还不被天下人笑话。

"她还活着！"男人猛地回头，看向她。鸳颜一愣："谁？"

"蔚景！"

鸳颜心口一撞，愕然看着他："你如何知道？"

"感觉！"

感觉？一颗心大起大落，鸳颜摇了摇头，有些失望："你呀，一惊一乍，我还以为是真的呢。"

"是真的！"男人笃定而语。末了，又走到桌案边取出一张画像，抖开，问鸷颜："她是谁？"鸷颜看了看画像上的女子，眉目如画、微笑浅浅，天仙一般的女子，她自是认识。

"蔚景啊。"

"对！"男人将画像卷起，又取出另外一张，抖开，再问："这个呢？"

不知男人葫芦里卖的什么药，鸷颜疑惑地看过去，依旧眉目如画，只是面色清冷，清冷得有些近乎决绝。

"看面相还是蔚景啊！怎么了？"鸷颜还是不明白男人想要表达什么。

"这就对了！"男人伸手自袖中掏出一方素帕，轻轻将画像上女子口鼻以下的部位掩住，然后转眸看向鸷颜，"她就是那日我见到的女子！"见鸷颜张嘴，正欲说什么，他又紧接着道，"我知道，你又要说，是我的幻觉。当时，高朗也看到了。"鸷颜浑身一震，难以置信地看着他："确定吗？"

"确定！"

这事还得从昨夜说起。昨夜在九景宫，他又喝得烂醉，醉后的他将挂在边上衣架上蔚景平时喜欢穿的一套衣袍当成了她。他抱着衣袍跌跌撞撞，结果摔了一跤，带翻了边上的烛火，他的袖子烧了起来，他就是被烧痛了，才有了一丝意识，连忙扑火，可他忽然发现，蔚景的那身袍子就在火苗上，却无一丝反应。他震惊了，酒顿时醒了一半，然后特意去烧它，还是烧不着。他心里得出了一个认知，却又不敢相信，连夜宣了工部一个对防火方面颇有研究的技师进宫。

结果果然如他所想。衣袍被做了手脚，涂抹了防火的东西。这说明什么？说明有人事先知道了蔚景要经历大火这件事，不管这大火是火刑，还是那些人故意放的那场山火，总之，此人的目的是想让蔚景在大火中平安无事，虽然蔚景最终没有穿这身衣服。

没有人知道他得知这一切时的心情，那种心跳激烈得仿佛要跳脱出胸腔的感觉，只有他自己清楚。虽然所有那日在场的人都说过，在那样凶猛的火势下，她不可能幸存，还有人甚至说，亲眼看到她被大火吞没。但是，他还是燃起了希望。有人想救不是吗？只要有人想救！就多一丝存活的机会。哪怕她没有穿这身防火的衣服，指不定，指不定……指不定那些人还有其他方法呢？心中这般想着，他就越发觉得那日在吴记糕点店前见到的女子是她。

一刻也不想耽搁，他又连夜去了相府，他要找高朗，他要证实自己心中所想。高朗说过，他跟那个女子有过接触。

高朗见他深更半夜出现，吓了一跳，还以为出了什么事，在得知他还在纠结那日的那个女子时，高朗斩钉截铁地告诉他，那个女子不是皇后娘娘。他问高朗为何如此肯定，高朗说，他从未见过皇后娘娘有过如此清冷的眉眼。

清冷的眉眼？他问高朗就因为这个，高朗说是！他就当场泼墨挥毫画了两幅画，一模一样的两幅画,除了眉眼不一样,一个含笑,一个清冷。他问高朗是谁,高朗一眼就认出了,说都是娘娘啊。然后,他就拿出那日的锦帕遮住画像眉眼下面的部位,再问高朗,高朗就震惊了。

"这这这……"高朗这了半天。

"你跟她才见过几面,自是没有见过她清冷的眉眼。"

他却见过。在他错将她当成了弄儿,重伤她之后,她一个人蜷在破庙里、不肯随他回府的时候,他见过;在啸影山庄,他在镇山兽的爪下救下鸷颜,而她却身受重伤的时候,他见过;在灵源山上,他跟锦弦你一言我一语说着当初怎样利用她的生死,她突然出现的时候,他也见过;在源汐村,殷大夫死,她跟随影君傲一起离开,他想留住她,而她不愿的时候,他同样见过……他见过很多次很多次。只是,没有一次像这次这样,他知道。但是,只要她活着,只要她还活着,所以,他又连夜赶去了行云山,想要找到一些蛛丝马迹。

"接下来你准备怎么做?"鸷颜骤然出声,将他的思绪拉了回来。

"找!"

"从何找起?"

"只要她还活着,我就一定能找到她,哪怕上天入地!"凌澜笃定而语,话落,又转眸看向身前的地图。鸷颜循着他的视线望过去,看了一会儿,才发现是行云山的地图。

"有线索吗?"

"没有,"男人摇头,下一瞬又道,"肯定会有的。"

"嗯。"鸷颜点头,刚想转身,忽然眼前一黑,她踉跄了两步,连忙伸手扶住边上的桌案,才稳住自己的身子,却还是碰翻了脚边的一个椅凳。

凌澜闻声回头,见到她的模样,一惊:"你怎么了?"上次滑胎留下的毛病用药以后早已痊愈了,他探脉确认过的。这次是……连忙走过来将鸷颜扶住,凌澜伸手,作势就要探她的腕,却被她吓得一把缩了回去:"我没事。"

"脸色那么难看,还没事,让我看看。"他又伸手。

"我真的没事!"鸷颜再次将他的手挥开。

凌澜皱眉,看着她。鸷颜被他看得有些心虚,垂下眸子静默了片刻,才抬起头:"凌澜,我不是小孩子,有没有事我心里清楚,我只是昨夜没有睡好而已,我不想探脉,你也莫要逼我,就像很多时候,我也不逼你一样,好吗?"

凌澜眸光微微一凝,定定望进鸷颜的眼底。鸷颜略略撇开视线。

凌澜说:"好!"

时间过得飞快,特别是对于没有夏秋冬,一年四季都是春天的地方来说,更是如此。如仙境一般的世外桃源,惬意平静的居家生活,若不是肚子一日一日大起来,临生产的时间越来越近，蔚景都有种不知今夕是何夕的感觉。

与世隔绝，自然不知道外面发生了很多事。譬如，有一个妃子刺杀帝王未遂，在帝王亲审的时候，一个字也不说，咬舌自尽。譬如，有一批隐卫秘密地一家一家客栈地找一个人。又譬如，帝王孤身一人杀到了啸影山庄，说啸影山庄的庄主藏了他的皇后，两人大打出手，结果双双重伤。还譬如，帝王不死心，再次潜入啸影山庄，还跑到山庄的禁地缠云谷，原本重伤的他又被镇山兽所伤，差点一命呜呼。

"蔚景——"凌澜大叫一声从床榻上坐起来，浑身黏黏湿湿的都是汗。

原来是个梦。头有些痛，喉咙干涩灼热，他掀了薄被下床，走到桌边，提起桌案上的茶壶，倒了一杯凉水，咕噜咕噜一口气饮尽。屋内烛火摇曳，窗外夜色凄迷，他扭头看了看墙角的更漏。四更的天。

他开门出了内殿。外面守夜的湘潭睡得极浅，一听动静，就醒了过来，以为帝王有什么需要，连忙躬身上前："皇上。"男人瞟了她一眼，脚步未停，"朕出去走走，不用跟着。"

湘潭怔了怔，见他只着一身单薄的寝衣，连忙转身去内殿取了男人的披风，可等她出来，男人已经出了外殿的门，拾阶而下，她便站在殿门口没有去追。她知道他定是又在思念皇后了。这么多个月以来，他一直在找。不仅自己找，还调动了大量的隐卫在找，始终都没能找到那个女人。她永远也忘不了，几个月前的那个夜里，他们将这个男人从啸影山庄抬回来时的那个模样。浑身是血，就像是死了一样。因为是帝王之身，恐引起什么慌乱，鸳颜封锁了消息，也没有让回龙吟宫，而是让人直接将他抬到了九景宫。

听抬回来的人说，是啸影山庄送消息过来，让去抬人的。啸影山庄的人说，自上次这个男人跟他们的庄主打了一架以后，他们庄主也是卧榻半月才下床，还以为此事到此作罢，没想到这个男人又去了，还偷偷潜入了山庄的禁地。要不是他们的庄主去缠云谷，这个男人绝对死在了那里也没有人知道。当时天下大雪，他几乎被大雪所埋，他们刨了好久，才将他刨出来，刨出来以后，才发现他浑身是血，被镇山兽所伤。

那一夜，九景宫里灯火通亮，乱作一团，太医们整整救了一宿，人都未醒。鸳颜哭了。那是她第一次看到那个女人哭。那般坚强冷情的一个女人哭得眼眶红肿，她便也跟着一起抹眼泪。太医们都跪在地上，一个比一个面色凝重，说，看吧，看十二个时辰之内能不能醒来，如果能，便无事，如果不能，那就……太医们的话没有说完，鸳颜就掀翻了桌上的茶壶杯盏，说："没有不能！"

太医们便吓得没有一个人敢吭声。所有人都守在九景宫。

待稍稍平静下来，鸳颜觉得这样会让人生疑，便只留了两个太医，让其余人都回去，然后又连夜召了两个大臣进宫，商量之后决定，暂时对外宣布，皇帝微服私访去了民间，这几日不上朝。

第十六章 她还活着

庆幸的是，男人第二日清晨终于醒了过来。用太医的话说，那就是一个奇迹。她也松了一口气，跟随这个男人多年，什么是奇迹，她早已在他身上见过了不少。

男人醒来，抓住鹭颜的手，说的第一句话是："她不在啸影山庄，三姐，如果是你，你要躲一个人，你会躲到哪里去？"鹭颜顿时就怒了，甩开他的手，朝他咆哮："我不是她，我怎么知道？我只知道，只要我存心想躲，你就一定找不到！我只知道，我不想出来，你却一直这样找我逼我，我只会对你更加讨厌；我只知道，若你还真想见我，你至少得先让自己活着，命都没有了，就算哪天我肯出来，我们也是阴阳相见！"鹭颜吼完，男人就安静了，很安静。男人休养了一个多月才下床。

自那件事以后，他也变了很多，本来话就不多的他变得更加沉默，一门心思扑在朝政上，派出去秘密寻找的隐卫也都陆陆续续撤了回来。可只有她知道，他没有放下。每夜，他还是宿到九景宫来，她经常看到他拿着皇后的东西，一个人坐在那里发呆。有时他会一个人出宫，她想，应该也是自己去找去了吧。

低低一叹，她转身入了殿。

第十七章　龙凤双子

　　床榻上，蔚景浑身湿透，就像是刚从水里面捞起来一般，艰难侧首，虚弱地看着睡在自己身侧两个襁褓里的小家伙，虽说刚刚经历了一场分娩剧痛，一颗心却是从未有过的震荡和满足。

　　上天果然对她不薄，竟一下子赐给她一双儿女。龙凤胎。这是她做梦也没有想到的事。难怪她的肚子那么大，她还一直以为是因为吃得太好了，从未朝两个上面想。想起刚刚婆婆接生的样子，也定是吃惊不小吧。一会儿说，哎呀，还有一个，还有一个；一会儿又说，天啊，这个是个女孩，一儿一女一枝花，太好了，太好了；一会儿又大叫，哎呀，襁褓只准备了一个，又奔出房门去拿，风风火火、手忙脚乱的样子，她想想就禁不住弯起了唇角。

　　"末末，你是哥哥，暖暖，你是妹妹哦，"她伸手轻轻触碰上两个家伙的小脸蛋，一颗心随着伸出的手，颤了又颤。两个小家伙睡得香甜，身上的血污已经被婆婆洗得干干净净，因为是双胎，两个都分量不重，小小嫩嫩的模样，真的是可爱极了，蔚景只觉得心里柔软得不行，刚想撑着身子起来，亲两个小家伙一下，就被正走进来的婆婆逮个正着。

　　"呀，小九，不要这样，你刚刚生产完，正虚着呢，不要乱动！"

　　蔚景只得躺了下去，忽然想起什么："对了，婆婆，你知道今天是什么日子，现在又是什么时辰吗？"

　　妇人将手里刚刚炖好的鱼汤放在床边的凳子上晾着，转眸笑睨向她："早帮你看好了，今日是五月初六，时辰嘛，大概四更的丑时。"

　　"谢谢婆婆，小九的命是婆婆救的，如今婆婆又替小九接生了末末和暖暖，婆婆是小九一家的恩人，小九无以为报，只……"

　　"打住，打住！"妇人连忙将她的话打断，瞥了她一眼，"你呀，还是问上门去也没几句话我比较适应，话一多起来，我不习惯！"

　　蔚景便忍不住笑了："好，我不说。"心里却是一点一点的温暖泛开。她是真的感激这个女人，打心底感激。没有她，就没有她，也没有末末和暖暖，虽然，她不知道

087

她为何住在这个缠云谷的秘岛上面，为何一直以素帕掩面，就连吃饭睡觉都不拿掉，为何武功如此高强，却不能出去，为何镇山兽也听她的话？

婆婆不说，她也不问。就好比，她不说她的事，婆婆也不问一样。这世上，每个人有每个人的故事，每个人有每个人的秘密，每个人有每个人的苦和伤。彼此温暖就行，至于过去，是好是坏，是伤是痛，还是各自珍藏的好。

"婆婆，我饿了。"

妇人嗔了她一眼："果然做了母亲就不一样了，还知道饿了，第一次听你叫饿，来来来，我烧的鱼汤可是天下第一鲜呢，我扶你坐起来喝。"将她扶着坐起，又拿了两个软枕塞到她背后，让她坐靠在床头上，妇人转身去端凳子上的鱼汤。蔚景又禁不住凑到两个小家伙面前去看。

城郊别院，厢房，鸳颜沐浴完，从屏风后走出来，一边整理着身上的衣衫，一边走到铜镜前面。铜镜映着烛火，自己清瘦的脸落在镜中。看着铜镜里的自己，她又执起一把牛角梳轻轻梳理着满头乌黑长发。在脸上轻轻扑上一层薄粉，两颊稍稍上了一点胭脂，又含上一张红纸，让苍白的唇瓣有了一点血色，她才转身拿过桌案上的药，打开厢房的门走了出去。十五的夜，明月如盘，月辉绵长，照在静谧的院中，清冷一片。

穿过长廊，绕过几处厢房，鸳颜来到书房外面，未做一丝停留，直接推门走了进去。书房没有掌灯，漆黑一片，所幸她轻车熟路，走到书架前，她伸手探向一个地方，随着"哗啦"一声巨响，一扇墙赫然移开。竟是跟相府书房一样的设计。

黑暗中，她走了进去。又是"哗啦"一声，墙面归回原位。鸳颜捻亮墙壁上的烛火，暗室瞬间一片亮堂。偌大的一个暗室，什么都没有，除了一张床。床上躺着一人，一个男人，一动不动，没有一丝反应，像是睡着了，又像是已经死了。

鸳颜缓缓走近，才发现男人是睁着眼睛，醒着的。她垂眸看着他，男人一眨不眨仰望着她，两人谁都没有出声。

"放我走！"许久之后，还是男人先开了口，沙哑的声音响在静谧封闭的暗室里，带起一丝回音。鸳颜眸光微闪，缓缓坐在床边，淡声道："会放你走的。"

"几时？"

"快了。"鸳颜说完，如曾经的每一次一样，从袖中掏出一粒药丸，准备喂进男人的口中，男人冷冷地别过脸，不接。鸳颜将他的脸扳过来，强行将药丸塞进他的嘴，也不给他吐出的机会，下一瞬指尖凝着内力，快速滑过他的喉咙，迫使他不得不吞了下去。

"鸳颜，你不要这样，你杀了我吧，我宁愿死！"男人央求她，眸子里写着沉痛和绝望。

鸳颜转眸不看他的眼睛。死？死太容易了。可是，她舍不得他死啊。

她永远也忘不了找到他的那天。她也是动用了很多自己的人，才找到了他，他蜷缩在一个桥洞的下面，当时已经昏迷，边上喷溅的血迹一片。她找了大夫。果然与她猜想的一样，他中毒了。锦弦给他下毒了。她不知道锦弦这样做，跟他提了什么条件，他需要做些什么，锦弦才会将解药给他？她只知道，当大夫说出是什么毒的时候，她愤怒了，也绝望了。

情亡。

此毒没有解药。唯一的解药是将毒过渡给心里有情的另一方，通过交欢的方式，一月两次，初一十五，一年的时间可将身上毒素过完。也就是听完大夫讲完这些，她才意识过来，锦弦或许并没有跟叶炫提什么条件，也没有威胁他做什么，因为锦弦分明是要她死啊！这样的毒，这样的解毒方式，锦弦不就是要她鹜颜死吗？

将叶炫带回了别院，带到了这间暗室，她封了他的穴道，让他手脚不能动。她知道，他若能动，肯定会逃走。不然，也不会这么长时间以来，一直在暗处看着她，就算被她用计给引了出来，也转身就跑。他就是怕她知道，她明白。可是，她如何能眼睁睁看着他死啊？她做不到。就算是如了锦弦那个奸人的愿，她也没办法。

因为穴位被点，而且，她这样的做法，又绝非叶炫所愿，不仅不是他所愿，他还极度抗拒，所以，每个初一十五的时候，她就只能对他用药，不然，根本无法进行。

男人的呼吸已经慢慢急促，她知道那是刚才那粒药丸起了作用。在男人猩红愤然的目光中，鹜颜缓缓褪掉身上的衣袍，俯身轻轻吻上男人的唇瓣，男人再次别过脸，她的唇便落在他已经烧得滚烫的脸颊上。如同刚刚一样，鹜颜再度伸手，将他的脸强行扳过来，迫使他不得不面对着她。

"鹜颜，你这样做，我并不感激你！"叶炫咬着牙，一字一顿。

看得出，他在隐忍。

"我不需要你感激！"鹜颜俯看着他，两人隔得很近，脸对着脸，鼻尖轻擦着鼻尖，如兰一般的气息喷薄在叶炫的脸上。叶炫只觉得越发难受起来。

"我会恨你，就算你救了我，我也会恨你一辈子！"

"那便恨吧。"鹜颜很淡然，缓缓直起腰身，开始替他褪着身上的衣袍。是爱也好，是恨也罢，反正以后，她也不知道了。就当她欠他的，现在还他。还她曾经对他所有的利用和欺骗。

当鹜颜再次吻上叶炫的唇瓣时，叶炫只觉得一颗心如同钝器在剜，那种痛，痛得他颤抖，却痛得叫不出来。牙关一紧，他重重咬上她的唇，两人的口中便有了血腥。

叶炫痛苦又绝望地吼她："你难道到现在还不明白吗？你死，我也不会独活！你何必要这样？"

鹜颜没有理他，指尖流连，滚烫似火。叶炫如同受伤困兽一般号叫出声，烛火摇曳，有清泪自眼角滚落下来。

第十七章　龙凤双子

桃花烂漫，微风习习，片片落红漫天飞舞。一片纷纷扬扬之中，女子手持长剑，皓腕灵活而动，挽出几个漂亮的剑花，脚尖一点，女子身轻如燕，轻盈翻飞在一大片粉红的花瓣雨之间。墨发飞扬、衣袂飘飘，手中长剑如龙，美不胜收。可是这美景却是被一声婴儿嘹亮的啼哭打断。女子收了手中剑势，翩然一个后翻身，稳稳落下，云袖扬起，长剑入鞘，女子快步出了树林。

这厢，妇人已经将摇篮里哇哇直哭的暖暖抱了起来："难怪哭呢，小家伙尿湿了。"蔚景将手中长剑放下，取了一块干净的尿布："婆婆，我来换吧。"

"没事，我来，"妇人将她手中的尿布接过，抱着暖暖坐在边上的凳子上，就开始娴熟地给她换了起来，抬头见蔚景站在边上满头大汗，蹙眉道，"快去洗把脸吧，我跟你说过，练武不是一朝一夕，不能一蹴而就，你刚生完孩子三个多月，身子还没完全恢复，更不应该动太多体力。"

蔚景微微一笑："知道了，以后每天只练一会儿。"原本她还不知道，原来练武有这么多的乐趣，她并不是想一蹴而就，也不是想练出什么通天本事，她真的是觉得很喜欢这个过程，那种将所有事都抛在一边，全身都舒展开的放松。

"其实，你是块练武的材料，一般人习武都从小学起，而你连孩子都生过了，资质也一点都不差。"

蔚景进屋舀水洗脸。

"对了，这几日抽空出去一趟吧，买些棉布回来，孩子一日一个样，你做的那些小衣服也快穿不下了，我这里剩下的布匹都是些云锦、缎子之类的，不适合给小孩子做衣服，小孩子皮肤太嫩，要用棉布。"妇人说着，怀里的暖暖已经换好尿布，早已止了哭，正睁着乌溜溜的小眼睛看着她，估计是听到她说话，以为是在逗她，小家伙吸着自己的小手指，"咯咯咯"地笑。

"暖暖说对不对啊？"妇人一边说，一边拿头去蹭小家伙的胸口，小家伙便更加开心地笑个不停。

闻着那银铃一般稚嫩的笑声，蔚景只觉得一颗心都化了，她走出屋，将另一个摇篮里的末末也抱了起来。大概是男孩的缘故，末末一直很乖，哭得也很少，将他放在摇篮里面，他可以一个人玩起来，也不哭也不闹。暖暖就不行，只要醒着，就一定得抱着，躺是躺不住的，爱玩爱闹爱哭爱笑。

"末末，饿不饿啊？"蔚景亲亲小家伙粉嘟嘟的小脸蛋，"看看妹妹多开心，咱们跟妹妹一起玩儿好不好？"蔚景一边说着，一边抱着怀里的小家伙，坐在了妇人边上的一个凳子上。不知是被她亲昵的动作弄开心了，还是受到了暖暖笑声的感染，小家伙竟然也很难得地笑了起来。

"哟哟哟，咱们深沉少爷，终于不玩深沉了！"妇人就像是发现了什么新鲜事一般，笑着啧啧啧了起来。蔚景便也跟着一起笑。

"这幸亏是一男一女，要是两个都是男孩，或者两个都是女孩，这两个小家伙的性格啊，也隔得太远了，看来啊，一个是随了娘，一个是随了爹。"妇人的话未说完，蔚景唇角的笑容微微一僵，妇人马上意识过来自己的失言，连忙去逗弄怀里的暖暖，小家伙又是笑得一阵花枝乱颤，尴尬的气氛才得以缓解。蔚景垂眸看着怀里的末末，小家伙也在看着她，黑白分明的眼睛清澈得就像雨后的星子，又亮又灿。

"末末，明天娘去街上，娘给末末和妹妹买好吃的东西回来好不好？"

小家伙似乎听懂了她的话一样，弯着唇角笑。不像暖暖笑得那般肆意，那微微笑着，眉眼弯弯的样子……蔚景心口一颤。

"明日去也行，过两天就是这两个小家伙的百日了，我们也给庆祝庆祝，不能亏待了两个小家伙，该有的都要让他们有，等会儿我会像上次一样，将要买的东西都列出来，写一张清单给你。"

蔚景怔了怔，说："好。"

虽已华灯初上，可繁华京城依旧车水马龙，人来人往，喧嚣鼎沸。蔚景双手提着大包小包，步履极快。为了买吴记的芙蓉糕，排队一直排到了天擦黑，结果好不容易轮到她的时候，说打烊了不卖了，让明日再来，她好说歹说，人家才老大不情愿地卖了一些给她。虽说缠云谷是禁地，平素无人进入，但是，为了以防万一，她每次都是夜里出来，然后白天办事，半下午出发回去，也能在夜里到缠云谷。今日这样一耽搁，现在天已经黑了，估计回到缠云谷得明天早上了。眉心微微一蹙，脚下的步子就不由得迈得更快了些，一路直奔行云山脚下。

马上就要八月十五了，月光很亮，借着皎皎月色，蔚景摸索着穿过一片小树林。跟上次一样，她将小竹筏藏在峡谷边上的一些藤蔓里面。还在。微微松了一口气，将手中的大包小包放在地上，她弯腰正准备解开系竹筏的绳索，就猛地听到树林里传来纷沓的脚步声和人声。她一惊，连忙停了手中动作，蹲在那里警惕地循声望过去。夜色下似乎有好几个人影，不过不是往她这边来，好像是上山。

"你们确定那皇后陵墓没有人守卫吗？"

"有一个女的，不过等于没有，我已经打探得很清楚了，那女的武功都没有，还是个瞎子，你说，让那种人守墓，跟没有有什么区别？"

"那就好，你们确定陵墓里有很多值钱的陪葬品吗？"

"当然确定，怎么说人家也是一国之后啊！"

"既然是一国之后，怎么会没有人守卫呢？我们可得要谨慎，这要是出了什么事，可不是一人掉脑袋的事，那是要诛九族的。"

"放心好了，真的没有守卫，我们都观察了好几个月了，虽说是皇后陵墓，可里面葬的不是没有人吗？一个衣冠冢而已，没有守卫也不奇怪。"

第十七章 龙凤双子

"也是，那我们快走吧。"

"嗯。"

几人的声音和脚步声渐渐远去。蔚景大概听明白了，是盗墓的。一直隐居在缠云谷的秘岛上，也就上次买药材跟芙蓉糕的时候出来过一次，那也是快一年的事了。当时，京城里最热门的话题，是皇帝选秀一事，其余的事，她一概不知。没想到还给她建了一个衣冠冢。唇角一勾，她冷冷一笑，为了标榜自己多有情有义吗？这个男人永远懂得怎样去堵悠悠众口。

"小木屋里黑漆漆的，你们说的那个女的应该已经睡了。"

"睡不睡的，根本妨碍不了我们什么，说了，什么守陵的，就是一个摆设。"

"嗯，那我们快动手吧。"

"老规矩，你们两个给一人把风，另一个跟我们仨一起挖墓。"

"你把风吧！"

"好。"

几个黑影叽噜咕噜商量完，便扛着锄头、铁锹蹑手蹑脚地绕过小木屋，径直走向陵墓。陵墓的确建得恢弘大气，俨然一个缩小版的宫殿，墓碑上竟然还有画像，哦，不，应该是石刻的，然后再上的颜色。惟妙惟肖，就像是真的一样。

"别说，这皇后长得还真不错。"

"那是，长得丑，还能做皇后吗？"

"你们真是孤陋寡闻，人家是前朝的公主。"

"哦哦，好像是听说过的。"

"唉，红颜薄命啊。"

"你感慨个屁啊，快点干活，速战速决，赶快得手，赶快离开！"

木屋内，没有掌灯。

铃铛坐在黑暗里，睁着一双大大的眸子。对于现在的她来说，白天跟黑夜没有区别，因为她的右眼前不久也看不到了。经历过了三个百日，先是左眼，接着是左耳，右眼一看不到，就等于她彻底失明了。所以，夜里，她都不用点灯。点了也是白点。虽说左耳听不到了，可是右耳的听力暂时还在，当外面锄头和铁锹掘地的动静越来越大时，她便听进了耳里。心中疑惑，她起身站起，摸索着开了门。

"谁？谁在那里？"

几个正挖得起劲的男人一震，虽说没将对方放在眼里，可他们盗取的是皇家陵墓，一丁点的差池都不能有。其中一人对把风的那个男人使了一个眼色，男人会意，便蹑手蹑脚地走了过去。

"我问你们是谁？在这里做什么？"见无人回答，铃铛又厉声问了一句。可话音刚落，就被行至跟前的男人一把擒住。铃铛一惊："你……"刚准备大叫，男人已经先出了声："想活命，就给我老实点，否则，我现在就送你去地下陪你的皇后去。"铃铛脸色一白，只得噤了声。过了一会儿，又忍不住硬着头皮问："你们到底是谁？想要什么？"

"我们只是几个穷得日子过不下去的老百姓，想跟你们的皇后借点银子花，只要你乖乖地配合我们，到时也分你一份。"

铃铛一震，虽然已经猜到了对方是些什么人，却还是有些难以相信："你们竟然连皇后的陵墓也敢盗，你们就不怕杀头吗？"

"杀头？当然怕！所以才要你乖乖配合。等取出金银财宝，我们会将陵墓重新盖好，还原成原本的模样，只要你不说，我们不说，今夜这件事便只有天知地知你知我知，别人又如何知道？"铃铛眼帘微微一颤，抿了唇没有吭声。

那厢，锄头铁锹挖地声一片。这厢，男人钳制着铃铛。铃铛本就只着一件单薄的寝衣，因为钳制拉扯的动作，寝衣宽松的领口被拉开，松垮到一侧的肩上，露出一大片风景，就连胸口的沟渠都若隐若现。男人咽了一口口水，想要无视，可是目光却又忍不住肆无忌惮地看过去。月光下，女子的颈脖如同上好的瓷，男人看着看着，便禁不住将脸凑了过去。

意识到灼热的气息逼近，铃铛一惊，而男人已经埋首在她的颈项，贪婪地深嗅。

"混蛋！放开我！"铃铛又羞又恼，挣扎着。

原本就已经心神摇荡，又闻得女人的沁香扑鼻，如今再被其一挣扎，寝衣直接被扯开，露出里面贴身的小兜衣。香艳如斯！男人如何放得开？正准备进行下一步动作时，忽然腕上一痛，他闷哼一声，吃痛地松开了对铃铛的钳制。垂眸看向自己的手，月光下，一抹幽光刺眼。赫然是一根银针深刺。男人脸色一变，愕然抬头，只见一抹白衣从黑暗里飘然出现，翩然落于墓碑前。是个女子。白衣黑发，素帕掩面，月光下一双眸子盈盈烁烁，美得似仙似狐。

"你……你是谁？"虽然美得动魄惊心，但是自己腕上深刺的那一针可不是假的，肯定是个厉害角色。铃铛怔了怔，虽然眼睛看不见，但是，她大概能猜到，有人来了。这个人救了她。

女子没有出声，男人却是骤然大叫了起来："大哥、石头、二柱子——"墓后几人闻声，皆是一怔，连忙停了手中动作，一跑到前面来，就看到了墓碑前，迎风站立的女子。几人一惊。

"你是谁？"

"我是谁不重要，重要的是，你们几个有手有脚，完全可以凭劳动生活，为何要冒着生命危险做这种偷盗之事？"女子清冷开口。

几个男人便乐了："我们怎样生活，不需要你一个女人来指手画脚。"他们这么

第十七章　龙凤双子

多大男人还怕一个女子不成？更何况，撞破了他们的好事，就得死！为首的一个男人朝其他几人使了一个眼色，几人会意，举着手中的铁锹跟锄头，一哄而上。女子眸光一敛，旋身而起，白色的裙裾曳开，如同一朵瞬间绽放的莲，旋转一圈的同时，女子云袖扬起，脱手而出的是数枚银针。闷哼声一片，几个男人甚至还未来得及上前，就一个一个中针倒地。女子稳稳落下，衣发翻飞："你们每个人的左脚都中了我的银针，针上有毒，解药只有我有。"

啊！几人大惊失色。

"我留了你们的双手，也给你们留了一条腿，只要你们以后改邪归正，靠自己的手脚，好好做人，我便可确保你们无虞，否则，毒发身亡、后果自负！"几人大骇，女子又伸手一指，直直指向木屋前猥亵铃铛的那个男人，"还有你，也是一样！"男人早已面如土灰。

凌厉目光冷冷地扫了几人一眼，女子正欲飞身离开，忽然一阵夜风吹来，不知怎么竟吹掉了她脸上的素帕。女子一惊，连忙伸手去接。接是接住了，可已然太迟，她一个抬头，就看到一众惊讶的目光。真的惊讶。一个一个都是一副见到鬼的表情。

"皇后……"有人惊呼。因为她正站在墓碑的前面，墓碑上的画像，她的真容，清晰地吻合在一起。只不过她的脸……她明明画了一条很粗很粗的假伤痕。果然，下一瞬，就听到惊叫声四起。

"鬼啊——"

"快跑，皇后的鬼魂出来了——"

脚步声纷沓，几个男人甚至都来不及从地上站起，连滚带爬，仓皇往山下逃窜而去。望着几人的背影，蔚景摇了摇头。重新将素帕掩在脸上，她才发现，铃铛还一直站在那里。所幸，铃铛的眼睛看不见。

"女侠……"铃铛摸索着就要往她这边走，因走得急，猛地踢到一个石子，脚下一滑，作势就要摔倒下去，蔚景飞身上前只手将她扶住。铃铛屈膝"扑通"一声跪在地上，"多谢女侠救命之恩，敢问女侠尊姓大名？"

尊姓大名？蔚景勾了勾唇，也未叫她起来，转身，脚尖一点，飞身离去。夜风将清冷的两个字送进铃铛的右耳里："鬼娘！"

当凌澜听到这一切的时候，他正在喝茶，铃铛跪在面前禀报。起先，他就当听一个故事。故事是真是假，他不知道。他只知道，为了给他讲这个故事，面前的这个女人可是吃了不少苦。因为眼睛看不见，一人愣是从山上下来了，走了很长很长的路，才进了宫，见到了他。从她凌乱的头发、脏污不堪又破碎不堪的衣衫来看，路上应该是摔了很多次。

"事情朕大概了解了，就是皇后陵墓差点被盗，你差点被那些人欺辱，一个侠女正好出现，化解了这一切，是吗？那接下来，你想要朕怎么做呢？是增加守卫守陵墓，还是将你撤回？"凌澜呷了一口茶，口气清淡，不徐不疾。

铃铛面色白得没有一丝血色，微微苦笑道："铃铛就知道皇上会这样看铃铛。"凌澜没有吭声。

"皇上以为铃铛如此辛苦地进宫来禀报，是为了铃铛自己吗？铃铛没有要皇上增加守卫的意思，更没有想要回宫的意思。既然在皇上的眼里，这样看轻铃铛，那如果铃铛说，那个侠女是皇后娘娘，想必皇上也一定不会相信了。"

凌澜嘴里的一口茶当即就喷了出来："你说什么？"

果然到达缠云谷的时候，天已经大亮。老远蔚景就站在竹筏上警惕地观察着谷内，还好，一个人都没有，她这才松了一口气。提起竹筏上的大包小包，她脚尖一点，轻盈跃下竹筏，稳稳地落在岸边。看着空竹筏继续顺流而下，蔚景弯了弯唇角，这有武功，特别是有轻功，真不是一般的好啊。譬如现在，她直接飞下来，要是以前，还得想办法将竹筏靠岸才能下来。还譬如昨夜，那几个大男人，就算他们没有武功，毕竟也人多势众，换作以前，她还不是只有被欺负的份儿。反正好处很多，做什么都方便。扯了脸上面巾，弯腰在水里打湿，擦掉下巴画上去的那个伤疤，可别回去吓住了两个小家伙。想着马上要见到他们，心里更是一阵雀跃，这才分开一日，竟是想念得紧。提着包裹转身，正欲朝进密岛的方向而去，就猛地看到站在不远处的那人。蔚景脚步一滞。

那人就站在一棵树下面，一身玄色华袍，长身玉立，大树的阴影将他尽数笼住，看不到他脸上的表情。只知道，他在看着她。蔚景脑子一嗡。就知道天亮回来要出事，要出事。现在出大事了。

"影君傲……"讪讪地唤了一声，她有些不知所措。方才明明观察过的，一个人都没有，他，几时站在那里的？而且，这样看着她，是个什么意思？记忆中，他影君傲可不是玩深沉的主儿。

"你怎么会在这里？"见他一直不吭声，她只得再问。

"问这句话的不应该是我吗？"男人终于开口说了第一句话，并举步从树下缓缓走出。当他完完全全走在一片晨光下时，蔚景才看清他的脸。一年多未见，清瘦了不少，也成熟了不少。唯一未变的，是依旧俊美。

男人一直走到她的面前站定，凤眸深深地凝着她。蔚景攥紧了手中的包裹，正强自敛了心神快速思忖着该怎么应对，忽然闻见男人问："你好吗？"声音微哑。

蔚景一怔，不料他问的是这个问题。遂弯了弯唇："我很好，你呢？"

"不好！"他说。回答速度之快，口气之笃定，听得蔚景心里一颤。一时不知该如何接。

"你真的住在这个缠云谷吗？"男人环顾了一下左右问。蔚景心口一撞，而且，

第十七章　龙凤双子

她没有忽略他用了"真的"这个词。难道有人跟他说，她住在缠云谷吗？

"不是。"本能的，她否认。她要保护婆婆，保护末末，保护暖暖。

"那你为何出现在这里？"男人凤眸里夹着一丝不易觉察的促狭。

"哦，我去京城买了点东西，他们跟我说，走水路回来近，所以，我就信他们的，坐竹筏回来，结果行到这里的时候，发现这里的景物好熟悉，才记起是你啸影山庄的缠云谷，就想着，很久没见到你了，想见你一面，青天白日的，正好镇山兽也不在。"蔚景一口气将瞎话说完，自己都不信，可还得硬着头皮指了指下游的方向，"我住那边，还有很远一段路。再说了，你这缠云谷有住人的地方吗？要有，也是镇山兽的肚子吧。"蔚景说完，刚想看看男人的表情，却忽然身上一暖，男人蓦地张开双臂将她抱住。

蔚景浑身一僵。见他刚刚还一副深沉的样子，没想到他会突然如此。

"能再看到你，真好！"男人轻声开口，箍住她的手臂又收紧了几分。蔚景便僵硬地在他的怀里，垂在两侧的双手上还拎着各种东西。好一会儿，影君傲才将她放开，"既然是想来见我的，想必我不出现在缠云谷，你也会去山庄里找我？"影君傲笑睨着她。

"嗯。"她点点头。

"那走吧！"男人将她一手上的包裹接过，替她拎着，然后将她空置下来的那只手裹在掌心，拉着她便走。蔚景欲哭无泪。却也没有办法。如今只能走一步看一步，见机行事。反正她现在会轻功，也方便。

在山庄里，她见到了管家晴雨。晴雨一直对她还是很戒备的，她却也不以为意，她知道，晴雨没有坏心，是为了影君傲好。她还见到了嫣儿。一年多不见，变化最大的就属这个小家伙了，长高了很多，人也懂事了很多，见到她，小家伙可高兴了，不停地将自己好吃的、好玩的，都拿出来跟她献宝。看着嫣儿，蔚景想象着暖暖长大后，也定是会和嫣儿一般样子，心里就柔软得不行。

影君傲带着她散步，带着她游湖，倒是对她这一年多来的事绝口未问。她也不会提。因为心里挂念着家里的两个小家伙，又想着夜里的出逃计划，蔚景一直有些心不在焉。只觉得一天好长，好不容易才挨到天黑。用过晚膳，影君傲想带她去赏月的，她说逛了一天京城有些累，想先洗洗睡了。影君傲便也不强求，让晴雨安排一个婢女来伺候她。等婢女提着水桶进来的时候，她才发现竟然是兰竹。

主仆二人多日未见，一见面，两人都是很开心。兰竹也告诉她了，她之所以在啸影山庄，是因为当初凌澜怕她上锦弦的当，让她紧急回啸影山庄通知她，悬挂在城楼上的那个殷大夫的尸体是假的一事。蔚景就听着，没有说什么。这些已经过去了。跟现在的她没有关系，跟以后的她更不会有关系。

夜色笼罩下的行云山，两辆马车盘山而上，一直行到陵墓前的平地停住。车还未停稳，第一辆马车里的人就迫不及待地掀帘而出，跳了下来，身姿轻盈，白色的衣袍映着秋夜皎皎的月色，胸口一大片金色的龙纹闪着粼粼的光。车夫将马车赶至边上，他便站在原地，长身玉立，等后面的人。在高朗的帮助下，铃铛从后面那辆马车里出来。

"你说夜里来这里，可以找到皇后的行踪，行踪呢？"凌澜转身，看向在高朗的搀扶下缓缓走过来的铃铛，沉声开口。今日，这个女人说，她知道如何能找到蔚景，但，必须是夜里，来行云山。

铃铛来到他面前站定，静立了片刻，似是靠听觉辨了辨方位，然后伸手指了指陵墓的墓碑前面，"皇上过去看看，看看墓碑前面的地上有没有什么。"凌澜扭头看了一眼她所指的方向，抬步走了过去。除了黑土，还是黑土。正准备说什么都没有，骤然，一抹光亮入眼，他一怔，连忙弯腰去细看，却又没有了，他又换了个方位。果然，那抹光亮再度出现了，且很清晰。

原来是夜光粉。刚才他站在那里，方位不对，一时没看到。心中一喜，他转眸看向铃铛。

"你在她身上撒了夜光粉？"颤抖的声音难掩心底激动的情绪。

铃铛点了点头："是！"虽然她看不到，但是听到那些盗墓的男人喊她皇后，又说有鬼，她就猜想是她，所以，借前去感谢之机，她假意走得急，踢到石子，脚下一绊，摔跤。她知道，对方一定会扶她，就算摔倒前因为心中对她的芥蒂，蔚景不伸援手扶她，待她摔倒后爬不起来，蔚景还是会过来将她扶起来的。她都爬不起来了，不扶才说明不正常。不想被她识破她是蔚景，她就一定会过来扶。果然，扶了。于是，她借搀扶之机，将夜光粉撒到了蔚景的背上。只有那里是一个人自己的视线触及不到的地方。

"循着夜光粉的痕迹，应该能找到皇后娘娘，铃铛希望皇上如愿！"

凌澜怔了怔，又看向铃铛。此时的她依旧是早上那身破碎脏污的衣裙，头发也是蓬乱不堪，一双没有任何神采和倒影的眸子越发衬得一张脸苍白如纸，没有一丝生机。收了目光，凌澜没有说什么，便迫不及待地循着夜光粉的路线寻了起来。

床榻上，影君傲辗转反侧。又是不知过了多久，还是无一丝睡意，他终是忍不住翻身坐起，伸手撩了帐幔，侧首望了望窗外。天还没亮，漆黑一片。眉心微拢，他又不得不躺了下去。第一次觉得，夜是那样漫长。是因为某个女人吗？那个让他魂牵梦萦的女人。

就在他再度翻了一个身，准备披衣而起的时候，门口骤然传来敲门声。他一怔。这么晚了。会是她吗？

"谁？"

没有人回应。

他掀被下床，扯了中衣披在身上，也未顾得上捻亮烛火，直接拉开门。映入眼帘

第十七章　龙凤双子

的是一个男人的脸。装扮不是山庄的，想了想，此人他认识。与他曾经有过两次会面。一次，在行云山，一次是去年冬天，来啸影山庄接人。好像叫什么来着，高……朗。影君傲眸光微微一敛，自高朗脸上移开，探向回廊。回廊的廊柱边，一身白色龙衮的男人背对着他们负手而站。

凌澜。影君傲瞳孔再次一敛，只垂眸思忖了一瞬，便一边优雅地穿着身上的衣袍，一边走了过去："皇上真是好雅兴，每隔一段时间就会给本庄主制造一个惊喜。"在男人身后站定，影君傲轻轻笑言。帝王缓缓转过身，眼梢轻轻一掠，从影君傲出来的厢房门口掠过，再落在影君傲的脸上。

"蔚景呢？"帝王开门见山。影君傲眼睫微微一动，笑容不减："如果没有记错，这个问题，皇上已经问过本庄主很多遍，答案本庄主也已回答过很多遍。"

帝王面色微微一滞之后，同样轻轻笑开："影君傲，你就装吧。"

"装？"影君傲轻嗤，"本庄主有没有装，皇上不是应该很清楚吗？都说我啸影山庄戒备森严，可皇上就像是进自己家一样，想来就来，想几时出现就几时出现，想进禁地就进禁地，想怎样跟镇山兽玩就怎样跟镇山兽玩，皇上应该对我啸影山庄了如指掌啊，如何还要说本庄主装？"

帝王冷哼，转眸看向远处，沉默了片刻，忽然伸手一探，猛地抓住影君傲的衣领，往自己面前一拉。影君傲猝不及防，直接被帝王拽到了跟前。四目相对，距离极近。他清晰地看到了帝王眼中的沉暗和怒火。影君傲又笑了："怎么？皇上还要打架吗？跟上次一样，本庄主一定奉陪到……"他的话还未说完，帝王已经将他放开。

"走！"一字沉声落下，帝王已越过他的身边朝回廊外面走。影君傲怔了怔，以为他真要打："好！"他紧随其后。高朗看看两人，眉心一皱，也跟了过去。

的确如影君傲所讲，帝王就像走在自己的皇宫一样，轻车熟路，脚步极快，拐过回廊，穿过花径，直接来到一处小院。影君傲心头一惊，这里……一颗心徐徐加快，任他再镇定，还是不由得慌乱起来。他停住脚步："皇上带本庄主来这里做什么？"

"让你看看地上。"

地上？影君傲一怔，疑惑垂眸。点点荧光入眼，他心头一撞。夜光粉。目光前移，荧光也一直朝前展延开来，在暗夜里，形成了一条长长的泛着光的银线。银线的尽头一直通到一间厢房的门口。那间厢房！影君傲脸色一变。瞬间有千百个念头同时从脑子里一闪而过，他猛地意识过来什么，忽然疾步越过帝王的身边，径直走到那间厢房门前，推门而入。月光随着洞开的房门涌入，虽然屋内没有掌灯，可视线却还清明。

桌案上一片银光，只是一件衣袍。床榻上没有人！果然，果然不在！他就是看凌澜的反应，才觉得她应该已经不在了。不然，凌澜见到他的第一句话，就不应该是问他"蔚景呢？"既然有银光粉，说明凌澜本就是有备而来，而且，现在又轻车熟路将他带过来，说明他们在这之前已经来过，定是没有找到蔚景的人，才会去他的厢房找他。

影君傲说不出来心里的感觉，不知是该庆幸，还是该失落。庆幸凌澜找过来，她已离开，失落她就这样走了，下次再见又是何时？又一年后吗？或者几年？

帝王走了进来："她人呢？"

"已经走了。"影君傲声音略显恍惚，走到桌案边，捻亮烛火，屋里瞬间一亮。望着空空的厢房，影君傲忽然觉得，如果不是她的一件衣裙在，他真的以为今日的相遇只是他的幻梦一场。

"将人交出来！"帝王沉声而语，凤眸映着跳动的烛火，就像是淬了冰。

"你没长眼睛吗？"影君傲看也未看他，似乎还沉浸在自己的情绪之中。

"影君傲，枉朕以前还觉得你是一个光明磊落之人！朕每次来啸影山庄寻她，你都说不在，就连今日，你也同样说她不在，可是，铁的事实就摆在面前，你却又说她已经走了，你让朕如何相信你？你想跟她在一起的心情，朕理解，是个男人就站出来，难道你要将她藏一辈子吗？"

"我都已经说了，她走了，你没看到吗？"不知是不是被帝王的一席话刺激到了，影君傲骤然嘶吼出声，眸中染上猩红，他转眸盯着帝王，咬牙，一字一顿，"她已经走了，被你逼走了，被你逼走了，你知不知道？"

帝王身子微微一晃。

"男人？"影君傲轻哂，骤然笑容一敛，逼向帝王，"你还有资格跟我说男人？是个男人会逼着自己的女人寻死吗？是个男人会让自己的女人无家可归吗？是个男人会让自己的女人颠沛流离吗？她已没有家，没有亲人，没有朋友，天地之大，她容身之处都没有，她一无所有，为何，为何你还要逼她？你为何要如此逼她？"影君傲骤然抬手抄起帝王的衣领，如同方才帝王抄起他时一样，他摇晃着帝王，咆哮出声，"你是不是非要逼得她死，你才肯善罢甘休？"

帝王没有挣脱，也没有还手，就任由着他拽着、摇晃着，痛苦的神色纠结在眸中。许是摇累了，影君傲脚下一晃，将他放开，垂眸苦笑，声音也随之黯然了下去："不管你信是不信，她是今日才来的啸影山庄，在这之前，我也没见过，我甚至都没来得及问她这一年哪里去了，跟什么人在一起，过着什么样的生活，你就来了，神通广大的你就追来了。你觉得她为何走？为何离开？就是知道你会来。"目光落在桌案上的那身衣裙上，影君傲轻轻摇头，"她不想见你，她不想见你，难道你不知道吗？"

"是！我是想跟她在一起！"影君傲点头，"可是我更想给她平静的生活，我只想她好好的，不用再颠沛流离，不用再东躲西藏，她只是一个女人，一个普通的女人，为何你连这一点都要剥夺掉？"

帝王沉痛垂眸，长睫遮住眸中所有情绪，保持着那个姿势很久，始终未发一言。许久以后，才听到他哑声道："我只是想见她一面。"话音落下，帝王已经抬了步子，缓缓往外走。高朗不知他要去哪里，又不敢问，只得跟在后面，可刚走两步，前面的帝

第十七章 龙凤双子

王骤然脚步一停，猝不及防的他差点撞到了帝王身上。

"皇上……"他还来不及道歉，帝王已经转身越过他身边往回走，径直回了厢房，片刻之后又出来，手中已经多了一件衣裙，衣裙的背心上一大片还闪闪发光。"回宫！"经过他身边的时候，帝王清冷的声音传来。

回宫？高朗一震，有些难以相信，也有些不明所以。这就这样回宫？来的时候，那般急迫的样子，顺流直下还不行，还弄了两根竹竿，让他也帮着一起撑，要加快竹筏的速度，恨不得能飞起来。虽然还是晚了一步，可已经得知那个女人的行踪，不是吗？应该跑不远。现在不应该是去追吗？怎么就回宫？而且，上次那女人不在啸影山庄，这两个男人还大打出手，这一次，在了，至少曾经在了，两人却什么事都没有发生。他不懂。就像他不懂，刚刚来的时候，他们顺着缠云谷里的夜光粉，一路寻到这里的厢房，这个帝王欣喜地跟他说："高朗，她真的在！"

那一刻，他看到他的眼里闪着激动兴奋的光，可来到厢房的门口时，他却停下了，还返身退到了几步开外，说："高朗，你来！"

所以，是他敲的门，见没人反应，也是他破门而入，然后，帝王才进的房间。后来，去影君傲那里的时候也是这样，帝王也是让他敲门，而自己则是背对着门口而站，似乎怕看到什么似的。在他的记忆中，这个男人从未怕过什么。怕见那个女人吗？明明那般朝思暮想，而且今夜就是为她而来。怕影君傲吗？那更加是不可能！所以，他不懂！敛了心神抬头，才发现帝王已经走得老远。

此时已有晨曦微绽，东方露出些鱼肚白，蔼蔼沉沉的光曦中，男人投在身后的影子，茕茕孑立，孤单凄凉。

"哟，还有酒啊，我都十几年没有闻见酒味儿了。"妇人抱着暖暖，从屋里走出来，屋外的桃花树下，蔚景正在摆着石桌上的酒菜。

"我买的是'清浅酒'，酒味很淡，专门给女人喝的，"蔚景抬头，粲然一笑，又补了一句，"千杯不醉。"妇人怔了怔，一边逗弄着怀里的暖暖，一边道："不说倒好，一说，这心里啊，忽然有些怀念醉酒的感觉了。"

"那下次出门，我买两坛杏花酿回来，让婆婆大醉一场。"

"好啊，到时我们一醉双休！"妇人喜笑颜开，说完，又蓦地想起什么，"我们一醉双休了，谁来带这两个小家伙？"

蔚景笑："让他们自己玩去。"

"好！"

暖暖啃着自己的小手指，见两人你一言我一语，说得起劲，还笑容满面，还以为是在逗自己，也"咯咯咯"地笑起来。

"小家伙竟然还笑呢，我们真醉了，有你哭的。"妇人宠溺地捏捏暖暖的小鼻子，换来小家伙更欢快的笑声。

不一会儿，石桌上红红绿绿就摆了满满一席。见蔚景将芙蓉糕摆在盘子里，妇人又低低一叹："昨日我还担心呢，你那么久不回来，还以为出了什么事呢？早知道吴记要排那么久的队，我就不让你买了。"

蔚景眸光微闪，笑道："没事，难得出门一趟不是。"

昨夜她趁夜深人静准备捻灭烛火开溜，无意间在黑暗中就发现了地上的光亮，继而才发现自己衣袍的背上被人涂抹了夜光粉，换了身衣袍，她才得以脱身。回来之后，她自是不敢跟婆婆道实情，只得说，在吴记排队，第一天没排到，第二天又去排。

"好了，将那个一人玩得不亦乐乎的家伙抱过来吧，今日他们两个可是角儿，我们都是陪衬。"

前院的桃花树荫下，末末躺在摇篮里，伸着藕节一般的小手臂，一直想要抓摇篮上方的一株桃花。可哪里够得着？蔚景就站在边上看着，看他怎么办。

才一百天的孩子能怎么办？又不会坐，又不会爬，又不会起身，自是只有干着急的份儿。只是那小家伙，好像也看不出来有多着急，不哭不闹，耐心倒是挺好的，一直举着小胳膊，抓着，似乎下一瞬就能抓到一般。蔚景想，要是换作暖暖，早已哭开了，直接指着要。终于看不下去了，小胳膊举着不酸，她还心疼呢。低低一叹走过去，弯腰将他从摇篮里抱起来，凑到那株桃花的前面，末末伸手去抓，她又恐枝杈太硬，弄伤他稚嫩的手指，便干脆将桃花折下来给他。

似乎终于得偿所愿，小家伙也开心地笑起来。他一笑，蔚景只觉得整片天都亮了："走咯，给末末和妹妹过百日去咯！"蔚景抱着末末，笑着转身，就猛地看到桃花树下那人。如昨日在缠云谷站在树下一般无二，只是，今日隔得近，且正对着光线，所以，她清楚地看到了他眼里的震惊和伤痛。

"影君傲……"她同样震惊。他怎么会出现在这里？明明她已经将有夜光粉的衣袍脱掉了不是吗？明明昨夜她回谷的时候，再三确认了没有人跟踪不是吗？他又是怎样进来的？他是几时进来的？

一颗心从未有过的狂乱。她看着影君傲，影君傲看着她怀里的孩子，一时间两相无语。一直到末末举着手里的桃花蹭着她的脸，她才回过神来，影君傲也同时将目光从末末身上移开，转向她。许是看到了她的震惊和慌乱，影君傲微微一笑，开口道："放心，除了我，没有人知道。"别人也不可能知道。若不是他笃定她住在缠云谷里，若不是他找遍了缠云谷的每一寸地方，若不是他擅入了他父亲说严禁进入的禁地，镇山兽的山洞，他一辈子也不会知道，在他的啸影山庄，在他的缠云谷里竟是别有洞天。竟然有这样一个四季如春的谷中岛，而他朝思暮想、牵肠挂肚的女人竟然在这个岛上生活了一年多，还生下了别的男人的孩子。

第十七章 龙凤双子

"怎么了，小九？菜都凉了，你跟少爷在这前院磨蹭什……"婆婆风风火火的声音戛然而止，蔚景脑子里一嗡，回头，就看到妇人抱着暖暖僵硬地站在不远处，露在素帕外面的一双眸子震惊地看着影君傲，一眨不眨。蔚景闭了闭眼，不知该如何解释："婆婆……"

"君傲？"妇人忽然开口。

"你爹已经过世了？"桃花林里，妇人眸色震惊地看向影君傲。影君傲黯然地点了点头："嗯，已经走了三年多了。"

妇人身子一晃，整个人就像是瞬间被抽走了生气，顿时矮了一大截，她难以置信地摇头，嘴里喃喃说着："大哥走了，大哥怎么就走了……"末了，又似想起什么，抬头看向君傲，"他是怎么走的？"

"身染重疾。"

"重疾？"妇人皱眉，"啸影山庄掌管着天下百分之八十的药业，什么样的珍稀药材没有，怎么就……"

"是啊，"影君傲低低一叹，微微眯了眸子，看着身前的一株桃花，其声恍惚，"有时候真的觉得生命是如此脆弱，就算有药又如何，就算自己会医又如何，在生死面前，终是无力反抗。"

"想来你哥嫂的事也给你爹很大的打击，这世上最痛莫过白发人送黑发人，"似是勾起伤心往事，妇人垂眸，掩去眸中沉痛，片刻之后，才抬眸看向他，眼眶泛红，微微一笑道，"幸亏你已长大成人，不然，这么大的家业，都没人来撑。"

见她如此难过的样子，影君傲不想再继续这么沉重地说下去，遂换了个话头："姑姑你知道吗？我爹告诉我这里是禁地，任何人不得擅闯，我做梦也没有想到，会在这里遇到姑姑，我还一直以为姑姑远嫁了呢，方才，我都差点认不出姑姑。"

妇人落寞地笑笑，"我最后一次见你，你才只有几岁，认不出姑姑也很正常。"

"姑姑为何会住在这里？"

"此事说来话长，不提也罢。"妇人眉眼低敛，显然不愿意多说。

虽心中有太多疑惑，可见她如此，影君傲也不强求，抬起头，透过枝杈繁花，看向远处院中正开心逗弄怀中婴童的女子："蔚景怎么会跟姑姑住在一起？"

妇人浑身一震："她姓蔚？"

不料她会有这么大的反应，影君傲敛眉："姑姑不知道？"妇人眸光微闪，笑着摇了摇头："不知道，她告诉我，她叫小九，我也没有多问。"

"哦，那就叫她小九吧，既然她不想别人知道，我们就也不要提。"影君傲忽然想，自己是不是多言了。

"好！姑姑明白，"妇人笑笑，忽然想起什么，"对了，你都说了，你爹跟你说这里是禁地，你却为了小九贸然闯入，莫非你就是那两个小家伙的爹？"妇人笑睨着影君傲。影君傲面色一僵，垂眸，苦涩地弯了弯唇："我哪有那么好的福气？"

"不是你？"妇人敛了唇角笑容，"那孩子的爹是谁？"

影君傲抬眸笑笑："不知道。"

添了一副碗筷，影君傲就加入了两个小家伙的百日宴。蔚景做梦也没有想到，婆婆是影君傲的姑姑。其实想想也是，不然，婆婆怎么会住在啸影山庄的缠云谷里？自是跟啸影山庄有关系的人。

也不知是不是骤然添加一人的缘故，气氛有些诡异。影君傲很沉默，吃得也少。蔚景同样很沉默，一直低垂着眉眼吃饭。所幸有婆婆跟暖暖，两人一个没话找话，一个活泼爱笑，才减少了一些尴尬。而且暖暖一点都不认生，似乎还很喜欢影君傲的样子，一直拉扯影君傲的袖子，后来又看上影君傲衣襟上绣的白木兰，非要抠下来，抠不下来，又哇哇直哭，怎么哄劝都没用。影君傲将她抱在怀里，拿衣襟让她玩，还是没用，还是非要抠。无奈，影君傲直接将那一截衣襟撕下来给她，她才破涕而笑，乐不可支。

因为暖暖的这一闹，气氛倒是缓和了不少，而且暖暖还赖上君傲了，非要他抱。一顿饭用了很久。饭后，婆婆收拾，蔚景跟君傲一人抱一个孩子坐在桃花林里。偶尔一阵微风吹过，枝摇花动，粉红色的花瓣纷纷扬扬。君傲望着那落红满天，轻轻扬起唇角："真没想到啸影山庄有如此世外桃源。"

蔚景笑笑："是啊，我也没有想到。"

"喜欢这里吗？"影君傲忽然转过脸看向她。

"喜欢！"蔚景不假思索，口气笃定。她是真的喜欢。并不仅仅因为这里四季如春，景色瑰丽，最重要的远离纷扰、岁月静好。她要这份平安宁静。

"那就一直住在这里吧，没有人会找到这里来。"影君傲的声音如低醇的美酒一般流泻，蔚景转眸朝他看过去，只见他黑眸映着光曦，里面桃花翻飞。蔚景心口微微一颤，别过眼，打趣道："什么叫没有人会找到这里？你不是人啊？你不是就找到这里了吗？"

"我不一样，我是这里的主人。"

"主人？"蔚景瘪嘴，嗔道，"主人会都不知道自己有这么一块地盘？主人会要机关算尽才能找到这里？"

睨着蔚景娇嗔可爱的模样，影君傲只觉得心里的阴霾瞬间被带走了不少，心情也跟着好了起来："喂，东西可以乱吃，话可不能乱讲，什么叫机关算尽？"

"切！"蔚景轻嗤，斜了他一眼，再次瘪嘴，"我身上的夜光粉不是你撒的吗？"

影君傲一怔："我几时撒的？"

"就是我刚下竹筏，在缠云谷碰到你的时候，你走过来抱我，那时撒在我背上的。"

第十七章 龙凤双子

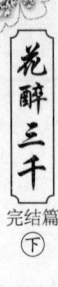

刚开始，她以为是在厢房里的时候，影君傲突然来造访，然后又突然拍她的肩，那时撒的。后来，她回到缠云谷，发现缠云谷的路上也有。那就是说她在缠云谷的时候，身上就有，因为大白天的看不到，所以，也没有人发现。见影君傲没吭声，蔚景又问，"怎么？难道不是你？"

"君子坦荡荡，当然……是我！"

蔚景见他"当然"二字之后顿了半天，还以为他要说"当然不是"，结果竟然还是冒出一个"是我"，蔚景就禁不住再次嗤笑："还君子坦荡荡呢？做这样的手脚还坦荡荡？昨夜我还想，幸亏自己发现及时呢，赶紧将衣服给换了，谁知道你又用了什么其他的方法，所以才找到这里的。"蔚景一边瘪嘴，一边拿眼斜他。影君傲眸光微闪，但笑未语。

夜深沉。湘潭敲门而入的时候，帝王正坐在灯下，手里握着一件白色的衣裙，低垂着眉目，不知是在看衣裙上的什么，还是在想什么。微微愣了愣，湘潭躬身走近："皇上，叶炫有急事求见。"

帝王好一会儿才缓缓抬起头："谁？"

"叶炫。"

帝王眼波一动，有些意外。为了鹜颜，他私下里派人找过叶炫，可叶炫就像是在这个世上消失了一般。怎么又突然冒出来了？还深更半夜急着求见。微微敛眸，他问向湘潭："可有说何事？"湘潭摇了摇头："没有，守卫只是说，好像跟公主有关。"

鹜颜？

"宣他进来！"

看到叶炫的第一眼，凌澜几乎都没有认出他。这是自夺宫那日之后，第一次见他。想想，也不过才一年多的光景，好好的一个人怎么消瘦成这个样子？叶炫跌跌撞撞进来，甚至还来不及行礼，就嘶声道："鹜颜不见了。"

凌澜一时有些蒙。什么叫鹜颜不见了？白日两人还见过面呢。

叶炫上前，将手中的一封信笺交给凌澜。凌澜疑惑打开，白纸黑字入眼。的确是鹜颜的笔迹。

叶炫，当你看到这封信的时候，我已经离开了，不要找我，你也找不到我。也不要去找凌澜，凌澜那边我会让弄儿去通知他，你走吧，去一个没人认识的地方，重新生活。

"什么意思？"凌澜举着手中的信，微微眯了眯眸子，看向叶炫。

叶炫只得语无伦次地将自己如何被锦弦下了"情亡"的毒，鹜颜如何找到他，如何将他带回家，关在书房的密室里，这一年中每月的初一十五又是如何替他解毒的讲了一遍。

凌澜难以置信地听着这一切。若不是说话之人是叶炫，他真的怀疑这一切不是真的。若不是他是医者，知道江湖有"情亡"，也听说过这种解毒方法，他真的怎么也不相信，会有这么荒唐的事情发生。情亡，情亡，情亡，人亡。一方救了对方，一方必死。鹜颜竟然在他的眼皮底下，花了一年的时间来做这一件事情。难怪，她脸色难看；难怪，她时常晕眩；难怪，她日渐消瘦；难怪，她不要探脉。

终究是他大意了。她让他不要问，不要管，不要逼她，他就真的没问，没管，没逼她。那样刀剑不入的一个女人，那样铁血冷情的一个女人，那样好强隐忍的一个女人，竟用一年的时间来用这种屈辱的方式，去给一个男人解毒。

锦弦真狠。这哪里是光要鹜颜的命。这分明是要她死之前，还要她的自尊，还要折辱于她。初一，十五。每夜有多痛，或许只有她知道。而她白日里依旧面色如常，依旧百艰不摧，甚至还要帮他收拾各种烂摊子，想尽办法缓解他心里的痛。而她自己心里的伤呢？没人看得到。

"三姐……"五指一收，将信笺紧紧攥进手心，凌澜只觉得一颗心痛到颤抖。叶炫还在那里猩红着眸子，浑浑噩噩、语无伦次地说着："我的穴位自动解了，我就出来了，鹜颜已经走了，我问弄儿，弄儿说，鹜颜交代过，必须等我离开了，她才能进宫给你禀报……"

凌澜却再也听不下去了："够了！"一声厉吼，他一拳重重砸在面前的桌案上，"哐当"一声巨响，梨木制的桌案瞬间四分五裂，桌案上的东西"哗啦啦"散了一地。叶炫噤了声，外面湘潭闻声进来，以为发生了何事，见屋里狼藉一片，吓坏了。凌澜疾步上前，一把抄起叶炫的衣领，凤眸中腾起来的血色仿佛下一瞬就要滴出来。手在抖，唇在抖，他咬牙切齿，一字一顿，声音从牙缝里进出来："叶炫，是你害死了鹜颜，是你的愚忠害死了鹜颜，你为何来找朕？你应该去找锦弦啊，你去找你的主子，告诉你的主子，他得逞了，他如愿以偿了！"

叶炫同样在抖，浑身在抖，痛苦的神色纠在眸子里。凌澜死死盯着他，恨不得将他生吞活剥了一般，片刻之后，又扬手大力一甩，将他甩得老远。叶炫的身子斜斜飞出，重重跌倒在地上。

"若不是为了鹜颜，若不是怕鹜颜伤心，今日，朕定杀了你！"就连最后，鹜颜都在替这个男人操心，让弄儿等他走了，再过来跟他禀报，不就是怕他为难这个男人。三姐，不值啊！你曾说我痴傻，你比我痴傻百倍！

"来人！"凌澜厉吼。湘潭连忙上前。

"速去通知隐卫，朕要出宫找人！"湘潭还未来得及回诺，只见眼前白衣如雪动，男人已经快步出了内殿的门，她正欲跟过去，男人又忽然顿住脚步，回头，"还坐在那里做什么？你去找你的主子啊，告诉他，朕出宫了，生擒朕也好，暗杀朕也罢，莫要错失了良机！"男人沉声说完，抬步离开。

第十七章　龙凤双子

湘潭怔了怔，看向叶炫。叶炫痛苦地垂下眉眼。

时间过得真快，秋去春来，又是一年光景过。末末跟暖暖已经学会了走路，也会咿咿呀呀说些简单的话语。蔚景的武功也是大有进步，轻功精湛、剑法娴熟。影君傲时常会进来，给她们带很多东西，吃的、用的、穿的，两个小家伙玩的，应有尽有。说百日那天没有准备礼物，影君傲还特意给两个小家伙一人送了一块玉佩。暖暖非常黏影君傲，有时缠着影君傲，不让他回庄，偶尔，征得蔚景同意，他会将暖暖带回庄去跟嫣儿玩，庄里的人见小家伙戴着影家的玉佩，便也从不多问。

蔚景偶尔还是会出谷去外面，虽说有了影君傲，基本什么都不缺，可是，毕竟他是个大男人，有些女人的东西，还是得她们自己买。

世上总有不平事，而她有了武功，遇到不平，更是不会坐视不管。一年内，她救过被恶霸欺辱的妇女，救过被乡绅欺压的百姓，救过被奸商拐卖的孩童，还救过被帮派追杀的绿林。

这一年，"鬼娘"在江湖上名声大噪，却从无一人见过"鬼娘"真正容貌。

十月初十，啸影山庄一百五十年大典。宴请各分庄舵主、各商各行老板，以及天下豪杰，排场大得惊人。

当天，啸影山庄被布置得一派隆重，所见之处，也是人山人海。凌澜一身白色华袍，沉静走在人群之中，忽然，袍角一重，似是被什么拖住。他一怔，回头，就看到了一只胖乎乎的小手。是一个小女孩，一岁多的样子，粉雕玉琢的模样，一手抓着他的袍角，一手提着一只孩童玩耍的小灯笼。小家伙并没有抬头看他，只歪着小脑袋，低垂着眉眼看他袍襟上金线绣的蜜蜂花间采蜜图。

凌澜抬头望了望左右，并未看到其大人，正欲开口问小家伙，却惊愕地发现，小家伙竟然已堂而皇之地用手中的灯笼点着了他的袍子。上好的云锦一点就着，凌澜脸色一变，连忙伸手去打火，而小家伙丢了手中灯笼，一边欢快地拍手，一边"咯咯咯"地笑。所幸火很快就被打灭，只是不染纤尘的白色袍角已被烧去了一大块，所燃之处还卷着黑黑黄黄的焦边，煞是惹眼，也煞是……难看。

凌澜皱眉，目光从狼藉不堪的衣摆上移开，看向罪魁祸首，正欲开口，就看到另一个小身影气喘吁吁地跑了过来："暖暖，暖暖，你怎么不等姐姐就跑了呢？"也是一个小女孩，七八岁的模样。

这个凌澜认识，是影君傲的侄女，好像叫什么嫣儿来着。那个叫暖暖的小祸头子，看到嫣儿来了，就迫不及待地伸出细细短短的小手指指着凌澜被烧的袍角炫耀给嫣儿看，小嘴口齿不清地说着："大黄蜂……烧……"

凌澜脸色更加难看。

嫣儿毕竟年长几岁，看看凌澜的袍角，又看看地上歪倒的小灯笼，再看看凌澜的脸色，心知大事不好，小脸一皱："完了，暖暖，你闯祸了。"

正不知所措，就蓦地听到一声低沉的声音自身后传了过来："嫣儿，你怎么将暖暖带出来了？"

是小叔叔。嫣儿面上一喜，转过头。影君傲风风火火地疾步前来，满眸着急，一门心思扑在暖暖身上，便也没有看到其他人，在将暖暖抱在怀里直起腰身的那一刻，堪堪一个抬眸，这才发现长身玉立在边上沉脸看着这一切的男人。

凌澜。影君傲瞳孔一缩，不知是小家伙太重，还是他抱着起得太急，竟是脚下一晃，险些栽倒，歪出一步，才稳住："皇……"因啸影山庄素来跟朝廷没有来往，所以就算是这种盛事，也不会请朝中之人，更何况帝王。

凌澜扬手止了他："我今日只是以一介普通朋友身份前来体察民情而已，请庄主莫要在意。"影君傲略僵的面色很快恢复如常，弯唇浅笑，抱着暖暖略一颔首："凌公子能来，我啸影山庄蓬荜生辉。"

凌澜没有多言，只是同样回之以浅笑，看到他怀里的小家伙一双小手扒在他的肩头，甚是亲昵的模样，不禁又开口问道："她是……"

影君傲眸光一敛，还未及回答，边上的嫣儿已经嚷开了："小叔叔，暖暖烧了这位叔叔的衣服。"影君傲看向凌澜的袍角，目光触及那一片焦黑，脸色一变，而罪魁祸首却浑然不觉有什么，趴在他的肩头，小脑袋歪枕在他的颈上，依旧一副喜笑颜开的模样："烧……大黄蜂……"

影君傲哭笑不得。原来是将凌澜衣边上金线绣的花间蜜蜂当成了大黄蜂："实在抱歉，孩子不懂事，许是见她奶奶平素拿火驱烧树上的马蜂窝，有样学样，所以将凌公子衣边上的蜜蜂当成了马蜂来烧。"

凌澜更是哭笑不得，心里虽是不痛快，可看到小家伙眉眼弯弯、天真可爱的模样，又莫名觉得心中柔软。特别是那一双乌黑晶亮的眸子，笑起来就像是天边的新月一般，隐隐透着一丝……熟悉感。心头一跳，他又再次问了刚才的问题："她是庄主的……"

嫣儿再次稚声稚气地将话抢了过去："她是嫣儿的妹妹。"凌澜怔了怔，嫣儿无父无母，他自是早已知道。又岂会冒出一个妹妹？遂弯唇一笑："哦，多大了？"

"这个……"嫣儿小脸一皱，这个她还真不知道。

"一岁大三个月。"影君傲含笑答道，话落，见正好有两个家丁路过，连忙招手喊了两人，"将这位凌公子带去换身衣服。"

宾客络绎不绝。君傲抱着暖暖走得极快，不时迎面碰到熟识的人，也只是简单地点头招呼。嫣儿跟在后面跑得气喘吁吁："小叔叔，等等嫣儿，小叔叔走太快了，嫣儿跟不上。"影君傲脚步不停，回头道："你先回去，小叔叔有点事情要忙，莫要跟着小

第十七章 龙凤双子

叔叔。"

嫣儿便停了下来。影君傲继续向前。他得将暖暖送回去，今日人多眼杂，难保不会出事。看看刚才凌澜那个样子，他心里很是忐忑。凌澜有没有怀疑什么，他不知道。他只知道，凌澜不是一个多事之人，也不是一个多话之人，却在暖暖的问题上，明显问得有点多了。他不得不在孩子的大小上，故意回小了两个月，将本已一岁零五个月的暖暖说成一岁三个月。所幸两个小家伙是双生子，生下来本就要小一些，又加上是女孩子，更显秀气，所以，说小一两个月也看不出来。

正暗自庆幸，一抹大红身影暮地拦在了身前："君傲。"影君傲抬头，就看到影无尘眉眼弯弯，笑得妖孽绝艳的脸。没个正形，影君傲皱眉："你都忙什么去了，庄里办那么大的事儿，你怎么才来？"影无尘更是笑得桃花乱飞，伸出手臂搭在他的肩上，俊眉邪魅一挑道："可是想我了？"君傲一阵恶寒，瞥了他一眼："有没有正经？还不快去招呼客人。"

影无尘瘪嘴，嗔道："反正有聪明能干，一人抵百人的晴雨大管家，还怕怠慢了客人。"末了，似乎才发现他怀里的小家伙，"哟，这是谁家的娃儿，我们影大庄主咋抱得那样顺手？"含笑的目光在触及小家伙胸口的玉佩时，更是微微一敛。

"废话那么多，让你去招呼客人，你就快去！"影君傲冷了他一眼，见他未动，又沉着脸补了一句，"还不去？"无尘老大不情愿地"哦"了一声，这才长袖一甩，往庄里面走。走了一会儿，又顿住脚步，回头，看向影君傲抱着孩子的背影，略略怔忡。

第十八章　谁的孩子

烛火摇曳，妇人轻轻摇晃着身前的摇篮，静静看着摇篮里的末末。小家伙眼睛一眨一眨，似是瞌睡已经来了。长期以来，她带暖暖极多，这个小家伙都是小九带，或许是因为这个家伙性子太沉静了，所以她基本也没怎么用心在他的身上。今日细细一看，粉雕玉琢的小模样还真是越长越俊俏。虽然五官还未完全长开，可是那眉，那眼，那小嘴唇边微微上翘的模样。她心头猛地一撞，竟是像极了一个人。

不，不会。怎么可能？心跳狂乱中，她轻凝了眸光，再仔细地端详。不知是不是心理作用，以前她从未觉得，此刻却怎么看怎么觉得像，而且越看越像，眼前小家伙的模样，一遍又一遍地和记忆深处的那个小模样，重叠再重叠。一个猜测盘亘在脑中，她脸色大变，忽然觉得有什么东西将自己裹得死紧，呼吸都呼吸不过来。她难以置信地扭头，看向坐在灯下正穿针引线，做着小衣服的女子。女子低垂着眉眼，一脸的专注，也一脸的满足。

"小九。"她忽然开口。女子闻声抬头，朝她看过来。她却又不知道该说什么。

许是见她脸色不对，女子将手中的针线活放下，起身站起，走了过来："怎么了，婆婆，是不是不舒服？"妇人眸光微闪，摇摇头："没有，只是觉得你很不容易，一个女人带两个孩子，孩子的爹呢？"

蔚景脚步一滞，没有回答，侧首看了看窗外暗沉的夜色，她转眸朝妇人弯了弯唇道："怎么是我一个人呢？还有婆婆不是吗？"见妇人动了动唇瓣，似是还要说什么，她又接着道，"婆婆，天色不早了，我跟君傲约好了大概这个时辰在缠云谷接暖暖，我先去了。"

妇人有些失望，却也不勉强，微微一笑道："去吧，路上小心点。"

此时的啸影山庄一片热闹非凡。灯火通明，彩绸漫天，空气中飘荡着茶香酒香瓜香果香，醉人芬芳。临时搭建的戏台子上，专门请来的京师最有名的青衣花旦们，正咿咿呀呀唱得悠扬婉转。台下软椅摆满，座无虚席，喝彩声不断。乌泱乌泱，人海一片。凌澜一身墨袍沉静坐于其间，淡淡饮茶，凤眸目光淡淡掠过台上之人，又淡淡掠过台下观看的众人。

忽然，一道熟悉的身影蓦地撞入眼帘。他瞳孔一敛，有些难以相信。目光牢牢锁定那抹身影，再看。像鹭颜，又不像。见那抹身影正从人群中缓缓挤出，他也放下手中杯盏，起身站起。

一出了岛，进入缠云谷，蔚景就感觉到了凉意。所幸她知道，此时外面已是深秋，从春天走出来的她随手带了件披风。抖开披风拢在身上，她抬头望了望天。初十的夜，竟是一颗星子都没有，天色黑沉沉的一片。看样子，明天怕是要下雨。虽然夜黑，可缠云谷她熟悉，闭着眼睛都没事，所以也不怕没光。正步伐轻盈地走在凄迷夜色下，却蓦地看到前面有个黑影，起先她以为是影君傲，后马上发现不对。看身形，应该是个女人。

她一惊，连忙闪身躲到一个大石的后面。身子紧紧贴着大石，她屏住呼吸，女人从大石前面走过。虽然没有月色，虽然很黑，但是，当女人熟悉的侧脸撞入她的眸底，她还是一眼就认出了对方。

鹭颜！眸光一敛。她来缠云谷做什么？

黑暗中，她看到鹭颜弯下腰，一边往前走，一边在地上找着什么。直到她看到她拔起一棵草，凑近仔细看，似乎发现不是，丢掉，又继续弯腰找的时候，她陡然明白了过来她在找什么。她在找缠云草。缠云草算是奇药，本身单独用，可去疤痕，跟一些其他的药配合用，又会产生很多其他的功效。今日是啸影山庄的一百五十年大典，参加之人众多，鱼龙混杂，算是良机。

蔚景隐在大石的后面，也不知自己心里怎么想的，竟有一些担心起鹭颜来。只希望她能快点找到，在影君傲来之前，在惊动镇山兽之前。

可偏偏天不遂人愿。在她一直关注着鹭颜那边的时候，身后传来了脚步声。她一骇，连忙回身望去。夜色中看不清楚，可那身形，那墨袍，她认识，不是影君傲又是谁？她一惊，连忙远远地朝对方做了一个噤声的姿势。对方蓦地顿住了脚步。她一喜，看来发现她了，她又赶紧再次做了一遍噤声的姿势。然后，又扭回头来，继续盯着鹭颜，她就怕一个没注意，镇山兽突然冲了出来。一直盯着，若真发生紧急情况，她还可以制止下来。

身后的脚步声逼近，听得出已经刻意放轻了，且来人也未出声，蔚景没有回头，她知道，影君傲已经明白她的用意。前方谷中，鹭颜还在埋头寻找。

脚步声一直来到蔚景的边上，蔚景依旧目不转睛地看着鹭颜，反手拉了身边男人的手臂，示意他蹲下，不要杵那么高。对方会意，倾下身子，紧挨着她旁边，和她一样贴在了巨石上。

那厢鹭颜似是终于找到了缠云草。蔚景心中一喜，猛地感觉到边上男人身形一动，似是要说话，她一急，连忙伸手捂住对方的嘴巴。刚想扭头告诉男人不要说话，却猛然听到一声惊天动地的长啸。

110

啊！镇山兽。蔚景一惊，一边紧紧盯着鹜颜那边，一边急急低声吩咐边上的男人："快，我不方便出面，你快制止镇山兽。"意识到男人没有反应，她才想起来自己的手还捂在男人嘴上，连忙松了手。那厢镇山兽已经出现了，而显然，鹜颜也被吓到了，正戒备地后退。

依旧没有听到身边男人吹口哨，她皱眉，不悦道："你怎么……"一个转眸，男人熟悉的容颜入眼，她浑身一震，话，戛然止住。

竟是……凌澜。怎么会？她做梦也没有想到是他。若不是那眼神她再熟悉不过，她真的会以为是影君傲戴着凌澜的面皮来逗她。

"怎么是你？"冷冷开口的同时，她就像避瘟疫一般戒备地后退了几步，跟他拉开了距离。男人深深地看着她，一抹沉痛掠过眸底，没有吭声，只沉默地脚尖一点，飞身而起，在镇山兽攻向鹜颜之前，落在了鹜颜的前面，因身上没有兵器，只得抬臂挡了镇山兽一掌。鹜颜见到他骤然出现，很是意外，惊呼："凌澜。"还未来得及去看他手臂的伤，被激怒的镇山兽再次张牙舞爪地扑了上来。

"小心！"鹜颜大骇。骤然，一声嘹亮的口哨声划破夜的苍茫，也划过两人的耳畔。清清润润，悠悠转转。凌澜跟鹜颜皆是一震。凶恶的镇山兽就像是听到了某种召唤一般，瞬间温顺了下来。

将手自唇边拿开，蔚景自大石后轻盈飞出。长长的披风被夜风鼓起，墨发飞舞，就像是一只展翅翱翔在暗夜里的蝶。在凌澜和鹜颜的面前，她翩然落下，又在姐弟两人错愕的目光中，伸手轻轻抚摸镇山兽的头，并附在镇山兽的耳边低声说了句什么，镇山兽便乖乖地转身，撒腿跑进夜色中。

"你们走吧，趁还没有人发现之前。"蔚景看也不看两人，只望着镇山兽离开的方向，冷冷地开口，夜风吹得她的披风猎猎作响，决绝跌宕。

望着她孑然自立的身影，凌澜沉闷出声："啸影山庄的镇山兽为何会听你的？"

鹜颜也望着蔚景的背影，心里震惊的不仅仅是她竟然能驯服镇山兽，还有她的出现，她的轻功以及她的出手相救。

"镇山兽为何会听我的，这跟你有关系吗？"静默了好一会儿之后，蔚景才缓缓转过身，平静地看着凌澜。

"你是我的妻子，你说有没有关系？"凤眸深邃的目光一眨不眨落在蔚景的脸上，凌澜咬紧了牙关，却依旧没有控制住声音的薄颤。蔚景却也毫不畏惧，直直迎上他的目光，唇角冷冷一弯："我不是你的妻子，你的妻子早就死了。"

凌澜高大的身形微微一晃，蔚景又清冷道："你们快走吧，这里可是天下第一庄的禁地，你们不仅擅自闯入，还偷取禁地的缠云草，若是被发现，想必后果你们也知道，所以，在还没有人来之前，聪明的，就赶快消失。"鹜颜看看凌澜，凌澜盯着蔚景，没有动。

第十八章 谁的孩子

"你这是在救我们吗？"

"不，我只是看在鹜颜曾经救过我的份上还她。"蔚景回得干脆笃定，见两人还没有要动的意思，她索性自己抬步往出谷的方向走。可刚走了没几步，身后一阵急促的脚步声，紧接着，背上一重，已经有人自身后将她抱住："好了，蔚景，我们别闹了好不好，跟我回去。"

温热的气息贴着她的耳畔急急流泻，男人苍哑的声音中绞着一丝不易觉察的低声下气。蔚景被迫停住脚步。别闹？缓缓垂眸看向男人紧紧箍在自己腰间的手。他的手依旧如初见时一般好看。她抬手，将那双好看的手掰开，可下一瞬，却又再次被他更用力地裹住。蔚景挣扎未果，便有些怒了："放开我！"

"不放！"

"你到底放不放？再不放开，休怪我不客气了。"

"不放，除非你答应跟我回……"凌澜的话还未说完，却是瞳孔倏地一敛，手臂自她腰间无声垂落。蔚景连忙从他怀里闪身而出，避到离他几步开外的地方，转身冷冷地看着他。而他垂眸看着自己的手。两手的虎口处，银针深刺，两截针尾露在外面，凄迷夜色下，闪着幽蓝的寒芒。同上次一样，她刺中的是他的殇穴。只不过，他知道，上次是麻穴刺偏了。这一次，不是。

"走不走？再不走，等你双手双脚都不能动了，想走也走不了了。"蔚景面无表情地冷声而语。鹜颜上前，扶住凌澜，用眼神示意他，走吧。凌澜依旧没动，目光自始至终都未从蔚景脸上离开，凤眸中腾起的血色，连暗夜都藏不住。

"既然是啸影山庄的禁地，你又为何出现在这里？"他一字一顿。

"因为我！"一道低沉的男音骤然响起。

三人皆是一怔，蔚景更是眼帘微微一颤。沉沉夜色下，又有一个黑影缓缓走近，也缓缓走进三人的视线。是影君傲抱着暖暖。小家伙一看到蔚景，就欢快地扑腾着小胳膊，奶声奶气地叫："娘亲……抱抱……抱抱……"凌澜瞳孔剧烈一缩。虽然小家伙口齿不清，可"娘亲"二字却清晰地划破他的耳膜。那厢，蔚景已经伸手，将暖暖接过。

"她是你的孩子？"其实，白日在山庄的时候，他就是这样怀疑，却也只是怀疑。饶是如此有心理准备，听到暖暖刚才那一声"娘亲"，他还是震惊了。见蔚景未语，他又嘶声问了句，"谁的？"蔚景看也没看他，只低垂着眉眼，帮暖暖拢着身上的小风衣，淡声道："你不是已经听到了吗？她叫我娘亲，自然就是我的。"

"我问的是你跟谁的？"凌澜绷紧了声线，可鹜颜却明显地感觉到了他的颤抖，他的手臂在抖，身子在抖，唇也在抖，"是不是……我的？"他问。蔚景骤然抬起头，好笑地看着他："凌澜，我不知道你一直是哪里来的自信？你凭什么会认为你如此对我，我还会生下你这种人的孩子？"

许是银针刺在殇穴上的缘故，凌澜脚下一软，几乎站立不住，好在边上有鹜颜的支撑。凌澜抬手，蓦地将虎口上的银针拔出，鸢颜意识到他的动作时，大惊，想要阻止都来不及。原则上，银针刺穴，是必须等一定的时间才能拔出，他如此之举，虽然能强制减少殇穴被刺带来的四肢麻木，却对身体损害极大。这个道理作为医者的他不会不知。而他却浑然不顾，将一手的银针拔出，掷在地上，又拔出另一手的。末了，又徐徐抬起头，再次看向那个抱着孩童，一脸冷漠的女人："不是我的，是谁的？"

"是谁的，跟你没关系。"

"到底是谁？"凌澜骤然如狂怒的雄狮一般咆哮出声。几人一震，暖暖更是吓得小身子一颤，然后就"哇"的一声哭了起来。

"暖暖不怕，有娘亲在，不哭不哭……"蔚景连忙轻轻拍着小家伙的背，诱哄着，一边安抚，一边恨恨地看向凌澜。小家伙还是哭，一双小手扒在她的肩上，哭得上气不接下气。边上的影君傲便帮着一起哄，小家伙哭得梨花带雨的，朝影君傲伸出小手臂，影君傲连忙接过，抱在怀里一边晃，一边安抚，小家伙这才止了哭，小脑袋靠在影君傲的肩上，红着眼睛，委屈地抽泣。

看着三人的模样，凌澜眸色猩红得仿佛下一刻要滴出血来，他弯着唇角轻轻笑，缓缓抬起手臂，指向影君傲，而目光却依旧牢牢锁在蔚景的脸上："是他的吗？"指着影君傲，却问着蔚景。大概是麻劲还没有过去，他的手臂举得有些吃力，明显在抖。

"是我的。"未等蔚景出声，影君傲已笃定开口。鸢颜脸色一变。

"我没问你，我问她！"凌澜看也未看影君傲一眼，依旧死死盯着蔚景不放，"我要你亲口说！"

"是，是他的，暖暖是我跟影君傲的女儿。"蔚景沉声，语气比影君傲的还要坚定。

"不，我不信！"凌澜再一次咆哮出声。

许是有了上次经历，这一次暖暖只是吓得浑身抖了一下，影君傲及时地抚上她的背，她便也未再哭。

"你骗我，你不是这样的人！"凌澜轻轻摇头，痛苦的神色和猩红的血丝在眸子里纠结。暖暖一岁零三个月，他和蔚景分开两年零一个月，怀胎需十月，她怎么可能会离开他两个月就跟别的男人有了孩子。不可能！她不是这样的人！

蔚景低低笑出声来："在你看来，我应该是怎样的人？是被你伤得遍体鳞伤，伤得丢了性命，我还要对你忠贞不渝、死心塌地吗？"

"不，你不是这么随便的人。"

"随便？"蔚景唇角的笑容越发扩大，一脸很好笑的表情，"什么叫随便？忘掉你这样的混蛋，重新寻找自己的幸福，就叫随便？那当初，我抛下相恋三年的锦弦，跟你睡在一起的时候，你怎么不说我随便？"蔚景咄咄逼问，目光灼灼。

"蔚景……"凌澜不可思议地看着她，似是不相信她说出这样的话来。蔚景敛起唇角笑容，眸色再次转冷："所以，不要再自欺欺人了，也不要再盲目自信了。暖暖跟

第十八章 谁的孩子

113

影君傲的关系，你也看到了，啸影山庄的镇山兽听我的，你同样看到了，难道这些还不能说明一切吗？"

灰败一点一点从眸底倾散出来，凌澜一直轻轻摇头："不，我从不相信自己的眼睛，我只相信心里的感觉。"

"心里的感觉？"蔚景轻嗤，"你心里的感觉是什么？是不是就算你抓了我的父皇，夺了我的江山，骗了我的感情，我还得乖乖地等着你来宠幸，然后，只给你生孩子？"

"事情不是你想的那样，你跟我回去，我以后会跟你解释。"

"以后？"蔚景摇头轻笑，"不用了，我早已不想听了。我现在生活得很幸福，只希望你高抬贵手，不要打扰。"

"如果我偏要打扰呢？"凌澜咬牙，嘶哑的声音从喉咙深处出来。

"那我啸影山庄奉陪到底！"出声的是影君傲。只见他面色冷峻，凤眸同样寒凉，一眨不眨地看着凌澜，"如果你坐了蔚家的江山，还如此不消停，那我啸影山庄完全可以替蔚景再将江山夺回来。"

凌澜忽然放声而笑，就像是听到了全天下最好笑的笑话一般："就凭你？"

"你不信？"

"实难相信！"

"那就等着！"

"拭目以待！"

"够了！"蔚景嘶吼一声，将你一言我一语针尖对麦芒的两个男人的话打断，"你们到底走不走？你们不走，我们走！"话落，蔚景拉过影君傲的手臂，便朝出谷的方向走。凌澜微微苦笑。你们，我们，分得真好。

"不许走！"瞳孔一敛，黑衣身影闪动，等鸾颜再看，凌澜已经上前攥住了蔚景的手臂。

"放开我！"蔚景冷声呵斥。

"凌澜，你不要太过分！"影君傲显然也怒了。

暖暖一看这又吵又闹，又拉又扯的架势，再次"哇"地大哭起来。一边哭，还一边从影君傲的怀里探出小身子，想要够到凌澜面前打他，小嘴不停地说着："坏人……坏人……"

影君傲只得又低声哄慰着她，一边抱着暖暖轻晃，一边冷眼瞥向凌澜："你是非要惊动庄里的那些人、闹得天下皆知，你才肯罢休吗？"

"我不在乎世人怎么看。"凌澜不仅未放，还忽然伸出双臂抱住蔚景。他只在乎一个人的想法。他只顺从自己的心。当熟悉的身子入怀，只有他自己知道他心魂的震荡。一别两年。就像是一辈子那么漫长。人生有多少个两年？他不能再放手。

而显然，蔚景不这样想。她伸手，大力击在他的胸口，将他推开。因为会武功，力道自是以前不能比的,而且,因为自行将穴位上的银针去掉,凌澜五脏六腑都受了不同程度的损伤,被她如此大力一推,踉跄着后退了好几步,才稳住自己的身子。

"凌澜,你为何非要逼我?你为何要让所有人都讨厌你?"蔚景嘶吼出声。暖暖越哭越凶。

看着那个摇摇欲坠的身影,鹜颜眸色一痛,上前:"凌澜,我们走吧。"男人身形未动。鹜颜想要拖着他走,却发现,明明摇摇欲坠的身子,却如同被钉住了一般,纹丝不动。

"凌澜走吧,为这样的一个女人不值!"鹜颜沉声,一字一顿。就算暖暖哭声很大,可几人还是听得分明。蔚景眼睫一颤,影君傲看向蔚景,凌澜难以置信地将鹜颜的话打断:"三姐……"

"难道我说错了吗?"鹜颜虚弱地弯唇,"你如斯信她,她却从未真正信你,从未!"

就像是受了重重一创,凌澜身子一晃,他眸色沉痛地看着鹜颜,片刻之后,又徐徐抬起眼,看向蔚景。蔚景略略撇开眼。

"凌澜,走吧,扶三姐离开,三姐快死了……"鹜颜一边说,一边轻轻靠在凌澜的身上,不动声色地依附着他。凌澜脸色一变:"三姐……"他颤抖地将鹜颜扶住。

"走……"鹜颜乞求地看着他。凌澜看看鹜颜,又眸色痛苦地看向蔚景,说:"好!"姐弟两个搀扶着,经过蔚景的身边,也经过影君傲的身边,缓缓往缠云谷出口的方向走。

暖暖还在"哇哇"哭得起劲。蔚景上前,将她自影君傲手中抱过来,低垂着眉眼,轻声哄慰,不去看幽幽夜色下的那抹苍凉背影。忽然,两人停了下来,凌澜回头,沉冷的声音被夜风送了过来:"蔚景,老鸦尚有反哺之义,山羊且知跪乳之恩,你难道就不想救你父皇?若想救,朕以为,你应该知道怎么做。"

蔚景浑身一震,愕然抬头。凌澜已转过身去,搀扶着鹜颜,头也不回地离开。远处,沉沉夜色下,一抹大红的身影快速隐没在黑暗里。

姐弟两人沉默地走了好久,谁都没有开口讲话。最后,还是鹜颜忍不住了,低低一叹:"她已经如此恨你,你为何还要逼她更恨?"竟然连要挟都用上了。横在他们两人之间的,不就是那个女人的父皇吗?他竟然拿她的父皇来威胁她,还第一次在那个女人面前自称"朕"。这等于完全撕破了脸。这样的他们还回得去吗?

凌澜勉力弯了弯唇角,淡然一笑:"既然已经如此恨了,也就不在乎再多恨一点。"

"可是,这样下去,你们就真的没有回头路了。"

凌澜没有吭声。他何尝不知道这些?可是他没有办法。在失去她的这些日日夜夜,他想了很多,他也以为,只要她幸福,或许他可以成全。直到两年后的今夜,他再次看到她。她那样真切地出现在他的面前。他才终于发现,所谓放手,所谓成全,那真的只是他的以为。他做不到。没有人知道他当时的心情。当他发现大石后面站的是她,而她还朝他做手势的时候,他的心几乎要从胸腔里跳出来。虽然,他很快就意识到,或许,

第十八章 谁的孩子

她认错了人。因为他穿着影君傲的袍子。但是，他依旧兴奋激动。因为在无数个午夜梦回之后，他终于真切地见到了她。

他悄声上前，她拉他的手臂，他轻轻贴在大石上，紧紧挨着她的温暖。那一刻的心跳只有他自己明白。当魂牵梦萦的人儿就那样真实地站在自己面前，他终于明白，原来，这就是爱。是见时的百看不厌，是不见时的相思成灾，是失去时的痛彻心扉，是重拾时的欣喜若狂。对，欣喜若狂，都不足以表达他那一刻的心情。他也终于明白，成全，他根本做不到。他没办法说服自己，只要她幸福，他就可以放手，然后没事人一样看着她跟别的男人恩爱缠绵、子孙满堂。他做不到。说他自私也好，说他不可理喻也罢，他就是要她。要她在他的身边。不准任何男人觊觎她一分一毫。

他没有想过要逼她，从来没有！就算得知她还活着，他都没有想过利用她的父皇逼她现身出来。他都是告诉自己，等。他等她出来。今夜，是真的将他逼急了。她的态度，她的行为，她跟影君傲的关系，暖暖跟影君傲的关系，他们三人的关系……一切的一切几乎将他逼疯。

既然所有人都觉得他一直在逼她，那他索性将她逼到底。至于未来……两年前的那场大火之后，他就再也没有想过未来。

深秋的京城，虽街道两旁的大树枯叶尽数落光，只剩下光秃秃的枝干，却依旧丝毫不影响京城的繁华热闹。车水马龙、人来人往，孩童的嬉笑声不绝于耳，小贩的叫卖声此起彼伏。

高朗跟在帝王的身后，手中提着大包小包的药材，心情格外的好。有人回来了。有人在失踪了一年多之后，终于回来了。虽然现在还昏迷在床上，但是，他相信有面前的这个帝王，她就一定会平安醒来。帝王也很上心，都自己亲自配药，太医院里没有的药，他们就专门出来买。

在一个巷口的拐角，一个人忽然拦住了他们的马车。要不是他反应快，及时勒住缰绳，差点都撞到了那人身上。是个女人，一身素色的衣袍，素色的披风，戴着一个宽大的风帽，几乎遮住了大半边脸。他正要发火，女人忽然抬起头，扬手脱了头上风帽。

熟悉的面容入眼，高朗差点从车驾上栽下来："皇……皇……皇后娘娘……"他正欲回头禀报，车厢里面的帝王也正伸手撩开车幔。看到女人的那一瞬，帝王的眼波一荡，却很快恢复如常。

女人看着他，静静地站在马车的前面。他看着女人，沉默地撩着马车的车幔。两人谁都没有说话。高朗杵在中间有些尴尬，不知该不该下去行礼。所幸不一会儿，帝王就弯腰钻出马车，跳了下去，举步走向女子，却又在距离女子还有两三步之遥的地方停下站定。女子不说话，他便也一直不吭声。终于，女子缓缓朝他走近，略带犹豫地将自己的小手放进他的掌心，帝王五指一收，将她的手背裹住。

"我想见我父皇。"她抬起水眸看着他。男人微微抿了唇，没有回答，只沉默地牵起她的手，往马车的车厢边上走，一双眸子就像是漆黑的夜，看不到一丝光亮。

在宫中的一间废弃厢房里，蔚景见到了她的父皇。这是自被锦弦夺宫以后，第一次父女两人正式见面。两人都觉得恍如隔世，蔚向天很激动，蔚景也很激动。凌澜让看守的人都撤了出来，自己也退到了屋外。

"父皇。"蔚景"扑通"一声跪在地上，眼泪如决堤的海水汹涌漫出，"是女儿不好，是女儿不孝，都是女儿连累了父皇，让父皇沦为亡国之君，承受被囚之辱……"

蔚景泣不成声，一颗心痛得无以复加。如果生命可以重来，如果一切可以重来，她定然不会再轻信男人。可是，没有如果，这世上没有如果啊。

"孩子，不是你的错，跟你没有关系，不要什么事情都往自己身上揽。"蔚向天苍老的手颤抖地抚摸着她的秀发，就像是小时候一样，她坐在他的怀里，他慈爱地抚弄着她的发丝，"父皇以为再也见不到你了，没想到，今生，我们父女还能再相见，以后不要再做傻事了，平安地活着，比什么都好。"

"父皇，凌澜是不是向你打听什么人？"蔚景想起那夜在七卿宫里偷听到的话，凌澜似乎一直逼着她父皇说什么，甚至用她的生死来威胁他。蔚向天眸光微闪："这些事情你莫管，父皇有父皇的考量。"

"父皇之所以不说，是要保护那个人吗？还是……"蔚景的话还没有说完，蔚向天就闷声"嗯"了一声。

蔚景点头，她知道，从小到大，她父皇做任何一件事都有他的理由，她便也不再多问："父皇放心，女儿一定会救你出去。"

"父皇说了，这些事情你莫管，在没有找到那个人之前，凌澜是不会杀了父皇的。"

"可是，女儿要父皇过自由的日子。"一个高高在上的帝王，亡了国，失去了亲人，成了锁在轮椅上的阶下囚，心里的那份苦，那份失落，那份不甘，那份恨，她知道。

蔚向天抬手拔了蔚景头上的一枚发簪："这个留给父皇吧，平时父皇想你的时候，也有个念想。"

"嗯。"蔚景点头，泪，又涌了出来。

"不哭了，父皇没事，只要你相信父皇，不受外人挑拨，父皇就心满意足了。"

"不会了，女儿这辈子就是在轻信他人上面吃了太多亏，女儿不会再重蹈覆辙了。"

蔚景出来的时候，凌澜正负手立在院子里，静静地看着高高的围墙，一动不动，不知在想什么。一直到她走到他的身后，他才似乎回过神来，回头看到是她，便转身牵了她的手。她本能地把手一缩，见男人微微一僵后，她又迟疑地将手给了他。

"你要怎样才肯放了我父皇？"她眼眶红红地看着他，哭过的双眼肿得就像是熟

第十八章 谁的孩子

透的水蜜桃。男人俊眉微微一拢，牵了她手缓缓往外走："朕考虑考虑。"

"你要考虑多久？"蔚景心中急切，除了救她父皇，她还有末末和暖暖。

"不知道，或许明日，或许明年。"男人声音清淡，如八月秋水。蔚景闻言，停住脚步，大力将男人的手甩开："凌澜，你到底想要怎样？你想怎样就直接说，来个痛快的。"

她讨厌这个样子，讨厌这样的相处。说好不好，说坏不坏，两人牵着手，心却隔着万水千山。就像是拿着一把锋利的刀，不杀她，不砍她，却一刀一刀慢慢地凌迟着她的血肉。她不知道，当一个人撕破脸，竟然可怕成这样。她没时间陪他玩，也没时间陪他耗。

"你有什么要求，统统说出来，想要我怎样做，你直接说！"

男人缓缓回过头看她，默不作声。蔚景气得不行："你这样将我禁锢在你身边有意思吗？"

"没有意思，所以，你是自由的，随时可以走。"边说，男人边朝她优雅地做了一个"请"的姿势。蔚景更是气结："你就不怕我杀了你？"如今的她可不比当年，现在，任何东西都可以是武器，树叶、花瓣，特别是花瓣，婆婆可是教了她一套专门用桃花瓣击人要害的武功，出神入化、强大得惊人。

"若我杀了天子，我还怕救不出我的父皇？"

"求之不得！"男人弯唇浅笑。蔚景一震，便在那四个字里微微失了神。疯子。

因为她此次回宫，并未对外公开，所以，除了九景宫的人，高朗，以及那个男人，别的人并不知道，所以也未引起什么不必要的麻烦。九景宫的宫人见到她，一个一个激动得都要哭了，特别是湘潭，眼眶红红的，几次都是欲言又止的模样。可她却没有太多的心情在这上面，满心挂念着家里的两个小家伙，只盼望着男人能快点答复她，要杀要剐，给她一个痛快。

晚膳，男人是在九景宫同她一起用的。两人相对无言，原本都是她喜欢的菜，却味如嚼蜡一般。草草结束之后，他便回龙吟宫批奏折去了。她沐浴完，便支走了宫人，将内殿的门自里面闩上，睡觉。昨夜折腾了一宿，一直睁着眼睛到天亮，她才做出进宫来找他的决定。

或许她不该来。明日再跟他开诚布公地谈一次，若他，还是不给她明确答案，她就离开。就像她父皇说的，没有找到他要找的那个人之前，她父皇是安全的，那她也不用急于一时。

迷迷糊糊间，脸上有湿滑温热的感觉传来，蔚景惺惺忪忪睁开沉重的眼帘，就看到男人放大的俊颜。先以为是在梦中，也没有太放心上，忽然又想起什么，陡然眼睛一睁，这才发现不是梦。男人在亲她。湿滑温热的感觉是男人的唇瓣。她睁着大大的眸子看着男人。男人同样看着她。两人的鼻尖挨着鼻尖，呼吸交错。

她大骇，伸手推开男人的同时，翻身坐起，拉了薄被戒备地抱在身前。转眸看向内殿的门。门闩依旧闩着未动。她又看向殿中地面上的蒲团。她竟忘了蒲团下面的陷阱，司乐坊里有直通过来的暗道。只是，如今的他，已是一个帝王。一个帝王专门钻地道，来她这里，传出去也不怕人家笑话。见男人正不紧不慢地脱着身上的袍子，她皱眉问道："你不会在这里睡吧？"

"这两年来，朕每夜都在这里睡，难道九景宫的人没有告诉你吗？"男人淡声回着，将手中袍子抛在边上的衣架上，他又坐在床边上开始不徐不疾地脱着软靴。

"你有自己的龙吟宫，为何不回去睡？你后宫还有那么多女人，也可以去她们那里睡。"

男人忽然转过头，凤眸略带促狭地看着她："你这是在吃味儿吗？"

"吃味儿？"蔚景冷笑，"我只是嫌脏！"男人背脊微微一僵，下一瞬，同样冷冷弯了一下唇角："反正你也不是只伺候过一个男人，我们正好半斤八两。"

"别将我跟你这种人混为一谈！"

男人不以为然地笑笑，没有将这个话题继续下去。伸手将她抱在怀里的薄被扯过，他躺在了她的旁边，蔚景一惊，又将薄被大力扯了过来。男人便什么都没有盖。蔚景拥着薄被戒备地往床里边坐了坐。其实，这两年，每夜他都睡在这里，宫人们已经都跟她说了。还有后宫里那几个有名无实的女人，宫人们同样跟她说了。也就是今天她才知道，他在那日的那场大火中，眼睛瞎过，且瞎了很长一段时间。其实，眼瞎的他，她是见过的，就是在吴记糕点店前面，当时，他似乎在找高朗，喊着高朗的名字，就站在她的旁边，跟她几乎肩擦着肩，她当时紧张极了，后来，她发现他的眼睛看不见，才微微松了一口气。还有他每夜酗酒，宫人们也跟她说了。他不治疗眼睛，他夜夜买醉，他不让任何人进内殿，他一直在找她，他动用了很多隐卫，他跟啸影山庄的庄主大打出手，双方重伤，回宫后躺了多日，他还偷偷去了缠云谷，被镇山兽所伤，被大雪所埋，差点死了，抬回来，太医都束手无策，休养了一月才下床……很多很多。

她也不知道自己心里什么样的感觉。或许已经没有了感觉。她只知道，不管怎样，都改变不了他利用她的感情、威逼她父皇的事实。

"你准备一直这样坐到天亮吗？"男人侧首看着她，忽然出声，将她神游的思绪拉了回来。蔚景没有理他。他便也不再多问，将头转了回去，平躺着，缓缓阖上眼睛。许久，一动未动。

夜，很静，静得似乎只能听到自己的心跳声，一下一下，强烈地撞进自己的耳中。蔚景侧首看向身侧的男人。男人似乎已经睡了过去。她这才敢肆无忌惮地打量起他来。虽然吴记前面匆匆一面，也等于基本上两年未见。他还是那样俊美无俦，只是明显消瘦了不少，斜飞入鬓的俊眉，卷翘纤长的睫毛，高耸的鼻梁，薄削绝美的唇边，只是眼窝

第十八章　谁的孩子

下方明显有两块青灰，似是多日未休息好。还有眉心之间那一抹淡淡的褶皱。她很少看到他这个样子，特别是睡着的时候，还皱着眉头，似是有愁肠百结一般。

因为被子被她尽数拉了过来，所以他只着了一件单薄的寝衣，也就是这时，她才发现他手臂上打着绷带。想来是昨夜接镇山兽那一掌所致。只不过当时夜太黑，他又穿着墨黑色的袍子，所以也没有人看出来。视线还落在他的身上，却是听到他猛地咳嗽了一声，她一惊，连忙将目光收回。垂眸颔首地静坐了一会儿，又未见身侧任何动静，她才缓缓转过头，再度看过去，才发现男人根本没有醒。

深秋的夜很凉，他这样躺着……心头微躁，她纠结了一番之后，终究还是将怀里的薄被放开，拈起一角，轻轻盖在他的身上。生怕惊动了他，她小心翼翼，可将薄被刚刚盖好，她一个抬眸，就蓦地撞入一双黝黑的深瞳。他竟然是睁着眼睛！她呼吸一滞，就忘了手中动作。他是忽然醒了，还是根本就没有睡着？她不知道。她只知道，玩心计，她是绝对玩不过他的。

见他深深地看着她，也不发一言，她尴尬地别过眼，冷声道："你盖过的被子，我不想盖，我下去再找一床。"蔚景说完，起身站起，作势就要跨过躺在外面的他，手腕却是蓦地一重，男人伸手一拉，她猝不及防，就被拉倒在床上，男人一个翻身，就将她压在了下面。

"你——"蔚景大骇。

"口是心非的女人一点都不可爱。"男人俯看着她，灼热的气息肆无忌惮地喷打在她的眼睑上，面颊上，唇瓣上。好久两人没有这样，蔚景很不适应，而且心里面绞着抵触的情绪，就更加地不舒服。她伸手推他："下去！"他纹丝不动。她打他。他还是没有任何反应。蔚景急了，"你到底想要做什么？"

"要你！"男人言简意赅，沉声笃定。话落，也未给错愕的蔚景片刻的反应时间，直接低头吻上她的唇。蔚景惊慌地头一偏，想要避开，却再下一瞬被男人大手扳过脸，牢牢固定。男人吻得急切，吻得疯狂，就像是渴望了很久，甚至差点咬破了她的唇。她摇着头，挣扎，熟悉的气息钻入口腔，将她所有的感官占据的时候，她在一片酥麻轻醉中，心底的屈辱一点一点泛出来。动弹不得，她闭眼咬紧牙关，于是两人的口腔中就带了血腥。他依旧吻着她不放。

血腥越来越浓，直到有咸湿流进两人的口中，男人才缓缓将她放开。他凤眸炽烈地望着她，呼吸急促。她眼眶红红地瞪着他，大口喘息。睨着她脸颊绯红，粉面含春的模样，男人眸色一黯，忽然开始动手解她的衣衫，她一惊，将他的手按住，若不是心里难过得要命，她差点就要问他，不是传言他在大火中不能人道了吗？那他现在的行为是什么意思？

男人将手自她的手中抽出，顺着她的衣襟探到了里面，滚烫的大掌就像是高温的烙铁，灼得她浑身一颤，连忙在衣服外面再次将他乱动的手按住："凌澜，别逼我恨你！"

她喘息地看着他。

男人唇角一勾，一抹浅笑似讽似嘲："你不是已经恨了吗？"

蔚景眼帘微微一颤，咬牙道："别逼我更恨你！"

"更？"男人轻笑出声，似是很不以为然，"反正都是恨，多恨一些少恨一些又有什么区别？"话音落下，大手自衣衫内抽出，蔚景还以为他改变主意放过她了，谁知下一瞬，大手竟是拽上她的衣领直接大力撕扯开。布帛撕裂的声音突兀地响在静谧的夜里，身上陡然一凉，蔚景大骇，手腕一转，快速提起一道掌风，直直朝男人的胸口击了过去。

许是忘了她会武功，又许是没想到她会真的出手，男人根本没有防备，就这样重重挨了一记。闷哼一声，男人微微佝偻了背脊。蔚景连忙起身，想要趁机逃脱，却被男人再次大力摁倒在床上。背脊撞到床板，虽然垫了一层薄毯，可还是痛得她瞳孔一敛。

男人高大的身形如山一般压下来，紧紧逼视着她，也不知是痛的，还是气的，眸子红得吓人："怎么？是要为他守身是吗？"唇角噙着一抹嗜血的笑意，男人呼吸粗重。

"是，所以请你放尊重点，不然，休怪我不客气！"蔚景知道，虽说自己武功可能不及这个男人的十分之一，但是，他有伤。不仅手臂上有伤，昨夜兀自将刺在殇穴上的银针拔出，也定然伤到了五脏六腑。若真动手，吃亏的人是他。然而，男人的关注点压根没在她的后一句话上面，而是那个"是"。

"现在知道要给影君傲守身，当初跟朕在一起的时候，怎么没想到为锦弦守身？离开朕不到两月就跟影君傲在一起，怎么没想到给朕守身？本就是一个随便的人，装什么圣洁？"

蔚景不可理喻地看着男人嗤之以鼻的样子。很想回他一句，是谁昨夜说，你不是这样的人？是谁昨夜说，你不是一个随便的人？昨夜的话都是放屁吗？心中气结，她同样回之以好笑的表情："不给你和锦弦守身，那是因为你们不配，影君傲值得我这样做！"蔚景的话音刚落，耳畔又是一阵布帛撕裂的声音，这一次，男人甚至用了内力，片片成缕的白布被抛起，在空中跌宕，飘落在床上、床下。

"混蛋！"彻底被激怒，她再次劈出掌风击向男人，却没能得手，被早有防备的男人挥手挡住。她再劈，他再接。两人便一招一式打了起来。知道自己打不过他，蔚景就专门挑他的要害，不是击向他受伤的手臂，就是他的胸口。可这个疯子，俨然不知痛。所以，不消片刻，他就擒住了她的手臂。不给她一丝喘息和反抗的机会，他直接举起她的手臂压到头顶，只手按住，另一手来到她的腰间，轻而易举地就解开了她腰间的罗带。

"信不信，朕毁了你，也毁了你男人的啸影山庄？"

蔚景冷笑："毁了我，我信，我早已被你毁了，至于啸影山庄，你还不至于。"

"什么叫不至于？你以为朕不敢，还是朕没这个能力，明日朕就带人踏平啸影山庄。"

第十八章 谁的孩子

蔚景看着他，没有吭声，不想再跟这个疯子再多费口舌。

"普天之下莫非王土，朕随便找个理由，就可以端了他的啸影山庄。设计掳走当今皇后，或者意图谋反，理由多的是。"

蔚景再次摇头轻笑："影君傲不在，若在，想必应该会回你一句，奉陪到底！"

男人定定望着她，原本猩红的凤眸里腾起紫气。她的笑，深深将他的眼睛刺痛，她的话语也彻底将他激怒，他终于难以抑制地嘶吼出声："就算你为他守身又如何？朕，终究是你的第一个男人。他影君傲，不过是捡了朕穿过的破鞋。"

双手被按，双腿被压，动弹不得，蔚景羞愤地别过脸，不看他发疯的样子，下一瞬，下颌一痛，男人大掌紧紧捏住她的下颌，将她的头逼转过来，她也不怕痛，拼命再别过去。他大力扳，她死不配合。男人终于低吼一声放弃，粗暴地将她身上最后一层遮挡也毁掉。

泪，夺眶而出。她扭着头，任汹涌的泪水无声地打湿软枕。有多久没有哭了，她已经记不得了。她还以为自己再也不会哭。却原来，还是那样无用。大概隐忍了太久，她想止住却怎么也止不住。只得咬着牙关，哭得寂静无声。

意识到她的异样，男人微微一怔，再次伸出大手捏住她的下巴将她的脸大力扳过。映入眼底的是她泪流满面的样子，男人眉心微微一蹙："你不想让朕碰，朕还不屑碰你！"暗哑的声音冷然落下，下一瞬，他便从她的身上起身，下了床。随手抛起薄被将她的身子盖住，男人扯了衣架上的中衣穿在身上。

蔚景拥着薄被，翻了个身，面朝里蜷起身子。泪，怎么也止不住。就像是忍了两年的泪水，在这一刻尽数而出。她紧紧咬着唇瓣，不让自己发出一丝哽咽。满嘴血腥。

她听到男人窸窸窣窣的穿衣声，听到男人打开内殿门闩的声音，听到男人沉稳的脚步声走了出去。门"嘭"的一声关上，那沉闷之响就像是重重落在心头一般。夜，再次静谧了下来。她一把拉过薄被将头蒙住，放声哭了出来。

不知过了多久，一声若有似无的叹息声响起。蔚景一怔，止了哭声，正欲细听，却蓦地眼前一亮，一只大手将她蒙在头上的薄被拉开，她惊愕抬眼，就直直撞进男人深邃的黑瞳。怎么又回来了？正欲扭头不理，男人长臂一揽，直接将她和着薄被一起，纳入怀中。蔚景一惊，本能地就要挣扎，却被男人低声喝住："别动，我不碰你！"

蔚景怔了怔，为男人的口气，也为那个"我"字。

"是我不好！"男人抬手，温热的指腹，替她揩着脸上的水痕，她扬手将他的手挥开，他又再次拭了过来，她扭头避开他的手，不让他擦，他就干脆双手将她的脸捧住，往自己面前一拉，低头，直接用唇追索了过来。温热柔软的唇瓣，一点一点吮去她脸上的咸湿。

熟悉的夹杂着淡淡墨竹香的气息，肆无忌惮地将她笼住。她皱眉，很不舒服。曾经他也这样温柔地对待过她，可那遥远得就像是上辈子发生的事。如今的他们并不适合这样的温存。她只觉得虚伪，只觉得抵触。伸手，想要将他推开，他却已经先她一步将她放开:"明日,给你答复。"

蔚景愕然抬头:"什么?"男人垂了垂眸,沉默了片刻,才再度抬起眼看向她:"你父皇的事。"

蔚景一时间有些难以置信,还以为是自己听错了。

"真的吗?"她眼眶红红地看着他。

"嗯。"男人抬手,纤长的手指轻轻摩挲着她的眼角。

她看着他,他也看着她,彼此的目光绞在一起,她的不知所措,他的深邃复杂。不知为何,在那一片深幽之间,她似是看到了一抹沉痛,也看到了一抹无奈。她忽然有些无所适从。她就是这样一个人,天生倔强。从来不怕硬。硬碰硬,她只会比人更硬,可是面对柔软,她就不知道该怎么办。正有些尴尬间,内殿外面传来湘潭急急的声音:"皇上,皇上……"蔚景和凌澜都是一怔。

"何事?"凌澜皱眉问向门口。

"出事了。"

凌澜眼波一动,沉声道:"出什么事了?"湘潭却没了声音。凌澜回头看了蔚景一眼,"你先睡吧,我去看看。"说完,便起身站起,疾步出了内殿。殿门掩上,湘潭刻意压低声音禀报了一句什么,然后,就听到脚步声远去。蔚景弯了弯唇。怕她听到是吗?对他们的秘密,她早已不感兴趣。下床重新找了一件新寝衣穿上,她钻进薄被,准备睡觉,内殿的门又再度被敲响。

"娘娘,娘娘寝下了吗?"还是湘潭。蔚景撑着身子坐起:"没呢,有事吗?"

"内务府的小李公公求见。"

蔚景一愣,这个时候?

"小李公公说,他夜里出宫办点事情,回宫的时候,在宫门口遇见了啸影山庄的人,那人托他带封信给娘娘,千叮万嘱,说很急,所以,小李公公便也不敢耽搁,就送过来了。"

啸影山庄?蔚景眸光一敛,莫不是两个小家伙出了什么事情?

蔚景回到啸影山庄的时候,天都已经亮了。是影君傲写的信,说末末病了,所以她连夜赶了回来。她先回了缠云谷,末末不在。同样心急如焚的婆婆将大致的情况快速跟她讲了一遍。

"你昨日走后不久,末末就忽然开始发热,我检查下来不是伤风,不是风寒,而是一种血液上引起的病变。其实这种病也不是没有先例,原本是有药方可治,可是药引难办,是要取亲生父亲的几滴鲜血,还必须是现取,也就是人必须在跟前。我将这个情况跟君傲说了,君傲说,他先将末末带出去让庄里的廖神医看看,或许廖神医有其他法子可治。"

第十八章 谁的孩子

蔚景便又赶到了庄里。在影君傲的厢房里面，廖神医正在给末末施针。

"末末怎样了？"连夜的奔波，又加上心中忧虑，蔚景一进门眼前一黑，差点栽倒在地，亏得影君傲眼疾手快将她扶住。

"你回来了？没事吧？"

"我没事，"她摇摇头，急切地看向床榻上的末末，"末末他……"

"别担心，老廖正在看。"

廖神医将插在末末身上的银针一根一根拔了下来，最后一根银针拔下，小家伙也睁开眼睛醒了，因从未出过岛，第一次到一个陌生的环境，乌黑的眼珠子滴溜溜地转，新奇地四下环顾，看到蔚景在边上，小脸一喜，喊着"娘亲，娘亲"就伸着小胳膊要抱抱。蔚景连忙上前将他抱在怀里："神医，末末他……"

"放心，没事了，我已经用银针封了末末的几个穴位，发热不会再高上去了，再开几服药将现有的热度降下来，就应该没事了。"影君傲面色一松，蔚景一直高悬的心也终于落下。

"老廖，你果然有两下子。"

"谢谢神医。"

影君傲吩咐了一个人随神医去取药，又让蔚景先带末末回去，他说，等药好了，他会送过去。蔚景想想，也是，末末不像暖暖。他这张脸，跟那个男人长得太像了。在外面待着，难保不被人识出。可就在她抱着末末准备出门的时候，管家晴雨风风火火地奔了过来，在看到蔚景的时候，投来很不友好的一瞥，再转眸看向影君傲，急急禀报："不好了，庄主，当今天子带领禁卫军包围了啸影山庄。"

影君傲一怔，蔚景脸色一变。她走的时候不是已经跟湘潭打过招呼，让她带话给他的吗？这怎么她前脚刚回，后脚就带兵过来了？蓦地想起他夜里生气时说的那些话，她心头一跳，担忧地看向影君傲。都是她，都是她连累了啸影山庄。其实，这也是她一直不愿意让影君傲知道她住在缠云谷的原因。就怕引起什么纠葛。前夜那个男人问暖暖是谁的孩子时，她本不想说谁的，是影君傲说在了前头，她脑子一热，竟也跟着说了下去。其实这样不对。她真的害了影君傲。

"我先看看去。"相对于她的不安，影君傲显得很沉静，给了她一个安定的眼神后，转身出了门。

"影君傲。"蔚景连忙将他喊住。影君傲顿住脚步，回头。

"他肯定是来找我的，我出去吧。"

"没事，先看看再说。"他隐约觉得，事情可能不是这么简单。来啸影山庄找人，那个男人来过多次，从未大张旗鼓过，这是第一次。

啸影山庄大门口，两厢对峙。一厢是身穿黄色兵服的禁卫，整齐罗列，装备精良，乌泱乌泱一片。一厢是啸影山庄的守卫，黑衣黑裤，一脸戒备，同样手持兵器，一副随时应战的模样。在禁卫的最前面，一袭白色龙衮的帝王骑在高头大马上，手拉缰绳，微微眯着眸子，看着远处花园中两个正在玩耍的小身影，紧紧抿起薄唇。如果他没有看错，一个是嫣儿，另一个就是暖暖。而那个女人让湘潭带话给他，她连夜出宫，甚至急切得等他回来跟他打声招呼的时间都没有，就紧急赶回啸影山庄的原因是，孩子病重。

如此生龙活虎，是病重？缓缓收回目光，他垂眸弯唇，唇角一抹冷弧寒冽。

影君傲老远就看到坐在马上那人，说实在的，虽已听晴雨禀报，但是当他亲眼看到庄外那一大片黑压压的禁卫时，他还是有些撼住。这架势，似乎还真要铲平他啸影山庄一样。眸光微敛，他浅笑上前，略一抱拳颔首："不知皇上御驾亲临，有失远迎，请皇上见谅。"帝王没有吭声，只坐在高头大马上，凤眸睨睨着他。

影君傲又问："皇上这是要……"

"找人！"薄薄的唇边清冷逸出两字，帝王一撩袍角，翩然跃下马背，边上的高朗见状，连忙上前，替他拉过白马的缰绳。帝王负手而立，看着影君傲。影君傲就在离他还有一段距离的地方站定，同样回望着他。

"找甜海吗？"影君傲开门见山。

帝王眸光微闪。甜海？似乎好久没听到这个名字了。"她在吗？"帝王问。

"在！"影君傲还没有回答，一道清润的女声已是先响了起来。正是蔚景。她想了想，凌澜分明就是冲着她来的，她不能连累影君傲，所以，将末末交给晴雨让帮忙看一会儿，她也就随后跟了出来。

帝王跟影君傲都朝她看了过来，不对，应该说，所有人都朝她看过来，包括帝王禁卫，也包括山庄守卫。而她却只盯着帝王，缓步上前："我已经让湘潭带信给你，孩子病了，我回一趟山庄，很快便会回宫去的。你何须要这样一副咄咄逼人的架势？"

帝王垂眸浅笑，片刻，才徐徐抬起头："你会回宫吗？"瞥了她一眼，帝王又目光轻掠，不知掠向远方的何处。蔚景也循着他的视线，回头望了一眼，收回视线的瞬间，似是看到了什么，眉心一跳，再次回望了过去，便看到了远处花园中两个玩耍的身影。蔚景脸色一变。她让湘潭带口信给他，只说孩子，因为这个男人并不知末末的存在，她也不想让他知道。所以，在他的意识里，自是以为生病的是暖暖。可如今暖暖，正好好地在那里玩着。心跳徐徐加快，蔚景有些心虚，可是转念一想，这也是现在才看到的不是吗？跟他带领禁卫包围啸影山庄无关。面色恢复如常，蔚景再次转眸看向帝王，目光灼灼："我说会回宫，自然就会回，你至于要这样兴师动众来找人吗？"

高朗皱眉，全场鸦雀无声。帝王倒是很淡定，对于她的冷脸逼问，无一丝恼意，薄削的唇边，始终噙着一抹笑意，许久之后，清冷开口："朕是来找人，可朕说过是来找你吗？"蔚景一怔，影君傲亦是一怔。所有人又全都疑惑地看向帝王。帝王唇角笑容

第十八章　谁的孩子

徐徐敛起，手臂骤然一扬，厉声道，"抬上来！"话音落下，脚步声响起，两个禁卫抬着一个担架自队伍后走出来。担架上躺着一个男人，黑衣黑裤，浑身是血，双目紧闭，面色苍白如纸，一动不动，也不知是活着，还是死了。

蔚景心头一惊，影君傲亦是瞳孔一敛。禁卫将担架放在众人面前的空地上。帝王伸手指着担架上的那人，转眸冷眼看向影君傲："可是你啸影山庄之人？"

影君傲拧眉上前。其实不用上前，他也早已识出是啸影山庄的人。且不说对方的腰间挂着他啸影山庄的令牌，单说那张面孔，他也是认识的。他只是想看看人是否还活着，是否还有救。蹲身探上男人的脉搏。脉息全无。影君傲闭了闭眼，缓缓起身，转眸看向帝王，冷声开口："他怎么会在皇上手里？"

"是啊，朕也想问，你啸影山庄的人怎么会出现在朕的皇宫里？"

"是皇上杀了他？"影君傲微微眯了眯子，眸中寒彻一片。

"是，是朕的禁卫杀了他，可是，你啸影山庄的人就死了他一个，而朕的禁卫，却死了五人。"

影君傲一震，蔚景亦是一惊。两人互相对视了一眼之后，影君傲又沉声开口："我不明白皇上的意思，还请皇上把话说清楚！"两人的对望帝王尽收眼底，垂眸弯了弯唇角后，帝王抬起眼帘再度看向两人，鼻子里发生一声冷哼："还真是会装！"

"请皇上把话说清楚！"影君傲又沉声重复了一遍。虽然用了一个请字，可语气之冷冽，态度之冷硬，丝毫没有谦恭之态。帝王却也不以为意，低头掸了掸自己的袍袖，一字一顿道："既然，你还要佯装不知，那朕就将昨夜的事再跟你讲一遍。"

昨夜的事？蔚景蓦地想起昨夜湘潭急急过来禀报说出事了，莫非跟这事有关？不知为何，心里面忽然生出一种不安的感觉。

那厢，帝王又举步朝前走了几步，确切地说，是朝蔚景走近了几步，站定："朕已经答应你，今日给你答复，没想到你连一夜的时间都等不了。"凤眸深深，目光沉沉地落在蔚景的脸上，帝王忽然开口。蔚景心尖一抖，有些蒙。正欲张嘴询问，帝王已移开视线，看向影君傲，再度出声："昨夜，啸影山庄劫走了朝廷重犯蔚向天。"

父皇！蔚景浑身一震，愕然睁大眼睛。影君傲一怔一蒙之后，便笑了："所以，皇上方才说找人，找的就是蔚向天？"

"是，如若啸影山庄识趣，将人交出来，朕，或许可以看在曾经的交情上，既往不咎，倘若，庄主要一意孤行，那么，就休怪朕不客气！"帝王说得不徐不疾，口气清淡，可是话里话外、浑身上下倾散出来的那股气势，却让人不由得心头一颤。或许，这就是王者。随随的一个负手而立，就霸气天成。影君傲微微敛了眸光："如果我说，我从来都不知道蔚向天在皇上的手里，更没有带人进宫劫人，现在也并不知道蔚向天人在哪里，皇上是不是不信？"

"当然不信！"帝王笃定而语。

蔚景还沉浸在帝王的那句"昨夜,啸影山庄劫走了朝廷重犯蔚向天"的话里,半天才回过神来:"你是说我父皇被人救走了?"她难以置信地问向帝王。帝王没有吭声。

"你的意思是我跟啸影山庄联手救走了我父皇?"

"难道不是吗?"帝王挑眉反问,"蔚向天关的地方,极其隐蔽,根本就没有外人知道,而昨日白日就带出来见了一下你,夜里,他就被人劫走了。"

蔚景不可思议地看着帝王,帝王的声音还在继续:"我们在从昨日你们父女见面的地方到关他的地方这中间的路上,发现了蝶迭香。"

蔚景一震,蝶迭香她听说过,原是产自西域,此香虽唤做香,可常人却闻不出来,只有一种火蝶可以闻见其气味,且深爱,所以,有些人便将此香用来作为变戏法的道具,涂在想引来火蝶的地方,召唤火蝶。

"你的意思是,是我在见面的时候,给了我父皇蝶迭香,然后,我父皇一路留下,然后,啸影山庄又通过火蝶的引路,找到我父皇关押的地方,将我父皇救走?"

"朕也希望不是这样。"帝王微微绷直了声线。可是事情太多的巧合。白日里她忽然拦轿随他进宫,她要求见她的父皇,在他们见过的地方到关押的地方,路上有蝶迭香,她的父皇被人救走,救人的那些人来自啸影山庄,当他回到九景宫,她却已不在,湘潭跟她说,她接到孩子病重的消息连夜离宫回庄,而他来山庄看到的是,暖暖安然无恙。让他拿什么说服自己,她跟这件事情无关?

"不管你信还是不信,这件事情我完全不知道。"也不知自己出于什么心理,蔚景本能地竟然想解释。其实想想,她应该高兴才对,又何须解释。就算不是她和影君傲,肯定也是她父皇的人。只是,不能连累啸影山庄。

"不是我,也不是啸影山庄,跟影君傲没有关系。"她笃定而语。帝王低低笑出声来,凤眸的眼底掩匿着丝丝受伤:"你可以肯定自己,你怎么就那么肯定不是别人?若跟影君傲无关,若跟啸影山庄无关,那他怎么解释?"帝王扬袖一指,直直指着担架上的那个男人,"他可是昨夜在双方打斗的时候,断后掩护那些人离开的人,难道他也跟啸影山庄没有关系?"帝王沉声而问,胸口微微起伏。

他试图说服自己,也许,或者,可能真的跟这个女人无关,她的确不知情,她只是被人利用,而利用她之人目的很明显,一,帮她救出她父皇;二,制造他跟她之间的嫌隙。想帮她,而又不想他跟她好的人,这世上只有一个,就是影君傲。而恰恰那个啸影山庄的男人说明了这一切。

"影庄主,请你合理解释一下。"帝王依旧指着担架上的男人,转眸看向影君傲。影君傲眉心微微一拢,却也不为所惧:"肯定有人栽赃。"

"栽赃?"帝王冷冷一笑,摇头,正欲再说什么,忽然,担架上的那个男人咳嗽了一声,声音不大,却足以震惊全场。帝王的话也戛然止住。所有人都惊讶地看向担架。竟然没死,竟然又活了过来!帝王和影君傲同时快步上前。

第十八章 谁的孩子

"小四，快告诉我到底怎么回事？谁指使你们去宫里救人的？"影君傲抓起男人的手，迫不及待问道。男人缓缓睁开眼睑，虚弱地看了一眼影君傲，眼神有些闪躲，并未回答他，而是又吃力地转眸看向边上的帝王，忽然伸出另一只手，蓦地抓住帝王龙袍的袍角："皇上……你答应我的事……别忘了……"

　　众人一惊，帝王脸色大变。蔚景更是心头一撞，震惊看向帝王。帝王连忙蹲身反手将男人的手握住："你说什么？朕认识你吗？朕几时答应过你什么事情？"男人却是看着他，紧紧抿着唇，默不作声。帝王大手一把抄起他的衣领，嘶吼道，"谁让你这样说的？是谁？"

　　男人终于动了动唇瓣。全场四寂，所有人都看着男人，帝王更是一眨不眨地盯着他。"君……无戏言！"吃力地吐出四字，男人头一歪，脑袋耷拉在了帝王的手边。帝王一惊，提着他的衣领摇了摇他："不许死，把话说清楚！"一抹殷红顺着男人的唇角溢出来。众人大骇，那个叫小四的男人竟然咬舌自尽了。但是他说的两句话，在场的每一个人可都是听得清楚明白，第一句是"皇上答应我的事别忘了"，第二句是"君无戏言"，这说明什么？

　　说明就是栽赃！只不过栽赃之人不是别人，而是当今的天子，如今站在众人面前的这个帝王。啸影山庄虽然历来跟朝廷井水不犯河水，但是，却一直也是朝廷忌惮的一股势力所在。每个帝王都想除掉吧？更何况这个天子的女人还跟山庄的庄主有牵不清扯不断的关系。贼喊捉贼！这个少年天子只是要找个由头，一个对付啸影山庄、端掉啸影山庄的由头，是吗？

　　"小四，小四……"影君傲皱眉摇晃着男人，又大力将帝王抄在男人衣领上的手挥开，伸出手指探他颈脖处的动脉。已然断气。帝王有些失神地看着这一切，好一会儿才怔怔回神，猛地想起什么，下意识地看向蔚景，果然就看到了他不想看到的那种眼神。

　　失望的眼神，轻视的眼神，憎恶的眼神。

　　"蔚景……"他哑声开口，想解释，却发现不知该从何说起。蔚景却是略显疲惫地出了声："这便是你昨夜说的今日要给我的答复吗？"帝王一怔。

　　"你若不想放我父皇，大可以不放，有必要如此大费周章地演一出戏给我看吗？被人劫走？"蔚景低低笑，"在你戒备森严、固若金汤的皇宫里，一个坐在铁椅上，手脚都被缚的人，有那么容易被人劫走吗？"

　　帝王没有吭声，只看着她，沉默地看着她，凤眸逆光，万千光华流转，都是她看不懂的情绪。

　　"还有，我跟你两个人的恩怨，为什么要扯上影君傲？为什么要扯上啸影山庄？这就是你昨夜说的，普天之下莫非王土，你堂堂帝王，想要端掉一个啸影山庄，轻而易举，理由多的是，这便是你找的理由吗？"

　　所有人都看着帝后二人。影君傲吩咐两个守卫将小四的尸体抬走，缓缓起身，凤眸中冷色昭然："凌澜，没想到你竟是如此卑鄙小人，算我看错了你。"影君傲寒冽的声音落下，一直沉默不响的帝王骤然嘶吼出声："算我看错了你！"众人一惊，却发现，他对着的不是影君傲，而是蔚景。他压根看都没有看一眼影君傲，自始至终目光都牢牢锁在蔚景的身上。嘶吼之后，他又垂眸苦笑，整个人的气焰瞬间消失不见，喃喃地重复了一遍自己的话，"蔚景，算我看错了你。"

"三姐说得对，你从未真正信我，从未！"他轻轻摇头，轻轻笑。骤然，扬袖一指，直直指向正被山庄守卫抬走的男人，腾起血色的眸子死死盯着蔚景，他咬牙，一字一句，声音从喉咙深处出来，"他受人指使的你看不出来吗？他故意这样说的你看不出来吗？这么明显的陷害你都看不出来吗？你的心呢？你的心盲了吗？"

最后一句，几乎是咆哮出声。蔚景一震。在场的所有人都被震住。蔚景抿了唇，心里早已滋味不明。强自敛了心神，她同样咬紧牙关，灼灼回视着帝王："我的心是盲了，是被你弄盲的，我也曾对你卸下心防，我也曾给过你全身心的信任，是你，是你亲手毁了这一切！"

帝王身子微微一晃，高大的身形就像是瞬间矮掉了一截："所以，你就宁愿相信一个陌生人的话，也不愿意相信我？"方才，铁的证据摆在面前，她说，不是我，也不是啸影山庄，跟影君傲没有关系；如今，就一个陌生人故意丢的两句话，她就那般相信，如此肯定是他。原来，这世上之事，没有真理可言，只有信与不信。

蔚景没有吭声。帝王忽然放声而笑："好！既然你那般肯定是我，那我便如你所愿！既然你说我亲手毁了这一切，那我便干脆毁得彻底！"话音落下，帝王决绝转身，白袍轻荡，凌厉目光一扫全场，他厉声吩咐道："所有禁卫听着，啸影山庄劫走朝廷重犯，还杀死了朕的五名禁卫，其罪昭昭，你们现在就给朕踏平啸影山庄！"

蔚景大骇，影君傲瞳孔一敛，高朗脸色大变。

"唰唰唰"响声一片，是禁卫们拔出兵器的声音。就在蔚景准备冲过去阻止帝王的时候，一道奶声奶气的声音骤然响了起来："娘亲……"随着声音一起的，是摇摇晃晃奔出的小身影，蔚景一震，脚步顿住的同时，小家伙已经来到身前，抱住了她的双腿。

是末末。蔚景大惊，连忙将小家伙抱了起来。

"娘亲，有糖！"在蔚景慌忙地将小家伙的脑袋扳过面朝自己怀里的时候，小家伙将一颗包装很漂亮的糖果非要给她，蔚景只得伸手接过。

前方帝王回头，而原本扳着小家伙脑袋的手去接糖果去了，得了自由的小家伙也在这时转过头去。于是，一大一小，一老一少，两人的目光就这样在双方扭着头的情况下，就这样在相隔几步之遥的地方不期然相撞。那一刻，竟是天地俱寂。

帝王愕然睁大眼睛。小家伙也盯着他看，忽然，小家伙伸出胖嘟嘟的小手朝帝王，声音清脆道："糖……"如遭雷击的帝王怔怔将目光移向他伸着的小手上。嫩白手心上放着一颗糖。帝王转身，颤抖伸手，手臂似有千斤一般，伸得缓慢而沉重。眼见着大手

第十八章 谁的孩子

129

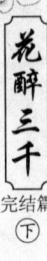

小手就要碰到，脸色早已苍白如纸的蔚景，陡然伸手将小家伙的手臂拉了回来，在众人注视的目光中，转身快步往山庄里面走。

帝王怔怔看着那抹落荒而逃的身影，好半晌没有动，过了好一会儿，才猛地一个激灵回过神来，下一瞬，便拔腿追了过去。

众人都莫名地看着这一切，不知发生了何事，只知道来了一个小孩子，叫蔚景娘亲，然后要给糖给他们的帝王，蔚景不让，然后，一个跑，一个追。当然也有眼尖之人，譬如，离得比较近的高朗。他惊讶地发现，那个不知从哪里冒出来的小家伙，那眉，那眼，分明跟他们的帝王长得……像得吓人。莫非……

他被自己的想法震惊到了。然后就是激动，替帝王激动，激动得不行。他回头看向身后的禁卫，见禁卫们都亮着手里的兵器，不知该怎么办的模样，他连忙笑着扬手道："莫急，等皇上指示，等皇上指示！"禁卫们又是一阵莫名其妙。

那厢，影君傲望着两人离去的方向，眉心微拢，轻轻抿起了唇，忽然，目光又缓缓一掠，掠过人群中。站在人群后的晴雨，心头慌跳，影君傲那一瞥，是什么意思？那样极快极淡的一瞥，是什么意思？是看出来，她故意放出末末吗？

是，她就是故意的。认识他这么多年，从未见他如此对一个女人，还是一个心里没有他，跟别的男人生儿育女的女人。为了那个女人，他受尽委屈，为了那个女人，他饱受痛苦，如今，还要为了那个女人，让啸影山庄成为朝廷的屠杀场吗？不，她不允许。她看不得他那般骄傲的男人被动，她看不得自己辛辛苦苦操持的家业毁于一旦。她要阻止，她要阻止这一切，哪怕被他恨，哪怕被他怪。

第十九章　我好想你

　　蔚景抱着末末越走越快，越走越快，就像是脚下生了风一样，最后干脆跑了起来。其实，她也不知道自己为何第一反应会是逃，就像她不知道，此刻又能逃到哪里去一样。她只知道，他跟在后面，他追了过来；她只知道，一旦他知道末末是他的孩子，一定会比现在还要百般纠缠。心头狂跳，她索性往缠云谷的方向跑。就算他知道了她住在缠云谷的岛中，他也进不去，有镇山兽不是吗？

　　她跑，苍白着脸，提着轻功，脑子里早已乱作了一团。小家伙趴在她的肩头，乌黑的眸子好奇地看着后面衣发翻飞、踏风追赶的男人。

　　一年多的功底怎敌十几年的武功造诣，何况她还抱着孩子，何况她心中还在纠结矛盾，终于在她决定停住脚步的那一刻，他也一个飞身翩然落在她的前面。她微微喘息地看着他，额头上渗出薄汗。他胸腔震荡地看着末末，眸子里各种激烈的情绪翻涌。

　　小家伙见男人忽然飞起就消失不见了，便连忙正过身子来找，不想男人就在自己面前，小家伙开心了，清澈的眸子一弯，胖乎乎的小手再次朝男人伸了过去，手心上还放着那颗糖果："糖糖甜……"稚嫩的童音划破一时间的沉默。

　　帝王忽然觉得一直哽在喉咙里的那抹酸涩瞬间往眸子里一涌，他连忙垂下长睫，强自抑住，才没让那抹潮热跌出眼眶。阳光下，小家伙的手白得有些透明，特别是被手心彩色的糖纸一衬，更加明显。他缓缓伸手，摊开掌心，轻轻托在小手的下面，小家伙将手中的糖果放在大掌的掌心。

　　这一次，蔚景没有阻止，只问："你到底想要怎样？"

　　男人五指一收，将那枚糖果紧紧攥住，就像是攥住了这世上最珍贵的东西，生怕一松手，那东西就没了一般。他徐徐抬眼，看向蔚景，千般隐忍，万般压抑，终究还是红了眼眶："你骗我骗得好苦。"刻意绷直了声线，却依旧难掩声音的颤抖。

　　"什么？"蔚景没好气地道，微微撇着视线，不看他。

　　"暖暖是我的孩子吧？"

　　蔚景咬咬牙："不是！"

　　男人轻笑摇头："到这个时候，还不承认，那么，他呢？"他伸手指着末末。暖暖她可以否认，那么眼前的这个小家伙呢，那跟他相似的眉眼，还不能说明一切吗？难道她跟别的男人生下来的孩子却长着跟他一般的眉眼吗？

末末见他伸着手，以为他是要抱他，便张开小胳膊，朝他探过身子，想要让他抱。帝王没想到他会这样，连忙伸出双手，抱住他小身子，蔚景不放，僵持了一会儿之后，蔚景终究还是松了手。

当小小的身子入怀，帝王只觉得一颗心都颤了。那种身与心跟着一起震撼的颤抖。他看着面前的小家伙，如此近距离地看着，看着那小巧的眉眼，小巧的鼻，小巧的嘴，粉雕玉琢的小模样，任何言语都无法形容他此刻的心情。小家伙也看着他，小手拨弄把玩着他龙袍的领口。

"他叫什么名字？"帝王不舍地将目光从小家伙的脸上移开，看向蔚景。蔚景秀眉微蹙，冷声道："你不需要知道。"帝王一听，就火了："我是他爹，我怎么就不需要知道？"蔚景轻嗤，转眸看向他："这世上有你这样的爹吗？"

"没有。"

的确没有！这世上有哪个爹，孩子都一岁多了，自己还不知道自己当爹了？这世上有哪个爹，孩子都说话走路了，自己还不知道孩子叫什么？只有他吧。

"蔚景，就算我当初对不起你们母子，你也没有资格让孩子不认我，我是孩子真正的爹。"

"末末……"

帝王的话还没有说完，小家伙就稚声将他打断。

"末末……末末……"小家伙小嘴嘟嘟囔囔地说着。

帝王愕然转眸，震惊地看着他，蔚景亦是露出不可思议的表情，心里却是不知该哭还是该笑，这平素内敛的性子都到哪里去了？就算这个男人是亲爹，那也是第一次见面吧，等于就是一个陌生人，竟然一点也不认生，又是给糖，又是让人家抱，还说自己是末末，有这样贴上去的吗？心中说不出来的感觉，她伸手想要将末末抱回来，被男人身子一偏，避过。无奈，她只得喊末末："来，末末，娘带你去找妹妹好不好？"一边说，一边朝末末拍手。

"暖暖是妹妹？"帝王扭头，凤眸晶亮地看着蔚景，末了，又低敛眉眼自言自语喃喃道，"末末，暖暖，末暖……"似是意识到什么，好看的俊眉微微一拢，再次看着蔚景。蔚景没有理他，依旧喊着："末末，走，随娘亲找妹妹去。"

小家伙闻言，便朝蔚景伸出胳膊，就在蔚景想要抱过他之际，帝王又是后退一步，再次避过："我随你们一起去！"口气霸道得不行。蔚景有些无奈，也深感无力，将手放了下来，冷脸冷语道："暖暖不喜欢你。"

帝王怔了怔，想起前夜自己的遭遇。那丫头片子似乎对他是没有什么好感。又是哭又是闹，又是要打他，还说他是坏人。"那只是暂时的，我是她爹。"帝王并不气馁，笃定道。

蔚景皱眉："凌澜，你能不能不要一直你是他爹，你是她爹的，这并不能代表什么，也解决不了我们之间的问题，十月怀胎生下他们的人是我，将他们抚养到现在这个样子的人也是我，跟你没有关系。"

"怎么会没有关系？我是他们的爹，这就是最大的关系，他们的身上流着我的血，这是谁也否认不了的事实。"帝王再次有些怒了。蔚景也不想跟他争，伸手作势就要强行抱回末末。帝王便彻底火了，"你自己都知道要千方百计找到自己的父皇，又为何如此狠心，让两个孩子没有爹？"

不提这个还好，一提她父皇，蔚景便也噌地怒了："因为你不配！"

"我不配？"帝王咬牙，胸口急速起伏，"我不配，他影君傲就配？凭什么我的儿女要让他一个不相干的男人做爹？"

蔚景气结："我提影君傲了吗？"她可是什么都没说，这跟影君傲有什么关系？

"你心里就是这样想的。"帝王脸色铁青，显然气得不行，蔚景不想跟他多费口舌，伸手再次强行抱末末："不可理喻。"一个要抱，一个不放，两人便扭在了一起。小家伙以为两个人在打架，"哇——"的一声哭出来。两人都是一惊。蔚景连忙松了手。末末不像暖暖那个爱哭包，极少哭，真的极少极少，哪怕还小些的时候，都难得哭上一两声，第一次如此放开喉咙大哭。而且还一发不可收拾，哭得上气不接下气。

蔚景有些被吓住，连忙掏出绢子替他擦着小脸上的泪水鼻涕。小家伙还哭。帝王便抱着他一边晃一边哄："末末乖，不哭，不哭，末末是男子汉，男子汉是不流眼泪的……"哄了好一会儿，小家伙才渐渐平息下来，一抽一抽地吸着鼻子，小眼睛红红的样子，惹人怜爱，又让人心疼。帝王心神一动，忍不住亲上小家伙还湿答答的小脸蛋，一边一口。也不知是不是被他弄得痒了，还是被重视得意了，小家伙竟然破涕笑了起来。

蔚景更是顿感无力，见小家伙好不容易不哭了，便也不想再跟凌澜吵，强自让自己平静下来，心平气和道："你到底想要怎样？"

"跟我回宫，你，末末，还有暖暖，一起。"帝王语气坚决，没有一丝商量的余地。蔚景皱眉："我不喜欢宫里的生活。"

"那就住在外面，住三姐的那个别院也可以，或者重新置一座府邸，反正，不能住在别人的啸影山庄里。"别人二字咬得极重，帝王一本正经。蔚景垂眸静默了片刻："住在外面也可以，但是，你必须让我父皇跟我们生活在一起。"

"你不会到现在还在怀疑，这次的事情是我所为吧？"帝王不可思议地看着她。蔚景抿了唇，面色清冷，没有吭声。帝王苦笑着摇了摇头，"无论你信还是不信，你父皇的确被人劫走了，我没必要骗你。"蔚景垂着眸子，依旧没有吭声。帝王有些无奈，低头看向怀中的小家伙，发现小家伙竟然靠在他的身上睡了过去。他弯了弯唇，当真是小孩子，情绪说来就来，说去就去，瞌睡也是，前一刻还生龙活虎，下一刻就

第十九章 我好想你

133

能睡了过去。抬手捏了捏小脸蛋，入手一片火热，他一惊，连忙探向他的额头。果然，温度高得让人心惊，原来不是睡过去，而是昏过去，脸色大变，他摇了摇小家伙："末末，末末……"

蔚景正沉浸在自己的思绪中，骤然听他一喊，也吓得回过神："怎么了？"

"末末病了。"将落在小家伙脉搏上的手拿开，帝王抱着他疾步往山庄的方向走。蔚景怔了怔，想来应该是原本的病没好，现在又发了，心头一骇，见男人已走了老远，便连忙心急如焚地跟在后面。

一场大战自是没有战成，高朗接帝王指示带着禁卫回朝。后来，禁卫们谈及此事，都说，是因为一个孩子。因为一个孩子的骤然出现，阻止了一场杀戮。可是，信息却也仅仅到此，个中详细没有一人清楚。

啸影山庄，厢房内，凌澜伸手摸了摸末末的额头，又探了探他腕上的脉搏，面色微微一松，回头道："没事了，发热已经降下来了，睡一觉醒来就会好了。"蔚景高悬的一颗心终于稍稍落下，边上的影君傲也是松了一口气。凌澜拉过薄被将末末盖好，仔仔细细替他掖好被角，这才直起腰身，蔚景上前，抓了末末的小手握在掌心，在床边上坐下来，眸色担忧地看着熟睡中的小家伙。

"我想问，如果我今日没来，你准备怎样治末末的病？"凌澜忽然问向蔚景。蔚景一怔，自是明白他话里的意思。因为药引是亲生父亲的鲜血。这个男人的意思是，他若没来，她又不打算让他知道有这个孩子，那么，末末的病该怎么办？药引从哪里来？这个问题，她还真没想。因为一回来，廖神医就在帮末末诊治，后来，廖神医又说末末无碍，她便也放心了。谁知道治标未治本，又复发了。

见蔚景不吭声，凌澜也不再问，只弯唇摇了摇头，举步朝门口走去，经过影君傲的身边时，脚步一顿："我们谈谈。"说完，也不管对方答应不答应，就又提起步子，径直往外走。影君傲怔了怔。蔚景闻言，皱眉回头："凌澜，你还要我说多少遍，我跟你之间的事，跟影君傲没有关系，你有什么好跟他谈的，不要再找他麻烦！"门口，凌澜背影微微一僵，脚步停了有一会儿，才微微笑着回头："蔚景，送你一句话，是你一直说我的一句话。"

蔚景一怔。

"你到底是哪里来的自信，那般笃定我跟影君傲谈的一定就是你？"

蔚景脸色一白。男人唇角笑容不减，话音继续："再说，在他的啸影山庄，在他的地盘，我能找他的麻烦找到哪里去？我孤单一人，难道你还怕他吃亏不成？"蔚景心口一撞，男人已转回头抬步走出厢房。蔚景便在男人的那一句话里微微失了神。影君傲沉默地看了她一眼，也转身走了出去。

院中的凉亭里，凌澜负手而立，凤眸一眨不眨地望着凉亭外的一株木棉，微微失神。影君傲拾阶而上，在他身后几步远的地方站定。意识到身后的脚步声，凌澜怔怔回神，却并没有回头。

"朕准备带他们母子三人回宫，庄主应该不会阻拦吧？"

影君傲眼波微微一动，轻弯了唇角："以皇上对甜海的了解，皇上觉得本庄主阻拦或者不阻拦有关系吗？脚长在甜海的身上，她若愿意回宫，谁也阻拦不了，可她若不愿意，怕是谁也强迫不了。"

凌澜轻轻一笑，言下之意，他懂。就是蔚景若想回去，他影君傲是拦不住的，可蔚景若不想不去，他凌澜也是强迫不了的，是吗？

"其实她若真不愿意回去也没有关系，"缓缓转过身，凌澜笑着睨向影君傲，"她想住在啸影山庄，便让她住在这里好了。"

影君傲一怔，不料他会如此说，可下一瞬又听得他道："两年的时间，说长不长，可也不短，足以让世事变迁，让沧海桑田，可是两年的时间，你都没能让她爱上你，而且还是在一个女人最绝望的时候，朕想，朕应该放心，哪怕她继续住在你的啸影山庄里。"

影君傲脸色一白，仿佛被人戳到了痛处，连薄唇都跟着失了血色。广袖下的大手攥了攥，他咬牙道："凌澜，你不要得意，谁知道你当初用了什么卑劣的手段，让她跟你在一起的？"凌澜却也不恼，俊眉无辜一挑："庄主的两年跟朕的当初有关系吗？"影君傲脸色再次白了白，怒极反笑，"当然没有关系，本庄主想说的是，不是每个人都像你一样卑劣。"

"要说卑劣，在庄主面前，朕还真是自叹不如，至少，朕不会对一个无辜的小孩子下手。"

影君傲一惊，愕然睁大眸子："你什么意思？"

"什么意思？"凌澜轻嗤，眸色也瞬间转寒，"你为了让蔚景回来，竟然对一个才一岁多的孩子做手脚！"影君傲浑身一震，难以置信地看着他，"你的意思是，末末这次生病是人为的？"

"你又要装作不知吗？"凌澜凤眸一眯，寒芒乍现。若不是他在家传的医书上看到过这样的记载，他也不知道是有人刻意为之。通过药物暂时改变血液的成分和比重，从而让人出现发热昏迷之症，虽然并不会造成性命危险，药力散去之后，人就会无碍，但是，这个药力至少会维持三日，也就是说，若不救治，就得发热昏迷三日，虽无性命之忧，却终究是遭罪不轻。凌澜冷冷地瞟了一眼正微微失神的影君傲："知道朕为何没有揭穿你吗？"影君傲茫然地看着他。

"因为蔚景。她身边的温暖不多，你是她唯一的朋友，她相信你、依赖你，朕不想她失望难过。不然，你这样对末末，朕肯定杀了你！"最后几个字，凌澜几乎是咬着

第十九章　我好想你

牙从牙缝里挤出来的。末末，暖暖，她将两个孩子取名如此，是想说，末暖，末暖，是她最后的一抹温暖吗？

凌澜回到厢房的时候，蔚景还坐在床边陪着末末，见他一人回来，蔚景探头看了看他身后，问道："影君傲呢？"

"被朕杀了！"走到桌案边，一撩白衣龙袍的袍角，闲闲坐下，凌澜抬眸看向蔚景。知道他狗嘴里吐不出象牙，蔚景冷了他一眼，懒得理会。

见她如此，凌澜又唇角一勾道："逗你的，我们只是打了一场，朕侥幸赢了，他受了点伤而已，去上药包扎去了。"蔚景脸色一变，起身站起，作势就要出门，凌澜忽然低低笑出声来。蔚景这才意识过来，还是上这个男人的当了，顿了脚步。

"怎么不去了？去看看，看看他跟我谈完话之后，少了几根汗毛？"

蔚景不可理喻地看着他，轻轻摇头："你知不知道自己的话有多酸？"

"那你又知不知道自己的表现有多伤人？"男人忽然紧接着她而问。

蔚景一震。

蔚景考虑到凌澜就住在山庄，而且连续几日自己在众人的眼里，出现的次数也很高，所以也不敢回缠云谷的岛中，就怕被人发现了那个隐秘的地方，会连累到婆婆。影君傲替她和凌澜分别安排了房间。夜里两人不欢而散，回来时，末末和暖暖早已被兰竹哄着睡了，她一个人拥着薄被，辗转难眠。

好不容易熬到天亮，一打开门，就被入眼的一切吓了一大跳。乌泱乌泱一院子的人，有宫女，有太监，还有禁卫，且全部都是跪着。在人群的中间，依次摆着四个豪华座辇。

第一个是龙辇，金丝楠木的质地，明黄的色彩，一看就知做工考究、雕刻精良，特别是那盘踞在椅背上的五爪金龙，栩栩如生，就像是要飞了起来，奢华大气，又尊贵威严。

第二个是凤座，同样是楠木材质，同样明黄的色彩，所不同的是，金龙变成了展翅的凤凰，且凤凰羽翼上，镶嵌着各种宝石翡钻，在秋日的晨曦下，比前面的龙辇更显闪亮迷眼。

第三个，第四个是两个小巧很多的孩童座辇，虽小巧，却丝毫不输前面的龙凤座辇，各种雕花图案，各种垂坠彩幔，好看可爱，甚至还配有以供孩童玩耍之用的风车和铃铛。

四个豪华座驾的最前面，男人一袭白色龙衮，负手而立，凤眸微微眯着，看着远处的天边，不知在想什么，似是等候了很久。蔚景微微拢了眉，昨夜虽听凌澜如此讲，心中却终究存了一丝希望，以为不过是他的气言，谁知竟动了真格。而且看这个架势，不仅仅是圣旨，还将她想私下跟他抗衡一下的机会都剥夺了去。她若不回，置啸影山庄为何地？且不说世人不知如何看啸影山庄，单单说这个疯子，可是什么事情都做得出来。

这比什么劫走朝廷重犯的理由充足多了。那日，如果不是末末突然出来，她真不知道，她是否能阻止一场杀戮。

许是听到她开门的动静，男人缓缓收回落在远处的目光，眸光流转，朝她看过来。她站在门边看着他，他面沉如水，目光寡淡。她知道他在生气，她又何尝不拧着一股气。

关于她父皇的事，她当然知道小四是诬陷他的，从他说一路有蝶迭香开始，到小四临死前说的那两句将矛头指向他的话，她就更加确定不是他了。他说，这么明显的陷害，你看不出来吗？你的心盲了吗？她不是傻子，如何看不出来？是她再也不敢相信自己看出来的而已。说她眼瞎也好，说她心盲也罢，对于这个如罂粟、如毒药一般的男人，她唯一能做的，就是筑起所有的高墙，不要让他再次侵袭到自己的身心里面。

正沉浸在心事中，不知谁先发现了她，带头喊道："恭迎皇后娘娘回宫！"意识过来的众人，便齐声高喊这句话，声洪震天，久久回荡。蔚景回过神，望着伏地而跪的众人，弯了弯唇角："皇上还是如此喜欢做事不给人留一丝余地吗？"两年多未见，一点没变。他总是这样，永远这样。

"是！"男人薄唇轻动，淡然的声音紧接着她的话落而响，"也不给自己留一丝余地。"

蔚景如同蝶翼的长睫微微一颤。的确，这就是这个男人最狠的地方，做任何事情，从不给别人留余地，也绝不给自己留余地，置之死地而后生。或许这也是他每次都能险中取胜的原因吧。可是，感情不是帝位，不是江山，不需要去偷，不需要去抢，也不需要设计，更不需要谋略，爱很简单，只需要男女双方以最单纯的自己相面对。可他永远也做不到。他心比海深，他满腹计谋，他从未让她真正走进过他的世界，也从不告诉她自己心里最真实的想法，一味地用最决绝的方式逼她，到最后，她伤，他也伤，两败俱伤。这不是爱的模样，真的不是，这样遍体鳞伤的爱，她情愿不要。

"皇上能借一步说话吗？"他不给她留余地，众目睽睽之下，她却终究做不到不给他留。两人的问题，私下解决吧。她真的不想回宫。可是男人却没有给她这个机会，斩钉截铁回答道："不能！"蔚景怔了怔，心里隐隐有些怒了，却强自抑制住，敛神静默了片刻，她又道，"那皇上将他们撤了吧，我自己回宫。"

"不行，当今皇后回宫，排场岂能小了去？"男人的口气如同他的行为一样，不留一丝商量的余地。蔚景真的有些火了，云袖中的小手攥了又攥，"好吧，我跟你回宫，但是，这么早暖暖和末末可能还没起来，下次再来接他们吧。"

"娘亲——"她的话还没说完，就听到一声稚声稚气的呼唤，来自走廊的那头。蔚景浑身一震，回头，就看到三个小身影正在回廊上朝这边跑过来。是嫣儿带着末末和暖暖。

要不要出现得那么及时啊？蔚景欲哭无泪，回头看向男人。还以为会遇上男人促狭的目光，没有，男人依旧面色沉静清冷，一双凤眸亦是秋水淡淡。而让蔚景更无力的是，三个小家伙跑了一半，忽然看到人群中的漂亮座辇，竟直接跑了过去，蔚景想要阻

第十九章 我好想你

137

止都来不及。

　　嫣儿大，直接上了最后一个小座辇，末末和暖暖小胳膊小腿的，却没能爬上去。见嫣儿已经玩起了风车和铃铛，自己没轮到，暖暖直接小嘴一瘪哭了出来。末末站在那里，也难得一副很想要的模样，乌黑的眸子望着被嫣儿吹得"呼呼"旋转的风车，怎么也舍不得离开。

　　"末末，暖暖……"蔚景皱眉，抬步走出回廊。而这厢，男人已经缓步走到两个小家伙的面前，蹲下，一手一个抱起。或许是觉得对方能满足自己的愿望，这一次，暖暖破天荒地没有排斥，反而还止了哭声，眼睛红红、可怜兮兮地看着他，然后伸出小手，指了指嫣儿坐的那个座辇："要，暖暖要……"男人一直冷峻的脸色终于出现了一抹柔光："那暖暖跟嫣儿姐姐一起坐好不好？"

　　"好！"小家伙瞬间就开心了。嫣儿也不吝啬，小屁股往边上挪了挪，腾出个地儿，喊着暖暖："快来，快来！"凌澜刚将暖暖放在座辇上，她就迫不及待伸出小手拨动着座辇上悬挂的铃铛，听得铃铛在自己手下叮当乱响，小家伙也高兴得"咯咯咯"笑起来。

　　"末末，坐前面一个好不好？"

　　"好！"末末眉眼弯弯。

　　将末末抱放到第三个座辇上，在凌澜松手的时候，小家伙忽然在他的脸上"吧嗒"亲了一口，凌澜身子一僵，好一会儿都保持着弓着身子的那个姿势没有动，许久，才缓缓直起腰身。蔚景也已来至跟前。凌澜并未看她，而是沉声吩咐众人："起驾回宫！"

　　蔚景终究还是跟着一起回宫了，只是心里面真的很不舒服，她生生有一种被凌澜用孩子逼回的感觉，虽然凌澜并没有对末末和暖暖做什么。或许是因为心里面已经将一个人看死，所以无论那个人做什么，她都会带着主观情绪去看。而且他还带回了嫣儿，她说他不该，怎么能带走别人家的孩子，影君傲可是视嫣儿为命。她问他，带上嫣儿，到底有何目的，到底是想威胁她，还是想威胁影君傲？当时，他就笑了。他说，朕的心思已经浅薄到都写在脸上了吗？竟然都让你给识破了。蔚景愤然，让他将嫣儿留下来，他直接无视。

　　回宫以后，她带着三个孩子回了九景宫，他则是一人直接去了龙吟宫。

　　因为突然多了三个可爱的小家伙，九景宫里热闹一片，宫人们都围着三人又是逗，又是说，又是笑的。小家伙初入皇宫，对皇宫里的一切新奇得很，玩得可开心了，九景宫里欢声笑语一片，不时传来孩子"咯咯咯"笑得清脆的声音。

　　闹闹哄哄，一天倒也过得很快，转眼，天就黑了。许是疯玩得太累了，三个小家伙用完晚膳不久，就相继都睡了。孩子一睡，九景宫就瞬间冷清下来。虽然九景宫里静了，可外面却热闹了，随处可见忙碌的宫人，有搬着花团盆栽的、有抱着地毯帷幔的、有端着瓜果糕点的，全都是朝龙吟宫而去。如此隆重地布置龙吟宫，是因为今夜发生了一件大事。他们的帝王第一次翻了后宫的绿头牌，召云华宫的韩嫔侍寝。

这也是这个帝王自登基以来，第一次宠幸后宫妃嫔，哦，不对，应该是自那场大火以来。宫人们一个一个面露喜悦之情。两年来，宫里一桩喜事都没，冷清得要命，今日一日，却是三喜临门。皇后娘娘死而复生回宫，还带回一皇子一公主，帝王两年多的隐疾痊愈。

只是宫人们有一点不明白，既然皇后回来了，这绿头牌的第一次，不是应该先给皇后吗？就算不宠幸，也没必要非要在她回宫的当日翻别的女人的牌子吧？难道真的只闻新人笑不闻旧人哭？可，没有功劳也有苦劳，皇后还给帝王生了一双儿女不是吗？

床前明月光，蔚景坐在窗边的软椅上，静静望着窗台上的那一抹皎皎之色，怔怔失神，窗外的远处，络绎不绝的是太监宫女们忙碌的身影，不时飘来阵阵调笑声。

"不知那韩嫔什么来头，皇上第一次翻绿头牌，竟然就翻了她？"

"人长得好看呗，后宫的几位娘娘，就数韩嫔最好看了，国色天香、倾国倾城，听说还弹得一手好琴，皇上自己也擅通音律，如此佳人，又怎会不爱？"

"说得也是，不过，要说国色天香、倾国倾城，暂时还没有人超过皇后娘娘吧？为何皇上还……"

"喜新厌旧是人的常态，而且两年的时间，足以改变很多东西。"

"嗯，可我还是替皇后娘娘不值，都说一日夫妻百日恩，皇后娘娘还给皇上添了一双儿女呢，怎么能在她回宫当日，做出这种捅她心窝子的事？"

"君心莫测，主子的心思又岂是我们这些做奴才的能懂的？"

"唉，这就是皇家！我们还是不要妄议了，当好自己的值，做好自己分内的事便是，小心惹祸上身。"

"嗯。"

蔚景弯了弯唇，拢了拢身上的中衣，还是觉得有些冷，便扬手将窗给关了，仰身轻靠在软椅的椅背上，她微微合上眼睛，调笑声远去，外面中殿忽然传来动静，是众人行礼的声音："参见皇上。"

皇上？靠在椅背上的蔚景睁开眼睛，却并没有起身，也没有动。

"他们都睡了吗？"帝王的声音。用的是他们，宫人们自是知道他问的是谁。三个小家伙么。

"回皇上，都睡了。"

"嗯。"有脚步声往外走。

"皇上，要禀报皇后娘娘吗？娘娘应该还没睡。"是湘潭的声音。

"不用了，朕只是过来看看几个孩子。"

宫人们行礼恭送的声音。脚步声远去，有两个宫人小声嘀咕抱怨了几句，被湘潭

第十九章 我好想你

冷声止了。夜,又恢复了一片静谧。蔚景从软椅上缓缓起身,褪了身上中衣,走到床榻边,掀开薄被,躺了下去。

　　龙吟宫被布置得焕然一新。薰香缭绕、帷幔轻垂,美丽女子端坐瑶琴前方,十指尖尖,轻盈拨动,一串串动听的音符在她的手下流淌而出。女子一身纱裙,身姿曼妙玲珑,肤白若雪、眉目如画,盈盈而弹间,不时抬眼看向坐于灯下优雅品茶的男人,宝玉一般的美眸中,眼波流转,波光潋滟。男人一袭白色龙纹寝衣,低眉垂目,把玩着手中白玉瓷茶盏,不时端起,送至薄削的唇边,小呷一口。

　　一曲毕,琴声盘旋不止,大有绕梁三日之势。女子盈盈起身,对着男人落落行礼:"臣妾献丑了。"男人徐徐抬眼,朝女子看过去。女子半跪在琴边,那垂眸颔首的浅浅一笑,仿佛让天地万物都失了颜色。放下手中杯盏,男人起身,举步朝女子走过去。

　　听着那稳健的脚步声,女子心头狂跳,直觉得那一步一步不是踩在地上,而是踩在她的心里,让她的心跳"扑通扑通",一记盖过一记。两年的深宫寂寞,没白熬,两年的静心等待,没白等。终于等到了这日,这个全天下最尊贵的男人,最龙章凤姿、最风华无双的男人痊愈了。她要做他真正的女人了。金线黑靴映入眼底,一截白色衣摆轻曳,男人在她的面前站定,那一刻,她只觉得自己快要眩晕了过去。

　　下颌一热,男人净长的手指轻轻挑起她的下巴,一点一点抬起。一颗心慌乱到了极致,也欣喜到了极致,随着男人的动作,她娇羞抬眸,朝男人望去。

　　蔚景睡得迷迷糊糊,忽然身上一凉,她缓缓睁开沉重的眼皮,入眼是男人俊美的容颜,也盛怒的容颜。"你怎么来了?"惺惺忪忪嘟囔了一句,蔚景闭了闭眼,作势又要睡了过去。男人干脆大手一拉,将她从床榻上拎着坐起。蔚景摇摇晃晃,有些坐不住,皱眉不悦地抱怨,"好困,我要睡觉。"话落,又准备歪倒下去,被男人一双大手重重扣住双肩,才没能如愿。

　　"你这个女人,你到底有没有心?"男人咬牙切齿,五指一收,蔚景只觉得肩骨都要被他捏碎了,剧痛也让她的意识清醒了不少。

　　"你做什么?"她抬眸恨恨地看着他,许是疼痛的缘故,竟是红了眼睛。

　　"你怎么能睡得着?"还睡得如此的香!男人胸口微微起伏,显然气得不轻。蔚景不解,疑惑地看着他,眉心更是皱成了一团:"怎么了?出了什么事吗?"那一刻,凌澜恨不得捏死她。

　　"起来,我们把话说清楚!"双手一用力,如同老鹰抓小鸡一般,凌澜直接将蔚景从床榻上拎了下来。赤足落在秋夜冰凉的汉白玉石地面上,一股沁寒直直从脚底往心头一钻,蔚景凉得一颤,顿时睡意全消:"凌澜,大半夜的,你又发什么疯?"

　　男人将她放开,凤眸沉沉,紧紧锁在她的脸上。蔚景也不为所惧,迎上他的目光,定定望进那黑如浓墨一般的深瞳。不是有话要说清楚吗？她等着。男人胸口微微起伏，菲薄的唇抿成了一条冰冷的直线，许久，才黯声道："你到底想要怎样？"

蔚景哑然失笑。她到底想要怎样？她可是好好地躺在自己宫里的床榻上睡觉，又没招谁，又没惹谁，是他突然闯进来的，好吧？问这句话的人应该是她不是吗？

"你在问我吗？"她好笑地看着男人。男人薄唇更紧地抿起，凤眸里的黑慢慢被血色淹没，她唇角的笑靥，让他恨不得亲手毁了她。

"这屋里还有第三个人吗？"他强自抑制住胸腔里翻涌的沉怒和嗔癫。蔚景不以为然地撇嘴："没有，不过，我以为你自言自语。"他不问他自己，她还想问他呢。到底想要怎样？他下圣旨让她回宫，她便回来了。他让她住到九景宫，她住进来了。他翻绿头牌宠幸妃嫔，她也不妒不闹。他说起来把话说清楚，她就起来听着。他到底想要怎样？

见男人凤眸满是怒气地盯着她，却不说一句话，她又赤足往床榻边走："你说有话要说清楚，到底说不说？不说，我就睡了。"伸手掀开薄被，正欲上去，骤然手腕一痛，男人再次抓了她的腕，直接将她拽了回去，猝不及防的她，直直跌入他的怀中，鼻梁重重撞上他的胸口。蔚景痛得瞳孔一敛，许是隔得太近，又许是她的心理作用，她隐隐闻见淡淡的女人脂粉的味道在他的胸口、她的鼻尖萦绕。晚膳本就没有吃什么东西，空空的胃里禁不住一阵翻涌，她甚至来不及推开他，就扭头干呕起来。

凌澜见状，脸色一变，以为她哪里不舒服，连忙伸手探上被他紧紧抓住的那只腕。脉息正常。一股无名的怒火噌地从心底往上一蹿，就像是一头雄狮想要冲撞出心房，他愤然甩开她的手："蔚景，我就这般让你讨厌和抵触吗？"

蔚景被他甩得后退了好几步，所幸如今的她会武功，才适时地稳住了自己的身子。她也不回答。凌澜摇头，轻轻摇头："蔚景，这世上只有你，只有你这样……"

蔚景怔了怔，这句话意思太广。是只有她这样不识抬举呢，还是只有她敢公然不敬帝王？

是哦，她忘了，忘了他已经是皇上了，是受万民敬仰、万民跪拜的皇上，是三宫六院、佳丽无数，他亲临哪个宫，哪个宫的女人就应该对他感激涕零的皇上。双手拂了寝衣的衣摆，她双膝一屈，跪在了汉白玉石地面上："若皇上没有其他吩咐，夜已深，恭送皇上回宫。"如其他人行跪拜之礼一样，她只是没有用自称。垂眸颔首，眼角余光瞥见男人袍角轻曳，来至跟前。她没有抬头。

"好，如你所愿！"沉沉几字落下，男人转身，疾步往外走，一步不停，也未曾回头。

蔚景一直保持着跪在那里的姿势，微低着脑袋，长睫轻垂，目光定定望着身前玉石地面上的花纹，久久失神。

龙吟宫里，韩嫔依旧跪在地上，一双水眸疑惑又略显失望地望着内殿的门口。方才，就是方才，帝王温柔地挑起她的脸，她以为帝王要吻她，羞涩地闭上眼睛，帝王却是陡

第十九章　我好想你

然将她放开，转身就走，直直出了内殿、中殿、外殿。帝王忽然离去，也不知去了哪里，做什么去了，留她一个人跪在这里也不敢起来。

就在她不知第几次看向门口，那抹伟岸挺拔的身影终于再次映入眸底，回来了，他回来了。心头一跳，她连忙收回目光，垂眸颔首跪在那里。

脚步沉沉，男人径直走了进来，她以为男人会扶起她，至少让她平身，可半天未见任何动静。她偷偷睨了过去，发现男人已经在桌案边坐了下来，面色冷峻、薄唇紧抿，一双凤眸微眯，定定望着桌案上跳动的烛火，不知在想什么。韩嫔更加蒙了，心里的失望也愈发大了起来。

一人坐着，一人跪着，两厢无言。

又是不知跪了多久，韩嫔见对方依旧没有一丝反应，心中经过一番计较之后，缓缓站了起来，因为跪得太久，膝盖酸麻，她还差点摔跤。可饶是这样的动静，都没能将帝王的目光牵引过来。微微攥了小手，她莲步轻移，缓缓走向男人："皇上，夜已深，皇上明日还要早朝，就让臣妾伺候皇上就寝吧。"清润如珠的声音柔柔落下，一双水眸一眨不眨看着帝王俊脸上的表情。

见帝王没有拒绝，她便颤抖地伸出小手，开始解帝王的领口。帝王这才终于有了一丝反应，怔怔回神，徐徐转过头，朝她看过来。韩嫔娇羞微笑。帝王看着她，她也透过烛光看着帝王。

第一次如此近距离地看这个男人，她心跳不已。真真是天下最俊美的男人，特别是那一双深潭一样的黑眸，仿佛有漩涡一般，让人看上一眼，便能被卷入，然后沉沦淹溺其中。见他如此，韩嫔手中动作未停，葱指尖尖，解开他的领口，正欲进行下一步动作，却猛地被男人抓住手腕。痛，男人用了大力，所幸下一瞬，男人就已放开。

"是谁让你碰朕的？"沉冷的声音从喉咙深处出来，男人凤眸瞬间寒色昭然。韩嫔大骇，连忙"扑通"一声跪在地上："是臣妾莽撞，冲撞了皇上，请皇上原谅！"

"滚！"

灯下，蔚景将插于自己手臂上的一根银针轻轻拔下，置在面前灯盏的烛火上烧了烧，又一手撩开垂顺在后肩上的长发，另一手执着被火苗消毒过的银针，准备摸索刺入自己的后颈，却是猛地被人握住了手腕。

"你就是这样让自己睡着的吗？"男人喑哑的声音响在头顶，蔚景一怔。怎么又回来了？而且，是鬼吗？还是想表现一下自己的轻功有多好？竟然连脚步声都没有。她没有回头，也没有动。男人却是拿下了她手中的银针，将她的身子扳过来，面对着自己。

"刺入手臂上的井穴，再刺入后颈的田穴，可让人沉睡。你就是这样让自己睡觉的吗？"男人专注地望进她的眼，原本漆黑一团的深瞳里有光亮在跳。她懂医，他更懂。

"是！"蔚景也不否认。她头痛，她难受，她睡不着，她只能用这个方法让自己睡过去。刚才她就是这样让自己睡着的，只是被这个男人突然闯进来给弄醒了，然后，又睡不着了，所以，她才想着再施一次针。

"怎么？深更半夜的，皇上不睡觉，来来往往，就是为了确认这个吗？"她记得很清楚，他方才那次来的时候，因为银针的作用，她睡得很香，他说，你怎么能睡得着？这次来，她还没来得及让自己睡过去，他说，你就是这样让自己睡觉的？这很重要吗？她睡不睡得着，对他来说，很重要吗？

显然，这一次男人已经轻了怒火。大掌将蔚景的小手裹住，男人在蔚景的面前缓缓蹲下来："蔚景，我们都不要再相互折磨了好不好？"苍哑的声音流泻，男人深凝进她的眼。蔚景一怔，折磨？这个词……

因为男人是半蹲在她面前的姿势，而她是坐着的，所以两人差不多一样高。这是第一次，他们用这种姿势相处，应该说，她是第一次看到这个骄傲的男人用这种略带乞求的姿势。心口一颤，她略略别过眼。她就是这样一个人，吃软不吃硬。

"凌澜，我累了，有什么事明天再说吧。"蔚景起身站起，她害怕这样的相处。刚准备走开，男人也站了起来，长臂一捞，将她深揽入怀："蔚景，既然，你心里有我，我心里只有你，我们别闹了，我们都好好的，好不好？"

我心里只有你？蔚景鼻子里发出一声轻笑。这一声轻笑，似乎让男人很受伤，双手扶着她的肩，微微拉开了一些距离，他垂眸看着她。

"我该相信你吗？"蔚景忽然开口。既然今夜他来来往往，不想让她睡，那么两人索性一次性将话说清楚。他说得没错，现在这样的相处的确是折磨，彼此的折磨。

"我能相信你吗？"见男人未语，她又重复了一遍。男人沉默了片刻，哑声问道："你愿意相信吗？"

"不愿意！"她斩钉截铁，口气笃定。男人眸色沉痛地看着她，她别过视线，下一瞬，却又被男人的大手将脸扳回来："蔚景，这不公平，我如此相信你，你却吝啬得从未给过我信任。"

"从未吗？"蔚景冷笑，扬眉看着他。若从未，她就不会跟他在一起，若从未，她也不会做他的皇后，若从未，她又何至于得知一切都是谎言之后，绝望得跳火自焚。更何况，爱情不是买卖，不是交易，不是哪一方付出多少，就必须得到另外一方对等的回应。又何来公平不公平？这个道理，他似乎不懂。

"皇上还有什么问题吗？"蔚景再次下起了逐客令。

"要如何做，你才会相信我？"男人眸光灼灼，盯着她的脸。她摇头，淡声道："不会再有那一天了。"

"你敢！"蔚景的话还未说完，就被男人嘶声打断，而下一瞬，大手捧着她的脸，将她往自己面前一拉，重重吻上她的唇。

蔚景皱眉，她真的很讨厌他这样，非常讨厌。难道这就是男人跟女人之间的区别？

第十九章 我好想你

而且，刚刚这张嘴，说不定还在别的女人唇上辗转，现在，又怎么可以来亲她？闭眼，咬紧牙关。两人的口中便有了血腥。直到她伸手，大力推拒着他，他才将她放开，胸口起伏、呼吸粗重，沙哑着声音，低低问她："你到底要怎样才肯相信我？"

蔚景同样喘息地看着他，满眸愤恨和抗拒，一张小脸也因为憋气，被涨得通红："相信你？你每次说一套，做一套，两者又完全相反，你说，我是应该相信你说的，还是应该相信你做的？如果相信你说的，你说，我的父皇也是你的亲人，你一定会帮我找到我的亲人，结果，你做的却是，将我的父皇关押起来，还用我的生死来威胁他。我知道你是为了找人，我也想过，你有难言之隐，我不能理解的是，你如何能泰然自若地跟我父皇说，让他等着给我收尸？凌澜，我想知道，说出那话的那一刻，你是怎样的心情？也跟你的表情一样泰然自若吗？"

"我……"男人颤抖地看着她，发现自己根本找不到语言。

"如果相信你做的，你随我跃下山崖，你替我割脉取血，你甚至为我夺宫，我相信，我也感动，可是后来，你却又亲口否认了这一切，你说，随我跃下山崖，那是因为你知道那断岗不高，摔下去不会致死；替我割脉取血，那也因为你是医者，你能把握分寸，知道放多少血出来是安全的；而为我夺宫，就更说不上了，没有我，你一样要夺，这中渊的江山你坐定了！你不是这样说的吗？你说，我还要怎样相信你？信了你做的，你又亲口否认这一切，信了你说的，你又用铁的事实来摧毁，你自己说，我应该如何相信？"

"是，我的性格是有问题，我自己知道。我敏感，我多疑，那是因为我怕。家破人亡，便是我曾经错信的代价。人生没有回头路，我不能迷失了一次，再迷失第二次，所以我谨小慎微，所以我心墙高筑，我知道对你不公平，所以，我试着走近你，试着给你全身心的信任，可当我好不容易走出这一步的时候，你又做了什么？你亲手毁了这一切。"

"蔚景……"男人低呼。蔚景红了眼眶，继续："虽然没有你的聪明睿智，没有你的心细如尘，但是，我也有眼睛，我也有大脑，我能看，我能思考，是，如你所说，我早就知道小四那件事并不是你所为，可是世态炎凉、人心可怕，我早已失去了信任的能力。"

"是失去了信任我的能力吧？"凌澜微微苦笑，满目苍凉，"对影君傲，对影无尘，对其他人的信任，你还是有不是吗？"

"是，对他们的信任我还是有。"蔚景也不否认。

凌澜轻笑摇头。

"可是，凌澜，你想过没有，这是不一样的。就好比，让你同时面对鸯颜跟……"本想说铃铛，忽然又想起，他们两个人的关系她还没搞清楚呢，所以，想了想，便换了湘潭。

"就好比，让你同时面对鸯颜跟湘潭，你给予了她们两人信任，若有一日，湘潭背叛你，或者鸯颜背叛你，哪个会让你更痛？是鸯颜吧？因为那是你最亲最信的人。我是信任影君傲，我也信任影无尘，那是因为就算哪一天，我无意中发现，他们对我的欺骗，我会难过，我也会伤心，可是，我不会绝望，凌澜，你知道吗？你的所作所为，让我难过，让我伤心，更让我绝望。"

许是这些东西，堆压在心里太久，今夜终于找到一个缺口，便一发不可收拾，一口气说了一大堆以后，蔚景忽然觉得好累也好无力，瞟了凌澜一眼："算了，说了你也不懂，你回吧，我真的要睡了……"

"不，我懂，我都懂，你说，我要听。"凌澜迫不及待地将她的话打断，漆黑如墨的眸中更是闪闪发亮。几时见过这个女人这样？他真的要听，很想听。其实，她又何尝不是跟他一样的人。隐忍、压抑，将自己的心和情绪深藏。他希望她能像现在这样，有不满，讲出来，有疑惑，说出来，有委屈，发泄出来。他最怕她不冷不热、不温不火、爱理不理、一声不吭、盐油不进的模样，就像这几日这样。前路风波险恶他不怕，世事无常、奸人作难他不怕，就算面对生死，他亦从未惧过，这世上，只有她，也只有她，让他无措成这样。他不知道该怎么办。他不知道用什么方法能改变两人的现状。哄骗逗劝，威逼利诱，他方法用尽，都没有用。他甚至用了最拙劣的招数，翻妃嫔的绿头牌，逼她吃醋，而她继续没事人一样，睡得香甜。他怎能不光火？

"蔚景，是我不好，都是我不好，你说，你继续说！"

"继续说？"蔚景哑然失笑，眼眶却越发红了，"说什么？说你用末末暖暖逼我回宫，又在我回宫当日，大张旗鼓宠幸别的妃嫔吗？"

"你在意吗？"他紧逼而问。蔚景垂眸弯了弯唇："在意又如何，不在意又如何？你无非就是想要告诉我，没有了我，你同样可以有别的女人。"

"当然不是！"男人闻言一急，连忙否认，"我跟她什么都没有。如果我说，我这样做，只是为了博取你的一点在意，你信吗？"话音刚落，也不未等蔚景反应，又面色一黯，垂眸自顾自道，"显然，你不信。"

"幼稚！"蔚景冷了他一眼。

"就算幼稚，那也是你逼的！"男人毫不示弱地顶上，心里却是从未有过的欣喜若狂。她的话语以及她的表现，是不是表示……她信了？其实，他自己也觉得幼稚。这样幼稚的事情，他不是第一次做。曾经在随军去云漠的时候，他以为冷脸冷语的蔚卿是她，为了博取她的一点点同情，他借大蒜之因不吃不喝，结果，根本表错了情，对方是蔚卿，而小石头才是这个女人。

"蔚景，不管你信不信，有些话我还是要说。你父皇在我手上，我却骗你不知，是我不好，我也不应该利用你的生死去威逼你的父皇。但是，后来，在行云山的火刑场上，你问的那些问题，都不是我的答案。你其实应该心里有数，当初，这本就是我们的计划，我并不知道你这边有变，我还以为仍旧在按照我们两个商量好的计划进行，哪怕你临时更换了问题，当时我疑惑过，却并没有多想，所以，你怎样问，我就怎样相反地回答。"男人一口气说完，眸光轻凝，睨着蔚景的反应。蔚景长睫微微一颤，淡淡"哦"

第十九章　我好想你

145

了一声。没有表情，没有情绪，不带一丝感情色彩。

"就这样？"男人蒙了蒙，完全不料她是这种反应。"哦"字是什么意思？是表示自己听到了，还是表示自己相信了，又或者是根本就没有听进去，随便敷衍他？

"蔚景……"他疑惑地看着她。蔚景自顾自转身，走到床榻边，将自己的赤足塞进软靴里面，回头："我都听到了，你还有要说的吗？若没有，回吧。"男人俊眉微拢，正欲再说什么，门口却骤然传来湘潭的声音："皇上，马上就要早朝了，奴婢进来伺候皇上更衣吧。"

早朝？屋内两人皆是一怔，全都看向墙角更漏。竟然已是五更天。

在龙吟宫的偏殿里，蔚景见到了依旧昏迷未醒的鸷颜。上次见面是在啸影山庄的缠云谷，那夜太黑，且当时她的心思都被凌澜所缠，所以也没有注意她。今日她才发现，好好的一个人，竟然被生生折磨成了这般模样。消瘦就不说了，只剩下皮包骨头，面色苍白，毫无一丝血色，连唇瓣都是白的，就那样躺在薄被里面，一动不动，毫无存在感。

缓缓走到床榻边坐下，蔚景握起她的手，她的手冰凉得吓人，蔚景裹在手间，轻轻摩搓，一颗心痛作一团。方才在路上，凌澜将这个女人跟叶炫的事给她大概讲了一遍，震惊之余，她除了心痛，更多的是折服。

她终究比她坚强，比她执着，也比她勇敢，比她坚定。

蔚景走出中殿的时候，凌澜正坐在外殿给自己的手臂搽药，见到她出来，他连忙不动声色地拉下袍袖。

"鸷颜身上的毒，连你都没有办法吗？"蔚景幽幽开口，凌澜摇摇头："她能支撑到现在，已经是奇迹。"目光不知落在窗外的何处，凌澜其声恍惚。蔚景眸色一痛，垂下眼，忽然又想起什么，抬眸："叶炫知道吗？"

凌澜再次摇摇头："已经很久不见他了。"自从鸷颜出走那夜，叶炫进宫来找他，以后，他就再也没有见到过叶炫，也没有听到过任何他的消息。已经一年多了，他甚至怀疑，叶炫是不是还活着。

蔚景心中一叹，默然往外走。走到门口，又顿住脚步，回头，直直撞上男人凝着她背影的深瞳。她一怔，他亦是一怔，都不意对方如此。在他的注视下，她转身，往回走，自袖中掏出一个非常小巧的小葫芦，置在他面前的桌案上："你是医者，应该比我更清楚，有伤应该及早搽药。"凌澜一震，愕然看向她，她将药放在桌案上，转身离开。

哄完三个孩子睡下，蔚景坐在铜镜前卸着头上的发饰，自从见了鸷颜以后，一颗心一直为她绞着，很难受，也很担心，这种眼睁睁的无能为力对她来说，真的是一种煎熬。梳完长发，正欲起身睡觉，忽然背上一热，一抹熟悉的气息逼近，她一震，男人已经自后面将她抱住。"蔚景……"喑哑的声音紧贴着耳畔，似叹息，似低唤，听得蔚景心口一颤。

蔚景怔怔抬眸，看向镜中，镜中的男人紧紧抱着她，下巴抵在她的肩窝上，双颊微红。馥郁酒香盈过鼻尖，蔚景皱眉："你饮酒了？"男人"嗯"了一声。蔚景转头，想看看他，不想刚一扭头，唇瓣就被对方吻住。蔚景呼吸一滞，刚想避开，男人的大掌已经扣住她的脑袋。氤氲酒香混合着男人独有的气息，肆无忌惮地钻入她的口腔，在那一份酥麻轻醉中，蔚景颤抖地抓上他的袍子，想要推开他。

男人哪里肯放，一边霸道地索求着她所有味道，一边口齿不清地喃喃："蔚景……我好想你……"蔚景一颗心狂跳，不知道该怎么办。两年多没在一起，她知道自己心里过不去的是什么，可是，她也同样知道，在心底深处，她也是想他的。千般抑制，万般隐忍，哪怕是心墙高筑，想了就是想了，谁也阻拦不住，包括她自己，她自己也无能为力。从来都住在心里，从来都没有离开过，心墙再筑得高又有什么用，只不过更加将那颗心圈死。

"给我一点时间，好不好？"话一出口，蔚景才发现，自己沙哑的声音比他的好不到哪里去。男人定定望进她的眸底，半响，说："好！"

偏殿忽然传来暖暖啼哭的声音，二人一惊，双双跑了过去。小家伙坐在床上抹眼泪，见两人进来，连忙朝凌澜伸出小胳膊："爹爹，抱……"

走在前面的蔚景一震，为她叫这个男人爹爹，也为她的举措。其实，嫣儿教这两个小家伙凌澜是他们的爹爹时，她是听到的。不知自己当时出于什么心理，并没有阻止。她没想到，这么快就还真叫上了，而且，现在明明她跑在前面，不是吗？而且还是暖暖。如果是末末，倒也没有这么讶然。

就在她震惊之际，男人已经上前，将小丫头抱在怀里，一边在屋子里缓缓走动，一边大掌轻抚小丫头的背心："暖暖乖，有爹爹跟娘亲在，暖暖不怕，快睡……"小家伙便温顺地趴在他的肩头，小眼睛一眨一眨，昏昏欲睡。

蔚景愕然看着这一切。这就是所谓的父女天性吗？就好比，末末那一日于那么多人中，一眼就看到了他，而且，初次见面，一向内敛的小家伙就给他糖吃。

在凌澜的怀里，暖暖很快又睡了过去，蔚景理好被子，凌澜将小家伙放在床上，外面骤然传来细碎的敲门声和湘潭的声音："皇上……"凌澜将暖暖的被子掖好，直起腰身，沉声问向门口："何事？"

"隐卫来消息，说，找到一个地方，那里应该有桃花和春蝉。"

桃花和春蝉？蔚景一怔。凌澜却是面色大喜："真的？"随即，便快步朝门口走。蔚景猛地伸手拉住他的衣襟，凌澜脚步一顿，回头疑惑地看着她，柔声道："怎么了？"

"你要桃花跟春蝉做什么？"

"哦，给鸳颜做药引，我不能放过任何一丝机会，哪怕只有一线生机，只是，现

第十九章 我好想你

在时值深秋，想要找到新鲜的桃花和春蝉太难了，我派了很多隐卫出去找，总算有了消息。"凌澜双眸炯亮，难以掩饰的激动和欣喜，"你先睡。"大掌裹住她的手背重重一握，凌澜转身快步而去。

"欸，我……"她想说她有都来不及，男人早已拉开殿门走了出去。不就是桃花跟春蝉吗？她跟婆婆住的缠云谷的岛中多的是，早告诉她也不至于如此大费周折。想着隐卫虽然找到了，却也不知道远不远，还不如她回山庄一趟，直接给他们取回来，这般想着，她便奔了出去。

哪里还有人？湘潭说，皇上早已随隐卫走了。

夜深沉，因为没有风灯，缠云谷里漆黑一团，一抹高大的黑影走在幽幽夜色下，拐过几道弯，走过几条小路，径直走进一个洞里。洞里镇山兽正在熟睡，忽闻动静睁开眼睛，正准备攻击，黑影轻轻吹了一声口哨，镇山兽又躺了下去。走进洞深处，再又七弯八拐，才来到洞天之外的小岛。小溪潺潺、绿树葱葱、花香四溢。小屋里亮着烛火，看来主人还未睡，黑影行至木屋前面，抬手轻轻叩了门扉。

"谁？"里面传来妇人警惕的声音。

"我，君傲。"

门"吱呀"一声开了，妇人将影君傲让进了屋："你怎么这么晚了过来？"

影君傲一撩袍角坐在桌案边的凳子上，凤眸徐徐环顾了一下屋内："这几日被庄里的事所缠，没时间来看姑姑，今夜才得一些空闲，见时辰也还早，便过来看看。"

"难得你有心。"妇人提起桌案上的茶壶，倒了一杯水给他，在他对面坐了下来，低低一叹，"以前吧，一个人住习惯了，也无所谓，后来多了小九娘仨，就也添了不少乐趣，如今三人忽然一走，我这心里啊，空落落的，每次都不知道要干什么。对了，那日小九急匆匆回来跟我说，末末的病好了，他们要出去住几日，然后就急忙忙走了，到底是怎么回事？"

影君傲呷了一口茶水，抬眸看向妇人，妇人依旧轻纱掩面，却是难掩眉宇间的憔悴，想来这两日都没有睡好。

"末末的病是姑姑一手弄出来的吧？"影君傲忽然开口。妇人一震，愕然看着他。影君傲同样目光沉沉望进她的眸底，妇人略略别过眼，否认道："你怎么会这样想？我那么喜欢两个小家伙，我怎么会……"

"说吧，姑姑为何要这样做？"没有等她说完，影君傲已经斩钉截铁地将她的话打断。既然那日凌澜能彻底治愈了末末的病，那么他就完全相信凌澜说的话。凌澜说，是有人故意为之，以为是他。当然不会是他。他想了想，不同于暖暖经常出谷，末末从未出去过，病是在岛中所起，那么，动手脚的人，也只有她一个。

"那你能先告诉我末末的病是怎样医好的吗？"妇人声音喑哑地开口。

第二十章　君傲之死

　　一觉睡到大天亮，盥洗完毕，伺候三个小家伙起床、洗漱，然后又打打闹闹用完早膳，已经是半上午。听湘潭说，凌澜夜里出去还未回来，早朝都临时通知取消了。想来，那个地方有点远，不过，若是她回啸影山庄，一个来回的话，这个时候也回不来。

　　早膳后，宫人们带着三个小家伙玩，她就去了龙吟宫看望鸳颜，在龙吟宫里出乎意料地看到了一只白狐，她惊奇不已，问龙吟宫太监张如。张如说，白狐名叫"乌骓"，是皇上养的，已经有两年多了。昨日她来龙吟宫竟然没看到。

　　蔚景心里早已滋味不明，"乌骓"是她曾经养过的那只白狐的名字，她当然知道，这一只也并非那一只，那一只早已经死了，她没想到这个男人竟然……

　　"养了也不跟我说。"蔚景瘪嘴嘟囔着，心里却是欢喜的，弯腰将白狐抱在怀里，脚步轻盈地出了龙吟宫，出门时，跟张如说："等皇上回来，就说乌骓本宫抱去九景宫了。"末了，又添了一句，"给小皇子和小公主玩。"

　　午膳过后，蔚景准备带几个小家伙睡会儿午觉，湘潭忽然来报，说宫门口有个叫晴雨的女子自称是啸影山庄的人，有急事求见她。蔚景很意外，晴雨虽精明能干，可影君傲也只是让其管家，很少出来山庄。她有什么急事？心下疑惑，却也不敢耽搁，立马宣人进来，后又想，晴雨对宫里不熟，被太监带路，走得又慢，礼节又繁琐，还是她出去见晴雨倒快，将三个孩子交代给湘潭，她便直直奔向宫门口。老远，她就看到晴雨正在门口焦急地徘徊。

　　"晴管家。"

　　晴雨回头，见到她，立马眸光一亮，迎了过来："娘娘！"作势就要行礼，被蔚景伸手拉住："不用多礼。"见她脸色不好，风尘仆仆，想必一直在赶路，算算脚程，从啸影山庄到皇宫，马不停蹄，这个时辰到，最迟也得清晨出发，"发生了何事？"

　　"庄主失踪了。"晴雨抓住她的手。

　　失踪？蔚景一震，反手将晴雨的手握住："到底怎么回事？"

　　"昨夜晚膳的时候，庄主还在，然后夜里我给他送账本的时候，他就已经不在厢房里，我还以为他出去散步去了，也未在意，谁知早膳的时候，还是没看到他，然后，我就去他厢房找，才发现他整夜未归。"

蔚景听完，心头微微一松，还以为是出了什么事，微微一笑，宽慰晴雨道："莫急，就昨夜不在而已，许是有什么事去忙去了。"

"不，"晴雨摇头，"娘娘不知道，庄主无论外出去哪里，事先都会跟晴雨说的，因为庄里每日的账目都要他看过盖印，每次他都会在外出之前，将印章给我，哪怕外出一日，也是如此。最主要的是，早上的时候，我还发了秘密联络信号给他，若他急事外出，也定会回一个信号给我，都没有，这几日，庄主又在暗地里查当年嫣儿父母被杀的事，我怕庄主凶多吉少，遭遇不测。"

蔚景听得心里一惊。

"不会的，"轻拍着晴雨的手背安慰着她，心却不免为影君傲提了起来。晴雨虽然平素泼辣强势，可绝对不是不沉稳之人，她的担心自有她的道理，"庄里都找过了吗？"

"找过了，连禁地缠云谷也去看过了。"

缠云谷？蔚景一怔，缠云谷找过了，有一个地方绝对没有找过。而那个地方应该是看不到秘密信号的吧？他会在那里吗？会在婆婆那里吗？平素就算去那里，也绝对不会在那里留宿啊。不敢确定，为了婆婆的隐私，却也不便对晴雨讲，她抿唇略一思忖："这样，你先回去，继续找，我回宫换身衣服，也立马来山庄。"

"又去啸影山庄做什么？"男人低沉的嗓音骤然在身后响起。蔚景跟晴雨皆是一怔，回头。男人一袭白衣龙袍，骑在高头大马上，手拉着缰绳，不知几时停在她们身后的不远处。是凌澜。

终于回来了，蔚景心中一喜，迎了过去："凌……"直呼其名习惯了，差点就脱口而出，想到晴雨就在边上，且宫门口还有众多守卫，连忙改口道，"皇上，你回来得正好，影君傲不见了，我跟晴管家回山庄一趟。"

晴雨上前行礼，宫门口的守卫也跪倒一片。帝王朝守卫们略一扬手，示意他们平身，又挑眼瞥了一记晴雨，最后转眸，目光落在马前方蔚景的脸上。蔚景也仰着小脸，疑惑地看着他，不知他作何这种目光？双方看了一会儿，蔚景终是按捺不住，准备开口问，帝王忽然唇角一勾，一抹浅笑动人心魂："我还以为，你见到我的第一个问题会问，桃花跟春蝉顺利弄到了吗？"

蔚景一怔，有些窘迫。他整夜未归，为鸳颜寻药，她的确应该先问这个问题，而且一上午，她心里也挂念着这个不是吗？被影君傲的事一闹，她就慌了神。心里有些过意不去，低头静默了片刻，她抬眸看向他："那你的桃花跟春蝉到手了吗？"

见她如此问，帝王唇角的笑容愈发放大："到手了。"蔚景心头一松，又想起影君傲的事："那我就……先跟晴管家回山庄一趟。"蔚景一边说，一边睨着帝王脸上神色。帝王微微垂着眸子，一直等她说完，才抬眸看向她，眸底浮起点点冷意，"蔚景，啸影山庄不是你的家，为何用回？而且，影君傲不见了，关你什么事？"

"他是我朋友。"蔚景皱眉，对他的最后一句甚是反感。

"朋友？"帝王轻笑，"就算是朋友，你能帮上什么忙吗？他不见了，你去山庄他就能出来？他一个大男人，堂堂天下第一庄的庄主，还需要你去操这份心？"

"不是，我也许能找到他。"太了解面前的这个男人，知道他也是跟她一样的脾性，吃软不吃硬，蔚景耐着性子跟他解释。

"你？那倒是奇了！"帝王鼻子里发生一声冷哼，依旧坐在高头大马上，居高临下地俯看着她，"既然你知道在哪里能找到他，何不告诉晴管家，让他们啸影山庄自己去找。"

晴雨看帝后二人一副要吵起来的样子，心里有些过意不去，闻见帝王如是说，便连忙上前："是啊，娘娘告诉晴雨去哪里找便成，不用劳娘娘大驾亲自跑一趟。"

"不行！"蔚景坚决否定。她怎么可以轻易将婆婆住的地方告诉别人？见帝王定定望着她，蔚景这才意识过来自己反应有些大，遂连忙解释道，"那个地方只有我跟他知道。"

这不解释还好，一解释，分明……帝王瞬间变了脸色，连原本唇边不达眼底的笑容都敛了干净，凤眸中冷色昭然："只有你跟他知道？你们两个私会的地方？"沉冷的声音从喉咙深处出来。

蔚景崩溃。她发现，只要跟影君傲沾上边，这个男人就会变得不可理喻，也根本无法好好交谈。知道再这样下去，情况只会越来越糟，她也不想再跟他多费口舌，直接开门见山："你到底让不让我去？"

"不让！"帝王也回得干脆。蔚景气结："那你陪我一起去！"

"笑话！"帝王冷嗤，"让我放着朝中大事不管，帝后二人一起去找一个啸影山庄的人？"

"凌澜，不要那么无情好不好？"蔚景终于禁不住有些怒了，"什么叫一个啸影山庄的人？他是随便的谁吗？他也是你的朋友好不好？"

"我们不是朋友。"帝王口气笃定，决绝而言。蔚景只觉得一种无力感从心底泛出来，面对这样一个油盐不进的男人，她真不知道该怎么办。不想跟他多解释，也不想跟他吵，一副非常无奈的样子："凌澜，我真的不明白，只是去一趟啸影山庄而已，你至于反对成这样吗？"

"当然至于。"

"为什么？"

"为了你的安全。"

蔚景一怔："不过去山庄找个人而已，我能有什么危险？"

"你懂什么？"男人终于也怒了，嘶吼出声。蔚景吓了一跳。晴雨更是脸色白了又白，既然帝王话已至此，她虽心中不悦，却也不好强求，便对着蔚景道："娘娘不必为难，

第二十章　君傲之死

我们啸影山庄自己找便是，晴雨告辞。"晴雨说完转身，却又被蔚景喊住："晴雨等等，我跟你一起去。"话落，蔚景绕过面前的一人一马，就准备跟晴雨走，连原本准备回去换身衣服都免了。

"你敢！"帝王咬牙吐出两字，在马背上猛地一个倾身，长臂一捞，直接将从马下边经过的蔚景捞了起来。也不给蔚景反抗的机会，帝王一边将她娇小的身子往马背上一横，一边缰绳一拉，双腿朝马腹一夹，马儿便狂奔起来，直直入了宫门。

晴雨站着那里望着绝尘而去的白马，龇牙"切"了一声："有什么了不起的？不帮就不帮，找什么借口？什么为了安全？说得我们啸影山庄，就好像龙潭虎穴一样，哼！"想起影君傲，晴雨也不敢再耽搁，转身快步离开。

马儿跑得极快，也颠簸得厉害，因为是被横在马背上的姿势，蔚景只觉得自己的腰肢几乎就要被颠断了："凌澜，放我下来！"帝王哪里肯依，就像是没有听到一般。

"快放我下来！"唯恐从马上摔下来，蔚景一手抓着男人的衣袍，一手伺机挣脱。似是了然她的心思，帝王伸手，朝她肩胛处一点，她的身子便瞬间无法动弹。

"你——"蔚景气得不行，这个男人竟然点了她的定穴。

"你不能去！"男人垂眸看了她一眼，沉声道，霸道坚决的口气，不容人有一丝商量。白云蓝天急速而过，耳边风声呼呼，蔚景横躺在马背上，看着男人微微紧绷的下巴和冷峻的容颜，不再说话，只闻马蹄嗒嗒。见她忽然安静下来，好半响没有声音，帝王又觉得不对，垂眸看向她，就看到她眸中有泪花在闪，帝王一惊，连忙拉了缰绳，"吁——"

马儿嘶鸣一声，停了下来。帝王看着她，复杂的目光中绞着一丝受伤，也绞着一抹无奈。蔚景同样水眸迷离地看着他。她知道，他误会了，她也终于知道，这个男人终究舍不得她伤。心绪一时大动，心底深处那份少女骄矜的委屈就涌了上来，她噘嘴愤愤道："不让我去就不让我去，那样凶残，我的腰都快断了，痛死了。"

帝王呆了呆，怔怔看了她片刻，才反应过来，连忙手忙脚乱地给她解了穴，将她的身子扶坐起来，大手轻轻抚上她的腰，急急问道："怎么样？"

终于恢复了自由，蔚景抬手揉向自己的后腰，皱眉瞪了他一眼："你自己横在马背上颠这样一段路试试看。"男人眸色慌痛地看着她，温热的大手继续在她的腰间轻轻揉抚，给她缓解着疼痛，与此同时，柔色也在冷肃的眉宇间慢慢化开，漆黑如墨的凤眸里腾起点点喜悦来："是我不好！"

"你也知道你不好？"蔚景坐在他身前，一边揉腰，一边斜了他一眼，见他面色稍霁，便连忙趁热打铁，嘟囔道，"那你还让不让我去？"帝王皱眉，声音微冷："我不是不让你去，我是真的不想你去涉险。"

"能有什么危险？"蔚景依旧不以为然，忽然又想起，方才就是这句话让这个男人发火了，遂连忙补充道，"那你就陪我一起去，你保护我。"

帝王有些无奈，不过"你保护我"四个字他却是很受用。蔚景伸手抓了他的袍袖，目光殷切地看着他。帝王别开视线，看向远处，沉默了好半晌，忽然一拉缰绳，将马儿调了一个头。正在等答案的蔚景猝不及防，身子陡然失去平衡，结结实实跌了他一个满怀，马儿再次跑了起来。

"坐稳了。"打马前行中，男人道。

蔚景挣扎着从男人怀里坐起来，现在说坐稳了有什么用，跌都跌了。分明就是故意的。见马儿是出宫的方向，蔚景眸光一亮，惊喜道："你真的陪我一起去？"男人垂眸瞟了她一眼，没有回答，蔚景却已然知道了答案。

"谢谢！"由衷的二字刚出口，男人却又再次调转了马头，往宫里面的方向走，蔚景一蒙。"你——"以为遭其戏弄，蔚景噌地就怒了，"你怎么可以这样？"帝王勾起唇角，很无辜地挑眉："我哪样？我说过陪你去了吗？"

"你太过分了！"蔚景气结，一把扒开男人环绕在身侧的手臂，作势就要从狂奔的烈马上跳下去，被眼疾手快的男人及时箍住了腰身："好了，好了，逗你的，你怎么比这匹马还烈呢？我只是先回宫，将桃花瓣和春蝉让他们放进鸯颜的药里面，过了十二个时辰就没用了。"

蔚景闻言，立即停了挣扎，有些难堪，她怎么又将这事儿给忘了？

"对不起，我……"她不知道该怎样说。男人也没有接话，双腿一夹马腹，马儿飞奔起来，沿路遇见的宫女太监都来不及行礼，帝后二人早已疾驰而过。帝王回了龙吟宫，蔚景回了九景宫，二人都换了一身便装，这才同骑方才的那匹白马，出了宫。

马不停蹄赶到啸影山庄的时候，天已经完全黑了，可是啸影山庄里却亮如白昼，所有的烛火、灯笼、风灯都尽数亮着，还有很多人举着火把，人声喧嚣。影无尘也在，一身大红衣袍站在人群中间特别显眼，正在跟晴雨一起，吩咐山庄守卫和家丁们。熊熊火光映着俊美妖孽的脸，面色冷峻，一双平素桃花乱飞的凤眸中此刻也是少有的凝重之色，看得出，同晴雨一样，他也在担心影君傲的安全。

见帝后二人前来，晴雨跟影无尘皆是一喜，双方迎了过来，两人都要行礼，被帝王不动声色止了。

"还没找到吗？"蔚景皱眉，环顾了一圈火光熊熊、人影绰绰的周围。

"没有，"晴雨摇头，眼眶顷刻就红了，一副要哭出来的模样，伸手一把抓住蔚景的衣袖，"娘娘，你不是说你或许能找到庄主吗？快带我们去找！"

"这……"蔚景有些为难，看看晴雨，又看看影无尘，最后又看看帝王，"找是可以，只是……"她只能一人前去，不能带人一起。

"只是什么？"晴雨急急问道。

"你们先等着，我去找找看。"蔚景拍了拍晴雨的手背，安抚，又转眸看向凌澜：

第二十章　君傲之死

153

"你也等我。"

"不，我陪你去！"男人的口气和眼神一样坚定。蔚景秀眉微蹙，正想着该如何说服这个男人，边上的影无尘一脸愁云地哑声开了口："君傲可能真的凶多吉少，连缠云谷的镇山兽都死了……"蔚景浑身一震，愕然转眸："你说什么？"

"我说，缠云谷的镇山兽也被人害死了，你想，镇山兽那么强，而且缠云谷还是禁地，一般人谁知道，谁又对付得了？可见我们的对手绝非善类啊……"

蔚景脑子一嗡，后面只看到影无尘绯红的朱唇一启一合，说了些什么也根本没有听进去，只觉得有一种很不好的预感将自己裹得死紧，几欲让她透不过气来，她再也顾不上其他，扭头就朝缠云谷跑。

"蔚景。"凌澜一惊，连忙抬步跟上。影无尘和晴雨互相看了看，也一起追了上去。

缠云谷里本没有风灯，可此刻，却跟外面一样，一片亮堂，很多举着火把的家丁和守卫正在一处一处地找。蔚景看了看，脚步未停，直直朝镇山兽山洞的方向奔去。因跑得太急，几次都差点摔跤，好在凌澜一直跟在身旁，每次都及时将她拉住。一口气跑到镇山兽所住的山洞前面，猛地停住了脚，山洞的洞门口，一具庞大的尸体横陈，正是镇山兽，一动不动，早已声息全无。

蔚景惊愕地看着它，一颗心慌乱到了极致。借着周围的火光，凌澜睨着她煞白的脸色，眉心微拢，上前握了她的手，唤她："蔚景。"而蔚景就像是没有听到一般，缓步走向镇山兽，凌澜因为握着她的手，所以也跟着一起上前。镇山兽原本就长得丑陋凶恶，如今更是死相惨烈，眼睛大睁，眼珠外凸，嘴巴大张，獠牙尽露，而且嘴边全都是绿色的液体，黏糊糊，腥味扑鼻，想来那应该是镇山兽的血液。凌澜眉心一皱，伸手将蔚景的脑袋扣在怀中："别看！"

蔚景无声地将他的手拿开，颤抖地看向镇山兽。

"是被人下毒致死，且死了有些时辰了。"凌澜轻声开口。蔚景沉默未响，她同是医者，自是也看出了镇山兽的中毒之状。只是，是谁呢？为何要对镇山兽下手？猛地想起什么，她呼吸一滞，提着轻功快速跨过镇山兽的尸体，往洞里面而去。凌澜也脚尖一点，紧随其后。随后赶来的晴雨和影无尘，疑惑地看了看，也绕过镇山兽的尸体，入了洞口。

火光都在洞外，洞里面一团漆黑，伸手不见五指，凌澜忧声道："蔚景，慢点。"一颗心惶遽慌乱，蔚景哪里慢得下来，何况此地她轻车熟路，闭着眼睛都没问题，提着轻功，她边跑边飞。凌澜紧紧跟在后面，所幸练武多年，也早就练就了一双在暗夜里辨物的眼睛。山洞很深，蜿蜒曲折，七弯八拐。不知走了多久以后，竟然出了山洞，眼前一片豁然开朗，却不是缠云谷。

竟是别有洞天。有密林，枝繁叶茂、郁郁葱葱；有小溪，水流潺潺、清澈见底；有不知名的鸟儿欢快地歌唱。穿过丛林，绕过小溪，又弯弯绕绕走了好久，夜色中，就看到一处桃园，桃花开得正艳，一朵朵，一簇簇，在夜风中摇曳生姿。嗅着桃花的芬芳往里走，桃园的深处，有一座小院，篱笆围的栅栏，院中有一排小木屋，小木屋中竟然还亮着烛火。蔚景顿了顿脚步，睨着那灯光，面色微微一松，回头，这才注意到凌澜跟在后面："你怎么也进来了？"

闻得她似乎有些不悦的口气，凌澜顿感无辜："你没说不能进来。而且，我也不是偷偷跟踪，是正大光明地跟着你一起的。"蔚景一时语塞，都怪她方才急昏了头，眼里脑中哪里还有其他？现在人来都来了，也没办法回天，便也不跟他计较，所幸婆婆无事。应该无事吧？心跳又莫名地徐徐加快，还亮着烛火不是吗？可是，很奇怪，刚刚那种强烈的不安又再次袭了上来，她三步并作两步来到门口，抬手叩门："婆婆。"

无人应门。蔚景一惊，叩得更响了一些，最后，直接变成了拍门："婆婆，我是小九，我回来了……"

一拍，门开了。蔚景心中一喜，以为是妇人给她开的门，刚想喊婆婆，却发现，根本没有人。门开是因为门根本就没有闩，因为她拍门的力道，所以开了。一阵夜风透过骤然洞开的大门而入，屋内桌案上的烛火被吹着一阵飘摇，"扑"地熄灭。小屋陷入一团漆黑之中。蔚景举步迈过门槛，凌澜比她动作更快。"小心有诈！"随着声音落下，他的人已经护在了蔚景的身前。

"没事，我在这里住了两年。"

凌澜一震，蔚景已从他的身后走出，熟稔地走到桌案边，伸手探向平素放火折子的地方，取出火折子吹着，点亮桌案上的烛台。屋里瞬间一片亮堂。借着光亮，蔚景快速环视屋内，目光触及地上俯趴的一人，她瞳孔一敛。墨衣黑发，熟悉的背影，影君傲！蔚景大骇，快步奔了过去，凌澜也同时发现，脸色一变，疾步上前。伸手将影君傲的身子翻过来，两人惊惧地发现，人，早已断了气。

蔚景不可置信地看着地上毫无声息的男人，男人合着眸子、面色青灰、嘴唇发紫，唇角一抹妍艳的血渍早已干涸。怎么回事？到底怎么回事？

"影君傲……"蔚景颤抖地唤他，见他没有反应，蔚景又摇晃他，"影君傲，影君傲……"惊恐地睁着眸子，手在颤，声音也在颤，耳边嗡嗡作响，脑子里早已经一片空白。见摇了半晌，还是没有反应，她又睁着大大的眸子，看向边上的凌澜，唇瓣抖动得厉害，"凌澜，影君傲怎么了？我怎么摇不醒他？他怎么了？他到底怎么了？"说到最后，声音都卡在喉咙里发不出来，豆大的泪珠从眼眶中滚落，她着急地看着凌澜，希望他能给她答案。

凌澜垂眸看着影君傲，眉心微拢，眸色深深，他伸手，净长手指再次搭在影君傲的脉搏上。脉息全无，心跳亦没。凌澜微微抬眸，看着泪水早已无声漫出的蔚景，低声道："他已经死了。"

"不可能！"蔚景大叫起来。

第二十章 君傲之死

他怎么可能会死？他是天下第一庄的庄主，他那么聪明，他武功高强，他在自己的庄上，这个小岛还那么隐蔽，婆婆又是他的亲姑姑，他怎么可能会死？不，不可能，绝对不可能！假的，不是他！她哭着捏影君傲的脸，大力揉搓他脸颊的边缘，想要在他的脸上找到人皮面具的痕迹。没有，什么都没有。就是他，就是影君傲。

蔚景摇头，拼命摇头，完全接受不了眼前发生的一切，凌澜伸手将她抱住，她情绪失控地大哭。而这时，晴雨跟影无尘也赶了过来，一走到门口，两人就看到了屋里的情景，同样震惊得无法动弹，好半响，两人才反应过来，齐齐上前。

"君傲……"

"庄主……"

影无尘难以置信地摇晃着影君傲，晴雨更是扑在影君傲的身体上，哭作一团。凌澜皱着眉心，大掌轻轻抚拍着蔚景的背，希望能将她安抚下来。蔚景眼神空洞缥缈，忽然又想起什么，喃喃道："婆婆……"自凌澜怀里起身，她奔了出去，凌澜一惊，连忙跟上。

"婆婆，婆婆……"蔚景一间一间地找，厨房、沐浴房、饭厅、柴房、杂物房、甚至她跟末末暖暖住的厢房也找了一遍。都不见人。还有后院，后院她也仔细寻了一圈，都没有婆婆的身影。婆婆到哪里去了？她不是说，她不能离开岛上吗？难道跟影君傲一样，已经遇害了？不，不，不会的。蔚景自己做着假设，又自己给予否定。所谓死要见尸，只看到影君傲，并没有看到她不是吗？难道被人掳走了？是谁？到底是谁？能找到如此隐蔽的岛上？

蔚景将整个岛上找了一圈，凌澜一步不离地跟在她的后面。没有，哪里都没有！

当两人再次回到小木屋的时候，晴雨已经止了哭，失魂落魄地坐在影君傲的尸体边，双眸空洞得没有一丝神采。而影无尘正在检查着影君傲的尸体，希望能发现一些蛛丝马迹。面色青灰、嘴唇发紫、唇角的血液呈黑红色，很明显的中剧毒之症。血迹干涸、身体已经冷透，可见已过了一些时辰。拉开领子，检查他的颈脖和胸口。并无打斗痕迹，也没有内伤外伤。说明对方要不就是秘密下毒，影君傲在毫不知情的情况下中毒，要不就是影君傲认识的熟人，影君傲在完全信任的情况下中毒。

再检查四肢。发现他的左手紧紧攥握成拳状，影无尘眸光一敛道："他的手中好像有东西。"在几人的注视下，影无尘一根手指一根手指地将他的手掰开。手心里，赫然一截布料静陈，纤尘不染的白色，看样子应该是对方的衣袍，被影君傲撕下一截。

晴雨怔怔回神，蔚景抿起了唇，凌澜眸光微敛，影无尘拿起布料展开。映着摇曳的烛火，依稀可以看到布料上用银线绣成的龙纹，闪着粼粼的光。龙纹？几人皆是一震。晴雨、蔚景、影无尘愕然看向凌澜。

凌澜俊眉一蹙："你们什么意思？"

"什么意思？"影无尘缓缓站起身，忽然拔出腰间的佩剑，直直朝凌澜刺了过来，

"我要杀了你这个小人，替君傲报仇！"凌澜一惊，快速闪身避过。影无尘的第二剑又落了下来，凌澜又再次脚尖一点，飞身避开。而影无尘显然已经失了理智，猩红着眸子，第三剑又刺了过来。凌澜闪身躲过的同时，沉声斥道："你凭什么说是朕？"

"不是我说，是君傲说！"

"就凭一截破布吗？"凌澜冷笑，"那样的布料天下多的是，想绣上一个龙纹，也是非常简单。"

"那这个呢？"女子幽幽的声音骤然响起。

影无尘一怔，凌澜也是一怔，两人都停了打斗，循声望过来。是蔚景。蔚景朝凌澜的方向伸着手："这个是你的吗？"她怔怔看着凌澜。凌澜瞳孔微微一缩，目光从她的脸上移开，看向她的手，嫩白掌心上赫然是一枚精致的小瓷瓶，瓷瓶上绘有漂亮的图案。凌澜再熟悉不过，不用近前，他都认识。

"是！"他也不否认，然后就等着蔚景继续。

"这是刚刚我在桌底下捡到的。"蔚景面无表情地看着他。凌澜浑身一震，愕然睁大眸子，正欲张嘴说话，蔚景又道，"你可别告诉我，是你刚刚才掉在这里的。"

凌澜不可思议地看向她："你也怀疑我？"

"我不知道。"蔚景略略别过视线，"我只知道，这个瓷瓶是你的，肯定不是这次进来掉的，因为瓷瓶掉在青石地面上绝对会有声响，而我没有听到。"

"所以你就怀疑我？"凌澜难以置信地摇头，"我为什么要这样做？这个地方我知都不知道。"

"你的桃花跟春蝉哪里来的？"蔚景再次转眸看向他，"你为何非不让我来山庄找影君傲？你为何出了门又回去换了衣袍？"

凌澜身子一晃，凤眸震惊地盯着蔚景，沉痛和失望的神色纠结在其中："你的意思，我的桃花和春蝉是在这个岛上弄的，我不让你来找影君傲，是因为怕你发现我杀了他，我出门又回去换了身衣袍，是因为那件袍子被影君傲撕破了一角，是吗？你是这样的意思吗？"凌澜灼灼逼问，蔚景没有吭声。

凌澜轻轻摇头，轻轻笑："蔚景，你就是这样，你永远都是这样！"

蔚景低敛着眉目，默不作声。凌澜突然上前，大力抓了她的腕："走，我带你去看看我的桃花跟春蝉在哪里弄的，我带你去看看我换下来的衣袍有没有被撕掉一角？"一边说，一边拖起蔚景就往外走。

"杀了人还想走？没那么容易！"影无尘持剑拦在了前面。

握着蔚景的手，顿住脚步，凌澜冷冷看着面前一身杀气的影无尘，凤眸中的寒意迅速聚集，就像是腊月飞霜，直欲摧城："朕再说一遍，影君傲的死，跟朕无关，让开，朕不想跟你动手。"影无尘却也不为所惧，冷笑一声："证据就摆在面前，你还敢大言不惭说跟你无关？"

"这也叫证据？"凌澜不以为然，"连三岁小孩都骗不了。"

"废话少说，杀人偿命，天经地义，就算你是帝王，也不例外，我们啸影山庄从来就不惧皇权，也从未怕过谁。今夜，我作为君傲的弟弟，定要杀了你，替他报仇！"话音未落，影无尘已举起手中长剑，朝凌澜刺了过来。凌澜将蔚景朝身后一拉，护在安全的位置，而自己则是拔出腰间的软剑，直直迎上影无尘的狠戾剑招。长剑交接，一阵乒乒乓乓作响。两个男人痴缠打斗在了一起。

"够了，你们都给我住手！"一声女子的厉吼骤然响起，划破幽幽夜色，也划过几人的耳畔。三人一怔，厉吼之人竟是自始至终，都未出声的管家晴雨。

打斗中的两人不知晴雨意欲何为，冷厉互看了一眼，双方撤回长剑，各自在空中朝后翻了一个身，分别落在院子里的两头，齐齐朝晴雨看过来。

"晴雨只是有几句话想说，庄主尸骨未寒，你们却在这里打斗，若无尘公子再有个什么三长两短，啸影山庄怎么办？庄主能走得安心吗？晴雨不知道庄主是不是皇上所杀，晴雨只知道，庄主的仇一定要报，却不是这样报。啸影山庄的确不惧皇权，却也从未主动挑战皇权，若今夜，中渊的皇上就这样死在了啸影山庄，就算我们说是因为他杀了我们庄主，我们才杀了他，可世人也未必信服，特别是不明真相的朝廷之人，必然会借此对啸影山庄展开杀戮。庄主已经走了，晴雨不想看到重创下的啸影山庄再有什么变数，当然，晴雨并不是怕，晴雨刚刚也说过了，此仇必报！晴雨只是想让凶手偿命，同时，也让天下信服。报仇也不急于一时，只要我们有铁的证据，公诸于天下，天下第一庄团结起来，同仇敌忾，还怕大仇报不了？"晴雨一口气说完，句句恳切，末了，又看向凌澜："你走吧！"

凌澜没有吭声，也没有动。影无尘大吼一声，愤然扳向自己手中长剑，"哐当"一声清脆之响，闪着幽蓝寒芒的剑身顿时化为两段，他大力掷在地上，沉声道："从今以后，啸影山庄跟朝廷势不两立！"末了，又抬起猩红的眸子看向凌澜，见他站着未动，嘶吼道："还不滚？"

"不可理喻。"凌澜摇摇头，走到蔚景面前，再次拉了她的手，"我们走，啸影山庄都是一群不识好歹、自以为是的疯子。"

蔚景抬起手臂冷冷地将他的手挥开："你走吧。"

凌澜怔了怔："你不走？"

"不走！"蔚景的面色跟她的声音一样清冷。凌澜皱眉，不可置信地看着她："你还在怀疑我？我不是说了，带你去看四季如春的地方和我换下的衣袍吗？"

蔚景没有吭声，也不看他。凌澜气结，沉默了片刻，径直拉了她的腕，再次拖起她往外走，却是再一次被蔚景大力挣脱开："不管是不是你杀了影君傲，他现在不在了，作为朋友，我留下来陪陪他，可不可以？"蔚景嘶吼出声，一副情绪极度失控的模样。凌澜微微震住。

"你走！你走啊！"见他不动，蔚景又上前来大力推他，那样子，就像是再也不想见到他一样，痛心疾首、憎恶讨厌。凌澜被她推着跟跄着后退，沉痛的眸子却一直紧紧锁在她的脸上："蔚景……"

"你走！"蔚景抬眸看了他一眼，与此同时，他感觉到手心骤然一凉，有什么硬物塞到了掌心。他愕然睁大眸子，蔚景转身离开。五指一收，将硬物紧紧攥在掌心，他并没有垂眸看。不看，他也知道是什么，就是那个小瓷瓶。看着蔚景缓缓走向小屋的背影，他怔忡了片刻，骤然眸光一敛，沉声道："蔚景，算你狠！"

蔚景没有回头，他却已转身，脚尖一点，飞身而起，衣发翻飞的身影很快消失在幽幽夜色中。

蔚景面无表情地走回到影君傲的身边，一屁股坐在地上，默默地陪着他。晴雨吸吸鼻子，抬手抹了一把脸上的水痕，她告诉自己，她要坚强，这个时候，她绝对不能倒下。影无尘站在院中，看着屋内的情景，低低一叹，上前。

第二十章　君傲之死

白布白缟白布幡白灯笼，啸影山庄一片白，全庄上上下下也都身着白衣，就连一直一身黑衣的守卫也都换上了白装，因为山庄的主人，他们的庄主被人下毒，英年早逝。灵堂设在啸影山庄的前厅，在一片素白之间，一方上好的棺木，天下第一庄的庄主影君傲锦衣华服躺在里面。棺木的盖子没有盖，一来是为了众人祭奠，可以看上最后一眼，二来，因为山庄上百年来的规矩，庄主都不是土葬，而是要悬棺。

所谓悬棺，就是要选一处风景秀丽、集日月之精华的崖顶，在悬崖上凿数孔钉以木桩，将棺木置其上，或将棺木一头置于崖穴中，另一头架于绝壁所钉木桩上，所以，对棺木的要求很高，要能抵挡风吹日晒，影无尘正让人赶做，这口棺木只是暂时先用。

是夜。

相对于昨夜灯火通明找人的盛况，今夜的山庄静谧得有些瘆人。或许是大家都处在一个心情悲伤的氛围，外面走动的人也少。灵堂里烛火摇曳，白色帷幔轻垂，影无尘提着一个酒坛，脚步虚浮走了进来。"都下去吧！"口齿不清地屏退了下人，影无尘直直走向堂中陈放的棺木。摇摇晃晃，跌跌撞撞。极少着白衣的他，脸色绯红得厉害，一看就知喝了不少，一边走，一边喃喃唤着："君傲，君傲……"猩红的眸色和声音一样痛苦不堪。

终于走到棺木的前面，他一屁股坐在架放棺木的长凳上，一手扶着棺木，一手提着酒坛。平素邪魅的凤眼里此刻被浑浊和血丝布满。他看着棺木中的男人，身子摇摇晃晃，有些坐不住的模样，看着，看着，忽然，失声痛哭起来。

"君傲……我的好哥哥……"

"君傲……你是这个世上……对我最好的人……你走了……走了……再也不会有人……比你对我更好了……君傲……"

家丁们早上走进灵堂的时候，就看到一个男人披头散发抱着酒坛子躺在棺木旁边的地上，沉沉睡着。

　　因为见惯了影无尘一身红衣、且甚是爱美的样子，突然披头散发、衣衫不整的醉汉形象让家丁们第一眼还没认出来是他。直到走近，才知是影无尘。几时见过他这个样子？知其心里难受，家丁们叹息。

　　家丁们唤了半天，影无尘才迷迷糊糊醒来，醒来之后就开始找自己的发带，找了半天没找到，又只得作罢。等他走后，家丁们又发现他的发带在影君傲的棺木里。历来都有兄弟或者夫妻将自己发带放于另一方棺木之中陪葬的习俗，以表达兄弟情深或夫妻不离之意。

　　所谓国不能一日无君，啸影山庄作为天下第一大庄亦是，庄不能一日无主，所以历来，都是前一任庄主逝世，后一任就立马接管，而接管之日，通常就是上任的悬棺之日，而悬棺之日，又通常是逝世后三日。

　　啸影山庄的庄主历来都是世袭制。老庄主生前就只育有两个亲生儿子，大儿子影君澈，小儿子影君傲，而影君澈多年前已被杀，就剩下影君傲一人，如今影君傲被人下毒，而影君傲尚未婚娶，也没有子嗣，所以，啸影山庄的庄主之位，就只能传与老庄主多年前收养的义子影无尘。虽是义子，可老庄主在世时对其如同亲生儿子一样，一直跟影君傲一起培养，未分彼此。老庄主过世后，年轻庄主影君傲也对这个弟弟甚是照顾。且此人虽有些女气，却也性格极好，跟所有人关系都处理得极为融洽，所以，他坐庄主之位，全庄上下、各行各舵都也没有异议。

　　原本悬棺之日是逝世三日后，可这次情况特殊，因为影君傲死于毒药，唯恐尸体暴露于空气中太久，会腐烂变味，所以，提前了一日，也就是在影君傲死后的第二日，啸影山庄继前不久一百五十年大庆之后，再一次办大事。

　　上任悬棺，下任接掌，悬棺之地，便是接掌之所，寓意让上任之人看着下任接掌，便能含笑九泉、放心而去。

　　离啸影山庄不远有一座宝月山，因山形酷似半月而得名。所谓半月，没有弧度的那一边自然就是悬崖断壁，最适合悬棺，而且半月山上，气候宜人、风景秀丽，悬棺于此，可集日月之精华、天地之灵气。影君傲的棺木便悬于此山。

　　一大早，宝月山山顶的空旷之地就聚集了很多人，都是接到了消息从四面八方赶过来的啸影山庄之人和天下英豪，还有的是上次参加一百五十年大庆还没来得及回去，半路折返的。所有人都神情肃穆。啸影山庄的管家晴雨眼眶红红地带着家丁给前来的人发白色的孝衣。众人将白衣披在身上，一一上前，最后一次对棺木行礼，以示送别。影无尘同样一袭白衣，满面憔悴地站在棺木旁，对着行礼之人鞠躬回礼。

送别礼结束，便是对着棺木致送别词。这一项通常是由下一任接掌之人完成。影无尘满目哀恸地站在棺木边，全场静谧，他破碎沙哑的声音缓缓逸出。

前面都是列举了一下影君傲在世时的丰功伟绩，然后，就是愿他好走，永登极乐之类的祝福语，最后，就是自己表决心，会励精图治、肝脑涂地，誓死将天下第一庄发扬光大之类。

这一切说完，影无尘忽然变得很激动，也猛地转身，将面朝棺木变成面朝大众，自袖中掏出一截白色的布料，他高高举起："诸位，无尘觉得还是有必要将那夜无尘发现庄主被害时的情景再说一遍，当时，庄主已经落气，但是，庄主的手中紧紧攥住不放的就是这一截布料，很明显，庄主就是为了给我们留下线索，让我们给他报仇，这块布料是上好的云锦，无尘查过了，产自江南织造，而江南织造出来的布匹刺绣，只供上用，而且，这截布料上，有银线绣成的龙纹。"影无尘一边说，一边抖开白布，银线映着晨曦，发出粼粼耀眼的光芒，可不就是龙纹。

众人惊愕。本就只供上用，然后又绣有龙纹，那么，谋害影君傲之人是——当今圣上，众人一阵心惊。

凤眸环视一圈场下，大家的反应影无尘尽收眼底，他眸色一寒，沉声道："没错，谋害我们庄主之人就是当今天子，当时在场之人并非无尘一个，晴管家还有当今的皇后娘娘都可以作证，无尘并未瞎说。"

全场一片唏嘘，影无尘的声音继续："当今天子凌澜跟我们庄主积怨已久，去年他闯入山庄跟我们庄主大打出手，结果双方重伤，月余不能下榻之事，想必诸位也有所耳闻。后来，他再次闯入山庄，被镇山兽所伤，埋身大雪，被我们山庄所救，你们当中或许也有人听说，他们两人一直势如水火，而且朝廷本来就忌惮我啸影山庄势力，早就想除之而后快，所以，此次他才会对我们庄主下此毒手，为报复当初被镇山兽所伤之恨，此次连镇山兽都不放过。"

虽然有些消息是绝密的，但是江湖中人总有打听小道消息的途径，人群中的确有不少人听说这些事，虽不详尽，却也能闻风见影，如今被影无尘道出来，皆纷纷点头。

或许是太义愤填膺，影无尘红着眸子越说越激动："的确，祖上有训，山庄之人，不入朝为官，不以朝廷为友，也不干预朝政，不与朝廷为敌。但是，我们不与朝廷为敌，朝廷却视我们为眼中钉，竟然连我们的庄主也敢谋害，下一步，肯定是要慢慢瓦解掉我们天下第一庄的势力。所以，这个时候，就要我们啸影山庄的所有人，全部都团结起来，同仇敌忾、一致对外，捍卫我们啸影山庄一百多年来的势力，我影无尘在这里，也跟大家保证，庄在我在，庄无我亡，另外，庄主的大仇，我们也一定要报，不能让庄主枉死，也不能让小人得志！"

影无尘慷慨激昂的一番话落下，众人也跟着激动起来，人群中，不知谁带了个头，众人便都纷纷跟着大喊。

第二十章 君傲之死

"庄在我在，庄无我亡，替庄主报仇，与朝廷势不两立！"

"庄在我在，庄无我亡，替庄主报仇，与朝廷势不两立！"

大家朗声重复着这句话，一边喊，一边高高举起拳头，恨不得现在就杀进宫的模样。

将布料拢进袖中，影无尘抬起头，一一环视过同样义愤填膺的众人，扬手一挥，震耳欲聋的声音止住。

"下面进行悬棺仪式！"影无尘话落，管家晴雨便带着十几个人拿着粗粗的绳索上前，七手八脚将棺木套牢。前两日，当这处崖壁被选为悬棺之处时，影无尘便已命人将悬崖上凿好孔、钉好了木桩，今日只需将棺木吊下去，放于木桩上钉死即可。十几人抬拉着棺木，慢慢走向悬崖的顶部。

所有人都目送着他们的年轻庄主。晴雨再次无声地抹起了眼泪，才两日的时间，原本就清瘦的一个人更是消减了不少，似乎一阵风就能吹起来一般。棺木移动一步，她跟着迈一步，依依不舍地跟着。跟着棺木一起的，还有影无尘，白袍飘荡，墨发飞扬，有几缕发丝沾染在脸上，看不到眸中情绪。

"好了，晴雨，不要再上前了。"在崖顶的最高处，影无尘站定，见晴雨还在跟着棺木往悬崖边走，伸手一把将她的腕拉住。晴雨挣脱，还想往前，却被他死死拉住。晴雨这才停住脚步，却背过身去哭得双肩颤抖。影无尘轻轻拍了拍她的手背，安抚道："我们要坚强，君傲一定不希望看到我们伤心、我们不能丧失斗志，我们要替他将山庄好好地发扬光大。"

晴雨点头，眼泪却是汹涌得如同决堤的江河，怎么也止不住。那厢十几人已经将棺木拖到了悬崖的边缘，各自整理着绳索，准备将棺木沉到绝壁边的木桩上。

忽然，一阵桃花的清香拂过，漫天粉红的花瓣如同骤起的雨点般缤纷落下。悬棺的十几人一惊，不知怎么回事，都仰着脸朝满天的落红望去，可还未及细看，就一个一个闷哼倒地，而击向他们的正是那纷扬而下的粉红花瓣。场下观礼的众人大骇，影无尘和晴雨也都变了脸色，正欲寻找花瓣的来源，就蓦地看见人群中，一人轻盈飞出，黑发白衣，如同一只素蝶，在空中划出优美的弧度直直飞向崖顶，翩然落在棺木边上。

是个女子，身姿曼妙，轻纱掩面。

众人都是江湖中人，有人很快就识出女子，惊呼："鬼娘……"

"对，是鬼娘！"

全场一阵骚动。

晴雨一脸震惊，不明所以。影无尘凤眸微眯，细细打量女子。

无视众人惊愕的目光，女子弯腰，作势就要掀开棺木的盖子，可棺木已经被钉死，一下子没能掀开，女子后退一步，手腕翻动，欲提起内力，却被影无尘快步上前拦住："你是何人，又意欲何为？"

"鬼娘，救你们庄主。"女子言简意赅，影无尘问了两个问题，她便回答了两个问题。

影无尘怔了怔，旋即，冷笑一声："我们庄主已仙去，你来救我们庄主？出手伤了我们的人，谁知道你是什么居心？"扫了一眼倒在地上半天爬不起来的几人，影无尘眸色转冷。

女子却也不气不急，反而明媚一笑："无尘公子到底是害怕我的居心不良，还是害怕庄主被我救活？"影无尘脸色一白，却也不想跟她多费口舌，随即吩咐那几个刚刚爬起来的人："吉时不能错过，继续悬棺。"女子正欲阻止，影无尘也欲上前对付女子，忽然"哐当"一声巨响，来自木棺。

众人一惊，循声望去，就看到棺木的盖子被一股强大的外力掀起，破碎的木屑四溅、飞扬，委顿在地上。与此同时，另一道如雪的身影也忽然从天而降，翩然落在棺木和女子的边上。白衣飘飘、身姿挺拔、俊美若仙。

皇上！此人场下很多人都识得，正是当今的少年天子凌澜，也是刚刚影无尘所说的，谋害影君傲的凶手。

全场惊讶。

他还敢来？一来，竟然还破坏了他们庄主的棺盖。这也太猖狂了吧？是欺负他们啸影山庄没人吗？就不怕被大家围攻？而少年天子似乎并不以为然，浅笑盈盈走向女子。女子嗔了他一眼，低声嘟囔道："怎么才来？"

天子笑着环视了一下众人，同样压低了声音："刚准备出手，你抢在了前面。"

"我那是左等右等不见你的人，才不得不出来。再不出手，棺木就要被钉在绝壁上了，且不说，钉死了再拔出就难了，要是万一不小心，棺木坠下悬崖了怎么办？"女子没好气地嘀咕着。天子没有吭声，唇角一抹笑靥动人心魄。

"还有，你就不能换个样子出来，是不是怕大家都不知道你是当今天子、是杀人凶手啊？"

天子依旧微微笑，侧首看向女子，柔意在眼底荡开，一抹促狭浮起："所以，你以鬼娘的身份出现，就是不想让大家知道你是当今皇后？"

女子一怔，天子看着她，黑眸映着朝阳，粼粼璀璨，就像是落入了夏夜的星子，光芒夺目。

"蔚景，我从来都不知道，原来，你就是鬼娘！"

女子斜了他一眼："你不知道的事多了去。"就在所有人惊讶之际，一男一女两人嘀嘀咕咕、交头接耳，明明众目睽睽，却如同入无人之境。

影无尘最先反应过来，脸色瞬间一寒："凌澜，你来做什么？送死吗？"凌澜却根本不理会他，示意蔚景："棺木我已经替你打开了，救人吧。"蔚景愣了愣，蹙眉道："你的药，不应该是你救人吗？"

凌澜就蒙了："不是你的药吗？"

"不是啊，不是你的吗？"蔚景就更蒙了。

那夜在谷中，在影无尘跟凌澜打斗的时候，她在桌底下发现了那个小瓷瓶，捡起

第二十章 君傲之死

来后，她打开瓷瓶一看，赫然发现里面竟是假死药。假死药非常珍稀，世间少有，但是，她曾经在太医院看过记载，也见过医书上对假死药的描述和图案，所以，她认识，同样，她也认识装药的瓷瓶，那是属于凌澜独有的东西。当时，她就震惊了，也狂喜。影君傲没死，他没死，他只是假死而已。

为何假死？肯定是在设局。既然是凌澜的瓷瓶、凌澜的药，那就说明，要不就是影君傲跟凌澜两人联手设的一个局，要不就是影君傲跟凌澜要的药，然后自己设的局。不管哪一种，她都不能破坏了影君傲的局。

只是这个局，是为了引出谁呢？花如此大的力气，肯定是啸影山庄里的人，所以，包括晴雨跟无尘在内的所有人，都应该是怀疑对象，于是，她只能不动声色。而在影君傲的手中有一截绣有龙纹的布料，说明被引之人想要嫁祸给凌澜。

为了麻痹对方，让影君傲的局顺利进行下去，她便将计就计，也将矛头指向凌澜。晴雨让凌澜走，正合她意，不然，不能接受影君傲惨死的影无尘肯定不会放过他，就算影无尘放过他，那么多啸影山庄的人也定然不会放过，所以，她也要他走，赶他走。

而她自己却想要留下，并不是好奇影君傲设的局，而是担心婆婆，她不知道，为何这个局会设在这个不为人知的岛上，而婆婆又到哪里去了？她了解凌澜的性子，来啸影山庄的时候，都死活不让她来，她是方法用尽，软硬兼施，好不容易才来的，他又如何会将她留下，单独离开？绝对不会。所以，她才将那个小瓷瓶塞给了他，并给了他一个眼色。

不管是不是他跟影君傲联手，还是影君傲曾经跟他要过药，她只想告诉他，影君傲是假死，她都知道了，她也并不是真的怀疑他，只是在局中而已，让他配合，而他看到瓶里的药，也定然会明白。聪明如他，果然一点就懂，他走了。

怎么现在说药不是他的？不是他的，也不是她的，难道是影君傲自己的？他怎么会有凌澜的小瓷瓶？

心中疑惑，却也没有时间多想，服用假死药者一般是三日之后醒来，若时辰未到，除非有假死药的解药。若没有解药，那就只能等。算算时辰，若不用解药，影君傲醒来应该在夜里。正想着该如何说服大家等到夜里，边上的凌澜开口了："我用银针打通他的穴位试试。"

与蔚景一样，凌澜的心里同样疑惑丛生。那夜，蔚景将瓷瓶塞给他，并给了他一个奇怪的眼神，他虽不是很明白，但是他想，必有深意，而玄机可能就在瓷瓶里，所以，虽担心她、不舍她，但是她赶他走，他还是先走了。他要先看看瓷瓶里的东西，看看她给他传递了什么信息。

当他发现是假死药的时候，他震惊了。也就是影君傲没死。这种瓷瓶只有他跟蔚景两人有，也就是，影君傲服用了蔚景给他的假死药，在做一个局是吗？当他得知这一切的时候，没有人知道他的心情，那种激动狂喜到极致的心情。

原来，她相信他的，原来，她知道不是他所为。她所说的话，她所有的举措，都是在配合影君傲做戏而已。

虽然他走了，却还是安排了人在山庄保护她。没想到，她说，药不是她的。也就是他们两个搞了个大乌龙，都以为药是对方的，却歪打正着了是吗？

不是他的，不是她的，会是谁的呢？一边疑惑地思忖，一边抬步走近棺木，正欲从袖中掏出银针，骤闻"唰"的一声脆响，影无尘已拔出腰间长剑，直直朝他刺了过来："谋害庄主在先，如今连他的尸体也不放过，凌澜，你就受死吧！"

凌澜抬眸，正欲闪身避过，蔚景这厢已经纤纤素手一扬，一片花瓣自两指间飞出，以迅雷不及掩耳的速度重重击打在影无尘直刺过来的剑身上，"当"的一声，剑身一晃，剑尖就被迫改变了方向。影无尘脸色一变，脚尖点地，飞身而起，身子在空中一个后滚翻，手腕翻转，手中长剑挽出一个剑花之后，再次朝凌澜刺了过去。这一次又被凌澜随手发出的银针挡过。

而影无尘还不罢休，一声令下示意边上几个手持兵器的守卫一起上的同时，第三次举剑朝凌澜逼来。场下的众人也都纷纷拔出兵器，一片讨伐之声。蔚景一惊，情急之下，厉声喝道："影无尘，明明杀死影君傲的凶手是你，你为何要诬陷别人？"

如同一声平地惊雷轰然炸响，回音划过空旷的山巅，也划过众人的耳畔。所有人一震，包括当事人影无尘，他紧紧逼向凌澜的脚步一滞，难以置信地扭头朝她看过来。蔚景这才意识过来，因为用的是鬼娘身份，所以声音一直用了口技，而刚刚一时情急，说这句话的时候，竟用了自己的声音。

电光石火之间，影无尘猛地手腕一转，原本直直朝着凌澜而去的剑尖突然改变了方向，变成了朝她而来。事情发生得太突然，蔚景瞳孔一敛，凌澜脸色一变，几乎就在同一瞬间，飞身而起，想要阻拦，而影无尘脚下快速移动，已然来到了蔚景身边。蔚景作势就要闪身躲避，却只见闪着幽蓝寒芒的剑尖在她的脸前忽然停住，然后又用迅雷不及掩耳的速度，剑尖一挑，她只感觉到脸上一轻，面上轻纱已被挑落。

凌澜落下，长臂一揽，将蔚景护在了身后，然而那张倾城容颜已然暴露在晨曦下的月山之巅，也已然映入众人的眼帘。众人之中，认识蔚景的人数一点也不比认识当今天子凌澜的人少，因为历经三朝、一朝公主、两朝皇后的她，在中渊早已家喻户晓，所有人惊错。

原来，原来，传闻中让人闻风丧胆的鬼娘竟然，竟然是当今的皇后娘娘。

最最震惊的还是影无尘，他满眸不可思议地看着蔚景："蔚景，你可知道自己在说什么？"他咬牙，一字一顿，直呼其名。蔚景站在凌澜的身后，没有吭声。

影无尘忽然就笑了，凤眸中腾起一抹淡淡的血色，看看凌澜，又看看蔚景，唇角的弧度冰冷森寒："为了帮自己的凶手丈夫脱罪，皇后娘娘，你还真是有心了！"话落，又猛地转过身，面朝大众，扬声道："诸位，无尘刚才还在奇怪呢，我啸影山庄从不与

第二十章　君傲之死

165

江湖中人结怨，为何鬼娘会来掺上一脚，原来，竟是来撇清自己男人的。"

场下举着兵器的众人又开始蠢蠢欲动，不少人还骂骂咧咧起来。

"卑鄙无耻！"

"小人！"

"根本不配为帝为后！"

甚至还有人高喊："杀了他们，替天行道，为百姓谋福祉！"

竟然一呼百应。

兵器敲击的声音，长枪击地的声音，一片讨伐之声。

凌澜反手将蔚景的手握住，裹在掌心，蔚景无奈地摇摇头，缓缓从凌澜的身后走出，面对着影无尘："影无尘，原本我不想说，可是你如此执迷不悟，我也只能实话实说了。"影无尘眼波一颤。场下众人闻言，声音渐渐平息，大家都想听听她如何实话实说，是要找其他什么借口，还是再编造谎言诬陷。

蔚景垂眸静默了片刻，才再次抬眸看向影无尘："你头上的发带不是已经给了影君傲，随他一起陪葬吗？怎么又回到你头上了？"

影无尘一震，凌澜眸光微敛，场下众人面面相觑、莫名其妙。

见影无尘未响，蔚景弯了弯唇："因为发带陪葬，意寓兄弟情深、不离不弃、来世还要进一家门，而你，对不起你兄弟，你心虚，你也不敢来世再见，所以，在得知自己的发带在影君傲的棺木中后，你又立即去取了回来。我说的对不对？"

影无尘面露震惊，不过，也只是顷刻，旋即，脸色便恢复如常，同样弯了弯唇："我根本没有想那么多，什么陪葬，什么寓意，我只是喝醉了，发带不小心掉在了棺木里，然后发现了，就拿了回来，如此而已，怎么，这有问题吗？"

"没有问题。那你可知自己喝醉那晚，对着影君傲说了些什么，又做了些什么？"蔚景目光灼灼，望进影无尘的眼底。影无尘明显眼神一乱，片刻，又危险地眯起眸子，看着蔚景，冷声道："你想说什么？"

家丁告诉他发带在影君傲的棺木中后，他也细想过自己喝醉酒的情景。只记得进灵堂之时，他还是有些浅薄意识的，他记得自己遣走了下人，灵堂里只有他一个。后来，他又喝了一些，就完全醉得不行，所言所行，也全然没有了记忆。他说什么不该说的了吗？或者做什么不该做的了吗？就算说了，就算做了，也只有天知地知，影君傲知，他自己知吧？而影君傲已死。难道当时蔚景在灵堂里不成？影无尘眉心一跳。

"我不想说什么，是你自己在灵堂里烂醉如泥，又是哭，又是嚎，说自己对不起影君傲，几年前因为影君傲的大哥大嫂发现了你的身份，你亲手杀了他们，如今又害死了影君傲。"

啊！

场下一片哗然。如果说先前的那一句"影无尘，明明杀死影君傲的凶手是你"已经让大家震撼了，那么此时这一句，更是让众人错愕得下巴都要掉下来。影无尘身子一晃，更是不可置信地凝着蔚景，一双凤眸中血色渐浓。

蔚景抿了抿唇，心里其实也是很难受、很说不清的滋味。如果不是亲耳所闻，打死她也不会相信这个残酷的真相。因为知道影君傲是假死，她担心有人会趁他未醒期间再来加害，所以，她就藏在灵堂房梁的白幔后面，她想陪着影君傲，暗中保护他，在他醒来之前。

结果她看到了什么？她看到影无尘提着酒坛酒气熏天地进来，坐在影君傲的棺木边上一边哭，一边喊着影君傲，还不时喝着手中酒坛里的酒。他说，影君傲是这个世上对他最好的人，以后再也没有这样一个人了。他甚至一件一件细数他跟影君傲曾经经历过的种种难忘的事情。起先，她还感动于他跟影君傲的兄弟情深，看到他如此痛苦不堪的模样，她也难受得不行，她甚至还动过飞下横梁告诉他影君傲没死的念头。

几经犹豫，她终究忍住了。而他接下来的话，那对她来说，犹如晴天霹雳一般的话，也让她庆幸自己的决定。他说，他对不起影君傲，对不起影君傲的父亲，以前因为影君傲的大哥大嫂无意中得知了他的身份，他不得不杀了他们，如今又害死了影君傲。

她当时震惊得差点从梁上掉下来。在她的印象中，影无尘是一个无害的人，也是一个活宝。啸影山庄于他来讲，多年的养育之恩，多年的悉心栽培，让他有了尊贵的身份，让他享尽荣华富贵，他却亲手杀了影君澈夫妻二人，如今又想害死影君傲，她真的难以相信。

她花了很长的时间来接受这个事实。

"所谓酒后吐真言，影无尘，我说得对吗？"她看着只手紧紧握着长剑、身子已经微微薄颤的男人。其实，她纠结了很久，原本并不打算将这一切说出来的，所以，她今日前来，只是想以鬼娘的身份将影君傲的棺木拦下来，不让他们悬于崖上，因为一旦悬于木桩上钉死，就很难再取下，而且棺木盖严，里面一点空气都没有，若影君傲醒来，会有生命危险。

她想着，等影君傲醒来，这些是非曲直，这些恩恩怨怨，让他们兄弟两个自行了断，她不想参与。可是，他却执迷不悟，一直在诬陷凌澜，甚至煽风点火、鼓吹众人，挑起整个啸影山庄与朝廷的矛盾，她逼不得已，才说了出来。

在众人的注视下，影无尘再次低低笑出声来："难怪娘娘能两朝为后，这玲珑心思的确非同一般，竟然连这样的谎言都编造上了。"唇角噙着一抹嗜血的笑容，影无尘缓缓说着，忽然笑容一敛，冷声道，"无尘那夜的确喝醉了酒，也的确入了灵堂，那是因为君傲走了，无尘心里难受。就算酒后吐真言，无尘从未做过此大逆不道的事，又何以会说出这些骇然听闻的话来。敢问娘娘可是亲耳所闻，又有何人见证？"

影无尘咄咄说完，含血凤眸牢牢盯着蔚景不放，蔚景心头一颤，有些被他的样子吓住，却也有些为他痛心："的确是我亲耳所闻，因为当时，我就在灵堂，你的发带也

第二十章　君傲之死

是我取下放入影君傲的棺木中。"

影无尘有一丝惊讶，下一瞬，却又再次笑出了声："谁能证明呢？"俊眉一挑，他再次逼问蔚景："谁能保证娘娘不是为了自己的男人，见无尘醉酒，故意加以利用，将这个莫须有的罪名强加在无尘头上呢？"

蔚景同样摇头一笑，心里真的很失望，"如果你非要这样说，我也没有办法，当时，灵堂里只有你我二人。"没有第三者可以作证，那就只能等影君傲醒来，手背一重，是凌澜握了一下她的手。她回头，凌澜看着她："我还是先救影君傲吧。"

"嗯。"蔚景点点头。

影无尘却是突然嘶吼出声："不许你们碰君傲！"与此同时，更是三步并作两步奔至棺木边，展开双臂，以自己的身子拦在了棺木的前面，"你们杀了他，还不放过他的尸体，我绝对不允许你们碰他！"

看着他声嘶力竭的模样，蔚景摇摇头，忽然想起什么，又回头看向凌澜："其实，你早已觉察他不是好人，是吗？"凌澜看着她，没有吭声，眸中的光亮却是比头顶的朝阳还要璀璨耀眼。

蔚景又再次转眸看向影无尘："我很想问你，当嫣儿每次喊你'无尘叔叔，无尘叔叔'的时候，你又是怎样的心情？"影君澈夫妻二人被杀的时候，嫣儿只有一岁多，跟如今末末和暖暖一般的年纪。

"你怎么就下得了手？"想起嫣儿，蔚景眼窝一热，声音就含了几分哽咽，"你到底是什么身份，那般不能见光？甚至不惜在啸影山庄潜伏十年之久，还恩将仇报，亲手杀了对自己有恩之人。"

或许是彻底被激怒了，又或许是被她的话语触到了底线，影无尘忽然像一头愤怒的雄狮一般咆哮起来："你们没有证据，就不要在这里血口喷人！"

众人一骇。凌澜再次将蔚景拉至身后，上前两步，正欲与影无尘直面较量，忽然听得空中传来一道女子的声音："不就是证据吗？我有！"

所有人一震，全部循声望去，凌澜亦是。影无尘同样循着众人一起，惊惧抬眸看向声音的方向。熟悉的声音入耳，蔚景更是心头一撞，惊呼出声："婆婆！"然后就目光欣喜地四下寻去。只见一个素衣素裙素纱掩面的身影不知从何处出现，越过众人的头顶，飞上山巅，落在蔚景凌澜和影无尘的不远处，落下之时，脚步微踉，歪出几步，才稳住自己的身子，显然受了内伤。

"婆婆，婆婆……"蔚景面色大喜，激动地飞奔上前，将其扶住，"婆婆你没事吧？你去哪里了？小九找不到你，急死了。你不是说不能出谷吗？你怎么又出来了？看到婆婆太好了……"蔚景语无伦次地说着，声音颤抖得厉害，眼泪更是抑制不住地跌出眼眶。

"我没事。"妇人轻轻拍了拍她的手背，目光从她的脸上移开，缓缓转眸，看向不远处那个站在晨曦下一袭白衣、身姿挺拔、龙章凤姿的男人，凌澜。

第二十一章 心无尘埃

深秋的阳光金黄氤氲，从东方斜铺下来，男人周身被一片暖黄所笼罩，墨发在晨风中轻扬，也徐徐抬眸朝她望过来。两人的目光就这样不期然地相撞。不知是否阳光太过耀眼，那一刻，天地都失了颜色，她的眼中只有那一片暖黄，暖黄中长身玉立的男人，衣袂飘飘地望着她，眸含震惊。

十九年，整整十九年。十九年未见，曾经那个跟在屁股后面喊着"娘亲，娘亲"的孩子，已经长成了玉树临风、风姿翩然的男人。她是一个不信命，也从不屈服于命运的人，却第一次那样感激上苍，感谢上苍让这个孩子还活着，感谢上苍让她在有生之年能见上他一面，此生足矣。

素纱轻掩下的唇瓣抖动得厉害，她想唤他的名字，却是半响一个音也发不出来，一股腥甜忽然直直往喉咙里一窜，她张嘴，一口鲜血溅在素纱上，殷红一点一点渗透出来，顷刻就印染在了素纱的外面，她慌乱地别过脸，却终究没能逃过边上蔚景的眼。

"婆婆……"蔚景惊呼，与此同时，还有另一道苍哑的声音颤抖响起："娘……"带着一抹犹豫，带着一抹怀疑，带着一抹不确定，也带着难以抑制的激动欣喜。所有人一怔，蔚景愕然转眸，妇人震惊抬头，所有人都惊愕地看向那道声音的主人，包括脸色煞白的影无尘。

是少年天子。

一双凤眸定定望着妇人，眸光映着晨曦，眼中似有晶亮，每一下闪烁，都是浓烈的情绪。终于，他举步朝她走来，起先脚步还有些沉重，有些犹疑，可下一瞬，步伐一步比一步快。在众人惊愕的目光中，他衣发翻飞地上前，颤抖地搀扶住了妇人的另一边手臂。

"澜儿……"妇人终于哽咽着叫出了这个多年来只能在梦里叫唤的名字。凌澜神魂一颤，虽然心中早已觉得是她，却终究不敢太相信，毕竟十几年未见，他怕是梦，是他的幻觉，是他的自以为是，一声"澜儿"将他心中所有的不确定尽数销匿干净。是她，真的是她。真的是他的娘！

"娘……"哽在喉咙里的什么东西直直冲上眼眶，他同样颤抖出声，边上的蔚景震惊地睁大眼睛，半天回不过神来。还是影无尘最先反应过来，再次冷笑："为了谋害庄主，诬陷我，为了彻底击垮啸影山庄，凌澜，你还真是煞费苦心，全家齐上阵，是吗？"

凌澜缓缓转眸，冷冷看向影无尘。妇人示意凌澜跟蔚景将她放开，举步走向木棺。

"你要做什么？"影无尘戒备地挡在前面。凌澜又再次疾步上前，护在妇人身边。妇人垂眸一笑，猛地扬手，将什么东西朝天上一抛。众人一惊，都本能地抬头望去，包括影无尘亦是，而就在影无尘这一个抬头的瞬间，妇人另一只手也倏地一扬，又有什么东西从手心抛出，直直飞向棺木。

等影无尘发现天上什么都没有，意识过来妇人只是做了一个假动作，目的是为了吸引他的注意，真正的动作在后面，想要阻止时，已然来不及。那东西飞进棺木的同时，妇人又提起内力素手手指一点，棺木中的影君傲就微微张开了唇，那枚东西侵唇而入。

隔空点穴，好霸道的武功，众人惊错地看着这一切，而影无尘却已是慌乱得失了分寸，嘶吼道："你给君傲吃了什么？"与此同时，还伸手探向影君傲的下颌，试图想要掰开他的嘴巴，凌澜眸光一敛，云袖骤扬，一道凌厉掌风直直击打在影无尘的胸口上。影无尘闷哼一声，身子弹离开棺木，斜斜飞出，落地时，跟跄了好几步想要稳住自己的身子，却终究还是跌坐在地上。众人大骇。

"你们太过分了！"

"是欺负我们啸影山庄没人是吗？"

"这也太嚣张了！"

场下之人个个摩拳擦掌，一副跃跃欲试想要给影无尘讨回公道的样子。晴雨上前，将影无尘扶起，妇人却也不惧，缓缓转身，面朝着骚动的人群："诸位，请听我说完，你们再讨伐我们也不迟。"

众人闻言，互相看了看，慢慢噤了声。

"我本也是啸影山庄之人，又怎会对啸影山庄不利？"妇人话落，众人震惊，就连天子凌澜都是露出不可置信的表情。

"我是啸影山庄老庄主的妹妹，也就是你们庄主影君傲的姑姑。"

啊！

场下一片哗然。其间不乏长者，对于老庄主有个妹妹也是知道的，只是，不是早就听说远嫁了不是吗？怎么又突然冒出来，还跟当今天子成了母子？

众人疑惑间，妇人再次出了声："因为个人身体的原因，这些年，我一直住在啸影山庄缠云谷里的一个秘密小岛上，不能出来。两年前，无意间，救了被大火烧伤的小九。"妇人一边说，一边转眸看了蔚景一眼，继续道，"也就是当今的皇后蔚景，当然，我并不知道这些，小九从未告诉过我，我也不习惯打听人家的隐私。小九被我救下时，已怀有身孕，后来，就跟我一起生活在岛上，顺利产下一双龙凤子，末末和暖暖。"说到这里的时候，一抹柔意自妇人紧锁的眉宇间漾开，妇人的声音也跟着软了下来。

170

"这个时候，我还是什么都不知道。直到孩子一天一天长大，眉眼渐渐长开，慢慢清晰，我震惊地发现，末末，竟然像极了我的儿子澜儿。"妇人侧首，深看了一眼边上的凌澜，"当年，我跟澜儿分开时，澜儿才四岁多，末末如今的样子就跟那时的他一般无二。没有人知道我当时的心情，那种得知澜儿还活着，我怀里抱着的可能就是自己的孙子时，欣喜若狂的心情。我想问小九，却又不敢贸然提及，小九从未在我面前说过孩子的父亲，我偶尔提起，她也是刻意回避，矢口不提。"

凌澜眸色一痛，缓缓看向蔚景，蔚景微微垂目，长睫低敛。

"我想了很多，考虑到种种不确定的因素，我决定自己试一试。我给末末喂了一种药，那种药会暂时改变血液的浓度和比重，让末末呈生病症状，其实对身体并无损伤，三日后也会自动失效。我告诉小九，医治此病的药方里需要孩子父亲的鲜血，其实，我只是想借此机会见见澜儿。"

蔚景一震，脸上露出不可置信的表情。凌澜恍然大悟，他曾经还以为是影君傲，原来……

"我知道，此举实在不够光明，可我没办法，我真的太想见澜儿一面了，否则谁又忍心对一个孩子下手，况且这个孩子还是我的亲孙子。希望小九能体谅一个十九年没有见过自己儿子的母亲的良苦用心，莫要怪我。"妇人说这话时，目光殷殷看向蔚景，蔚景怔忡了片刻，勉力弯了弯唇角，给了妇人一个浅淡笑容。妇人朝她略略颔了颔首，算是谢意，便转眸，再次看向场下，继续，"可是，我却并没能如愿，君傲直接将末末抱出谷，其实抱出谷也没有关系，一般大夫是治不了此病的，到时，还得回谷中找我，可我没想到澜儿竟也学会了治疗之法，就在谷外治好了末末。"

"人就是这样奇怪的东西，原本我一人在岛上生活了那么多年，也从未觉得不习惯，可跟着小九娘仨生活了一段时间，我发现，自己竟是那样害怕孤独。特别是当小九带着末末暖暖离岛之后，我觉得整个人都像是失了魂一样，成天不知道该干什么，心里面对澜儿的想念也是从未有过的强烈，那份必须见到他的冲动，绞得我茶饭不思、夜里难眠，而且，小九离开之时，只是跟我说，她要带末末跟暖暖出去住些日子，其他什么都没说，我也不知道他们怎样了，是不是跟澜儿在一起，这一切未知和担心，几乎将我逼疯。"

"那夜，君傲来了。在提壶给他倒水的时候，我忽然脑中一热，临时起意，趁他不备，悄悄放了一粒假死药进茶水里。我想若啸影山庄的人找不到君傲，就会去找小九，只要找小九，小九就一定会找到谷里，小九来了，或许就能带来澜儿。"

场下众人一阵唏嘘，蔚景震惊，凌澜亦是，虽然随着她的出现，他已然知道，那个不是他的、也不是蔚景的小瓷瓶，是她的，但是，在听到假死药居然是在这样的原因下用的，他还是惊住了，心里面有种说不出来的感觉。

妇人的声音继续："可就在君傲刚刚饮下茶水，我们交谈了一些事情之后，我们

第二十一章　心无尘埃

猛地发现有毒烟吹入屋内,且是那种剧毒,我们想要屏住呼吸都来不及,而此时,君傲的假死药正好发作,他直接倒了下去。我庆幸给他下了假死药。众所周知,人,一旦假死,脉息全无,身体的所有机能都停止运作,血液也不再流动,所以,也等于无形中抵御了所有毒药和毒烟的侵袭。而我,因为自身身体的原因,早已百毒不侵,但是,所谓不侵,其实也仅仅是指不会致死,但中毒的那一刻,不仅会内力全无,还会造成内伤。"

"我不知是谁放的毒烟,很明显,此人应该是跟踪君傲来的,因为没了内力,我射出的银针并未能将对方制服,对方发现如此剧毒的毒烟之下,我竟没有死,所以不得不推门进来,试图将我杀死。我也终于见到了此人的真面目。"

"就是他!"妇人猛地扬手一指,直直指向影无尘,"就是这个道貌岸然、忘恩负义,企图篡庄主之位,还要挑拨啸影山庄跟朝廷关系的卑鄙小人。"

影无尘脸色一白,边上的晴雨原本是扶着他的,忽闻此言,猛地将手撤开,难以置信地看着他。

"我们打斗了起来,因为我没有内力,且内伤严重,我心知不能恋战,便拣了个机会逃走,影无尘穷追不舍,非要置我于死地。所幸岛中每一处我都非常熟悉,而他却陌生,所以,我将他引到了一处断崖,我们打斗了起来,我根本不是他的对手,我做出被他打落断崖的假象,其实距崖顶不远有一处安全之穴,我藏了进去。他以为我坠下万丈悬崖,这才放手离开。

"因为没了内力,我飞不上来,所以不得不在洞穴里待了两日,调息恢复。等我上来,发现木屋里早已没有人,洞门口镇山兽也死了,而更要命的是,我原本放在袖中的装有假死药的小瓷瓶也不见了。我猜想,应该是跟影无尘打斗时掉了,可我找遍了岛中,并未寻到,我担心被影无尘捡到,如果他发现君傲其实并不是中毒烟而亡,而是假死,一定会再次对君傲下毒手。所以,我也顾不得那么多了,十九年来,第一次出了谷。"

"等我回到山庄,山庄里空不见人,好不容易遇见一个留守看家的家丁,他告诉我大家都来参加悬棺和新庄主继任之礼了,我便赶到此地。幸亏我来了,不然,某人的阴谋就得逞了。"妇人一边说,一边转眸冷眼看向影无尘。影无尘身子一晃,整个人就像是瞬间被抽走了生气,几欲摔跤,晴雨动了动,却终是没有上前去扶。

影无尘强自站稳,冷笑抬头,猛地扬手,指了指凌澜,又指了指蔚景,最后又指向妇人,咬牙切齿道:"一派胡言!你们都是一伙的,都是来陷害我、陷害啸影山庄的!"

"无尘,你太让我失望了!"未等被他所指的三人做出回应,已有一道沙哑破碎的男声沉痛响起。众人一震,影无尘更是惊错转眸,所有人都看向声音的方向。只见一身黑色寿衣的男人缓缓自棺木中站起,目光一扫全场,掠过妇人、凌澜和蔚景,最后落在影无尘的身上,满目伤恸。

啊,庄主!全场震惊。

真的没死，真的复活了！众人又是惊又是喜，纷纷屈膝，行跪拜之礼。顷刻时间，场下跪倒一片，无一人站着，而山巅之上，也只有六人站立，除了被狂喜震得以为自己是在做梦的晴雨，还有妇人，凌澜，蔚景，影无尘，以及影君傲自己。

只手一撑棺木的棺沿，影君傲从棺木中轻盈跃出，举步，一步一步缓缓走向影无尘。

不知是心虚胆怯，还是被凌澜那一掌所伤，影无尘有些站立不住的模样，身子一晃，脚下不由自主地后退了一步，同样回望着影君傲，影君傲就顿住了脚步，略略垂下眼，影君傲静默了片刻，才再度抬起头看向面前的这个男人，这个跟他称兄道弟了十年的男人。

十年？人生有几个十年？一个人怎么能戴着虚伪的面具生活十年？

"无尘，还记得当初爹给你取这个名字时说的话吗？"影君傲微微眯了眯子，思绪似是回到了久远的从前。影无尘没有吭声，胸口微微起伏。影君傲又自顾自开了口，其声恍惚，"心无尘埃，豁达于世。可是……"敛了眸光、收了思绪，他定定望进影无尘的眼底，一字一顿，"可是，你心里的灰尘太重了。"

影无尘脸色一白。全场鸦雀无声。

"知道吗？当年大哥大嫂被杀，有人怀疑过你，可是爹说，绝对不可能，我也完全相信你的为人，所以才会一直查不到真相，因为我们已经都蒙住了自己的眼睛。我想知道，这些年，你面对嫣儿，难道就没有一丝一毫的愧疚？"

所有人都看着影无尘，影无尘早已面如死灰："不是这样的……君傲，你相信我，他们一家人合伙来挑拨我们啸影山庄……你的假死药也是被他们所下，不是吗？他们已经亲口承认……君傲……他们居心叵测，你不要中了他们的奸计啊……"影无尘语无伦次地辩驳着。

影君傲却只是静静地看着他，沉痛失望的神色纠结在眸子里。一直到影无尘停下不说了，影君傲才沙哑着声音开了口："无尘，你在啸影山庄那么多年，难道不知道假死药，是肉身先死，意识后死吗？"影无尘一震，影君傲自嘲地弯了弯唇，"你能体会，我当时不能睁眼，不能说话，不能动，但却知道凶手竟然是你时的那种心情吗？"

"当然，你不能体会！"影君傲轻轻摇头，苍凉的声音喃喃，像是跟影无尘说，又像是对自己讲。全场静谧，空气中只有风吹白色布幡的声音和众人衣袂被吹起的簌簌之响。

蔚景静静看着影君傲，此刻，他的心里有多痛，她不敢想。就像曾经知道锦弦跟蔚卿背叛自己，害死她的亲人时一样，那种对全世间的绝望，也只有她自己能明白。他对影无尘的宠溺，对影无尘的信任，对影无尘的爱护，她都看在眼里。他如何能接受他倾心信任的弟弟却是杀死自己哥哥的凶手？换谁都接受不了。

"无尘，且不说十年为兄为弟，或许你从未将我当过兄弟，就说，你能看在自己至少姓'影'姓了十年的分上，跟我说一句实话吗？"影君傲忽然再度出了声。影无尘

第二十一章　心无尘埃

看着他，眸子里各种凌乱的情绪已是他人无法明白。

"你到底什么身份？"影君傲灼灼望进他的眼。影无尘眼帘一颤，没有吭声。所有人都看着影无尘。

见他半天没有声响，场下的众人早已失了耐心，有人带了个头，大家就纷纷开始躁动起来。

"快说！"

"是啊，是个男人就说出来！"

"你的良心都被狗吃了吗？"

"我们啸影山庄怎么会出你这个败类？"

"是啊，我们都差点被他蒙骗了。"

"这种畜生都不如的人就应该千刀万剐。"

"对，杀了他，替大少爷报仇！"

"杀了他！"

"杀了他……"

一呼百应，众人声势震天，讨伐之声较刚才对凌澜的，有过之而无不及，所有人义愤填膺。

"差点就上了这个小人的当了。"

"是啊。"

"杀了他！"

"必须杀了他！"

众人的声音一声比一声高。影君傲依旧目不转睛地看着影无尘，似乎还在等他的答案，关于他身份的答案。影无尘忽然转眸看向蔚景，几乎就在同一瞬间，脚尖一点，蓦地朝蔚景飞过来。众人一惊，影君傲瞳孔一敛，凌澜脸色一变。见影无尘在空中忽然伸手抓向蔚景，一黑一白两个身影同时一动，快如闪电。

而如今的蔚景早已不是曾经的她，在两个男人还未到达之前，早已身姿轻盈一闪，就避过了影无尘的魔爪。影无尘见自己扑了一个空，面露愠色，却也不敢再做一丝停留，甩手掷出一枚什么东西，"嘭"的一声巨响，顿时，白烟滚滚，浓浓的烟雾迅速弥漫，瞬间，众人的视线只能看到方寸之间。烟雾袅绕中，影君傲和凌澜一左一右抓住了蔚景的手腕。

"你没事吧？"异口同声，也带着相同的担心。蔚景摇摇头："我没事。"

白烟的尽头忽然飘来影无尘的声音："蔚景，你会后悔的！"

蔚景一震，两个男人又同时松了她的手循声上前，此时，白雾也渐渐变淡，视线慢慢清明，可，哪有还有影无尘的影子？

逃了？场下众人意识过来这个问题的时候，更加激动了。

"追，不能让他跑了！"

"必须杀了他！"

甚至还未等得及影君傲下令，众人已经手持兵器纷纷追了过去。影君傲站在烟雾的尽头，没有动，墨发黑袍在风中涤荡，蔚景还在那句"你会后悔的"的话中没有回过神。忽然，一声沉沉的闷响，有什么重物委顿在地的声音，几人一惊，循声望去，就只见一个身影倒在地上。

"娘——"

"婆婆——"

凌澜和蔚景脸色一变，同时飞奔上前。

"娘，你怎样？"将妇人的身子扶坐起来，凌澜急急问道，也就是到这时，他才发现她轻掩在脸上的面纱早已被殷红的鲜血染透，哪里还看得出一丝一毫原本的颜色，妍艳得就像是原本戴着的，就是一面红纱。可见在方才，她又吐过多次鲜血，只是没有让他们发现。凌澜眸色一痛，怕她呼吸困难，伸手，想要将那抹面纱揭下来，腕，却是蓦地被她抓住。

"别……"沙哑的一字逸出，凌澜就立即停了下来。在他幼小的记忆里，她就戴着面纱。那么多年，还是没变，他又怎能强求？顺势反握了她的手，他探向她腕上的脉搏，而这时蔚景忽然想起什么："凌澜，快，快抱婆婆回岛！"她记得她跟她说过，她是不能离开那座岛的，而且，今日她也提到过两次。

凌澜闻言，弯腰将妇人打横抱起，疾步往山下的方向走，蔚景跟在后面，经过影君傲的身边时，她停了下来。

"影君傲……"她想安慰他几句，却不想自己还没找到话说，对方已经出了声："救姑姑要紧，去吧，我没事。"

蔚景走了很远，回过头，就看到山巅之上，那两抹迎风而立的身影依旧一动不动，一抹黑袍如墨，是影君傲，一抹白衣似雪，是晴雨。

小木屋，妇人半倚在床头上，情况已经明显稳定了下来。

"娘，这些年你都住在这里吗？"凌澜环顾了一下四周，影君傲出事那夜虽然来过一次，可当时心系其他，也没细看，"娘既然还活着，为何也不让人给孩儿送个消息？这么多年，孩儿还以为娘已经不在了。"

妇人笑笑，抬眸看了一眼蔚景，蔚景何其敏感的一人，连忙道："我去烧点热水。"转身便走出屋子，并帮母子二人带上房门，外面阳光有些刺眼，蔚景抬手遮了遮，便缓步走到桃园的石凳上坐了下来，一颗心却是久久不能平静。

一阵微风吹过，桃枝轻摇，粉红色的花瓣纷纷扬扬，蔚景伸手，一枚花瓣轻轻落于掌心，她垂眸看着那枚花瓣，不知不觉就失了神。这几日发生的事情太多，一件一件

第二十一章　心无尘埃

让她措手不及，先是影君傲出事，婆婆失踪，接着是影无尘，然后婆婆竟然还是凌澜的母亲。此时她的心里，早已滋味不明，为影君傲难过，为影无尘惋惜，也为凌澜高兴，还为自己迷茫。旧景仍在，桃花依旧，不知为何，她竟是莫名生出一丝物是人非的错觉来。

低低一叹，她将手送到唇边，轻轻吹掉掌心的花瓣，回头，就看到站在身后不远处的那抹身影。蔚景微微一怔，影君傲，也不知几时来的，似是站了有一会儿。微微一笑，蔚景朝他指了指自己对面的石凳。影君傲举步走来，一撩袍角坐下。

"在想什么？"他问。蔚景依旧是弯了弯唇，伸手再次拈起面前石桌上的一枚花瓣把玩："在想，人为什么那么复杂？"影君傲笑笑，没有吭声。

"影君傲，你怪婆婆吗？"蔚景忽然抬眸看向他。影君傲怔了怔之后，似乎才明白过来，她问的是给他下假死药的问题，遂摇了摇头："不怪，不然，今日我也不能坐在你面前了。"若没有假死药，他早已被影无尘的毒烟毒死。

"话虽这样说，但是出发点是不一样的不是吗？"

"是，但是，我更庆幸，我依然活着。"依然能看到你，当然，这一句，他没说。

蔚景若有所思地点点头："对了，抓到影无尘了吗？"遭到啸影山庄那么多人的追杀，怕是凶多吉少吧。

"不知道。"目光自她脸上移开，影君傲微微看向远处，淡声道，"他们去追了，暂时还没有接到消息。"蔚景有些讶于他面色的沉静和口气的清淡。想了想，却又似乎明白了过来，他是刻意去无视这些吧。若他们那些人传来消息，说已杀了影无尘，他会是怎样的心情，她不知道，她只知道，若他们只是抓了影无尘，然后，让他定夺，他定然下不了那个手。

"谢谢你！"影君傲再次转眸深看进她的眼底。蔚景怔了怔："什么？"

"晴雨已经将我假死这段时间发生的事情都告诉我了，谢谢你在灵堂守着我，也谢谢你及时出来阻止悬棺，谢谢你为我做的一切。"

原来说的是这个。蔚景笑笑，"没什么，我们是好朋友嘛，若换作是我，你肯定也会这样做的，不是吗？"他对她的好，她都懂，远远比她对他的多。

影君傲便没再说什么，微微垂眸，长睫遮去眸中所有神色。好朋友？蔚景，你这样不遗余力地对你的好朋友，让你的好朋友怎么办？你的好朋友越来越觉得放不下你的好，越来越泥足深陷怎么办？蔚景，你告诉我，我该怎么办？

"接下来有什么打算？"他抬眸问向面前的女子。

"自然是跟我回宫！"蔚景还未回答，已有人替她出了声。两人一怔，循声望去，就看到木屋的门口，凌澜不知几时已经出来，正凤眸微眯地看着他们这边。也不知是母子二人谈到了什么不开心的事，还是看到她跟影君傲坐在这里，蔚景发现，他的脸色有些不好。她也没有理会，可对面的影君傲却站了起来。蔚景有些吃惊，从未见他对凌澜客气过，因为现在是表兄弟了吗？蔚景抚了抚额，这两个相生相克的男人竟然是表兄弟。

凌澜举步走近："还记得那日我们打过的赌吗？"在蔚景的边上站定，凌澜轻勾了唇角问向影君傲。影君傲眼波一动。蔚景疑惑地看向两人，打的赌？

见影君傲没有吭声，凌澜又问："还作数吗？"

"当然作数！"影君傲笃定而语，思绪却是回到那夜，这个男人自啸影山庄回宫前的那夜。

这个男人找到他，跟他说："看在你照顾蔚景母子三人一场的分上，朕特意来提醒你，影无尘有异心，绝非好人，必须防备。"

当时看着他一副高高在上凛然的样子，他心里甚是不舒服。啸影山庄从来不惧朝廷，却也不是鸡鸣狗盗之辈，无愧天地无愧于心，才是啸影山庄的作风，他回道："我自己的弟弟是怎样的一个人，我心里有数，多谢皇上提醒！"

帝王见他不信，说："要不，我们打个赌，不出一月，他绝对有所行动，若被朕说中，你们啸影山庄从此俯首称臣，若是朕多心，并未如朕所言，那么……"

"你就还蔚景自由！"他记得很清楚，当时，没等帝王的话说完，他就补了这么一句。帝王似是没想到他的赌注是这个，愣了片刻，才斩钉截铁道："好！"

帝王离去，走了几步，又停住，回头，说："朕明日回宫，会带蔚景末末和暖暖一起，让嫣儿也一起吧。"起先，他没有明白帝王的意思，直到帝王接着道："等风波过去，山庄安全了，朕定会毫发不伤地送回来。"嘴里很想回这个男人一句："我啸影山庄安全得很，而且，我自己也能保护嫣儿"，可心里面却终究觉得，不怕一万，就怕万一，还是安全第一。所以，第二日才让他带走了嫣儿，他也没有露面。

谁知真如这个男人所言。哪里需要一月，这才几日的时间而已，影无尘就迫不及待地进行了如此大的动作。若非假死药，他真的就死了。

"影无尘逃逸在外，不过，想来暂时也应该不敢再回山庄，嫣儿是继续留在宫里住些时日，还是回来，你自己看着办吧。"凌澜忽然开口，将影君傲的思绪一下子拉了回来。影君傲想了想，道："先让她在宫里再住几日吧，她也喜欢跟末末和暖暖玩。"

两个男人你一句我一句，蔚景听得云里雾里，但是有一点，她是听明白了。打的赌跟嫣儿有关，而将嫣儿带进宫，是经过影君傲同意的，也是为了嫣儿的安全，以防被影无尘利用的。

也是，在啸影山庄多年，影无尘深知嫣儿是影君傲的心头宝贝，嫣儿对影无尘也不设防，极易被利用。可是，她记得当日，见凌澜将嫣儿也带回宫，她很生气，她问他，到底有何目的，到底是想威胁她，还是想威胁影君傲？当时，他就笑了。他说，朕的心思已经浅薄到都写在脸上了吗？竟然都让你给识破了。她记得清清楚楚。

这个男人！宁愿被误会，也不说清楚。真是的。蔚景恨恨瞪了一眼凌澜，凌澜怔了怔，似是旋即就明白了过来，唇角微微一勾。

"对了，镇山兽已死，而我娘的身体又不能离开这个岛，我先调集一些禁卫……"

第二十一章　心无尘埃

177

"这个皇上放心，我会派人坚守洞口，绝对保证姑姑安全。"凌澜的话没有说完，影君傲已将他的话打断。凌澜沉默了一会儿，才道："好，我相信你！不过，我还是会派两个会功夫的宫女过来跟我娘一起住，也可照顾她的起居。"影君傲点头。

蔚景静静看着两人，讶于两人之间的心平气和，记忆中，似乎他们这样和平的交谈，还是第一次。

见婆婆已稳定无恙，凌澜便提出回宫，毕竟作为一国之君，有很多国事要处理，而且，宫里还有鸳颜没醒。本就不是矫情之人，而且同样心系着两个小家伙，蔚景便也没有提出任何异议。

两人依旧同乘一马而回，只是一路上，凌澜很沉默，就只是跟她说，以后，有他在身边，他会保护她，宫里面也有禁卫，让她不要再用武功。她不明所以，问为什么，他说，不为什么，一个女子，还是母仪天下的皇后，舞刀弄枪的，总归不好。

她就不依了。什么叫总归不好？她觉得有武功真的很好，许多以前不能办到的事如今都变得小菜一碟。鸳颜不是也会武功吗？她反问他，然后还说，如果当皇后，连这个也要不准，她倒宁愿不当了。

男人却也不生气，定定望着她道，如果我说，我喜欢你不会武功的样子，就是想要保护你，你愿意为我不用吗？

蔚景顿时两颊一热，一个字都说不出来。

在宫外的一处别院里，蔚景看到了铃铛，铃铛躺在床上，若不是心跳和脉搏还在，蔚景还以为她已经死了。她知道，铃铛中了"百日劫"，两年多下来，那么多百日过去，身体的机能也一项一项丧失得所剩无几了，若再无解药，或许下一个百日就是心脏，或者大脑。如果心脏死掉，就算再有解药，也是一个死人，而若是大脑死掉，就算再有解药，也是一个废人。

是凌澜告诉她铃铛的事情，也是凌澜将铃铛安排在这个地方，她也终于知道曾经自己身上的夜光粉是铃铛撒的，而不是影君傲。如果铃铛撒夜光粉的目的，就是让凌澜寻到她，如果铃铛自己都没有"百日劫"的解药，那是不是说明铃铛跟凌澜讲的一切其实的确是真的？那夜，铃铛并不是故意要将她引去七卿宫的，而是铃铛自己也被人利用了而已，其实，铃铛也是无辜的受害者？她不知道。

她只知道，一个人再怎么样，也应该不会拿自己的生死做赌注吧？

是夜，九景宫。

在偏殿好不容易将三个小家伙哄睡着了，蔚景才回到内殿躺在床上。烛火透过帷幔，帐内氤氲朦胧一片，婆娑光影中，她不禁又想起了从前。

记得铃铛入宫的时候,她好像是四岁,还是五岁的样子,铃铛跟她一般大,那时的铃铛话都不敢讲,一直默默地跟在她的后面。后来随着渐渐长大,也加上她的性子外向,喜欢叽叽喳喳,什么都跟铃铛讲,铃铛才慢慢变得开朗起来。铃铛很细心,总是将她照顾得好好的,陪她一起去太医院学医,陪她一起去跑马场骑马,陪她一起闯祸,陪她一起偷偷溜出宫,吃遍京城小吃、玩遍京城好玩、听茶楼老人说书、看园子戏子唱戏。

记忆是那样清晰,就像是发生在昨天的事一样,而如今,却已物是人非。低低一叹,蔚景扯了薄被盖在身上,合上双眼。

凌澜进来的时候,烛火依旧亮着,撩开帐幔,见蔚景似乎睡着了,便轻轻坐在床边,并未唤她。蔚景只是闭着眼睛,心中有事哪里睡得着,何况男人开门,关门的声音她也听到了,觉察到似乎有深凝的视线落在她的脸上,她不自在地动了动,翻了个身,面朝着里面而躺。一声轻笑响起,男人滚烫的胸膛自她的后背贴上来,炙热的气息逼近:"还装?"

蔚景皱眉睁开眼睛,用胳膊肘推了推他:"做什么?"

男人将手抽出,只脱了靴子,连外袍都没脱,就直接掀了被子躺了进来,伸手扳过她的肩膀,用力扭转过她的身子,让她面朝着自己。觉察到她的情绪不对,他微微拧眉,伸手抚着她的脸庞,问道:"怎么了?"忽又想起什么,接着道,"是因为下午去见了铃铛吗?"蔚景没有吭声。

凌澜的眉心就蹙得更紧了些:"早知道就不跟你讲了,我只是怕你又不闻不问,其实心里又在胡乱猜想,所以才将铃铛跟我之间的一切跟你言明……"凌澜的话还没有说完,蔚景忽然伸手抱住他,埋首在他的怀里。

"蔚景,真的好想你……"低低沙哑的一声轻叹,凌澜抱紧了怀中的人。

满帐旖旎。

再次出现在铃铛的别院,是第二日的下午。蔚景站在床边,静静地看着湘潭将碗中黑浓的汤汁一勺一勺喂进铃铛的口中。因为没有了吞咽能力,也没有了意识,就算喂得小心翼翼,还是有很多的汤汁从唇角流了出来,湘潭只得更加放慢了速度,一碗汤药喂完,将近用了一个时辰。喂完药,蔚景跟湘潭便静静地等在床边。

那是解药。

昨夜他们后来谈到了铃铛,凌澜告诉她,其实,他家传的医书上有记载"百日劫"的另一种解药的方法。他之所以一直没有出手救铃铛,是因为,其一,他本就怀疑铃铛;其二,他也想静观其变。

看到铃铛现在的惨状,蔚景终究不忍心,再下去,就是一个死字。她让凌澜救,凌澜不同意,是她好说歹说,才给说动了。

一声低低的嘤咛将蔚景的思绪拉了回来。床榻上,铃铛蹙起了眉心,动了动,片刻,

第二十一章 心无尘埃

便缓缓睁开了眼睛,刚开始,似乎有些茫然,盯着帐顶好一会儿,才缓缓转眸朝她跟湘潭看过来,目光在触及她的时候,明显一顿,脸上露出不可思议的表情,下一瞬,便撑着身子吃力地在床榻上坐起,并缓缓朝她伸出手:"公主……"破碎沙哑的声音逸出,手臂颤抖得厉害,显然很激动。

蔚景面无表情地上前一步,却并未将手给她,淡声道:"你起来走走看,是不是都好了?"凌澜说,此法他并未试过,不知是否真能救人。

铃铛弯了弯唇,缓缓收回伸在空气里的手臂,点了点头,掀开被子,慢慢从床榻上下来,扶着床沿试着走了两步,见无事,又松了手,再走了两步。果然好了,铃铛满眸欣喜看向蔚景,并转过身对着她毫不犹豫地屈膝一跪:"多谢公主救命之恩,铃铛感激不尽。"

蔚景静静看着她,看着她满脸满眼难掩欣喜激动,有些恍惚,似乎又回到了从前天真无邪的日子,每逢遇到什么可喜之事,或者她闯祸后逢凶化吉,铃铛也是现在这样的表情。眼睫轻颤,她别过眼,看向身侧的湘潭,湘潭会意,自袖中掏出一个沉甸甸的小布袋,上前,塞到铃铛的手里。

铃铛垂眸看了看,虽未解开袋口,却已然知道里面是什么,银子。抬眸,疑惑地看向蔚景。

"这些应该足够你以后的生活。"蔚景看着她,淡然开口。

铃铛面色眸色一滞,摇头道:"不,公主,铃铛想要陪着公主,报答公主的大恩大德,求公主不要嫌弃铃铛,能让铃铛留下,铃铛定然会跟从前一样,尽心尽力服侍公主。"

一席话说得恳切,铃铛一副快要哭出来的样子。蔚景依旧淡若秋水:"不用了,本宫有湘潭,还有其他人。你离开京城,找个地方,好好地生活下去吧。"别说自己对这个人已经不敢相信,单说她让凌澜配制解药的时候,就在他面前保证过,定然不会再将她带进宫,她又岂会将她留下?她愿意,凌澜还不答应呢。更何况,她现在不比从前,以前孑然一身,就算是涉险,也横竖自己一人,如今已经是两个孩子的娘,她得为孩子考虑,做任何决定都得谨慎。

"公主,能单独跟你说几句话吗?"铃铛看了看边上的湘潭,又转眸乞求地看着她。蔚景沉默了片刻,吩咐边上的湘潭:"你先出去等本宫。"湘潭犹豫了一下,终是颔首退了出去。

"你要跟本宫说什么,说吧。"蔚景看着铃铛。

铃铛垂眸抿了抿唇,似是在思忖,又似是在组织语言,好一会儿才抬起头,道:"那夜,铃铛用迷香迷晕公主,从地道而出,是因为铃铛收到一张字条……"

"这些皇上都已经跟本宫说过了。"铃铛的话还未说完,就被蔚景淡声打断。

铃铛怔了怔,便没再继续,忽而又想起什么:"所以,请公主一定要相信铃铛,铃铛也是被人所利用,铃铛也是受害者,若铃铛有心想引公主去七卿宫,又怎会在公主的香炉里放迷香，将公主迷晕？还有，铃铛中了'百日劫'的毒，若一切都是铃铛所为，铃铛又何须忍受这些痛苦，如果不是今日公主出手相救，铃铛肯定会就这样死去。铃铛怎会拿自己的性命开玩笑？公主，你一定要相信铃铛，铃铛绝对没有害公主之心。"

铃铛一边说，一边用膝盖跪走了两步，来到蔚景的脚边，伸手抓住了她的衣摆，仰脸看着她："就算铃铛为了保命委身锦弦，铃铛也绝对没有做出对不起公主的事。"

蔚景弯了弯唇，委身？这个词。

"往事如风，本宫早已不想深究，你起来吧。"她垂眸看着铃铛。铃铛眸光一亮，似是看到了希望："公主愿意留下铃铛了？"

"不，"蔚景摇头，"本宫只是说，过去的就让它过去，本宫不会再想，你也不需解释，未来的路还很长，我们彼此珍重。"铃铛眸色一黯，手也自蔚景凉滑的衣摆上滑落。蔚景转身，正欲离开，却又忽然被铃铛喊住："公主！"

蔚景犹豫了一下，终是停住了脚步，回头。

"公主以前最喜欢铃铛用藤蔓编的草人了，今日一别，也不知今生还能否再见公主，铃铛在先前手脚还能动的时候，给公主编织了一个草人，想要送给公主，不知公主可愿收下？"目光触及到铃铛眼中的殷切，蔚景没有吭声。铃铛面色一喜，自地上站起，"公主等一下，铃铛去取来。"说完，也未等蔚景做出回应，便一阵风一般，越过蔚景的身边出了门。

蔚景等在屋里，漫不经心地环顾着屋里的摆设，屋里的家具上都落了一层厚厚的灰尘，可见铃铛躺在床上已有了一些时日。她在想，若她不来，难道铃铛就真的这样悄无声息地死去？心里面有种说不出来的感觉。又等了一会儿，见人还未回，她便准备出去看看，刚走到门口，就碰到了铃铛。

将手中一枚编得极其精致的小草人呈到蔚景的面前，铃铛含笑道："希望公主喜欢。"蔚景垂眸看了看，终还是伸手接过："多谢！"二字落下，蔚景便越过她的身边，出了房门，径直离开，头也未回。铃铛站在门口，看着她裙裾轻曳的背影，微微抿起了唇。

蔚景顺着回廊，出了院子，出了大门，大门口，她的马车等在那里。赶车的太监见她出来，连忙从车架上跳下来，搬了踏脚凳放在马车车门下面摆好，并伸手替她打着马车的车幔，恭敬道："娘娘。"

"湘潭呢？"蔚景环顾了一下左右，她让湘潭在外面等，这人等到哪里去了？一路出来，也未碰到。正欲让太监去寻，就看到湘潭从别院的大门口急急而出："让娘娘久等了，湘潭方才肚子有些不舒服，所以就……"湘潭脸颊绯红，有些窘迫。

蔚景自是明白她的意思是去茅厕去了，见她面红耳赤，难得的一副娇憨之态，便忍不住打趣了一句："没事，人有三急嘛，可以理解。"湘潭便更加不好意思了。蔚景笑笑，一手拿着草人，一手微微提了裙裾，踩着踏脚凳躬身入了马车，坐定后等了一会儿，未见湘潭上来，便打开帘子，瞧见她立在马车边上，一副要跟着马车一起步行的样子。

第二十一章 心无尘埃

181

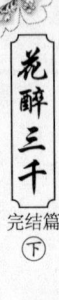

"怎么？害羞得连马车都不敢坐？"她们出宫的时候，为了不打眼，而且她的规矩也少，主仆二人就是共乘一辆马车。

湘潭忸怩了一下，才随后上去，马车缓缓走了起来，湘潭看到她手中的草人，问道："这是铃铛送给娘娘的？"

"嗯。"蔚景点头。湘潭立马警戒起来："娘娘先交给奴婢吧，安全第一，她送的东西，奴婢还是先让太医院的人仔细检查一下。"

蔚景垂眸看了看草人，其实，这份怀疑，她不是没有，在收的时候，她就已经端详过了，而且收到以后，出门的时候，她也嗅过，并无异常，应该只是单纯的草人而已，不过，见湘潭提出，还是交给了她。

回宫后，蔚景将与铃铛之事，详尽地跟凌澜讲了一遍。凌澜也要亲自检查那个小草人，检查下来的结果，跟太医院检验的结果，是一样的，其实，也跟她判定的结果是一样的，草人只是草人，很安全。是他们太草木皆兵了而已。

其实，蔚景想说，根本没有检查的必要，就算是真有什么问题，她也根本不会随身携带，还不是束之高阁。

夜幕降临，湘潭将九景宫里的灯一盏一盏掌亮。内殿，蔚景站在衣橱边，取出几件小衣服抱在怀里，准备给三个小家伙沐浴。只要她在，这些事情，她都是自己做，从不假手于人。三个小家伙围趴在桌案边，玩着几个木制玩具，"咯咯"笑着，开心至极。

湘潭将内殿的灯也一盏一盏掌上，一室亮堂，小家伙更开心了，又是拍手，又是大叫："灯亮了，灯亮了……"

蔚景笑着摇了摇头，孩子就是孩子，总对一切事物新奇，总能收获简单的快乐。回头，见湘潭正好将八角琉璃灯的灯罩罩上，疑惑地问："咦，今日怎么没有剪灯芯？"

湘潭每日掌灯，不管灯芯花还是未花，都会用剪刀剪掉一截，用她的话说，此法不仅省油，还更亮堂。

听见她问，湘潭怔了怔，连忙回道："奴婢见皇子跟小公……"

"没事，我只是随便问问，灯芯本来就不需要每日都剪。"湘潭的话还未说完，就被蔚景含笑打断。湘潭便也不再多说，将灯罩罩好。这时，宫人们端着铜盆、提着热水走了进来，经过湘潭的身边时，湘潭正好转身，就与走在前面的那个宫人撞了个正着，宫人猝不及防，惊呼一声，手中盛满热水的铜盆就脱手而出。

宫人和湘潭都脸色一变，想伸手去接，却都没能接住。眼见着铜盘就要砸在地上，蔚景瞳孔一敛，飞身而起，在最后时刻，稳稳地将铜盆接在手里，一个旋身，翩然落下，铜盆里的水竟也没有洒泼出来。

宫人和湘潭都吓住，连忙跪地请罪。

"没事，"蔚景示意他们起来，忽然又想起什么，瞳孔一缩，"对了，晚膳的时候，皇上说，边国进贡了一些珍稀水果，让本宫带着他们过去龙吟宫吃，本宫竟给忘了。若洗完澡吃，又得弄了满身都是，还是先去吃了，再回来沐浴。"话落，蔚景将手中铜盆交给宫人，便转身喊了三个小家伙："走，末末暖暖，随娘亲去爹爹那里吃好东西，嫣儿也一起。"

三个小吃货一听有好吃的，都迫不及待地连滚带爬从椅子上下来。蔚景一手牵着末末，一手牵着暖暖，喊上嫣儿，一行四人便出了门，留下一屋的宫人和湘潭面面相觑。

蔚景他们来到龙吟宫的时候，凌澜正坐在灯下，全神贯注地批阅着奏折。蔚景没让张如禀报，而且在路上，已经跟三个小家伙说好，要噤声吓某个人一吓，所以，当四个人蹑手蹑脚地走到内殿站在那里好久，专心致志的帝王竟都没有察觉。一直到一本奏折看完，帝王抬手捏了捏眉心，一个堪堪抬眸，才发现并排站在前面不远处的四人，凤眸中腾起惊喜，帝王起身站起："你们怎么来了？"

蔚景小脸一垮，满面沮丧道："唉，无家可归，今夜想在尊敬的皇上这里借宿一宿，不知可否？"帝王怔了怔，旋即眉眼一弯道："哦？竟有这等好事！"

"不知皇上可愿收留？"

"当然，万分乐意！若小娘子不嫌弃，大可以在此处住到地老天荒。"帝王举步走过来，轻声说道。蔚景笑笑："那我们就不客气了，多谢皇上仗义伸援手！"

帝王同样浅笑吟吟，一直走到她面前站定，朝她伸出手。蔚景一怔，当即暴露了本色："做什么？"

帝王挑眉："伸援手啊！你说的。"蔚景白了他一眼："还真以为我过来跟你唱戏文的。"

帝王也敛了唇角笑意，一本正经道："到底怎么了？"

"娘亲说，爹爹有好吃的。"

"我们要吃好吃的。"

蔚景还未回答，已被两个小家伙抢了先，而且，还上前一人抱住凌澜一条腿，摇晃着小身子。凌澜垂眸笑笑，弯腰一手一个将两个小家伙抱起："想吃好吃的，来爹爹这里就对了。"话落，便朗声吩咐外边的张如去准备水果和点心。

三个小家伙便欢呼开了，蔚景上前，一脸凝重地压低了声音道："凌澜，我跟你说件事。"

第二十一章 心无尘埃

相府，锦溪一袭洁白的寝衣端坐在铜镜前，白玉一般的纤手执起梳妆台上的沁木梳一下一下梳理着半干的长发，潋滟眸光却并不是看着铜镜里的自己，而是看着铜镜里坐在床榻边正躬身脱着靴子的男人："二爷，你送的沁木梳还真是有用呢，我感觉这两年来，头发似乎是黑亮了不少。"正在脱靴子的男人动作微微一顿，将靴子放在床边的地上，男人抬眸看向她："你的头发本来就黑。"

"主要是亮了不少，"将沁木梳放下，锦溪盈盈起身，走到男人身边，顺势往男人怀里一倒，双臂缠上男人的颈脖。男人眼帘一颤，微顿了片刻之后，伸手将她柔若无骨的身子揽住。

"二爷，好喜欢现在的你。"将脑袋靠在男人结实的胸口，锦溪幽幽开口道。男人一怔："什么？"

"以前我大哥做皇帝的时候，你总是对我不冷不热，时好时坏的，我完全不知道你的心里怎么想的。自从我大哥下台以后，你反倒对我好了，求情保护我不说，这两年来也是对我呵护备至、照顾有加，完全就是像变了一个人。"

更重要的，以前两人一两个月都没有一次欢爱。这两年来，虽然他白日里都忙得不见人影，但是夜里回府后都陪着她。而且那方面，只要她稍稍暗示暗示，他也基本上都如她所愿。

"知道为什么吗？"男人垂眸看着她。

"为什么？"

"因为曾经你是公主，我不知道以怎样的身份在你面前自居，而现在不同，你只是我妻子。"高朗说完，自己都觉得浑身的鸡皮疙瘩都起来了。而显然，锦溪很受用，自他怀里抬起头，猛地在他的唇上啄了一口："二爷，你说，我要不要去看看大夫，我们都在一起两年多了，我的肚子怎么还不见一丝动静？"以前不孕是因为那只无后鸟，现在那么久了，两人欢爱的次数也不少，怎么会还不孕呢？

高朗眸光微闪，望向房中暗香袅绕的香炉，微微一笑道："这种事情还是随缘吧。"话落垂眸，见怀中的她竟也循着他的视线看着香炉，他心头一惊，连忙抬手捏了捏她的脸道："不过，看看也无所谓，反正大哥擅岐黄不是，明日让大哥给瞧瞧。"

锦溪乖顺地点点头，忽然，又定定望着他："二爷，问你一个问题。"

"什么？"

"你为何那般讨厌别人碰你的脸？"

曾经有一次，两人欢爱的时候，她一时情动，双手捧住他的脸，他当时就生气了，前一刻还激情万丈的他，下一瞬便毫不留情地将她推开，还朝她发火了。自那以后，她再也不敢碰他的脸。

"我记得我跟你说过，那是自小养成的习惯，我也不知道具体什么原因，就是反感别人碰我的脸，非常反感。"

"真的是这样吗？"锦溪幽幽开口，高朗心头一颤，强自镇定："不然你以为呢？"锦溪没有吭声，只蹭了蹭脑袋，更紧地贴入男人温暖的怀中。

在男人的怀里，蔚景动了动如同散了架一般酸痛的身子，发现男人已经醒了，正一眨不眨望着帐顶上的龙纹，不知在想什么，她眨了眨惺忪的眼睛，看着他。

意识到怀里的动静，凌澜转眸看着她："天还早，睡吧。"伸手撩开她脸上的散发，他又将她往怀里揽了揽。蔚景将脸在他怀中蹭了蹭，找了个舒适的位子靠在他的胸前，瓮声道："你怎么还不睡？"

夜里，他可是将她折磨惨了，她累得是连小指头都不想动一下，他却还能睁着眼睛神清气爽。"你睡吧，我等会儿就要上朝了。"凌澜低头吻了一下她的发丝，轻声道。

"你不累吗？"蔚景抬起头，慵懒地看着他，声音还带着完全没有睡醒的浓浓鼻音。

极少看到她这样睡眼蒙眬、慵懒妩媚、娇憨可爱的样子，就像是一个懵懵懂懂的小姑娘，凌澜心中一动，顺势衔住了她的唇。

"唔……"蔚景秀眉微蹙，表示着自己的不满，凌澜却未理她，加深了那个吻。

"睡吧，我要准备上朝了。"眼里的炙热还没有褪去，凌澜再次吻了吻她的鼻翼唇角，起身。

"真不知道当皇帝有什么好的，每天起得比鸡早，睡得比狗晚。"蔚景嘟囔了一句，拥着薄被一副又要睡过去的样子。凌澜笑了笑，下床，这比喻……

可下一瞬，蔚景也坐了起来，见他自己在穿衣，并未喊外殿的张如，心里自是明白，他是因为考虑到她睡在这里。掀被下床，她走过去替他更衣，凌澜对她的举措很是吃惊。

"干吗这样看着我？"见男人盯着她，蔚景一边整理着他的龙袍，一边瘪嘴。男人只看着她，没有吭声，眸中万千光华流转。可就在她的手打理到他的领口的时候，却是蓦地被他握住，用力一拉，将她拉入怀中，低低一叹："蔚景，你知道吗？现在是我最幸福的时候。"蔚景在他的怀里怔了怔，对他嘴里说着幸福，却用着叹息的语气不是很明白。

静谧的夜里，远远地有打更的声音传来，紧接着，就听到张如的声音响在门外："皇上，该起身了。"

"朕知道了。"缓缓将蔚景放开，这才发现，蔚景竟是赤着脚，顿时脸色就变得冷锐起来，皱眉道："为什么鞋子都不穿？快回去躺着！"蔚景连忙双脚踩在他龙靴的鞋面上，正想调皮地让他抬脚送她过去床边，谁知男人直接将她一裹，打横抱到床上放下。

"你可要好好休息！"男人灼灼望着她，含笑略带促狭的目光在她露在外面的颈脖处略一盘旋。循着他的目光，蔚景垂眸看了看，一片青紫入眼，她顿时脸上一烫，瞪了他一眼，忽然又想起什么，伸手抓住他的袖边："对了，昨夜我跟你说的那件事……"

"放心，交给我来处理，你就安心地带着末末暖暖和嫣儿住在龙吟宫吧。"蔚景点了点头，松了他的衣袖，"我走了。"拉过薄被盖在她身上，抬手拂了一下她的发丝，凌澜转身离开。

第二十一章　心无尘埃

天气一天一天冷了下来，转眼便入了冬。这段时间，宫里有两个小道消息在以光的速度流传开来，两个都是关于帝王。

一个是，唯一一个被帝王翻了绿头牌的韩嫔，前两日因为季节交替，感染了风寒，太医院太医在给她诊脉的时候，惊奇地发现，她竟还是完璧之身。原则上，宫闱中像是这样的事情都是秘密，不知怎的，就给传了出来。于是众人纷纷猜测。有人说，帝王男人的那方面根本就没有好，翻绿头牌不过是为了掩人耳目、满足作为一个男人的自尊心；也有人说，那是韩嫔没有合帝王的意，没伺候好帝王；还有人说，帝王唱那一出就是给皇后看的，专门气皇后而已，现在帝后两人不是雨过天晴了，都搬到一起住了。众说纷纭，可有一点大家是达成共识的，那就是皇后在帝王心中的分量，绝对不能小觑。

另外一个小道消息，是关于帝王的亲娘，也就是当今的太后娘娘的。那日在半月山上发生的事情已在江湖上传开，辗转也传到了宫里，众人这才知道，原来帝王的亲娘是啸影山庄庄主的亲姑姑。这样，历来井水不犯河水的山庄跟朝廷，想要撇清关系都不行，还有人说，啸影山庄已经俯首称臣。难怪那个叫嫣儿的小女孩一直住在宫里呢，听那个小女孩自己说，她就是啸影山庄的人。

因为也没有什么事要做，蔚景这几日都是自己亲自带孩子，夜里孩子们都睡了，她就陪着凌澜看奏折。有时，她陪着陪着就睡过去了，等醒过来，自己已经在床上；有些时候，她一觉醒过来，他还在挑灯批阅奏折，她就起来给他泡杯热茶，加件衣裳；而有些时候，她睡得正香，他却非要将她弄醒，在她半梦半醒之间亲亲她。

龙案上的琉璃灯发出橘黄色的光，凌澜笼在一片氤氲暖辉中，手执朱砂笔洋洋洒洒落下几记，合上奏折，一个回头，见蔚景已经躺在了床榻上，唇角一勾道："今夜怎么睡得那么早？"

蔚景双手交叉枕在后脑勺下面，水眸望着帐顶，似是在想事情，听见凌澜跟她说话，便转过身，撑着身子看向他，"凌澜，我今日才知道我父皇在做皇帝之前，竟然上山拜师学艺了十年。"

凌澜手中朱砂笔一顿，蘸满红墨的笔尖触在桌案上的一张白色宣纸上，殷红的墨汁迅速浸染了宣纸的纹路，蔓延开来，红得像是人的鲜血。凌澜看了看那一团刺目血色，回头再次看向她："你怎么知道的？"

"史书上写着啊，我每夜陪你看奏折无聊，便想着去藏书阁也找点书看，后来想起，曾经在云漠的时候，你问我了解中渊的历史吗。便翻了翻《中渊正史》，里面写着呢。"上面写着她的父皇，原本是并不受宠的一个皇子，也是最无心帝位的一个皇子，所以被她的皇爷爷送去了山上学艺，一学就是十年，十五岁上山，二十五岁下山。下山后，不知为何，她父皇这个最无心帝位的人竟被她的皇爷爷册封为太子，半年后，皇爷爷驾崩，她父皇继承大统。

"父皇竟然从来没有跟我说过，"蔚景嘟囔着，忽然又想起什么，"对了，这些你应该都知道吧？"凌澜微微垂了眉目："知道。"

锦溪推开窗，一片白皑皑入眼，竟然下雪了，这是今冬的第一场雪。

秋蝉提着一小桶炭粒子进来，加在房中烧得正旺的暖炉里面，又用火钳拨了拨，火星子一顿噼里啪啦炸开，升腾在空气中又很快消失不见。锦溪看着外面的白雪茫茫微微失了神："马上就冬至节了吧？"秋蝉拿火钳的手微微一顿，眸光轻闪道："是！后天就是呢。"

锦溪弯了弯唇："每年冬至节都要去北郊的冬神宫，今年应该也不例外吧？"秋蝉点了点头："嗯，早上还听二爷跟相爷说这事儿呢。"

锦溪回头："秋蝉，你说，那天我穿什么衣服好？毕竟难得出一次门。"最后一句话，锦溪的声音很低，像是跟秋蝉说，又像是自言自语，说完，就又转回头去，继续看着外面的积雪。

远处，纤尘不染的雪地上，一只孤鸟正在觅食。

第二十一章 心无尘埃

第二十二章　天子姓蔚

大雪连着下了两天两夜，终于在第三日放晴了，中渊百姓也在这样一个暴雪初歇、阳光明媚的清晨迎来了冬至节。在中渊，冬至这一日非常重要，也是除了除夕节之外，最大的节日。这一日，家家户户敬冬神，男女老少都聚在一起，吃团圆饭，乞求冬神保佑来年风调雨顺，阖家团圆。

而历朝历代，朝廷也非常重视这个节日。早在很久以前，朝廷就在京师北边的城郊建了一个很大的冬神宫，里面供奉着以真金铸成的冬神像，专门用来冬至节这日敬拜之用。而且，在这一日，帝王也会亲临，带着皇后，带着后宫妃嫔，还带着文武百官，以及其家属女眷，一起敬拜冬神，并举行盛大的团圆宴席。

当然，今年也不例外。早在几日前，宫里就在准备，无论是出行仪仗，还是随侍禁卫，都精挑细选，层层把关。一大行人就在这样一个暖阳普照、大雪初融的清晨出发了，浩浩荡荡朝京师北郊的冬神宫而去。龙辇、凤座、宝马香车、明黄的仪仗、装备精良的禁卫，绵延好几里路。只是小皇子跟小公主不在其列，听说啸影山庄的庄主为了冬至节团圆，前日亲自前来将一直住在宫里的嫣儿接了回去，谁知小皇子跟小公主那两个小家伙跟嫣儿玩习惯了，非哭着闹着要跟嫣儿一起去，无论怎样哄劝都不行，无奈之下，帝后才不得不让其跟着嫣儿一起去了啸影山庄。

冬神宫虽建在北郊，却也终究还是在京师，约莫两个时辰之后，一行人就到了。

因为要摆团圆宴，御膳房的厨子头一日就已经到了，他们到达的时候，也正是午膳的光景，大院子里的桌椅都已经摆好，菜也烧好，就等着帝王带着众人落座，一声令下，上菜布席了，但是，团圆宴之前，有件最重要的事，那就是敬拜冬神。毕竟也算是皇家盛事，所以每一道程序，每一个环节都经过仔细的安排和部署。

供奉着冬神的大殿，可容纳千人，内务府也早已根据参加的人头数在地上摆好了柔软的蒲团，以供跪膝行拜。整个跪拜之礼有条不紊，帝王上香，众人祈福。礼毕。

接着便是休息和自由活动的时间，因为帝后要趁这段时间更衣，由繁复隆重的龙袍凤袍换成居家锦服，再然后就是全部回到院子里参加宴席。

帝王一声令下，众人纷纷落座，帝后二人坐在最前方的首席。龙袍凤袍换下，帝后二人都穿了一身月白色的锦袍,上好的云锦,合体的剪裁,袍袖和袍角都以银线刺绣,绣的都是高洁的玉兰。说白了,就是帝后二人的着装一式一样,唯一不同的是,一个男款,一个女款而已。历来,跟帝王穿衣一样都是禁忌,而今日两人这一装扮,想来定是经过帝王首肯,此女在帝王心中分量已是再明显不过。

帝后二人的下方便是三个妃嫔,再下来就是文武百官及女眷。座位也都是内务府事先安排好的,根据官职头衔大小、身份地位依次坐开。

宫女们手端托盘鱼贯而入,不消片刻的时间,就将每张桌上摆满了酒菜。美酒飘香,菜香四溢,院子的围墙上,积雪还未及融去,映着七彩的冬日暖阳,好一番美不胜收的景致。

帝王举杯,全体喝团圆酒。

可相府这桌还空着一个位子,左相夜逐曦也甚是着急,一直东张西望。上方,帝王凌厉目光一扫全场,因为内务府都是按照人头来安排桌椅,所以,有位子空着没有人坐就很明显。目光扬落在相府的席上,帝王微微拢眉:"左相夫人没来吗?"众人一怔,循着帝王的目光纷纷看向相府一席,果然见空着一个位子,只有兄弟二人,而左相夫人、前朝公主锦溪不见踪影。

闻见帝王开问,左相夜逐曦连忙起身,恭敬颔首道:"回皇上,来的,刚刚敬拜冬神的时候,人还在的,出来后,一转眼,人就不见了,许是走到了冬神宫的哪里,一时忘了返,微臣这就去找找,还请皇上见谅。"夜逐曦正欲离席,帝王放下酒盏,扬袖止住他,面色微露不悦:"冬神宫那么大,还是让下人们去找吧。"末了,就吩咐手执拂尘立在边上的张如:"多派些人手,速速去寻左相夫人。"

张如领命,带着十几个小太监,急匆匆而去。宴席就被迫停了下来,因为团圆酒团圆酒,顾名思义,是团圆了才喝的酒,如今差一人,自是得先等人到齐了才行。全场静谧,原本喜悦的气氛也变得有些诡异,帝王面沉如水,坐在上方,皇后娴静坐于其侧,众人看看帝王,又看看相府兄弟二人,无一人吭声。

所幸,冬神宫虽大,却也未大过皇宫,且构造简单,没有那么多重重宫阙,也没有那么多弯弯道道,张如很快就回来了,只不过给大家带来了一个晴天霹雳的消息。

"皇上,左相夫人死了。"

顿时就有酒盏碎地的清脆声自相府的席间传来,是惊讶而起的左相夜逐曦。在全场震惊和难以置信的目光中,几个太监抬着一个女子的尸体走进院子里。女子锦衣华服,妆容精致,可不就是左相夫人、前朝的公主锦溪。

所有人大骇。帝王亦是变了脸色,连忙示意太监们将锦溪放在空地上,并吩咐到场的太医院的人速速查看。左相夜逐曦更是僵硬地站在那里半天没有反应过来,连右相夜逐寒亦是不可置信地忘了动,也忘了反应。

包括太医院院正在内的几个太医又是诊脉,又是探鼻息,又是仔细检查,又是紧

第二十二章 天子姓蔚

急抢救，一阵忙乱之后，还是很凝重地跟帝王禀报道："皇上，请恕臣等无能，左相夫人已仙去。"

全场一阵倒抽气声。

夜逐曦似乎才回过神来，疾步奔上前来，蹲身对锦溪又是摇，又是晃，口中一直念念有词："不可能，这是不可能的，刚刚还好好的，怎么会突然就死了？肯定是开玩笑的，肯定是搞着玩的，这绝对不可能……"连帝王自己都不愿相信这一切，起身站起，亲自前来探了锦溪的脉搏，俊眉微微一拧，众人都看在眼里。

看来，这一切都是真的。可是，如夜逐曦所说，这怎么可能呢？才一会儿的时间，好好的一个人怎么说死就死呢？

帝王面色冷峻，徐徐抬起头，看向刚刚仔细检查过的几个太医，"她是怎么死的？"

"回皇上，未见任何中毒症状，也未见任何疾病突发痕迹，只有颈脖处有严重的掐痕，且左相夫人面色呈现青紫，由此可见，应该是窒息而死。"太医院院正恭敬回道。

帝王眸光一敛："你的意思是，左相夫人是被人掐死的。"

"是！"院正笃定颔首。

啊！众人大惊，被人掐死？谋杀吗？

帝王亦是抬手扳过锦溪的下巴，看向她的颈脖，末了，才缓缓站起，看向张如："将如何找到左相夫人的经过详尽跟朕禀报清楚。"

张如颔首："是！奴才几个是在后院的假山后面寻到左相夫人的，当时，她就躺在假山后面的地上，奴才几个上前，唤她，见她没有反应，心知不对，奴才斗胆探了一下她的鼻息，已经落气。"

"假山附近可有什么人，还有你们沿途有没有遇见什么人？"帝王紧接而问。张如回忆了一下，摇头："没有。"其余几个太监想了想，也都表示没有看到任何人。

帝王皱眉，垂目再次看向躺在地上早已声息全无的女子，女子发丝湿漉漉的，还有未消融的雪花，帝王再次蹲身，伸手摸了摸女子背后的衣袍，骤然眸光一亮，抬眸看向张如："假山后面是不是积雪未融？"张如点头，那个地方本就不朝阳，而且有巨石假山所挡，东升的太阳是照不到那里的，除了西落的时候，所以，那里的积雪还是厚厚一层。帝王快速起身，急急吩咐席间的刑部尚书，"既然大雪未融，出现在那个地方的人必然留下鞋印，趁还未融化之前，快去检查！"

众人恍悟。刑部尚书带了几人匆匆而去，张如在前引路。

全场又笼罩在了沉沉的低气压之下。

夜逐曦自始至终都蹲在锦溪的身边未起身，一副失魂落魄的样子，夜逐寒也一直在席间站着，面色凝重地关注着场上。

所有人都声息全无，震惊、错愕、奇怪、莫名、慌乱、后怕，都不足以形容他们此刻心情的复杂。饭桌上一动不动的酒菜早已没了热气，太监、宫女、随侍们都眼观鼻，

190

鼻观心，悄无声息地站在那里。

又过了好一段时间，去查看鞋印的几人才回来，刑部尚书手中拿着一叠宣纸，恭敬回禀帝王："皇上，现场有十几个脚印，微臣已一一提取，临摹于纸上，其中一些应该是刚刚去寻左相夫人的那些公公留下的，只要一一比对，就能找到凶手的脚印。"

帝王点头："嗯，速速比对！"刑部尚书领命，将手中宣纸一一平铺在地上，让方才的那十几个太监，一一去试。一轮下来，将那些太监的鞋印挑出，再挑出锦溪自己的，便只剩下最后一个鞋印。很大，显然是个男人。也就是说掐死锦溪的凶手是个男人。

帝王让所有在场的男人按照坐席的顺序开始一一上前比对鞋印。全场所有人的心都被提了起来。就在比对了好几个男人都不是之后，一道人影骤然来到帝王的面前，"扑通"一声跪下："皇上，奴婢知道是谁杀了夫人。"一句话瞬间将全场的视线牵引了过来。

帝王凝眸看向跪在面前的身影，此女他认识，是锦溪的贴身婢女，叫什么来着，好像叫秋蝉。

"是谁？"帝王沉声开口。秋蝉抬起头，双眼红肿，想来方才在场下已经默默哭了很久，怯怯地看了看帝王，见帝王也正一眨不眨地看着自己，秋蝉吓得浑身一哆嗦，连忙将视线别开，看向依旧蹲在锦溪身边的左相夜逐曦。沉默了好一会儿，似是在犹豫，半晌，才开口哽咽道："是二爷。"

啊！

所有人惊愕，连一直恍惚失神的夜逐曦都震惊回头，帝王脸上更是露出不可思议的表情："你说左相？"

秋蝉颔首："是！"

"左相掐死自己的夫人？"帝王还是有些难以相信，拧眉，转眸看向夜逐曦，夜逐曦慌乱摇头："不，不是我做的，我怎么会做出这种事？"

"既然有人指出，左相不妨先来一试鞋印，是与不是，即刻见分晓。"出声之人是刑部尚书。

帝王也点头赞许尚书所建议："君子坦荡荡，左相若果真未做，便先一试吧。"

夜逐曦缓缓起身，许是蹲得太久的缘故，脚下一软，踉跄了两下，差点摔跤，所幸他会武功，终是稳住。走到描有鞋印的宣纸前，夜逐曦缓缓抬脚，将软靴的靴底轻轻覆了上去。众人全都目不转睛，不大不小，正合适。果然是他！

帝王眸光一敛，夜逐曦慌惧抬头："肯定有人陷害，不是我，肯定有人陷害，"颤抖说完，又对着帝王撩袍一跪，"皇上，肯定有人陷害，求皇上明察！"帝王皱眉，再次转眸看向秋蝉："你为何说是左相？有何证据？"

秋蝉眼眶红红地看了看夜逐曦："奴婢亲眼所见。方才奴婢本是跟夫人一起的，夫人说，难得出来，随便走走，后来夫人说冷，奴婢便去马车帮夫人取手炉，回来的时候，就远远地看到夫人跟二爷在后院的假山处争执，夫人说，没想到你竟然戴着面具骗

第二十二章　天子姓蔚

191

了我这么久,你们兄弟二人到底有何居心,二爷捂住夫人嘴巴不让夫人说,夫人还挣扎着要说,二爷便直接掐住了夫人的脖子,奴婢当时吓坏了,赶紧跑了,生怕被二爷发现,没想到……没想到,夫人真的死了。"

秋蝉说到最后,早已泣不成声。所有人早已不是惊愕一点点,包括帝王,也包括夜逐曦自己。众人都没有忽略其中的一句话,没想到你竟然戴着面具骗了我那么久,你们兄弟二人到底有何居心?戴着面具?面具?是指虚伪的面具,还是指人皮面具?听秋蝉所言,锦溪如此大的反应,应该是……后者吧?还有,锦溪说的不只是你,而是你们兄弟二人。除了左相夜逐曦,还有右相夜逐寒?

好大的信息量。

帝王目光沉沉看向跪于面前的男人。男人沉默,也不知是心虚,还是无话可说。

包括宫女太监以及守卫,全场至少千人,鸦雀无声,全都看着帝王,等着看帝王接下来的举措和决定。在众人的注视下,帝王忽然扬袖,随着"嘶"的一声细响,夜逐曦轻呼,并抬手捂上了自己的脸,帝王手中,多了一张薄如蝉翼的面皮,在刺眼的阳光下轻颤,而夜逐曦的脸赫然变成了另外一个人的脸。

啊!全场震惊,就算再压抑,场下还是传来一片骚动和哗然。竟然,竟然……果然戴着面具也就算了,竟然……那张脸他们不陌生啊,竟然是经常随着帝王一起出入的禁卫统领高朗。

难怪,难怪今日未见其人,原来……可是,这个也太……左相夜逐曦是禁卫统领高朗?

场中众人完全没法接受这八竿子打不着的两人竟然画上等号,真的完全接受不过来。太震撼了,太不可思议了,难怪锦溪会有那么大的反应,这也太荒唐了。

震惊错愕之余,众人又想起另外一件事,左相夜逐曦跟右相夜逐寒是胞弟,两人生得一模一样,如今,夜逐曦的脸是假的,那夜逐寒呢?而且,锦溪争执时说,你们兄弟两人到底有何居心?那是不是说明,夜逐寒其实也是戴着假面?端着揣测,众人又纷纷看向席间的夜逐寒,见其早已变了脸色。帝王同样转身,凌厉目光朝夜逐寒凝过去。

"是朕替你揭,还是右相自己动手?"沉冷的声音逸出,没有一丝温度。夜逐寒离席,屈膝一跪,却也并未动手。

帝王凝了他片刻,见他没有要揭的意思,便缓缓转眸示意站在边上离夜逐寒最近的禁卫。禁卫得令上前,猛地扬手一撕,夜逐寒因低垂着眉目,也未看到帝王的指示,忽然禁卫如此举措,他猝不及防,等反应过来想要抬手去制止,却已然来不及。同样,一张薄薄的面皮被揭下,另外一张完全不同的脸赫然惊现,场下再次一片唏嘘。

只不过,这一次这张脸,除了少数去过相府的人,大部分都不认识,满脸沧桑,是个长者。众人已无心去想他是谁,只觉得这一切发生得太不可思议了,一直在他们身边的,位高权重的,历经三朝而长盛不衰的相府,竟然,竟然……是一直就是他们两个,还是夜逐寒和夜逐曦确有其人,只是中途被这两个人取代,他们不知。他们只知道,太可怕了,这一切太可怕了,同朝为官,他们竟然丝毫没有察觉。如锦溪所说,他们的居心何在?

"说,到底怎么回事?朕要听实话。"帝王负手而立,凤眸深深看着夜逐寒。

见事已败露,夜逐寒一向成竹在胸、淡然沉静的脸色也终于被颓然和慌乱取代,他伏地叩首:"请皇上恕罪,微臣并非有意欺瞒皇上,微臣也是迫不得已才出此下策。"

夜逐寒一边说,一边抬眸看向帝王。

帝王微微抿着唇,目光亦是落在他的身上,似是在等着他继续,看不出心中一丝情绪。

"这件事还得从微臣考取功名那年说起,因为微臣的父亲得罪了官场中人,微臣全家被陷害,流放边疆,途中父母双方染病过世,微臣得以逃脱,微臣发誓,一定要考取功名,并当上大官,为全家报仇,所以,微臣便花钱造了一个假身份,并做了一副面具,从此变成夜逐寒,当时做身份的时候,准备做父母双亡,孑然一身,又怕引人怀疑,便做了还有一个胞弟夜逐曦,当时也没想太多,没想到竟然真的中了状元,微臣也从小官做起,做到相国,当时的帝王赐微臣府邸,并让微臣将老家胞弟接来同住,微臣无奈,就只得找同乡的高朗前来帮微臣冒名顶替。微臣句句属实,请皇上明鉴!"夜逐寒一口气将前因后果说完,再次对着帝王虔诚伏地叩首。

众人恍悟,原来是为了考取功名。

身世的确可怜,可是,纵有万般理由,欺君便是欺君,而且,如今还杀了人。欺君已是死罪,外加杀人犯,更是没有一丝活路。所有人都看着他们年轻的天子,等着他做最后的判决,虽然,结果已是铁定。

终于,天子出了声:"你句句属实又如何?朕明鉴又如何?杀人已是死罪,欺君更是不可饶恕。来人,将夜逐寒和夜逐曦给朕带下去,听候朕发落!"帝王沉声吩咐,禁卫们领命上前。夜逐寒跟夜逐曦叩首求饶,帝王不为所动,决绝扬手,"快带下去,莫要坏了今日冬至节大家团圆的好兴致!"

张如闻言,也连忙示意边上几个小太监,将锦溪的尸体抬下去。禁卫们七手八脚,架着夜逐寒和夜逐曦,准备离开。忽然,一道女子清冷的声音骤然响起:"等等!"

所有人一怔,全都循声望去,包括帝王,也包括皇后,还包括夜逐寒,夜逐曦,出声之人是一个宫女装扮的女子。虽然场中众人对此女不识,可帝后二人跟左相右相二人对其却并不陌生。当然,张如也认识她,湘潭也认识她,所有此刻在场的,只要以前是凌澜的人,都认识她。弄儿。

对于她的出现,众人只是疑惑好奇,可帝后二人,以及相国二人却是眸中掠过震惊。

"弄儿可是有话要说?"帝王凤眸深邃,凝落在女子脸上,直呼其名。大家也从这一声直呼其名上,明白过来,此女定是与这个帝王有过交集,或者可以说,熟悉。

第二十二章 天子姓蔚

193

弄儿冷冷一笑，伸手指向被禁卫钳制的夜逐寒，目光灼灼，却是望定前方负手而立、白衣飘飘的帝王，沉声问道："皇上就是这样对待跟自己出生入死的兄弟？"

众人大惊。帝王脸色微变，皇后愕然抬头，夜逐寒跟夜逐曦更是惊诧地朝弄儿看过来。

什么意思？出生入死的兄弟？场下众人你看看我，我看看你，惊骇的同时，心中好奇更甚。

"你可知道自己在说什么？"帝王同样沉声，一字一顿，声音从喉咙深处出来。众人听得浑身一颤，这口气，分明比刚才对夜逐寒跟夜逐曦时还要冷冽百倍。是警告，是威胁，还是只是单纯的字面意思，或许只有当事人自己心里清楚。

"弄儿当然知道自己在说什么，弄儿也很想无视，可是弄儿做不到，弄儿的良心还在，明明这些年皇上跟鸳颜公主才是左相右相，为何要让无辜的康叔跟高朗去顶罪？"

一句话如同平地惊雷，在众人的耳畔轰然炸响，所有人都难以置信地瞪大眸子，所有人都怀疑是不是自己耳朵出了问题。

什么？这个叫弄儿的女人说什么？明明这些年皇上跟鸳颜公主才是左相右相，为何要让无辜的康叔跟高朗去顶罪？这句话是什么意思？是不是说，其实这些年顶着面皮做左相夜逐曦跟右相夜逐寒的人，是当今帝王自己跟帝王的姐姐鸳颜？而叫康叔的那个男人，以及高朗，都是替罪羔羊？是这样吗？

天，太劲爆了，真的是这样吗？所有人都看向帝王，看着他的脸，看着他的眼，不想错过他一丝一毫的表情。但，帝王没有表情，面无表情，只是盯着弄儿。

边上的蔚景，虽同样面色如常，云袖中的小手却是暗暗攥紧了袖襟，一颗心高高提起。她做梦也没有想到弄儿会忽然出来唱这么一出。

是的，前面的都是在她跟凌澜的掌握之中。

此事还得从她给铃铛解了"百日劫"的毒那日说起。

救活铃铛后，她带着湘潭回宫，起先她还没有在意湘潭的异常，直到夜里湘潭撞翻了宫人手中的铜盆，湘潭就在近前，伸手去接，没有接住，反而被离得比较远的她飞身上前接住，那一瞬间，她得出一个认知，湘潭不会武功，可是明明湘潭会啊。她一联想前面，一向掌灯之前都要将灯花剪掉的她也第一次没有剪，她就越发地奇怪了。

如果此湘潭非彼湘潭？她一惊，被自己的想法吓住，便连忙唤了末末暖暖以及嫣儿，借口凌澜让他们去龙吟宫吃边国进贡的水果为由，速速离开了九景宫。一路，她细想下午的经过，骇然得出一个结论：湘潭已被铃铛取代，此人是铃铛。

下午，铃铛先是说要单独跟她说话，让她支走了湘潭，接着，铃铛央求她要跟她回宫，被她断然拒绝，铃铛就说要送草人给她，让她等等，也就是在她等在屋里的那段时间，铃铛处理了外面的湘潭，然后取草人回来给她。所以，她出门不见了湘潭，湘潭后来才出来，是因为铃铛需要易容的时间，所以，她上了马车后，湘潭准备跟着马车走，不知道要上车跟她同乘，是因为铃铛不知道这些。

是这样吗？如果是，就太可怕了，所以，她直奔龙吟宫，并将此事告诉了凌澜。凌澜也震惊了，连忙让隐卫去宫外的别院查看。别院里已没有人，就好像是铃铛果然依她所言，带着她给的银两，已经离开了京城一样。隐卫四下查看，一直到翌日，才在后院盖着石盖的枯井里发现了湘潭的尸体。

她不知道，不会武功的铃铛是怎样杀死了湘潭，她想，肯定是设了计，湘潭不设防，才会如此，她只知道，那一刻，她真的很痛心，也很自责，为湘潭的无辜惨死，也为铃铛的执迷不悟。

她带着末末暖暖，还有嫣儿就住在了龙吟宫，她也寸步不离他们三人，而铃铛那边的一举一动也完全被凌澜不动声色地掌握。果真是锦弦的人。

她不明白，为何一个人可以藏得那么深？用苦肉计甚至不惜赌上自己的性命。如果她不救她呢？如果她不拿解药解掉她"百日劫"的毒呢？凌澜却说，意料之中，铃铛赌的不是自己的性命，而是她的善良。

前几日，锦弦给铃铛传来消息，让其在冬至节这日，想办法杀了锦溪，并作出是被夜逐寒或者夜逐曦所杀的假象就行，后面的事情他自己搞定。

说实在的，锦弦让锦溪死，她真的很震惊，虽然知道锦弦是那种为了达到目的不择手段之人，但终究是自己的亲妹妹，不是吗？

凌澜想了很久，凌澜说，这倒是一个揪出锦弦的好时机，这两年来，他虽然一直派隐卫在查，却一直没能找到锦弦。锦弦太过狡猾，就连跟铃铛传递消息，也是辗转经过他人之手，自己不露半分痕迹。锦弦说，后面的事情他自己搞定，是不是表示他会现身呢？

凌澜也做了种种假设。既然是在锦溪身上下手，那就只能说明一点，锦弦要从相府下手，而相府，唯一能让锦弦成为利器的，就是夜逐寒跟夜逐曦的身份，所以凌澜找了康叔跟高朗，决定将计就计。

今日早上，他已经秘密擒住了铃铛，如今场上的这个湘潭实际上已经是他们的人，如锦弦交代的一样，这个湘潭在后院"杀"死了锦溪，并留下了夜逐曦的鞋印。凌澜有两个目的：第一，将计就计，引出锦弦；第二，说白了，当初用相府，是因为他需要相府的势力，韬光养晦，而如今登基两年多，根基已稳，他根本不需要了，且，一直让康叔跟高朗这样扮着，也勉为其难，终究不是个事，还是个非常大的隐患，难免哪天出事，还不及于现在趁机除掉这两个身份，从此再无夜逐寒跟夜逐曦。

所以，他想着，康叔跟高朗败露就败露，揪出就揪出，他可以先假装将他们打入大牢，然后再做出处死的假象就行。这样，康叔跟高朗日后就再也不必那么辛苦又提心吊胆地扮演夜逐寒和夜逐曦了，就算他们的脸不好再出现也没关系，他们可以去管理他的隐卫，也可以过自己想要的生活，随便他们选择。

第二十二章　天子姓蔚

这些对于他一个帝王来说,是很简单的一件事,而且,他也想过了,锦弦就算想要说,真正的相国是他凌澜,他也不怕。他仔细想过,锦弦没有证据,他也让她仔细想过,她也觉得是。

但是,她做梦也没有想到半路杀出了一个弄儿,他也定然没有想到吧。

锦弦真是无孔不入啊,秋蝉也就算了,毕竟本就是锦溪的人,为他锦弦所用,也很正常。可弄儿呢？弄儿那般忠心的一个人,锦弦到底给了她什么诱惑,或者威胁,让她甘愿如此？

"你凭什么这样说朕？"凌澜又一次沉声开口,将她的思绪拉了回来,她凝眸,朝场上看过去。

"你有何证据？"见弄儿没有出声,凌澜再次灼灼逼问。

弄儿抿着唇沉默,似是在考虑,又似是有些犹豫,忽然轻呼出一口气,好像是终于做了一个决定一样:"弄儿不需要证据,既然皇上说,自己跟康叔和高朗没有关系,如今他们欺君,已是死罪,皇上能现在当众杀了他们两个吗？"

凌澜瞳孔一敛,蔚景心头大骇,康叔跟高朗也露出不可思议的表情,场下一片唏嘘之后,又恢复死一般的寂静,似乎都在屏息等着帝王做决定。

蔚景将袖襟攥得更紧了些,担忧地看向凌澜。弄儿这招够狠,直接将凌澜推上去,逼到了死角。康叔跟高朗的确是欺君,欺君的确是死罪,弄儿就只用这一点,就逼着凌澜动手。可是凌澜又怎会忍心杀这两个人,绝对不会！可是不杀,就又说明事实的确如弄儿所言,凌澜心中有鬼。

就在她暗暗替凌澜担心的时候,凌澜忽然低低笑了起来,所有人一怔,包括弄儿。

低醇略带揶揄的声音缓缓响起:"你不觉得自己很奇怪吗？方才是谁说自己很想无视,可是自己做不到,因为自己的良心还在？如今又是谁要朕当众杀人？装好人救人的是你,逼人杀人的也是你,你的居心又何在？"

弄儿脸色一白。场下传来低低的议论声,蔚景唇角微微一翘。这个男人的思维跟嘴皮子,她可不是第一次见识。

弄儿亦是冷冷一笑,一副有些恼羞成怒的模样:"皇上不要混淆视听,弄儿之所以让皇上当众杀了他们两人,是因为弄儿笃定,皇上不会动手,因为自从皇上登基以后,他们两个替皇上跟鹜颜公主继续扮演左相右相,没有功劳,也有苦劳,皇上不敢杀他们。"

全场再次一片低低的哗然,如果说方才怀疑自己听错了,那么此次可是听得真切,这个叫弄儿的女人的确是说,真正戴着面具扮演左右相的就是当今帝王跟其姐姐鹜颜。

不对,如果鹜颜是扮作右相,那当时右相夫人鹜颜又是谁？不可能是同一个人啊,因为很多大场合的时候,他们两人是一起出现的。好乱。

场上,帝王跟弄儿的对峙还在继续。

弄儿愤然说完,帝王依旧唇角微勾,只是笑意一丝都不达眼底,眸色冷凛:"朕掌握着天下的生杀大权，朕有什么不敢的，譬如你，只要朕一声令下，同样也可以叫你瞬间魂归九天。"

弄儿心口一撞，却强自镇定："既然敢，那就请皇上杀了他们！"

"放肆！"帝王骤然笑容一敛，沉声冷喝，"朕要怎么做，几时轮到你一个小小的婢女来指手画脚？"

弄儿冷嗤："看来，皇上终究不敢，是怕他们两个说出实情吗？"

"不，"帝王摇头，"是因为朕忽然有了新的想法。"弄儿一怔，帝王的声音继续，"你如此迫不及待地逼着朕杀死他们二人，莫非你跟此事有牵连，想借朕之手替你杀人灭口？看来，朕得好好查查了。"

弄儿面色一滞，须臾之后，又恢复如常："皇上不用查了，如果弄儿说，只要皇上现在动手杀了这两个欺君之人，弄儿也甘愿一起赴死，皇上能做到吗？"

蔚景眉心一跳，看来今日这个弄儿是不会罢休了。如同凌澜说铃铛，赌的不是自己的性命，而是她的善良一样，此时的弄儿，赌的也不是自己的性命，而是凌澜的有情有义吧？弄儿就是吃定了凌澜不可能杀康叔跟高朗。就在她快速思忖着对策的时候，一道声嘶力竭的厉吼骤然响起："弄儿，我们平时对你不薄，你为何非要置我们于死地？我跟你拼了！"

是康叔。只见他话音未落，人却已经奋力挣脱几个禁卫的钳制，飞向弄儿。高朗见状，也如法炮制，提起内力，将几个禁卫震开，脚尖一点，也飞身袭向弄儿。

惊叫声，避让声，椅凳倒地声，碗碟摔碎声，各种声音响起，场面顿时一片混乱，弄儿连忙闪身躲避，禁卫们手持兵器纷纷上前，想要再次钳制住两人。

蔚景心头大骇，拧眉看向凌澜，发现他面色冷峻，薄唇紧紧抿成一条冰冷的直线。看来，他跟她一样，都看出来了，康叔跟高朗这是在故意求死啊。他们也心知凌澜不会杀了他们，他们又不想凌澜被动，自杀太明显，所以，他们才故意打翻禁卫，袭击弄儿，就是想死在禁卫的手中，是吗？

他们赤手空拳，禁卫却刀剑精良，而且一心求死，只要故意稍稍一个闪失就行。果然，随着禁卫的加入，康叔跟高朗便转移了目标，不再攻击弄儿，而是直接对付禁卫，且招数狠戾，禁卫们便也出手无情，眼见着两人很快败下阵来，或许下一瞬就……

怎么办？蔚景眸光一敛，伸手抓向身侧桌案上盘碟内的花生米，云袖骤扬，数粒花生米如同被疾风吹起的雨点一般，朝围攻两人的禁卫而去，然，有人比她的出手更快，白衣如雪动，男人身影如光如电，在眼见着禁卫们手中的长剑就要直直刺向两人的胸膛之际，急速落于包围圈中，又以迅雷不及掩耳的速度，大手一拉，一手一个，将两人扯出人群外。

翩然落下，衣发翻飞，赫然是帝王凌澜。

众人震住，康叔跟高朗皱眉，禁卫们一蒙，还没搞清楚怎么回事，就纷纷被破空

第二十二章　天子姓蔚

而来的不明飞行物击倒在地上。

颗颗落在地上,竟是花生米。循着花生米飞来的方向望过去,就看到坐在前方首席上的倾城女子正堪堪收起云袖,竟是皇后。

什么情况?禁卫们要抓这两个犯欺君之罪的男人,帝王出手救男人,皇后出手击禁卫?这帝后二人怎么齐齐胳膊肘朝外拐?莫非……

众人已然心知肚明,弄儿所言绝非空穴来风。

垂眸掠了一眼地上的花生米,凌澜徐徐转眸,朝前方端坐席间的蔚景深看过去。蔚景弯了弯唇,给了他一个会心的眼神,她知道他会救,可是,这样的情境下,他又如何能救?所以,她出手了,大不了,这个罪名她来背。如同康叔跟高朗一样,他们愿意,她也愿意。

可是,他终究还是自己出手了。或许这就是这个男人跟锦弦的区别,同样想要坐上高位,同样想要皇权,同样想要睥睨天下,一人可以出卖爱情、牺牲亲情,而一人却无法做到对跟自己出生入死的兄弟坐视不管。所以,这样的人容易被动,如今就是。

他的出手意味着什么,她明白,场下所有的人都明白。她给他的眼神,就是想告诉他,没事,被动就被动,该来的终究会来,风雨,他们一起面对。

冷峻自眉宇间化开,凌澜同样弯了弯唇角,缓缓将目光收回,刚准备吩咐禁卫们将康叔高朗以及弄儿三人带下去,骤然,"啪,啪,啪"有人击掌的声音,一声一声,清脆响亮。众人一怔,都循声望过去。

"好一个主仆情深啊!"一个太监装扮的男人边拍掌、边笑着走进众人的视线。当眉眼逐渐清晰,众人赫然发现,竟然是亡国帝王锦弦。

啊!所有人大惊。凌澜瞳孔巨敛,蔚景小手攥握成拳,禁卫们手持兵器正欲上前,却被凌澜扬手止住。

"你终于现身了。"凌澜凤眸微微眯着,看向那个浅笑吟吟走在席间的男人。锦弦挑眉:"你在等我?"

"是,等了你两年,你终于敢出来了。"

在距离凌澜还有一段距离的地方,锦弦停了下来,站定,缓缓转眸,轻凝了目光朝坐在前方的蔚景看过去。蔚景也不避不躲,清冷迎上他的视线。对视了一会儿,锦弦率先收回视线,再次看向凌澜:"必须出来,不然,谁来揭露你丑恶的嘴脸?"

凌澜哂然一笑,眸中寒芒一闪:"到底是你的,还是朕的?"

锦弦依旧微勾着唇角:"与你相比,我还是略逊一筹,这世上有几人能像你一样,从布局设计,到收网,一个计谋长达数年之久?"

众人一怔,凌澜眸光微敛,锦弦的话语继续,"其实,你一直就想要皇位吧,从你还是一个孩子,进入司乐坊,做乐师学徒的那一刻起,你就已经在布局,不然,你为何又要弄个假的夜逐寒的身份出来去考取功名?司乐坊的凌澜是你,相府的相国也是你,你的目的何在？如果这些还不能说明什么，那么，那些地道呢？宫里的那些地道，从九景宫到司乐坊密室的地道，你又作何解释？这一条是大家知道的，不为人知的地道还有多少？这些都是蔚景她父皇在位时，你就挖好的，说明，那个时候，你就有了夺取天下的野心。"

蔚景眼帘微微一颤，看向凌澜，正撞上凌澜转眸看过来的目光，她给了他一个安定的眼神。这些，她早就知道，曾经都未在意，如今又岂会为此伤神？

锦弦还在滔滔不绝："毕竟一穷二白，靠自己白手起家，想要发展能跟朝廷抗衡的势力又岂是一朝一夕？你见自己的力量不足，根本无法夺取蔚景她父皇的江山，你便以右相的身份，鼓动我谋反。你说，我是大将军，手握兵权，你是相国，是最高文官，你支持我。我听信逸言，便趁中渊出兵云漠之际，起兵谋反，夺了蔚景她父皇的江山。而其实，你的险恶用心，根本不止如此，你真正的目的，其实是为了借我之手推翻蔚景她父皇，然后让我新帝登基，不得民心，又根基不稳，你再从我的手上夺走江山。"

众人震惊。蔚景拧眉，看来，锦弦就是要借我将所有的罪责都推到凌澜的头上，甚至包括自己当初的谋反。凌澜却也不急，反而低低笑了起来："想不到两年多未见，你编故事的能力已经达到了如此炉火纯青的地步，谎话说得脸不红心不跳、一个字都未停顿。练习很久了吧？"

锦弦不以为然地冷哼："我只是在说事实。"

"真是难为你了，如此处心积虑，又是设计阴谋，又是捏造事实，你想要皇位就直说，又何必绕那么大的圈子？"

"不，"锦弦摇头，"我不是为我自己。"

"哦？"凌澜挑眉，"难道是为了她？"

凌澜伸手指了指不远处锦溪的尸体，唇角一抹冷嘲尽显："不知你是没看到，还是看到了直接装作没看到，又或者是根本不敢看，自己的亲妹妹死在了那里，你却没有一丝反应？"

锦弦脸色一白。场下一阵低低的议论声，的确，从这个男人笑着拍掌出现，到现在，一字也未提过自己的妹妹。妹妹被人杀死，作为亲哥哥难道不痛心、不愤怒吗？

锦弦眸光微闪，冷声道："锦溪的仇，我自然要替她报，可我也一刻没有将自己的使命忘掉。"

"使命？"凌澜听到这个词，就好像是听到了一个好笑的笑话一般，笑了起来，好一会儿才止住，"你的使命不就是夺皇位吗？"

"你说对了一半，我的确是要夺皇位，却不是为我自己。这两年，我一直后悔当初听信你的逸言，才落得今日如斯下场。为了弥补我犯下的错误，我要将江山夺回来，物归原主！"

物归原主？所有人一震，凌澜脸色一变，蔚景愕然抬眼，物归原主是什么意思？难

第二十二章 天子姓蔚

道……

锦弦再次扬手击掌，两个身影从人群后走出来，同样一身太监装扮，熟悉的容颜映入眼帘，蔚景震惊地从座位上猛地站起身来，竟然是她父皇和影无尘。

凌澜瞳孔剧烈一缩。

全场众人错愕得下颌都要掉下来，虽然影无尘他们很多人不认识，可是边上的那个中年男人，在场的却是大部分都识，当今皇后的父皇，曾经中渊的帝王，蔚向天。今日到底是怎么回事？这些人一拨一拨地来，真是从未有过的盛况啊。竟然三个帝王聚齐了。

影无尘跟蔚向天，走到锦弦的边上站定，影无尘伸手一指，直直指向凌澜，灼灼看向前方如木头一般僵立的蔚景："蔚景，我说过，你会后悔的，就是这个男人，这个与你同床共枕的男人，自始至终，都觊觎我们家的江山，这么多年，都是他的一个局，你，也是局中人，是他的一个棋子而已，明明谋朝篡位，故利用你收获民心，你为何到现在还执迷不悟？"

凌澜俊眉微蹙，转眸看向蔚景。这两个男人的出现，他着实没有想到，他不是没有做过这种假设，他们与锦弦合作，但是，终究又被他否定了。毕竟锦弦是夺蔚向天江山的人，还杀了他的妻子和儿女，血洗皇宫，是他不共戴天的仇人，他们怎么可能会走到一起？可，事实就是这样可笑，终究是他低估了人类的野心和人性的贪婪。他在想，若今日他被迫下台，那明日呢？他们是不是再为皇位而战？

"蔚景，你信不信我？"他缓缓开口。比起情势的险恶，他更在意这个女人的信任，人，一个一个地来，戏，一出一出上演，说明，他们早已精心部署今日的一切，他猜到了开头，没猜到后来，他没想到蔚向天会来，若知道，他定然不会让蔚景出现。

蔚景也不知是不是没听到他的话，还是在蔚向天跟影无尘的骤然出现中没有缓过神，只一动不动地站在那里，怔怔看着影无尘。就在凌澜准备再问一遍的时候，蔚景却又忽然出了声："我们家的江山是什么意思？你为何用'我们'？"不是对他，是问影无尘。

他没想到这个女人的关注点竟然是这个。

影无尘转眸，征询的目光看向身侧的蔚向天，蔚向天直接开口回道："因为无尘是你同父异母的哥哥。"蔚景身子微微一晃，凌澜眉目轻敛，果然，如他怀疑的一样。

"无尘，这些年委屈你了，你娘走得早，没能给你娘名分，也未能给你名分。"将落在蔚景身上的目光收回，蔚向天转眸看向影无尘。

影无尘摇摇头，没有吭声，一颗心却是从未有过的激烈震荡。终于等到了这一天。记事起，他就知道自己是皇子，是住在皇宫里，那个全天下最尊贵的男人的儿子，然而，他却不能跟其他皇子一样生活在富丽堂皇的皇宫里、过着受人尊重、被人伺候、养尊处优的生活。他跟他娘在城郊的宅院里过着不与外界打交道的日子，因为他娘是青楼出身，不能进宫，不能有名分，还不能让人知道她是皇帝的女人。其实十岁前，他都没有见过他的父皇，脑中父亲的形象都是通过他娘每日跟他讲的故事才模模糊糊形成。

一直有人送来银两，他的父皇却从未出现，直到他娘病逝，那年，他刚好十岁，他娘安葬的那天夜里，他的父皇终于来了。那是第一次他们父子相见，他远远地站在门边，看着这个陌生的男人，只觉得跟他脑中的形象有些不一样，男人唤他。那时他的名字叫天赐，是他娘取的，他娘说，没想到她一个青楼女子，还能有孩子，而且还是和天下最优秀最尊贵的男人的孩子，是上天所赐，故取名天赐。

男人唤他，他怯怯地走过去，男人将他抱在怀里，男人问他，想做皇帝吗？他记得很清楚，除了唤他，那是他们父子见面，他的父皇说的第一句话。因为自小，他娘跟他讲的都是他的父皇，如何如何伟大、如何如何厉害、如何如何上天入地、无所不能，如何如何受万民敬仰，在他十岁的认知里，皇帝就是神。所以他父皇问他，想做皇帝吗？他毫不掩饰地点头，说，想。

他父皇听完，很高兴，说，好，不愧是朕的儿子，就要有这种雄心壮志。只要你帮父皇一个忙，父皇保证，日后定传位于你。所以，才有了设计阴差阳错救啸影山庄的老庄主，其实，说是他出手相救，毕竟只是十岁孩童，他根本也没有帮上忙，却收获了老庄主的好感，老庄主见他是个小乞丐，没名没姓，没爹没娘，便收留了他，给他取名，无尘。

其实，他父皇交给他的任务就是打入啸影山庄，站住脚跟，为日后瓦解啸影山庄做准备，因为他父皇说，称帝多年，帝位基本稳固，最大的隐患便是啸影山庄，那是历朝历代都觊觎和忌怕的势力，若他能将其瓦解掉，日后登上皇位，也能高枕无忧。

在啸影山庄一待就是十年，他隐藏得极好，也未被人发现，除了影君澈夫妻二人。那时正逢上赶集，他跟他父皇秘密见面，无意间被影君澈夫妻二人撞见，无奈之下，他不得不出手杀了二人。在那之后，一切太平。

锦弦夺位，猝不及防，事后，他也想过利用山庄的力量帮他父皇夺回来。可是，虽然他在山庄多年，身份地位不错，却终究没有实权，以前老庄主在的时候，什么事都不让他过问，后来，影君傲坐庄主之位，也是所有大事都亲力亲为，而且，啸影山庄上下都非常齐心，他想要培植自己的势力很难。无奈，他只能暂时按兵不动，曾经有一次，影君傲跟他借蝙蝠群，那次，他真的是想借机除掉锦弦的，却终是没能成功。

后来，他在神女湖里寻找蔚景，当然，为了君傲，也为了他自己，君傲爱蔚景，而他也知道，蔚景是他的妹妹。没有寻到蔚景，却意外地在湖里寻到了凌澜，他救了他。凌澜不是跟锦弦斗得风生水起吗？最好让他们斗，他能坐收渔翁之利才好。果然，凌澜夺了锦弦的江山。他想利用蔚景再对付凌澜，却不想蔚景那般死心塌地。他只得再坐等时机。

"所以，是你从宫里救走了我父皇？"蔚景微微眯了眸子看着他幽幽出声，将他

第二十二章 天子姓蔚

的思绪猛地拉了回来。影无尘抿了抿唇，沉默，蔚景摇头轻笑："其实我早就应该想到的，我记得那日在我准备进宫、出庄的路上，碰到过你，当时，你跟我开玩笑，说我头上的发簪歪了，还好心地帮我重插了一下，那时，你已经将发簪换了吧？发簪里面装有蝶迭香是吗？"

她不知道他是用什么方式联系她父皇的，让她父皇主动问她要那枚发簪，她只知道，他利用了她，她父皇也利用了她。

影无尘不承认，也不否认，一直默不作声。就是这次营救他父皇，让凌澜起了疑心，他得到消息，凌澜正在暗地里调查他，所以，他不得不提前动手，可是，他依旧没有建立起多大的力量，根本不能与凌澜的朝廷抗衡，他父皇让他杀了影君傲，取而代之，才能真正拥有整个啸影山庄的势力。

他犹豫。影君傲对他的好，他知道，或许这个世上再也找不到第二个人会如此对他，他很痛苦，很纠结，他下不了手。那夜也只是偶然跟踪影君傲去了缠云谷，发现了缠云谷中的世外小岛，岛中竟然住着人，一个妇人，影君傲叫她姑姑，说明此人是老庄主的妹妹。他偷听到了影君傲跟妇人的谈话，影君傲说末末的病是妇人做的手脚，问她为什么，妇人说，因为她想见凌澜，她失散十九年的儿子。他当时就震惊了。

也就是在那时，他才彻底坚定了杀死两人的决心，不然，太可怕了，试想，凌澜的母亲是影君傲的姑姑，如此关系一旦暴露，他还怎样挑拨啸影山庄和朝廷的关系？所以，他才放了毒烟。

"既然影无尘是我的哥哥，是父皇的儿子，父皇为何让他去啸影山庄？"

蔚景再次出声将他的思绪打断，他抬眸朝蔚景看过去，只见她微蹙着眉心，眸色沉痛复杂。他知道，她在怪他，怪他杀了嫣儿的父母，怪他对影君傲放毒烟。

"难道也是父皇布了多年的一个局，让影无尘去对付啸影山庄？"未等蔚向天回答第一个问题，蔚景又紧接着而问。

"不，不是的，"蔚向天连忙摇头否认，"父皇也是上次被无尘所救，才得知这一切的，是父皇对不起他们母子，让无尘流落在外那么久。难道这么多年，你还不了解你的父皇吗？父皇要是知道，又岂会让自己的儿子寄人篱下，认别人做父？"蔚向天言辞恳切地说完，凌澜唇角冷冷一勾，蔚景略略垂下长睫，不知心中意味。

见她不吭声，蔚向天似是有些急了，又道："孩子，父皇知道你心里在意的是什么，无尘是做了一些不应该做的事，但是，他犯下的错，只能让他日后想办法去弥补，他终究是你的哥哥，是父皇的儿子，难道要父皇手刃了他不成？希望你能明白一个父亲的心，就像曾经，你被……"蔚向天顿了顿，睨了身侧锦弦一眼，犹豫了一瞬，才继续说道，"就像曾经，你被锦弦利用，父皇痛失亲人和江山一样。"

锦弦脸色一白，却也说不出一个反驳的字来。

蔚向天低低叹息："父皇作为一个父亲，也不能怪自己的女儿，不是吗？你也为自己的错误付出了代价，人总有走错路的时候，曾经你是，如今无尘亦是，父皇只希望你们迷途知返。过来，孩子，到父皇身边来，你要相信父皇，从小到大，父皇何曾骗过你一次？这个世上，你能相信的人，只有父皇。也只有父母，对自己的子女，才会抱着一颗宽容的心，无论对错，只希望改过就好，不带一分功利，没有一点私心。"阳光下，蔚向天朝蔚景缓缓伸出手，满目宠爱，满目殷切，"过来，孩子。"

蔚景徐徐抬眼。

凌澜定定看着蔚景，自始至终，一声未响。

"蔚景，不要相信他，他是一个彻头彻尾的伪君子！"一道微微苍哑的声音骤然响起，众人还没来得及循声望去，就听到另一道沉冷的声音将其喝止："康叔！"

是，说那句话的人是康叔，喝止的是帝王。

所有人都看向这两人，两句话暴露了太多东西。

第一，康叔喊的不是皇后，而是蔚景，说明要不平素两人很熟，要不就是康叔一时太情急。第二，康叔说，蔚向天是伪君子，说明这两人也有瓜葛，且有隐情。第三，帝王喊的是康叔，而不是夜逐寒，再次证明了两人的确有关系，而且，他还想制止康叔的话语。

有什么难言之隐吗？就在大家想着被帝王如此一喝，康叔肯定不会再说下去的时候，出乎意料的，康叔继续出了声。只不过，这一次，是对着帝王。

"除非如弄儿所言，皇上现在杀了我，否则，我就是要说！我就不明白了，皇上要自己一个人扛这些事扛到何时？他们如此颠倒黑白、搬弄是非，皇上难道就不怕行云山上的一幕重演吗？"康叔咄咄逼问，胸口起伏，显然很激动。

帝王身子微微一晃，转眸看向蔚景，复杂的神色纠结在眸子里。蔚景微微怔忡，满眸疑惑。康叔愤然转身，面对着蔚向天："你口口声声说自己是父亲，说什么自己对子女有多好，不带一分功利，没有一点私心，那又是谁为了师出有名、挑起两国战争，不惜让自己的女儿去和亲，不惜将她推落悬崖，是谁？"

所有人一怔，蔚景更是愕然抬眸。

"康叔！"帝王再一次沉声喝止。而康叔丝毫不为所惧，一副豁出去的样子："我说了，除非我死，今日我就是要让大家看看这个伪君子的真面目。"帝王凝了一眼蔚景，皱眉对康叔道，"此事朕会处理，你就……"

"事情都到这个地步了，人家都杀上门了，皇上难道还以为可以瞒得下去吗？"帝王的话还没有说完，就被康叔沉声打断，末了，还扬手一指，直直指向蔚向天，"这个男人为何如此嚣张？为何敢睁着眼睛说瞎话？就是因为吃定了皇上的心思，吃定了皇上不舍得让皇后知道这一切。这些年，皇上一个人扛，一个人背，宁愿自己心里苦，宁愿自己被误会，也要将皇后保护得好好的。可是，皇上，你有没有想过，就是因为你的保护，蒙蔽了皇后的双眼，她宁愿相信别人，也不相信你；也就是因为你的保护，这些人才敢这样肆无忌惮，利用你的保护来作为对付你的利器……"

"够了！"凌澜嘶吼出声，凤眸中冷色昭然，"你不觉得自己话太多了吗？"

"让他说。"女子幽幽开口，是皇后蔚景。

"景儿还记得父皇那日跟你说的话吗？不要听信外人挑拨。"蔚向天急急出声，一直淡然的脸色也微微起了变化。蔚景却没有理会，就像是没有听到一般，只一眨不眨地看着康叔。凌澜眉心微拢。康叔的声音继续："当年，这个男人想攻打云漠，却苦于没有出兵理由，正好云漠太子看上七公主蔚卿，这个男人便利用和亲之名，将蔚卿嫁过去，并派人在中途的东盟山上，将蔚卿推下悬崖，只是没想到的是，这件事又被另一个居心叵测的人锦弦利用，偷偷将七公主蔚卿换下，让九公主蔚景，也就是当今的皇后娘娘，去顶替，所以，皇后娘娘被推下悬崖……"

"你瞎说！"蔚向天厉吼，末了，又转眸看向蔚景："景儿，不要听他们瞎说。"蔚景轻垂着眉眼，没有看任何人，也没有吭声，如同蝶翼一般的长睫轻颤，遮住了眸中所有的情绪。谁也不知道她在想什么。

"景儿，你觉得父皇会做出这样的事吗？"见她如此安静，蔚向天拧眉轻问。蔚景没有回答，康叔却是再次出了声："会不会你自己心知肚明，你身边的那个儿子也心里有数。当初冒充锦弦前去，将皇后娘娘推下山崖的人就是你吧，影无尘，哦，不，你已不姓影。"

影无尘脸色一白，锦弦震惊转眸，蔚景徐徐转过头，影无尘自是矢口否认："你们不要含血喷人，明明是自己所为，却要诬陷我跟我父皇！蔚景的玉佩明明是被他拿去了不是吗？"影无尘伸手指向凌澜，凌澜唇角冷冷一勾，终于禁不住出了声："康叔有说玉佩的事吗？你就那么迫不及待地要撇清。"

影无尘更是瞬间面白如纸，意识到自己的失言，影无尘恼怒一哼："不是我做的，我撇清什么？"

"既然话都说到了这里，那就不妨说清楚，是，朕的确有一块跟锦弦和蔚景一模一样的玉佩，"凌澜一边说，一边伸手自袖中掏出一枚红绳绿玉，净长的两指拈起红绳的一头，提举着，绿莹莹的玉佩垂坠轻曳，彻底呈现在阳光下，也落入众人的眼底。

所有人都看着那块玉，包括锦弦，包括蔚景，锦弦眸光敛起，蔚景面无表情，凌澜的声音继续："就是这块玉，可是这块玉是假的，所谓假不是说玉的材质是假，玉还是上好的和田玉，只不过，不是锦弦家祖传的，是我们照着锦弦家那块玉的样子，自己做的赝品。"

当初得到消息说，锦弦的父亲在世前有秘密打造兵器之地，还有专门存放兵器的秘密仓库，而祖传玉佩就是打开秘密仓库的钥匙。鹜颜想让铃铛将蔚景的玉佩偷过来，他没有同意。他当时的理由是，蔚景一旦发现玉佩被偷，定会告诉锦弦，而他们连秘密仓库的地址在哪里都不知道，岂不是打草惊蛇了？所以，他让铃铛想办法用模泥将蔚景的玉佩倒出一个模子出来，他找顶级的玉匠重新打造了一枚。

影无尘冷笑："就凭你自说自话，谁知道那是真的，还是赝品？"凌澜却也不恼，不徐不疾将玉佩收入掌心："玉佩是锦弦家的，锦弦肯定能辨别真伪。"锦弦微微一怔，不意他会这样说，可下一瞬，却又听得凌澜话锋一转，"但是，既然你们几人是一丘之貉，他就算能辨，也只会睁着眼睛说瞎话，这些已经不重要了，锦家的兵器仓库早已不存在了，就算你拿着真玉在手，也是废玉一枚。"

锦弦跟影无尘皆是脸色一白，影无尘更是恼羞成怒："我说了不是我，我没有拿蔚景的玉佩。"

"是吗？"凌澜挑眉，微微笑，"可是前几日啸影山庄庄主影君傲进宫接嫣儿的时候，无意间看到了朕的这枚玉佩，问朕，无尘的玉佩怎么在你这里？"

影无尘身子微微一晃。

"以前，朕只是知道这件事是蔚向天所为，却并不清楚被蔚向天派去冒充锦弦、夺走蔚景玉佩、将蔚景推下悬崖的人到底是谁，也就是那日才知道，原来是你！"说完，凌澜睨着他，又补了一句，"需要找你的那位义兄前来作证吗？"

影无尘一时气结，半个字都说不出。蔚景静静看着影无尘，没有表情，没有情绪，也一直默不作声。影无尘有些心虚地别过眼，不想与她对视，却蓦地发现边上他的父皇也在看着他，他呼吸一滞，本想解释，可是考虑到众人当前，岂不是不打自招，所以终是忍住。

他知道这个男人看着他是什么意思，因为他拿走蔚景玉佩一事，是背着这个男人做的，这个男人并不知情。当初，这个男人以为嫁往云漠的是蔚卿，派他前去将其推下悬崖，可是，他却得到了秘密消息，蔚卿被蔚景所换，而他也得知蔚景身上有块玉佩，是锦弦所送，是可以开启锦家秘密兵器库的钥匙，所以，他就易容成了锦弦，先拿了玉，再将人推了下去。关于坠崖的是蔚景，而不是蔚卿，他一直没有跟这个男人说，玉佩之事更是绝口不提，就算后来发生了很多事，大家都知道了是蔚景，他也装作不知。

"哥哥。"一声女子的轻唤将他的思绪拉了回来，他一震，愕然看向出声之人。竟是蔚景，她在唤他，唤他哥哥，一时有些难以置信。震惊的又何止影无尘一个，还有边上的蔚向天，锦弦眸色深深，凌澜微微抿了薄唇。影无尘看着蔚景，只见她一双如水的眸子也牢牢盯着他，微微翘起了唇角，像是在笑，又像不是。

"蔚景……"他心里有些瘆。

蔚景终于轻笑出声。

影无尘一怔，这才意识到她喊他的意思，是嘲讽吧。凌澜俊眉微蹙，快步走过去，伸臂将她揽住："蔚景……"他就知道，她会是这种反应，前面所有的风平浪静，不过是她极力隐忍，心里面早已是惊涛骇浪、鲜血淋漓。这也是他不敢告诉她真相的原因。蔚景在他怀里轻轻笑，微微垂了眉目，眼角有什么东西在阳光下泛着点点晶莹。

第二十二章 天子姓蔚

205

蔚向天皱眉："景儿，不要相信他们说的话，他们都是骗你的，你想，云漠又不是我们中渊的边国，父皇为什么要长途跋涉出兵云漠，还要用牺牲自己女儿的方式？"

蔚景依旧没有吭声，甚至眼帘都没抬，唇角笑靥如破败的花，慢慢敛去。蔚向天眉心更是皱成了小川，忽然，转眸看向凌澜："你们太卑鄙了！竟然找出如此荒谬的理由来离间我们父女关系！想要给出兵云漠找个理由？"蔚向天冷哼，"虽然我不懂领兵打仗，但是，我也知道中渊攻打云漠的被动性，就算我要扩展疆土，我也应该从周边国家动手吧，我吃饱了撑着，跑那么远去打一个跟我们无冤无仇的云漠？"

一席话说完，场下传来一阵低低的议论声，众人纷纷觉得似乎不无道理。凌澜凌厉眸光一扫场下众人，场下顿时四寂。当初他得到的消息，也只是这个男人想要攻打云漠，所以如此设计，却也未曾知晓他非要攻打云漠到底是何原因。

眼波微敛，他正快速思忖对策，一道清润如风的声音自一片静谧中骤然响起："中渊陛下，别来无恙啊！"众人一怔，凌澜愕然抬眸，所有人都看向门口。三个身影缓缓走入，两男一女，皆锦衣华服。

当看清三人的容貌时，很多人惊住，女子竟然是曾经的七公主蔚卿，而其中一个男子是失踪了很久的前禁卫统领叶炫，与他们一起的另一个俊美无比、绝世出尘的男子，大部分人都不识，可，凌澜却不陌生。云漠太子桑成风。

凌澜微怔了一瞬，转眸看向桑成风身侧的叶炫，没想到他们三人竟是会成为一行。同时看向叶炫的，还有叶炫曾经的主子锦弦，只见其凤眸微微一眯，眸中寒芒一闪。蔚景轻倚在凌澜的身上，略略有些溃散的目光浅淡落向蔚卿的脸，那张已然换回到蔚卿自己原本的脸。蔚向天眉心微微一皱，一抹不易觉察的慌乱从眼底深处掠过。

就像是时间瞬间停滞，现场寂静无声，须臾之后，还是凌澜最先出了声："原来是云漠太子殿下大驾光临，有失远迎，还请见谅！"

云漠太子？众人闻言，皆震惊不小。桑成风微微一笑："陛下客气。"凌澜转眸示意边上张如，张如会意，连忙命人搬来软椅。

一手依旧轻揽蔚景，一手朝桑成风优雅一扬，凌澜道："殿下请坐！"来者是客，无论与叶炫跟蔚卿曾经有过怎样的恩恩怨怨，毕竟此次是随桑成风前来，所以，凌澜让张如搬了三张软椅。只不过三人都没坐。桑成风含笑谢过之后，便径直转眸看向蔚向天，缓缓开口："蔚卿，你眼睛看不到，可能不知道，你的父皇也在呢。这么长时间没有见到自己的父皇，好不容易遇见了，还不快打声招呼？"

众人怔了怔，才反应过来，桑成风虽看着蔚向天，话语却是对身侧的女子蔚卿所讲，也就是到这时，大家才知道，女子是个瞎子。

蔚卿弯了弯唇角："既然当初那般设计想要让我死，想来，他一定不想再看到我这个女儿，所以，蔚卿有自知之明，还是不要讨人嫌的好。"蔚向天脸色一白，旋即，又皱起眉心，对着蔚卿道："卿儿，你也相信他们的无稽之谈？"蔚卿轻哂了一声，没有再言，身侧的桑成风却是低低笑。所有人一怔，凌澜微敛了眸光，暗暗猜测着桑成风此次突然前来的目的。

而蔚向天则被桑成风的笑声弄得微微有些恼："你笑什么？"桑成风唇角的弧度越发放大了开来："本太子在笑天下可笑之人。"

"你——"蔚向天气结，脸色更是难看了几分，可又想到对方没指名道姓，他不能自己失了风度，便也唇角一勾，同样还之以冷笑，"莫非太子殿下是凌澜请来的救兵？"

"你觉得他会从云漠请救兵吗？云漠那么远，又与他无恩无情，他作何不在周边国家请？"桑成风不徐不疾，不答反问，一句话将蔚向天噎得半个字也说不出来。这分明是他方才说的话，这个男人竟然用他的话来抽他的耳光。

凌澜唇角一抹微弧浅浅，如果说对于桑成风，他方才还不明来意，不知敌友，那么此刻，他大概心里也有了数，至少，不是来拆他台的。微微一笑，他朗声开口："实在不好意思，今日有些混乱，让太子殿下见笑了。"边说，边再次扬手对桑成风做了一个"请坐"的姿势。这一次桑成风没有拒绝，先扶边上的蔚卿坐下，再一撩袍角，落落而坐，叶炫却依旧还是站着，凌澜看了他一眼，没有吭声。

这厢蔚向天、影不尘，还有锦弦三人互相看了看，锦弦弯唇一笑："太子殿下来得正好，我们正在说，当年蔚景被人设计推下悬崖，诬陷我以及诬陷贵国那件事，就是他！"锦弦伸手指着凌澜，"就是他所为。还记得两年前，我带十万大军进驻云漠那次吗？也是因为他主战，当时他是右相夜逐寒，我被他所惑，没有发现他的险恶用心，他其实就是想借贵国之手，削弱我大军的实力，后来，太子殿下英明，我们双方言和，他见目的没有达到，就动起了别的脑子，在他谋反篡位之日，给我十万大军下药。此事，若太子殿下不信，大可以问问在场的文武百官。"

众人都没有吭声。如果泻药也是药，的确，这个男人也没有说错。锦弦见桑成风静静地听着，以为是信了他的话，心中暗暗一喜，又继续道："这样一个一心想谋朝篡位、夺取别人江山的男人，我劝太子殿下还是……"

"到底是谁谋朝篡位，又是谁抢夺别人的江山？"锦弦的话还没有说完，就被康叔厉声打断，"江山本来就是蔚家的！"最后一句几乎是吼出来的。每一个人都听得清楚明白。江山本来就是蔚家的。蔚家的？

所有人一震，凌澜眸光一敛，蔚景自他怀里缓缓站直身子。全场的目光，再次无一遗漏地凝聚在康叔身上。他不是帝王的人吗？他不是在帮帝王说话吗？那他这一句是什么意思？是终于看不下去了，终于不能昧着良心了，终于说出实话了，是吗？

在众人的注视下，康叔强自敛了心神，刻意不去看帝王投过去的目光，他略略转过身，面朝着场下，一字一顿，沉声开口："当今天子姓蔚，名凌澜，他所做的一切，不过是从真正谋朝篡位的人手中，夺回自己家的江山！"

第二十二章　天子姓蔚

207

啊！平地惊雷，全场震惊。

若不是午时阳光正好，若不是人多，若不是所有人都一脸错愕的表情，他们真的会怀疑是不是自己听错了。天子姓蔚，名凌澜，蔚凌澜。连锦弦跟影无尘都是一脸愕然看向身侧的蔚向天。蔚向天轻敛了眸光，不知心中所想，蔚景怔怔转眸，看向凌澜，凌澜眸色一痛，伸手想要再次将她揽裹入怀，却被她微微后退一步，避开。

"你真的姓蔚？"声音恍惚。凌澜微微垂目，没有吭声。蔚景却是一屁股跌坐在身后的软椅上，如果，他姓蔚，她也姓蔚……

第二十三章　惊天真相

前方，康叔的声音还在继续："这件事要从十九年前说起，哦，不，要从四十多年前，中渊炎康帝的第四个皇子蔚向天出生说起。"

蔚向天？众人一愣，纷纷朝场上的当事人看过去，蔚向天沉眸，一点一点抿紧了唇。

"蔚向天是炎康帝的宸妃所生，生之时难产，宸妃逝世，炎康帝便将蔚向天交给令妃抚养，因自小没有母亲，蔚向天性格内向、沉默寡言，一心读书习武，为人处世也很低调，十五岁那年，炎康帝让人将他送到宵凌山跟胤鳌真人拜师学艺，随蔚向天一起上山的，还有一个跟他同龄的下人严仲，严仲五岁进宫，便一直跟着他，主仆二人感情甚笃。

"在宵凌山安心住下来之后，蔚向天便开始了漫漫学艺之路，他本就不喜皇宫，不关心政事，山上日子虽清苦，对他来说，却自由快乐。自他上山之后，宫里无人来看过他，他也从未下山，更未主动打听宫里的情况，一心一意、拜师学艺。直到两年后，在山上无意救了一个被毒蛇咬伤的采药女子，两人一见倾心。

"蔚向天经常偷偷溜出去跟女子见面，时日一久，被胤鳌真人发现，真人罚其闭关反省，而那女子性情刚烈、敢爱敢恨，不仅没离开，反而直接找上了门，说自己已经怀上蔚向天的孩子，并恳请胤鳌真人成全，胤鳌真人不见她，也不让蔚向天见她，她便跪在外面不起来。

"那时正逢严冬腊月，深山中一直大雪未停，中途严仲偷偷去劝说了两次，让女子离开，女子都未听，一直到三日后，胤鳌真人出来，女子已经跪成了一个雪人，若不是紧急施救，女子跟她腹中的孩子都差点死掉。胤鳌真人无奈，只得收留了女子，也等于默认了两人的关系。

"那是蔚向天最快乐的时光，他跟女子一起学艺，女子会医、擅琴，每日夕阳西下，女子抚琴，蔚向天练剑，数月后，他们的第一个孩子也来到了人间，是个男孩，夫妻二人可开心了，连胤鳌真人也甚是高兴。这样幸福的日子一直过了四年，这四年里，他们又生了一个女儿，腹中还怀上了第三个孩子，严仲得到消息说，家中唯一的母亲病重，蔚向天夫妻二人便给了些银两让他下山回家了。他们依旧跟胤鳌真人一起过着神仙一般的生活，并于次年产下一双龙凤儿女，姐姐蔚鹜颜，弟弟便是当今天子蔚凌澜。"

场下一片压抑不住的哗然，锦弦跟影无尘再次震惊看向蔚向天，蔚向天微微皱眉，面色冷峻。蔚景一张小脸煞白如纸，小手紧紧抓着软椅的把手，也掩饰不了身子的颤抖，凌澜伸手将她落在椅把上的手裹住，蔚景想要挣脱，却被他紧紧握住不放。

"我们是……兄妹？"兄妹二字艰难挤出，蔚景看着他，眸中写满沉痛、慌乱、难以置信，她轻轻摇头，一直摇头，似乎下一瞬就要崩溃了一般。

"不是的，蔚景，我们不是。"握着她的手，他轻声哄慰。

康叔的声音还在继续："这样的生活又过了四年，他们的四个儿女大的已经快七岁，最小的鹜颜跟凌澜也有四岁，在一个清晨一场灾难从天而降，胤鳌真人被人用毒暗器杀死在闭关石室里，真人的其他几个徒弟，也就是蔚向天的师兄弟，全部惨死，凌澜的大哥跟二姐甚至还未起床就被人砍死在睡梦中，才那么小的孩子，就那样永远地闭上了眼睛……"

说到这里的时候，康叔摇头，声音颤抖得厉害，满眸沉痛，似是又看到了当年惨烈的现场，"我永远也忘不了那一天……忘不了那一天……"他的声音越来越小，越来越小，最后就变成了喃喃。

小时候，一场大火夺去了他一家人的性命，他是唯一一个在火里逃生的人，正巧遇到云游的胤鳌真人，胤鳌真人便收留了他，将他带上了山，真人并未收他为徒，但有空也会教他一些武功，那个时候，蔚向天还没上山拜师，为感谢真人的收留，他主动负责起每日的洒扫跟一日三顿的膳食。

蔚向天上山后，他听说他是皇子，就不免多留了心，而蔚向天为人也极好，从不嫌弃他是一个被大火烧毁容了的丑八怪，很快，两人的关系就走得很近。出事的那一天，他正好出去砍柴，等他回来，便看到这样惨烈的一幕，胤鳌真人死了，师兄弟们都死了，两个孩子也死了，蔚向天夫妇二人不知所终，另外两个孩子也不见踪影。

他当时吓坏了，他不知道发生了什么事情，他就找，疯了一般到处找，满山找，找凶手，找蔚向天夫妻，找另外两个孩子。他是找了两遍，才在屋角的药材堆里找到了浑身抖作一团的鹜颜跟凌澜，姐弟两个紧紧抱在一起，脸上都失了血色，原本清澈纯净的眸子里满满都是恐惧，见到他的时候，甚至刚开始还没认出他，直到他将他们抱在怀里，哄拍了半天，姐弟两个才痛哭出声。

才四岁的年纪，亲眼见证了一场屠杀，那一刻，他就知道，这是他们这辈子永远也过不去的梦魇，孩子哽咽地告诉他，是爹爹杀了他们，是爹爹。

他不信，他不信蔚向天是这样的人，两个孩子还告诉他，他们的娘亲追爹爹去了，他便让两个孩子继续藏在那里，他循着他们指的方向，也追了过去。

在一个悬崖边，他终于看到了夫妻二人，哦，不，不只，还有很多黑衣人。他没有立即过去，他躲了起来，他想先搞清楚到底是怎么回事。远远地，他听到了他们的谈话，似乎是蔚向天要女子跟他一起回宫，享受荣华富贵，女子不同意。不仅不同意，女子还非常激动，问他，蔚向天在哪里？

当时，他就蒙了，明明她面前的就是蔚向天，不是吗？她为何还要问他蔚向天在哪里？不仅如此，女子甚至还出手想要杀了面前的蔚向天，只是被武功高强的黑衣人给拦了下来。最后蔚向天也失去了耐心，说，你现在面前只有两条路，要不将我手中的这粒药丸吃下去，忘掉所有前尘往事，跟我回宫乖乖做我的女人，要不从这儿跳下去。

他当时就更蒙了。明明她也已经是他的女人，怎么又说乖乖做他的女人？还要逼她吃药。

女子性子很烈，一丝妥协的余地都没有，最后，就真的纵身一跃，从崖上跳下，只不过跳下去之前，说了一句话，她说，严仲，我做鬼也不会放过你！

那一刻，他彻底明白了过来。此人不是蔚向天，是严仲，是严仲杀了胤鳌真人，真人原本修为极高，一般人根本无法近身，可严仲化作蔚向天的模样，真人根本不设防，而且，真人正在闭关修炼，所以，严仲才能够得手，严仲还杀死了其他师兄弟，杀死了另外两个孩子。

看来，四年前严仲所说的什么亲人病重根本就是假，他下山的目的，其实是去筹划，筹划这一切。严仲在山上也生活了六年，他竟然没有看出来他是如此狼子野心之人，他甚至没看出来，他对蔚向天的妻子还心存觊觎。当女子真的纵身跃下山崖的那一刻，他清晰地看到严仲难以置信地奔到崖边，想要伸手拉住女子，却终究没能如愿。

严仲在崖边呆站了一会儿，忽然拔出长剑刺向自己的胸口，他有些震惊，以为严仲要跟女子一起殉情，边上的黑衣人亦是不明所以地上前想要阻止他，却听到严仲说，没事，我有分寸，我只是要做出受伤的样子，下山回宫，告诉炎康帝，胤鳌真人遭受灭门之灾，我九死一生、侥幸逃脱。严仲说这话时，还挥剑砍了自己的胳膊几下。

那一刻，他真的恨不得冲出去跟他拼了。这世上竟然有如此无耻之徒，他恨，他好恨，他要手刃了这个恶徒。虽然他们人多，他却也不怕死，胤鳌真人死了，师兄弟们都死了，那么小的孩子都死了，他要替他们报仇。

就在他准备冲出去，跟严仲拼了的时候，忽然听到其中一个黑衣人问严仲，主人，是不是准备下山了？严仲说，四年前，我下山的时候，蔚向天的女人已经大肚子了，今日厢房里面只有两个孩子，按理说，应该还有一个孩子，大概四岁的模样，以绝后患，斩草要除根，你们赶快去找找，另外，还有一个烧饭打杂的丑八怪也没看到，找到他们直接杀掉。对了，走之前放一把火，将所有的证据都烧掉，日后就算有人查也无处可查。

他猛地想起还躲在药材堆里的鹜颜跟凌澜，迈出去的脚步就停了下来。他知道，严仲说的那个烧饭打杂的丑八怪指的就是他，虽然，他脸上的烧伤疤痕这两年早已被蔚向天的妻子妙手回春，去了干净。他不怕死，可是鹜颜跟凌澜……不，不能让他们找到这两个孩子，也不能让他们烧到这两个孩子，他连忙往回赶。

第二十三章　惊天真相

所幸两个孩子很乖，他让他们躲在那里不要乱跑，他们就真的一动未动，等他将两个孩子抱出来刚离开院子，就听到纷沓的脚步声而至，好险。

黑衣人没找到人，就开始搜山，他带着两个孩子根本走不快，无奈，只得爬上了一棵梧桐树，三人藏身在茂密的梧桐枝叶后面。看着一行黑衣人举着明晃晃的长剑，从树下经过，那一刻的恐惧，他到现在还记得。他生怕两个孩子会忍不住哭，或者叫，没有，两个孩子一声未吭，趴在他的肩头，但是，他真切地感觉到了两个小身子的颤抖。

浓烟滚滚，火光熊熊，他眼睁睁看着那一排白墙黑瓦被火海吞噬，慢慢在大火中化为灰烬，而无能为力。黑衣人搜山搜了两日两夜，他们便在那一棵树上待了两日两夜，两个孩子不哭不闹、不声不响、也不叫饿也不说渴，愣是跟他一起在树上避了两日两夜。

一直找不到人，严仲便只能作罢，在树上，他听到严仲跟几个黑衣人说，算了，就算他们侥幸逃脱也没事，一个四岁的孩子懂个屁，另外一个丑八怪也掀不起什么风浪，反正我现在是蔚向天的脸，又不是戴着面具，难道他还能去皇宫跟炎康帝指认我不成，有谁会信。当时，他不明白什么叫做"我现在是蔚向天的脸，又不是戴着面具"，后来他才知道，这世上有一种医术，是可以"换脸"。

严仲一行人终于走了，他才带着两个孩子从树上下来，此时大火已经熄灭，他在那一堆废墟中翻找着，希望能找到一些蔚向天夫妻的东西，给两个可怜的孩子留点念想。找了很久，终于找到了一堆小瓷瓶，里面都是装的各种药，他知道，那是蔚向天妻子的，因为他们夫妻二人给他治疗脸上的烧伤疤痕时，他见过小瓷瓶。他还找到了一本书，因为压在砚台的下面，所以没被烧到，是一本医书，书里面还夹着一张画像，是蔚向天的妻子画的，画的是蔚向天跟鸳颜和凌澜。

作画的那一日，是两个孩子的四周岁生辰，当时他也在院子里，他记得彼时，正夕阳西下，一院子的红彩，女子泼墨挥毫作画，蔚向天带着两个孩子，女子说，别乱动，一堆的师兄弟就在旁边调皮地逗惹着蔚向天，蔚向天憋忍着笑的那个样子，他至今还记得。

担心严仲折返，他不敢久留，就带着两个孩子匆匆离开了，他们首先去蔚向天妻子跳下的那个悬崖下面找了找。从两个小家伙的嘴中得知，原来，早上，蔚向天的妻子是带着他们去后山采药，才逃过了这场浩劫。他们回来就看到了这惨烈的一幕，当时，那些恶魔前脚刚走，蔚向天的妻子让两个孩子躲在药材堆里别出来，自己追了上去。

在崖下，并没有看到女子的尸体，只看到当时女子头上戴的一顶斗笠。他想，既然严仲的人都搜过山了，自是也找过这里，或许尸体已经被他们处理掉了。

为了将两个孩子平安地抚养大，他带着他们在另一处山里落了户，靠种植一些药材为生。他听说，"蔚向天"回宫不久就被炎康帝册封为太子，半年后，炎康帝驾崩，"蔚向天"登基为帝。

孩子太小，他本不想让他们背负太多，可是，在他们幼小的心里早已埋下了噩梦

212

的种子，有时甚至会半夜惊醒，哭喊着"爹爹不要"。他实在看不下去了，才不得不告诉他们真相。他跟他们说，你们的爹爹不是坏人，爹爹也被坏人抓走了，坏人变成爹爹的样子，杀死哥哥姐姐娘亲，坏人就是当今的皇帝。

毕竟是皇脉，背负着血海深仇，还要光复蔚家江山，他从小就很用心地培养两个孩子，他专门请来先生教他们读书，教他们琴棋书画，他自己的武功并不精湛，他就专门请来高人教他们武功。可是种药材的收入非常微薄，这样大的开支根本受不住，所以生活过得非常艰苦，可孩子在长身体，所以，经常到吃饭的时间，他就借故有事外出，让两个孩子先吃，说自己已经吃过了。直到后来，两个孩子每日跑到后山去摘野果子，回来争着抢着要吃，有时甚至还吵架，都要吃野果子，不愿意吃饭。起先他还以为是两个孩子淘气，他还有些生气，后来，无意间被他发觉，原来，两个孩子是想将饭省下来给他吃。他哭了，看着那么多人惨死在面前，他都没有哭，那一刻，他哭了。

场下一片静谧，所有人都等着康叔继续，可是却没有等来康叔的声音，只见他眸色沉痛、神情恍惚，似是沉浸在自己悲伤的往事中不能自拔。

凌澜心口一涩，哑声唤他："康叔……"一连喊了好几声，康叔才猛地回过神来，有些茫然地看着场下片刻，才想起自己要说的事。伸手一指，他指向场中的蔚向天："是你！你杀了胤鳌真人，你杀了那些师兄弟，你杀了那两个孩子，是你！你这个卑鄙小人，枉蔚向天夫妇对你那么好，你不仅杀死他的亲人，你还心安理得地霸占着他的一切，你这个狼心狗肺的畜生，我今日非要杀了你，替那些被你杀死的人报仇！"康叔激动说完，准备冲过去，被边上的禁卫拦住。

众人却是完全蒙了。刚开始听着，还以为他说的是，蔚向天杀死了那些人，包括自己的两个孩子，可后来他又说，枉蔚向天夫妇对你那么好，你不仅杀死他的亲人，你还心安理得地霸占着他的一切，这是什么意思？明明他就是蔚向天不是吗？

蔚向天亦是冷嗤："不知所谓，完全听不懂你在说什么。"

康叔在禁卫的手里挣扎着："严仲，不要以为你顶着一张蔚向天的脸，就可以掩盖你杀死胤鳌真人、杀死同门师兄弟、杀死凌澜的大哥二姐、逼凌澜他娘跳下悬崖的事实！"

严仲？众人惊错。锦弦、影无尘愕然睁大眼睛，桑成风眸光微敛，蔚景不知所措地反手将凌澜的手抓住。手抖、身抖，一颗心也在抖。听不懂，乱，好乱，完全听不懂。她只觉得有什么东西将她裹得死紧，呼吸都呼吸不过来，手足一片冰凉。

凌澜将她冰冷的小手完完全全包裹住，皱眉看向场下。场下蔚向天，哦，不，严仲，依旧在无畏地冷笑着："你不要含血喷人，你凭什么说我是严仲？凭什么？我是蔚向天！"

是，他们没有凭据。因为他换脸了，不是易容，不是戴面具，是整个将脸换了，所以才会如此有恃无恐。

第二十三章　惊天真相

众人都被这一波一波的惊天消息震蒙了，完全不知道该相信谁的。锦弦眸色深深，静观着场上变化，影无尘面白如纸，心中早已滋味不明。严仲依旧灼灼逼视着康叔，一副心中无鬼、无惧无怕的样子："你们谋朝篡位，还编出如此荒谬的故事给我安上这个莫须有的罪名，你们以为在座的所有人都是三岁孩童吗？严仲？换脸？顶替？亏你们想得出，你们……"

"不就是要证据吗？本太子有。"就在严仲还在振振有词、理直气壮地指责康叔的时候，桑成风缓缓自座位上站了起来，并将他的话打断。声音朗朗、清润如风，一句话，让严仲的声音戛然而止，也让现场瞬间四寂。

所有人都朝桑成风看了过来，包括帝王凌澜，桑成风却只看着严仲一人："本太子不明白，真相已经如此昭然若揭，你为何还要死鸭子嘴硬？"

严仲脸色一白，桑成风的声音继续："还记得当年那位给你换脸的云漠神医吗？"严仲身子微微一晃，没有吭声，眸色深深盯着桑成风，桑成风勾唇一笑："非常不好意思，那位神医不巧正是本太子的师父。听说这么多年，你一直在找他，师父给你换脸的时候，还以为你是普通人，后来听说你登基做了皇帝，深知大事不妙，赶紧换了住的地方。师父他有个习惯，所有在他手上换脸的人，原本的那张脸皮，他都保存了下来，你要不要看看二十年前你长成什么样子。"

严仲瞳孔一敛，众人一阵倒抽气声。桑成风垂眸，抬手优雅地拂了拂华袍袖襟的褶皱，眉梢轻挑，再次朝严仲看过去："师父年纪大了，本太子安排他在京师的客栈里休息，需要将他请过来给你作证吗？严仲。"这句话桑成风是笑着说的，可最后两个字的时候，却是笑容一敛，咬牙沉声，重重两字落下，就像是有重锤敲打过心头，严仲身子再次一晃。

桑成风面色冷峻，风眸中腾起寒霜："这也是你为何要利用蔚卿之死，制造事端，攻打云漠的原因吧？因为二十年前，'换脸'一术，还是秘术，只有我云漠才有，云漠也只有我师父才会，世人根本不知道这种东西，所以你也高枕无忧。后来，我学会了此术，并利用太子的身份将此术推广、发扬光大，你做贼心虚，你急了，你要让云漠这个唯一会这门技术的国家从此消失，我说得对吗？"

严仲脚下一软，差点栽倒下去，所幸边上的影无尘眼疾手快将其扶住。

"你……你……你血口喷人！"严仲伸手指着桑成风，胸口微微起伏，显然已经怒了，跟刚才理直气壮、无畏无惧的他简直判若两人。桑成风却也不以为意，无辜道："看来，还是得让我师父出马了，他给你换的脸，他自是有他的办法让你现形。"

严仲满脸满眼的慌乱终是再也掩饰不住，桑成风转身吩咐边上的叶炫："得麻烦叶公子跑一趟……"

"够了！"桑成风的话还没有说完，就被一声冷喝打断，是锦弦，"过去的都过去了，争这些是是非非还有什么意义。"凌澜，实话跟你说吧，此时此刻，我们的人已经包围了你的皇宫。听说皇宫的禁卫都随行到这里来了吧？只要我发出信号，他们就会不费吹灰之力地占领你的皇宫，而且，现在冬神宫的外面也都是我们的人，你还是识相一点，主动交出皇位吧！"

众人大骇，好直白的话语，这是要反了吗？凌澜低低笑，终于沉不住了："终于不用再打着各种幌子、借用各种名义、颠倒黑白、捏造事实了是吗？朕早就说过，想要皇位，直说嘛，何必兜这么大的圈子。"

"直说你会给吗？"

"不会！"凌澜斩钉截铁。

"那不就是了，"锦弦冷笑，"不管你给不给，今日我们是要定了。"前面兜了那么多圈子，他的耐心早已磨光殆尽，本来还想着夺天下的同时，能师出有名、收获民心，既然没有得逞，就也无所谓了，反正他曾经用铁血政策夺过一次江山，也不在乎再来第二次。

"要定？"凌澜唇角一勾，轻轻笑开，"那就要看你们的能耐了。"

"你就不怕皇宫失守？我说过了，我们的人已经包围了皇宫。"

"包围好啊，朕就怕你们的人不去呢，影君傲带着啸影山庄的人等在皇宫里，就为了瓮中捉鳖，你们这些鳖不去，他们岂不是白等了？"

凌澜缓缓说完，锦弦脸色一变，边上的影无尘跟严仲亦是吃惊不小。他们得到的消息是，帝王凌澜为了此次出行的安全跟排场，不仅宫人跟太监基本上都倾巢而出，禁卫也没有留下几个在宫里，全部随行带着，所以，他们觉得防备如此薄弱的皇宫可以是个突破口，他们人来冬神宫，拖住凌澜一行，而兵力则前往皇宫，将其占据。所谓夺宫夺宫，不就是夺取皇宫吗？占领皇宫等于成功了一半，却没想到，这个男人竟然早有防备。

难怪这么久了，还没有收到消息，指不定他们的人早已被啸影山庄的人控制，影君傲岂是善类？这般一想，三人皆是大惊。互相看了看，又都扭头看向门外，似乎没有看到他们的人。

于是，他们彻底慌了。是不是这边他们的人也已经被控制了？他们不知道，他们只知道，情况不妙。锦弦双眼一转，快速掠了一眼站在不远处的"湘潭"，"湘潭"无动于衷。锦弦微微疑惑，前方帝王的声音优雅流泻："请问是在找铃铛吗？"

锦弦一震，帝王唇角一勾："忘了告诉你了，此刻她在天牢呢。"锦弦再一次变了脸色。

"要不，你们去天牢找她？"略带揶揄的话音落下，凌澜蓦地声音一沉，"来人，将这三个犯上作乱的贼人给朕抓起来！"

三人一惊，还未及反应，禁卫们就手持兵器蜂拥而至。严仲瞳孔一敛，瞟了一眼坐在前方早已神情恍惚的蔚景，眉心一拧，转眸看向边上的凌澜，大声道："难道皇上就不想知道蔚向天的下落了吗？"

第二十三章　惊天真相

凌澜眼波一动，蔚景徐徐抬眸，影无尘垂目摇头。

众人都看向严仲，终于亲口承认自己不是蔚向天了是吗？

凌澜扬手，禁卫们便停了下来，原本喧嚣的场面一下子变得静谧，凌澜凤眸微眯，远远地凝向严仲。严仲唇角冷冷一勾："放我跟无尘离开，我便告诉你。"边上的锦弦一震，愕然看向他，三人一伙，他竟然只说他跟影无尘，就算曾经是死敌，此刻却是盟友不是吗？竟然如此翻脸无情！

严仲没有理会他，一眨不眨地看着凌澜，等着他的答案。将蔚景的手松开，凌澜举步，缓缓朝严仲走过来，白袍轻荡，一直走到距严仲还有几步远的地方，站定："你先告诉朕，他在哪里，朕再决定放不放你跟影无尘离开。"

严仲嗤嗤而笑："你当我是三岁孩童吗？告诉你了，我们还能离开吗？"

"那放你们离开了，你还会告诉朕吗？"凌澜同样轻嗤。

"那要不这样，"凌澜扫了一眼严仲边上的影无尘，"你跟你儿子先只能有一人离开，等朕找到朕的父亲，会再放另一人。"

"谁会相信你？"

"你大可以不信，朕是九五之尊，文武百官当前，君无戏言，说话算话。"凌澜负手而立，笃定而语。

严仲微微怔忡，似是有些动摇，转眸看了看边上的影无尘，见影无尘也在看他，眸光微微一闪道："要不，无尘，就先委屈一下你，留下来……"影无尘垂眸苦笑，没有吭声，场下却是唏嘘声一片。

凌澜凤眸里闪着促狭，似笑非笑地看着父子二人，忽然一拂袍袖，转身往回走，一边走，一边沉声吩咐禁卫："将三人抓起来，关进大牢。"严仲脸色一变，不意他会如此，明明不是说好的，一人可以先离开，怎么又……

"你不要蔚向天的下落了吗？"望着凌澜的背影，严仲急急而问。凌澜脚步未停，步伐沉稳，冷冽的声音从喉咙深处出来："你有他的下落吗？"

"你也没有吧！"凌澜顿住脚步，回头看向他，凤眸深深。严仲脸色一滞，瞟了身侧锦弦一眼，锦弦眉心微拢，若有所思。

禁卫们已经蜂拥上前，七手八脚将三人钳制住。很奇怪，除了严仲做了一些无谓的反抗外，影无尘跟锦弦二人都未有一丝挣扎，直接束手就擒。只不过，影无尘一脸颓败，就像是整个人被抽走了所有生气一般，而锦弦则是一副思考问题、心事重重的模样。凌澜目光轻凝，在锦弦脸上一顿，亦若有所思。

这时，忽然响起一声女子的冷喝："严仲——"随声飞入的是一抹素色身影。众人一惊，待反应过来，素衣女子已经翩然落于被禁卫钳制的严仲面前，并伸手掐上严仲的颈脖，"快说，向天在哪里？"

女子素衣素袍，素纱掩面。目光触及女子熟悉的眉眼，严仲脸色一变，愕然瞪大眼睛，凌澜眸光一敛，转身快步上前，俊眉微蹙道："娘，你怎么出来了？"

娘？众人一怔，早就听闻，这个帝王找到了自己的娘亲，是啸影山庄庄主的姑姑，终于得以一见，没想到竟是这么年轻。女子没有看凌澜，只是死死盯着严仲不放，"快说！"

"倚冉……"严仲怔怔看着女子，幽幽开口。

"不要叫我的名字！你不配！"女子嫌恶地将他的话打断。严仲有些受伤，微微苦笑道："我不配，蔚向天就配吗？"论口才，蔚向天不如他，论谋略，蔚向天不如他，论抱负，蔚向天同样不如他，蔚向天唯一超越他的地方，就是一个皇子的身份而已，其余的，有什么好，让这个女人宁愿堂堂的啸影山庄二小姐不做，宁愿离家出走，宁愿隐姓埋名，宁愿在山上过着清苦的生活，也要跟蔚向天不离不弃？若不是前段时间，无尘跟他讲起这个女人的事情，他到现在都不会知道原来她竟是啸影山庄的人。当时没人知道，或许蔚向天也不知道。

"我真的不明白，蔚向天到底有什么好，让你对他如此死心塌地？"当日悬崖那般决绝的一跳，他到现在还记忆犹新。

"他哪里都好！"女子一字一顿,字字笃定，末了，还不忘补一句，"哪里都比你好！"

严仲脸色一白，下一瞬又咧嘴笑开："那又怎样？你们终究走不到一起。"

女子手中力道蓦地加重，眸色转寒，咬牙切齿道："那还不是拜你这个卑鄙小人所赐。"严仲的脸色因为窒息而微微发红，他却也不惧，继续笑着："你应该感谢我所赐，那日听无尘说，这些年，你生活在啸影山庄缠云谷中的一个四季如春的小岛上，且不能离开那个小岛，想来，那套'拈花笑'的武功你已练成。"

"严仲！"凌澜脸色一变，想要阻止他的话，而严仲哪里会听，话音继续："拈花笑的武功练成，任何花瓣皆可以用来作为兵器，杀人于无形之间，天下无敌。可是练成此功的人只有三年的安全时间，三年后必须生活在四季如春的气候里，否则就会气血逆转心田，走火入魔。倚冉，你应该感谢我当初给了你那本'拈花笑'的武功秘籍，毕竟，这个世上不是所有人都可以一辈子生活在春天里的……"

"够了！"凌澜再一次厉声将严仲的话打断，眼角余光担忧地扫了一眼前方的蔚景，见蔚景低着头，不知心中所想，可坐在软椅上孱弱的身子明显有些摇摇欲坠，他眉心一皱，上前拉住女子的手臂。

"娘，严仲也不知道爹在哪里。娘放心，孩儿心中自有打算，一定会找到爹的，娘身子不好，先回缠云谷去，这里的事情就交给孩儿来处理。"

女子正被严仲的话气得不轻，哪里听得进凌澜所讲，扬臂，一把将他的手挥开，同样对着严仲冷笑："是！的确，我要感谢你！感谢你当年送我那本武功秘籍，感谢你让我这十九年来都生活在没有四季的春天，更感谢你让我有了个好儿媳……"

"娘——"凌澜痛声低呼，想要阻止，却终究没能阻止住女子的最后一句话，"她

第二十三章 惊天真相

将陪我生活在春天里，一辈子。"

严仲浑身一震，愕然看向蔚景，凌澜慌痛转眸，同样朝蔚景看过去。其实，震惊的又何止严仲一人，所有人都惊了，包括锦弦，包括影无尘，包括桑成风，还包括叶炫、康叔、高朗，所有人都难以置信地看向女子，又都不可思议地看向蔚景。

虽然，虽然女子跟严仲的对话听得有些云里雾里，但是大概意思，众人还是听得明白，就是严仲曾经送了一本叫《拈花笑》的武功秘籍给这个女人，这个女人照着秘籍练成了武功，而练成此武功虽威力无比，却只有三年安全时间，三年后，必须生活在四季如春的气候里，否则就会走火入魔而亡。这个女人不仅自己练了，还让严仲的女儿，也就是当今的皇后蔚景也练成了此功，所以才会有那句，感谢你让我有了个好儿媳，她将陪我生活在春天里，一辈子。是这样吗？这也太……

相对于众人的反应，当事人自己反而很平静。是平静吧？只见她坐在那里，略低着头，微微轻垂着眉目，纤长而卷翘的眼睫将眼睛尽挡，看不到眸中情绪，而面上又无任何表情，似是根本就没有听到场下讲了什么，又似是沉浸在自己的心事中不受外界影响。

凌澜眸色一痛，只有他知道她有事，越是这样，越说明有事，转眸，他吩咐康叔："速速送我娘回啸影山庄的缠云谷。"

康叔怔了怔，领命上前："夫人……"哑声开口，康叔心跳乱了频率，没想到十九年后的今天，他还能看到这个女人。末了，又转眸看向严仲，冷声道："严仲，别来无恙啊！"严仲一怔，看着他，似是在努力地想他到底是谁。

"还记得那个打杂做饭的丑八怪吗？"

严仲愕然，康叔微微一笑："既然你的脸都能换，我的脸又岂不能好？"

原来……严仲露出恍悟的表情，难怪这个男人对他跟蔚向天的事知道得如此详尽，原来是他，果然斩草不除根，春风吹又生，早知今日，当年，掘地三尺也应该将他们找到。

"夫人，让我送你回去吧。"并不打算跟严仲做过多纠缠，康叔含笑看向边上女人，女人看了看他，又看看面前的严仲，再看看凌澜，最后，徐徐抬眼看向前方的蔚景。蔚景自始至终都没有抬头。女人沉默转身，缓缓朝门口走。众人都没有想到她会如此配合，凌澜亦是。康叔给了凌澜一个安定的眼神，便抬步跟了上去。凌澜缓缓收回目光，一扫左右，吩咐禁卫们将三人带下去。

"父皇。"一道女子的轻唤声骤然响起，严仲的脚一顿，禁卫们停住。众人都循声望去，锦衣华服的女子从软椅上缓缓起身，是随云漠太子桑成风一起来的蔚卿。只见她面朝着严仲的方向，一双毫无倒影的眸子大大睁着，幽幽开口道："我只想问问父皇，卿儿到底做错了什么，从小到大，无论卿儿怎么努力，都得不到父皇的爱，长大以后，还被父皇借和亲之名如此陷害？"

严仲怔了怔，微微垂目，似乎并不打算回答。

218

"父皇能告诉卿儿吗?这个问题困扰了卿儿十几年。"蔚卿却也不放弃。严仲又沉默了好一会儿,才终于做出决定一般抬起头:"其实跟你无关,只不过是父皇心中有自己的魔。"

"是什么呢?"蔚卿执着而问。

"因为你的脸。"严仲说完,便转回头去,随着禁卫们往外走。蔚卿怔忡了好长时间,才恍然明白过来。因为她的脸长得最像他是吗?而最像他,其实是最像蔚向天,是吗?蔚卿摇头轻笑,荒唐,真的很荒唐。其实,她心知肚明,所谓的最像也不过是因为所有孩子中,没有一个像而已,而她,蔚卿,不过是有那么一分相像,就被所有人说成最像,特别是那些阿谀奉承的大臣,难得看到有一个稍有点像的,更是溜须拍马,将一分说成了十分。曾经为这,她还沾沾自喜,没想到,原来竟是遭嫌弃这么多年的原因,最终甚至差点死在她这个父亲的手上。

心中有自己的魔,是做贼心虚吧?蔚卿无奈苦笑。

三人被带走,全场又静谧了下来。因为打斗,很多桌椅都被掀翻,现场一片狼藉,团圆宴继续是不可能的了,除非重新布置,重做饭菜。

帝王缓缓走向前方,脚下似乎有些沉重:"冬神已拜,今日的冬至宴席就到此结束,各自散了吧。"众人怔了怔,就这样?一场惊险的夺宫就这样结束了,他们的冬至节团圆宴也这样结束了?众人你看看我,我看看你,面面相觑。桑成风看了看依旧低头坐在前方的蔚景,眉心微拢。

陆续有人行礼离开。

经过高朗的身边时,帝王将一粒药丸交到他的手上,脚步不停,继续往前走,一直走到前方的坐席前站定,他扬袖示意三个妃嫔也退下,待三人行礼离开后,他才缓缓走到蔚景面前蹲下。"蔚景……"握住她的手,他轻轻唤她。好一会儿蔚景都没有反应,他准备再唤一声,她却又缓缓抬起头,很茫然和空洞的眼神,她看着他。

"嗯?"她应道。

凌澜眸色一痛,伸手抚上她的脸,绷得紧紧的、没有一丝表情的脸,净长的手指轻轻在她的眼角边上摩挲:"我们回去吧。"他看着她,蔚景同样看着他,没有吭声。凌澜起身,伸出手臂,将她轻轻拥在怀中,她便乖顺地靠在他的身上,依旧不声不响。沉默地抱了好一会儿,凌澜才将她放开,裹了她的小手在掌心,将她从软椅上牵起来,"走,我们回宫,然后去啸影山庄接末末和暖暖。"听到末末和暖暖的时候,蔚景眼波似是微微动了动,又似是没有,就任由他牵着,缓缓往前走。

这一天还是来了。无论他想怎样藏,怎样瞒,她终究还是直面了这残酷的真实,她受不住,他知道。换谁都受不住,杀死嫣儿父母,给影君傲下毒烟的人是她的亲哥哥;夺走她的玉佩,将她推下悬崖的人是她的亲哥哥,而设计这一场阴谋的人是她最尊重的父皇。一直以来像神一般存在她心中的父皇,忽然变成了另外一个人,一个夺人身份、

第二十三章　惊天真相

杀人性命、灭人满门的恶魔，她如何承受得住！还有他娘，那是她感激万分的婆婆，救她性命，治她烧伤，教她武功，给她新生，却亲手教会了她"拈花笑"，她心底的痛和失望，他想象得到。

门口，龙辇和凤座都候在那里，凌澜看了看，并未上前，而是弯腰将蔚景抱起，径直上了一辆马车。

车轮滚滚，路边还有很多未融的积雪在阳光下闪着刺眼的光，康叔坐在车架上，挥臂扬鞭，长鞭落下，马儿更疾速地奔腾起来。京城去往啸影山庄的这条近路，他并不陌生，曾经他送兰竹回啸影山庄的时候走过一回，只是今日，他还是嫌远，因为他知道马车里的那个女人已经在吐血了，虽然没有听到声响，大概是对方怕他知晓，强自隐忍不发，但是，浓郁的血腥味还是透过马车的帘幔传了出来。

"老康，这些年多亏了你，没有你，就没有澜儿和颜儿，你是我们家的大恩人，谢谢你。"女人的声音自车厢内响起，和着滚滚的车轮声，康叔辨了辨，才听出她在说什么，遂笑了笑："没事，夫人客气了，当年夫人跟蔚大哥对我，也有再造之恩，我不过是尽自己的绵薄之力，报答而已，夫人不必挂怀。"

女人又不知说了句什么，康叔没有听清，忽然，他想起另一件事，回头看向马车垂坠的帘幔："夫人，皇上是真心爱皇后娘娘的。"

一路走来，别人不知，他却是都看在眼里，爱上仇人的女儿，注定比别人艰辛，凌澜是几时爱上的，他不知道，他只知道，得知严仲想要借蔚卿跟云漠和亲之名，在半路杀死蔚卿，挑起战争的时候，那个男人没有任何反应，而当得知锦弦设计，蔚卿被换下，和亲之人是蔚景时，那个男人却说，他要去救人，蔚景有用，日后可作为对付锦弦和严仲的棋子。

或许在那时就已经爱上了吧，也许更早，他不知道，他只知道，蔚景的确可以是一颗很好的棋子，可是凌澜却从未让她发挥过棋子的作用，从未。对锦弦，不仅没有利用她威胁到锦弦一丝一毫，还经常被锦弦反过来利用她让他们被动，他不是傻子，鹜颜也不是，从小看着长大的人，他又岂会不知道他的心思？虽然凌澜从未说过他爱，虽然他也极力隐忍自己的爱，可是，他却很清楚地知道，凌澜在保护她，用自己的方式保护她。

他反对，鹜颜也反对，都极力反对，一个背负血海深仇的人怎么可以爱上仇人的女儿？起先，凌澜否认，并用各种理由来告诉他跟鹜颜，他不爱，蔚景只是留着有用。

不爱吗？不爱会不顾暴露的危险，同时让六房四宫失火，只是为了不让那个女人被锦弦碰？不爱会跟这个仇人的女儿有了夫妻之实，可对于自己名正言顺的妻子锦溪，却碰都不愿意碰？

鹜颜是女人，自然比他更加敏感，为了断掉凌澜的念想，不让他越陷越深、越走越远，鹜颜动了杀意，她要杀掉蔚景，被凌澜洞察，他们姐弟二人之间也发生了从未有过的激烈的争吵。

最后，鹜颜妥协了，鹜颜跟他说，康叔，我们随他吧，我怕杀了蔚景，等于杀了这个唯一的弟弟，算了吧。那时，他看到了鹜颜的无奈，却没有看到凌澜的挣扎，因为凌澜从小就不是一个喜欢交心的人，话很少，无论是对他，还是对鹜颜，这一点，跟他的父亲蔚向天很像，睿智内敛。直到有一次，他忽然问他，康叔，我是不是很不孝？他到现在还记得，他问他这句话时的样子。那是一个清晨，他进去给他送账本，他站在窗边，似是整夜未睡，他忽然回头问他这个问题，布满血丝的眸子里纠结着很复杂的神色。

那一刻，他才惊觉过来，这个男人比谁都清楚自己在做什么，不是不顾忌，不是不挣扎，是根本也拿自己没有办法，他也终于理解了鹜颜的心情。这是一个让人心疼的男人，他背负的不比任何一个人少。对于蔚景，鹜颜释然了，他也试着接受，其实，一路走来，他也发现了这个女人的不同，的确，能被凌澜这样冷情的男人爱上，确实不是一般的女人。她坚韧，她善良，她勇敢，最重要的，她同样深爱着凌澜。

自从那次凌澜宁愿暴露司乐坊的密室，暴露九景宫的暗道，宁愿自己被抓，也要救出蔚景后，凌澜终于不再掩饰自己对那个女人的感情，或许人就是这样，经历了生死，也终于明白了自己的内心。

再后来，他跟鹜颜就彻底接受了这个女人，早已忘了她的身份，早已忘了她是仇人的女儿，凌澜保护她，他跟鹜颜便保护她，凌澜爱她，他跟鹜颜便也爱她。

在后来面对严仲的时候，鹜颜说，严仲死也不肯说父亲在哪里，要不，我们让蔚景出面？凌澜坚决不同意，凌澜说，上辈子的恩怨跟蔚景无关，在蔚景的心里，她的父皇是天神和英雄一般的存在，那是她生命中最后一抹阳光，我们不要那样残忍，所以，他们都瞒了下来。

今日这样的局面，肯定不是凌澜想看到的。他其实也不想这样血淋淋地将真相当着蔚景的面抖出来，但是，他忍不住，真的忍不住，严仲跟锦弦他们一伙人太过嚣张了，他见不得凌澜被动，背负了那么多，凭什么要这样被动？怨他也好，怪他也罢，他必须站出来。

这一切真相出来，对于蔚景来说，意味着什么，他知道，他只是没有想到，凌澜的娘竟然亲手教她拈花笑。这是个什么武功，他不懂，他只知道，既然，可以让人困在一个岛上十九年，那是一件非常可怕的事情，蔚景受不住，凌澜又何尝受得住？唉，他低叹，这时马车的车轮碾过一个石头，猛地一个颠簸，将他的思绪拉了回来，他回头看了看，不知女人听没听到他的话，便又重复了一遍："夫人，皇上是真心爱皇后娘娘的。"

车厢里，妇人只手捂着嘴，强自忍住胃中不断翻涌的腥甜，没有吭声。第一遍她就听到了，只是她不知该如何回应。她何尝不知道，凌澜是真心爱着那个女人的。

那日在岛上，他们母子十九年后第一次见面，他就跪在她的面前，坦诚了他的心，

第二十三章 惊天真相

他很激动，为她还活着，为他们母子见面，也为她竟然已经跟蔚景生活了两年多。他说，娘，上辈子的恩怨跟蔚景无关，孩儿还在想，若是日后遇到了爹，孩儿该怎样说服他接受蔚景，现在看来，在娘这边，完全没有这个困扰。娘跟蔚景生活了那么久，也应该了解她是怎样的一个人，孩儿爱她，相信娘也喜欢她。说这些话的时候，她看到他是欣喜的，眸子亮得就像是落入了夏夜的星子。

是的，她是喜欢她，可是，喜欢归喜欢。在末末跟暖暖百日那天，影君傲第一次来到岛上，也就是那一日，她从影君傲的无意失言中，知道了小九姓蔚，那时，她就怀疑，小九是严仲的女儿，当然只是怀疑，后来，在蔚景的一次梦呓中，她听到她喊"父皇"，她终于彻底肯定。

复仇的种子就像是疯长的野草，在心里面抽枝拔节。严仲杀了胤鳌真人，杀了那么多无辜的师兄弟，劫了她的丈夫，杀死了她的儿女，害得她家破人亡，还让她不得不在这样的岛上一待就是十九年，而且还要一辈子待下去。她恨。

她想，用严仲给她的武功秘籍，去教他的女儿，不为过吧。这般想着，她便这般做了。直到末末跟暖暖渐渐长大，眉眼也渐渐长开，她惊诧地发现，末末的眉眼，竟然……竟然跟她的儿子小时候一模一样，她才彻底慌了。但是，一切都晚了。

如果她早些知道，她定然不会这样，可是，没有如果，这世上没有如果，她有各种治病救人的药，她甚至有假死药，却独独没有后悔药。时光不能倒流，发生的事已经发生，蔚景已然练会了"拈花笑"。

看着阔别十九年的儿子这样欣喜激动地跪在自己面前，她想瞒着他的，可是，她知道，瞒不了多久，只有短短三年的时间。尝过失去的痛苦，她怕得而复失，她怕他到时恨她，所以，她最终还是决定跟他坦白。毕竟，她让蔚景练功的时候，还不知道她是他的女人。

当她艰难地告诉他这一切，她清晰地看到他眸中的光华一寸一寸剥落，他沉默地跪在那里很久，低垂着眉目，一声未响。许久才缓缓起身，说，娘先好好休息，蔚景跟我回宫，我另派人来谷中伺候，也会派人保护娘的安全，然后，就转身出了门。

那一刻，她真恨她自己，她怎么就做出这样的事情来？刚才也是，她是被严仲彻底激怒了，才会口不择言，说出"更感谢你让我有了个好儿媳，她将陪我生活在春天里，一辈子"这样的话来。其实，说完，她就后悔了，她知道这些话对于那个善良，一心为她这个婆婆的女人来说，意味着什么，所以，当凌澜说让她走，让她回山庄的时候，她一声未吭，默默离开。她伤害了小九，她伤害了自己的儿子，她伤害了末末和暖暖，她知道，可是，她要怎样弥补这一切？她不知道。

一股腥甜终于没能压抑住，直直蹿上喉咙，她被迫张嘴，"扑"——一口殷红喷溅在素纱上，她皱眉，眸色沉痛。

随着帝后二人的离开，冬神宫里的人也陆续离去，桑成风、蔚卿以及叶炫也随张如离开。高朗垂眸看了看手中凌澜给他的药丸，又看了看远处躺在地上的锦溪，心中早已滋味不明。环视院中，发现秋蝉跟弄儿正欲悄然离开，他连忙吩咐禁卫将其抓住带走。看来，那个帝王真心乱了，就只记得让人将锦弦、严仲、影无尘三人带走，竟忘了这两个帮凶。

看着秋蝉跟弄儿被带走，他才缓缓转身走向锦溪。锦溪吃了假死药，他手中的这粒药丸，是假死药的解药。

昨日帝王约他跟康叔见面，说锦弦通知铃铛，让其在今日冬至节上想办法杀死锦溪，并嫁祸夜逐曦，帝王说，我们就将计就计。当时，他的第一反应就急了，噌地从座位上站起来，问道：将计就计，难道真的要牺牲掉锦溪？

帝王睨着他的过激反应，眸中腾起促狭，微微笑着道：毕竟是锦弦的妹妹，他都舍得，我们也无所谓，只要你没意见，我们就如锦弦所愿。他顿时就慌了，说，锦溪虽然是锦弦的妹妹，可她这两年多以来，从未跟锦弦有过瓜葛，如果我们就这样草菅人命，跟锦弦又有什么区别。

帝王就笑，康叔也笑。帝王说，朕说过了，只要你没意见，你现在说这么多，是不是就是告诉朕，你有意见？你莫不是喜欢上了她？他当即否认，怎么可能？他怎么可能会喜欢上锦溪？他心底有人，他喜欢的是鸾颜，虽然鸾颜心里没他，但是，他就是喜欢她，喜欢了很多年，他只是同情锦溪而已，虽然以前嚣张跋扈，那也不过是冲着自己的哥哥是帝王，自从锦弦倒台，经历人生变故的她早已敛去一切锋芒。她感激他在锦弦出事时对她的保全，她也慢慢学会站在对方的立场为别人着想。他让她不要出门，她便不出门，他说喜欢她怎样她就怎样，她就努力让自己变成他喜欢的模样。有的时候，面对她的体贴关怀，他甚至有些内疚。他骗了她，而她却在他编织的骗局中，怡然陶醉。

他常常想，当有一天，她得知真相的那一天，她会怎么样？她会疯掉，他觉得。可是，让她就这样成为锦弦的牺牲品，他又不忍心。帝王给了他一粒药丸，说是假死药，让他今日找机会让她服下，到时会有替换铃铛的人对她下手。

怕她起疑心，他将假死药外面裹了一层糖，做成了一粒很漂亮一看就很好吃的糖果。敬拜完冬神，自由活动的时间，他便说带着她走走，走到后院假山的地方，他掏出糖果，她甚是开心，眉眼弯弯地接过，迫不及待地打开糖纸就吃了。他借故有点事让她在那里等一下，他离开，后来就发生了她被人掐死的一幕。

很奇怪，当她的尸首被众人抬出的那一瞬，他明明知道是假的，他的心，还是没来由地一沉，说不上来的感觉。

缓缓蹲下身，她的身子四周泛着让人不敢靠近的冰凉，他心尖一抖，轻轻掰开她的嘴巴，将手中的解药放了进去，然后，提起内力，手指一点，从她的喉咙处往下一滑，使那粒解药在她完全没有吞咽能力的情况下，快速滑入她的胃。他便在旁边等着。

第二十三章　惊天真相

等了一会儿，觉得天气如此冷，她在冰凉的地下躺了那么久，恐对身体不好，便又将她轻轻抱起，拥在怀中。再等。

帝王说，半个时辰之内，必醒，可是，很久过去，她都没有醒，他在想，是不是每个人的药力发挥时间不一样。他继续等。

又是良久过去，她依然声息全无，他便开始急了，一种从未有过的慌乱铺天盖地一般朝他碾过来，他告诉自己，不可能啊。听说这种假死药是绝对安全的，而且前不久，影君傲还吃过，不是照样醒了过来，现在好好的，今日还带着啸影山庄的人马坐镇皇宫呢。怎么回事？

此时冬神宫里的人都走得差不多了，太医院的人没有一个在，帝王也不在，他又不懂医，怎么办？他从未有过的慌乱无措，他试着唤她、摇她，却依旧无济于事，直到目光触及她紧紧攥住的小手，苍白无一丝血色的指缝间，一点红彩露出，他瞳孔一敛，心中已经慌乱到了极致。如果没有猜错，那红彩应该是他给她那粒糖果的糖纸。

骤沉了呼吸，他连忙去掰她的手指，她攥得特别紧，他大力掰了好一会儿，才将她的手指掰开，白净的掌心，赫然一粒糖果静陈。他呼吸一滞，愕然睁大眼睛，什么情况？她没吃假死药？不，他明明看到她吃下去的不是吗？她当着他的面，剥了糖纸，将糖果吃下去的不是吗？

犹不相信，他快速打开糖纸，可不知为何，手抖得厉害，一个糖纸，竟花了好长时间才剥开，可不就是他做的那颗糖。眉心一跳，他将那颗糖放在两指间，用力将其捻碎，糖心果然是那粒假死药。脑子里忽然一空，他跌坐在地上。

如果她没有服假死药，如果她没有服假死药……那她就是装死，然后被那个不知情的顶替铃铛的自己人活生生掐死，是吗？他不敢想。

为什么是这样？为什么？为什么明明他看着她吃下的药，结果又在她的手中？为什么她宁愿不吃药，也要赴死？她不是这样的人，还是他其实根本就不了解她？不，他要她活着，他要她醒过来，可要怎样才能让她活着，怎样才能让她醒过来？

怎么办？找帝王，帝王岐黄通天！对，找帝王，帝王一定有办法。这般想着，他便连忙将锦溪冰冷的、已然有些僵硬的身子打横抱起，疾步出了院子。外面已经没了马车，除了一个龙辇，一个凤座，凤座是人抬的，龙辇是马拉。未做一丝犹豫，他直接将锦溪抱上了龙辇，将她放在龙座上，自己跳到前面，扬起马鞭便赶，直直往皇宫的方向。

马车上，凌澜紧紧抱着蔚景。之所以没有坐龙辇跟凤座，是因为那两个东西四周都是通透的，只有一些轻纱帷幔，没有马车封闭性好，他想，此时的她，此时的他们，需要这样一个空间。蔚景靠在他的怀里，悄无声息，一动不动，他垂眸望了好久，见她竟然眼睫都不动一下，心中一痛，他低头，轻轻吻上她的鼻翼唇角。

"蔚景，你听我说，上辈子的恩怨跟你没有关系，你不要逼自己，也不要囚禁自己。

关于那个'拈花笑',对不起,真的对不起,我也不知道该怎么说,事已至此,请你相信我,只要你不用武功,不会有事的,我也一定会找到办法,帮你解掉,就算解不掉,你在哪里,我就在哪里,我陪着你,相信我,好不好?嗯?"

温热的唇轻轻蹭着她的脸,他渴望着她给他一点反应,没有,她被动地承受着他的温存。

"蔚景,若心里难受,就哭出来吧,不要憋在心里,你痛,我也痛。"他低低诱哄着她,一颗心颤抖得厉害,她却依旧无动于衷。凌澜眸色一痛,再次将她的脑袋按进怀中。他最怕她这样,也最拿这样的她没有办法,她在意的是什么,他知道,她心里过不去的是什么,他同样知道,他想要安慰她,说服她,却不知道该从何说起。

或许这个时候,她需要的是自己沉淀一下,有些心路必须自己走,有些心门必须自己打开,他能做的只有默默守候。

"我会陪着你,一直陪着你,直到你走出来。"

第二十三章 惊天真相

龙吟宫门口,影君傲面色冷峻、俊眉微蹙,来来回回、焦灼不安地徘徊,他在等凌澜跟蔚景回来,除了交接一下自己宫里的情况,更重要的是,他已经得知了今日冬神宫里发生的事情,他担心那个女人,她怎么承受得住。

马车缓缓停下,凌澜抱着蔚景跃下马车,一个抬头就看到等在龙吟宫门口的影君傲,影君傲也看到了他们,快步拾阶而下。

"皇上。"身后忽然传来一声轻唤,凌澜回头,是张如,带着桑成风、蔚卿和叶炫。三人都对着凌澜行礼,只不过,桑成风跟蔚卿只是颔首,而叶炫却是撩袍作势要跪下,凌澜眼疾手快地扬袖止住。这厢影君傲也已行至跟前,目光触及轻倚在凌澜怀中的蔚景,影君傲俊眉微微一拢。如此安静,如此目中无人,果然是有事了。心中忧虑,本想知道更多,却又不知从何问起,更何况多人在旁,便只得强自压抑住,对着凌澜微微颔了一下首:"一切如皇上料想的那样,如今锦弦的人已经被全数捕获。"简单地说了一下皇宫里的情况,影君傲眼角余光终是忍不住朝蔚景扫去。

"辛苦了!"凌澜转过头来感激地看了他一眼,末了,又再次看向桑成风,"也多谢太子殿下千里迢迢过来仗义相助。"

将落在蔚景脸上的目光收回,桑成风微微一笑:"不用谢本太子,要谢就谢叶公子,是他去云漠请本太子来的。"凌澜怔了怔,看向桑成风身侧的叶炫,叶炫似是有些不好意思,微微抿唇垂了眉目。凌澜唇角几不可察地一勾,其实,他早就想到了。

"对了,叶公子说还有一个叫鹜颜的姑娘身中奇毒,想要本太子看看,不知是否方便?"见凌澜没有吭声,桑成风又道。凌澜略一怔忡,正欲回答,一道清润如珠的声音蓦地从龙吟宫门口传来,"你们回来了,情况如何?"随着声落,一个着杏色衣袍披着同色披风的女子从龙吟宫里走出,原本小脸是笑迎出来的,可在看到门口的几人时,笑容陡然一僵，身形也顿在了原地。片刻之后，又猛然反应过来，连忙转身，疾步往龙吟宫走。

"鸯颜……"叶炫嘶声低唤。女子脚步一滞，没有回头。

再也顾不上其他，叶炫快步拾阶而上，一颗心激烈狂跳得几乎要从胸腔内跳出。她没事，她已经醒了，这两年虽然他没有来找她，却没有一日不在关注着她、思念着她。他知道她出现在啸影山庄，被凌澜带回了宫里，他知道，她回宫不久就开始昏迷，他知道，凌澜想尽一切办法在给她救治，他却不知道，她几时已经醒了？而且……

行到面前的时候，叶炫觉得脚下的步子忽然变得千斤重，目光紧紧锁在女子明显凸起的小腹上："你……"他不知道该说什么，伴随着欣喜而至的，是震惊、心痛和不可置信。很明显，她怀孕了，看样子至少有四五个月大小，也很显然，不是他的，他们分开将近两年，怀胎只需十月。是谁？他抬眸看着她，痛苦的神色纠结在眸子里，却不敢问她。

鸯颜看了看他，又垂眸看了看自己隆起的小腹，微微抿了唇，没有吭声，身后，凌澜开了口："一切都非常顺利，三姐莫要担心！"末了，又对桑成风做了一个"请"的姿势，几人拾阶而上，蔚景亦安静地跟着凌澜一起。鸯颜静默了片刻，在几人快行到门口的时候，缓缓转过身，对着桑成风含笑颔首，又对着影君傲点了点头。

桑成风看了看她凸起的小腹，双眼一转，睨了一眼边上有些失神的叶炫，唇角一勾道："看样子，鸯颜姑娘的毒已经无碍了。"未及鸯颜回答，凌澜便点头道："是啊，朕也是用了很多方法，才将人救醒。"

一行人入了龙吟宫，看座看茶，闲聊起来。说是闲聊，其实主要就是凌澜跟桑成风两人在说，鸯颜跟蔚景以及蔚卿都沉默地坐在边上，默不作声，而叶炫的目光又一直在鸯颜的身上盘旋，影君傲又时不时看向蔚景。

这时，外面忽然传来一阵喧闹声，动静大得连殿内的几人都被惊动，凌澜皱眉，示意张如出去看看怎么回事。张如还未及离去，就听到外面传来男人急切慌乱的大叫声："皇上，皇上……"

是高朗。凌澜一怔，连忙起身出了门，其余几人互相看了看，也随后一起，除了蔚景跟眼睛看不见的蔚卿。鸯颜本也是起了身，忽然见蔚景跟蔚卿坐着未动，警惕地瞟了蔚卿一眼，又拂了披风坐了下去。

龙吟宫的外面，一辆疾驰而来的龙辇紧急停下，上面赶马之人正是高朗。透过薄薄摇曳的纱幔，依稀可见龙辇的龙座上躺着一人，而在龙辇的后面跟着很多手持兵器的守卫，这场面真是……

凌澜眸光微微一敛，张如却是大惊失色，龙辇岂是一般人能坐的？除了天子啊！而且还横冲直撞，直接驶进了皇宫，这简直是不想活了。难怪后面跟着那么多的守卫，一看就都是守城门的，换作常人，铁定已经被万箭穿心了，毕竟高朗是禁卫统领，而且是帝王平素极其信任的人。只是平素高朗也不是如此不稳重啊，今日这是……

就在张如替高朗捏一把汗的时候，高朗已是撩幔将躺在龙座上的那人抱出，跳下龙辇，顺着石阶跄跄而上："皇上，锦溪她，锦溪她……"

原来，龙座上所躺之人是锦溪，众人皆是一怔，包括凌澜。出了什么事？怔忡间，高朗已抱着锦溪行至跟前，气喘吁吁道："皇上，锦溪一直……一直都没有醒。"

凌澜脸色一变，一直没有醒？怎么会？

"快抱至里面放到矮榻上！"凌澜沉声吩咐，高朗抱着锦溪急急而入。殿内三个女子听到动静都抬头看过来，蔚卿看不见，一脸茫然，蔚景一脸平静。鸳颜看到是高朗抱着锦溪，而锦溪悄无声息，且高朗和凌澜脸色都不对，微微一怔，起身站起，不知发生了何事。高朗亦是看到了鸳颜，其实，这是鸳颜昏迷后醒来两人的第一次见面，高朗已然顾不上，甚至都没发现鸳颜挺着大肚子。

快速将锦溪放到矮榻上，凌澜上前查看，高朗便心急如焚地站在旁边，并语无伦次地跟凌澜讲着所发生的事。在听到说锦溪根本没有吃下假死药的时候，凌澜微微一怔，手指探上锦溪早已冰冷的腕，片刻，眉心微拢，他又探向锦溪的鼻息，脉息全无。缓缓直起腰身，凌澜凝重看向满脸满眼都是慌惧的高朗，有些不忍心，却终究还是开口道："她已经走了。"

就像是被重锤猛地击过，高朗身形一晃，亏得边上的叶炫眼疾手快将其扶住，才没有跌倒在地。

"还有救吗？连皇上都没有办法吗？"似乎犹不接受这个事实，高朗乞求地看着凌澜，见凌澜微拧着眉心没有吭声，他心中最后一丝希望也破灭。怔怔转眸，目光触及一旁的影君傲，高朗又眸光一亮，上前一把抓住影君傲的手："影庄主，啸影山庄的医术一直享誉江湖，庄主能帮我救活锦溪吗？"

影君傲眼帘轻颤，亦有些于心不忍地摇摇头。其实，自高朗将锦溪抱进来放在矮榻上的那一刻，只要是懂医的，都能很明显地看出人已经死了，且已死了多时，凌澜肯定也早已看出，之所以依旧仔细查看，想来应该是不想拂了这个男人的意。

见影君傲也无能无力，高朗一副要哭出来的样子，忽然见到桑成风，又疯了一般上前，抓住对方的袖襟："太子殿下，云漠医术天下第一，你们连脸都可以换掉，肯定也能起死回生，对不对？求殿下救救锦溪，救救锦溪……"高朗声音急切颤抖，带着哽咽，桑成风低低一叹，沉默了片刻，凝重道："人已经走了，节哀吧。"高朗脚下一软，手自桑成风的袖边滑落，摇摇晃晃走到矮榻边，怔怔看着榻上双目轻合、一动不动的女子。

凌澜亦是拧眉看向锦溪，心里面有种说不出来的感觉。说实在的，锦溪没有吃假死药，他很震惊，而不仅没吃，还假装在高朗面前吃掉，就更让他震惊。那说明她是在求死啊。

是怎样的绝望让锦溪这样的一个女子主动求死？是锦弦吗？是她知晓了她哥哥锦

第二十三章　惊天真相

弦的计划吗？不，不是。如果是，她不会在高朗面前做戏。那是什么？以这样惨烈的方式配合着他们，难道是……

凌澜瞳孔一敛，转眸看向高朗，高朗早已失魂落魄。

凌澜沉痛垂眸，或许，是他们害死了锦溪。

高朗将锦溪带回了相府，影君傲考虑到山庄的人还在等着他，便也起身告辞，而且，他还有很重要的事。他想看看那本《拈花笑》秘籍。影君傲走后，桑成风也起身道别，凌澜将蔚景安排到内殿歇息，便亲自送桑成风和蔚卿出宫。龙吟宫的外殿便只剩下鸷颜和叶炫。

许久，两人都沉默不语。直到鸷颜起身，准备去偏殿的时候，叶炫才不得不开了口，"鸷颜……"喊了一下，又不知道该说什么，见鸷颜停在那里看着他，他搜肠刮肚终于找了一句话，"你过得好吗？"

鸷颜怔了怔，不料他会问这么一句，想了想，不答反问："你过得好吗？"听凌澜说，这两年可是一直没有见过他的人，也没有关于他的消息。

叶炫摇摇头，想说不好，忽然觉得不妥，又点点头："挺好的。"鸷颜弯了弯唇："我也很好。"末了，又等了等，见叶炫再次陷入了沉默，便又举步作势离开，叶炫一急，问道："几个月了？"

鸷颜一愣，见他复杂的目光落在她隆起的小腹上，才明白过来他问的是什么，没有回答，她转身直面着他。叶炫有些不好意思，眸光飘忽，好半晌，似是终于鼓足了勇气，才抬眸专注地看进她的眼："孩子的父亲是谁？"

"没有父亲，"鸷颜淡声道。叶炫一震，愕然睁大眼睛："为什么？"

"不为什么，因为我也不知道孩子的父亲是谁。"鸷颜依旧口气淡然，如八月的秋水。而叶炫却是觉得完全不可思议，沉痛和心疼爬上双眼，他疼惜地看着她。发生了什么？在她身上到底发生了什么？她不是一个随便的女子，又岂会让自己有孕却不知道孩子的父亲是谁？除非发生了什么变故，大的变故。而且，除了隆起的小腹，她真的瘦了很多，原本就瘦小的脸，似乎只剩下巴掌那么大，身上也是皮包骨，也是因为瘦弱，越发显得小腹凸得明显。她到底经历了什么？曾经她用自己救他，对她这样骄傲自尊的女人来说，已经是噩梦吧，如今竟然又发生这样的事。

"那你接下来有什么打算？"

"能有什么打算？"鸷颜低低叹息，垂下眉目，掩去眸中情绪。

"就没想着给孩子找个父亲吗？"叶炫略带试探地哑声问道。

"谁愿意给一个来历不明的孩子做父亲？"黯然说完，鸷颜忽然抬起眼梢，再次朝他看过来，"你愿意吗？"

"愿意！"口气笃定，不假思索，不带一丝犹豫，似乎专门就等着她问似的。鸷颜微微一怔,不料他会回答得如此快速,唇角几不可察地一弯,她转身背对着他:"不要回答得那么快,虽然我救过你,但我并不需要你以此来报答。"

"不,不是……我不是要报答,我是……我是……"结果,"我是"了半天,愣是没有说出后面的话。鹜颜无奈地摇摇头:"毕竟是一辈子的事,这样吧,我给你一日的时间,你回去考虑清楚,若经过深思熟虑,还是愿意,明日早上就来宫里找我。"

叶炫本想说,不用考虑,现在就可以答复,后又想到她说,不要回答得那么快,毕竟是一辈子的事,怕她觉得他未慎重考虑,便只得作罢,说:"好!"然后,人就欣喜激动地出了龙吟宫。

凌澜回来的时候,就看到鹜颜一个人坐在那里失神,他在她面前站了好一会儿,她才惊觉过来。"你几时回来的?"鹜颜脸颊一热,也不知道自己有没有什么窘态被他看到。

凌澜弯唇笑了笑:"有一会儿了,叶炫呢?"

"走了,你回来的时候,路上没碰到他吗?"鹜颜疑惑地看着他。凌澜依旧弯着唇,没有回答。鹜颜遂明白过来,他是明知故问,便瘪了瘪嘴,"还不是被你的这个什么运气疗法给吓走了。"鹜颜指了指自己的肚子。凌澜笑睨了她一眼,转身自桌案上的一个药箱里取出一个针袋,再次朝她走过来:"若真是被这个给吓走了,那也不是你的良人。"

鹜颜笑笑,没有吭声。

"你睡了那么久,必须用这些气重新走一遍你的四肢百骸,目的也是打通你的全身经络,我现在施针将你腹中的气释放出来,你就没事了。"自针袋上拔出一根银针,凌澜走到鹜颜面前。鹜颜坐直了身子。

净长的两指捻着细细长长的银针,轻轻刺入鹜颜的穴位,凌澜缓声开口道:"你知道吗?叶炫专门去云漠请桑成风跟他师父过来救你,听桑成风说,过程那叫一个曲折,谁知道,你昨日已经被我给救醒。早知道,这么大的人情,我就应该留给他……"

第二十三章 惊天真相

第二十四章　不离不弃

夜，烛火摇曳，凌澜批完奏折，又去天牢转了一圈回来，蔚景已经沐浴完毕，见她坐在梳妆台前梳理着自己的发丝，凌澜有些吃惊，因为一日下来，她都是一声不响，一动不动，就算动，也是很被动，微微怔忡了片刻，他走过去自后面将她抱住。

"蔚景。"轻轻埋首在她的颈脖，凌澜深深地呼吸，女人特有的体香夹杂着沐浴花的香气萦上鼻尖，凌澜有些陶醉，他以为蔚景又会不吭声，谁知，她忽然在他怀里转过身，面对着他："凌澜。"她唤他。凌澜一怔，有些意外，"嗯？"他定定望进她的眼，一颗心微微抖了起来。

"还记得很早以前，那时还在相府，我还是右相夫人鹜颜的时候，就是你为了救我让六房四宫同时失火那天，你还记得吗？"蔚景水眸同样望着他，一本正经问道。

凌澜再次怔了怔，点头，"记得，"忽然想起什么，又笑着补充了一句，"一辈子都记得。"睨着他凤眸里腾起来的促狭和意味深长，蔚景嗔了他一眼："你想什么呢？"

"想你啊。"

蔚景脸颊一热，再次嗔了他一眼，"没正经！人家在跟你说正事呢。"凌澜笑得更愉悦了，眉眼弯弯道："好，你说！"

"然后回到相府，鹜颜不是不高兴嘛，你们姐弟两个还为我吵了起来，我就私自离开了相府，结果被两个禁卫抓去了冷宫北苑，在北苑里遇见了一个被毁了容、坐在轮椅上、每月初一十五要食女人血的怪人，我记得后来在宫望山上的小屋里，我跟你讲过这件事。"那时她中了醉红颜的毒，在宫望山上的小屋里，他替她解毒，她清楚地记得，醒来后，她沐浴，他看书，她跟他讲过。

凌澜微微敛了唇角笑容，再次点了点头，"嗯，你说过。"

"那你还记得我跟你说过，我是怎么逃脱的吗？就是你送给我的那个小瓷瓶，不小心掉在了地上，那个人看到了那个小瓷瓶，就让我滚，所以我才跑出来的。"

"嗯，"凌澜静静听着，温柔地看着她，"所以呢？"

"所以，我觉得，那个人应该就是真正的蔚向天，就是你的父亲。"蔚景说完，仰脸看向凌澜,凌澜的脸上露出震惊的表情,当然,她不会知道,他震惊的不是她说话的内容,而是在这样的时候,她竟然还能说这些话,想这些事情。一时心中大动,他伸手将她的头按进怀中,低头轻轻吻了一下她头顶的发丝,低低叹道:"是啊,就是他,当时你跟我说起这件事,当天夜里,我就潜入了北苑,只不过人已经被转移了,只剩下一个轮椅在。"

天牢,锦弦坐在枯草上,轻轻靠在牢壁的墙边,一双凌厉的眸子警惕地扫了一圈四周,见除了远处的入口处几个巡逻的禁卫,天牢里面的犯人都差不多睡了,便轻轻挪了挪身子,悄声移动到了隔壁牢房的边上。牢房与牢房之间都是以千年玄铁柱隔开,所以,视野很开阔,牢房与牢房间,一眼便能望对穿。

"冷吗?"将自己牢房里的稻草通过铁柱之间的缝隙,塞到隔壁铃铛的牢房里面,他轻声问道。铃铛抱膝坐在那里,摇了摇头。

"地上阴暗潮湿,将这些稻草拿过去垫厚一点吧,我是男人,又有武功功底,受得住,你不一样,夜里那么冷,你会很难熬。"锦弦依旧将自己的稻草往铃铛的牢房里面塞。

"谢谢,我真的不冷。"铃铛勉力弯了弯唇角。锦弦看了她一会儿,眸光微微一闪,便作罢,挨着玄铁柱坐了下来:"今日在冬神宫,我在找你,凌澜说,你在天牢里面,我当时就知大事不好,他说,要不,你到天牢去找她,没想到,还真将我安排在你隔壁的监牢。"铃铛听着,略略垂眸,没有吭声。

锦弦似乎想起什么:"对了,你曾经是凌澜和鹜颜的人,你应该知道凌澜的父亲才是真正的蔚向天,而蔚景的父亲却只是蔚向天的仆人严仲,这些年冒名顶替了蔚向天做了帝王这件事吧?"铃铛怔了怔,侧首看了他一眼,静默片刻之后,点头,淡淡"嗯"了一声。

"那你为何不告诉我?"锦弦眸色一冷,差点激动得站起身来,旋即又发现自己反应太过强烈,连忙又强自抑住。铃铛再次看了他一眼,没有吭声。

袍袖中的大手攥了又攥,锦弦压制住心里的怒意,稍稍平息了一下情绪,凤眸环顾了一下四周,又扭头对着铃铛微微一笑,压低了音量柔声道:"真正的蔚向天在你手上吧?"

都怪这个女人,没有将这一切告诉他,他一直到今日才知道,蔚景的父亲是假的,凌澜的父亲才是真,两人之间有如此惊世大仇,如果早知道,他就不会那么被动,也不会落得今日这般下场。今日凌澜说,蔚向天不在严仲的手上,而且看严仲的样子,也似乎的确不在他手,最后严仲还看向他,他当时就在想,难道在他的手上,而他不自知?他仔细想了想,就想起了曾被关在冷宫北苑里的那个男人。

当时他夺宫成功,血洗皇宫,除了蔚向天,其实也就是严仲,不知所终之外,所有反抗的、不服的,他都杀了,而所有归顺的、臣服的,他就留了下来,包括正在给严

第二十四章 不离不弃

仲炼丹研制长生不老药的一个道人。

也就是从那个道人的嘴里，他得知冷宫的北苑关着一个长期试药的人，他去北苑见那个人的时候，那个人手脚都被锁在千年玄铁椅上，脸上已被毁得面目全非，所以他也没有认出是谁，他只知道，他做了帝王，他也想长生不老，所以，他让道人继续研制，他也留着那个男人继续试药。

听道人说，因为一次失败的丹药，那个男人必须初一十五食用女人的血，食用一年，他便也依言让人去办。只是，在当月的十五晚上，那个男人就莫名其妙被人劫走了。他派人暗地里找了找，也没有太放在心上，他并不知道那是真正的蔚向天，就只想着，不过一个试药的人而已，他可以再找一个，找一个自己信任的，更好。

今日想来，也就只有他了，只有他可能是蔚向天。可是，既然凌澜没有救走，严仲也没有劫走，又不在他的手上，那就只有一种可能，在铃铛的手上。第一，她知晓那个男人的真正身份，自然就知晓他的重要性；第二，那个男人被劫走的那段时间，她正好也在冷宫里面。

见铃铛没有吭声，他又低声道："既然在你的手上，我们就还有希望。"

"不，你猜错了，他不在我的手上。若在我的手上，我为何不拿他威胁凌澜，让他放了我？"铃铛眼神闪烁，矢口否认。

相府，厢房，康叔摸索着捻亮烛火，就看到坐在黑暗里的高朗，以及床榻上一动不动、早已声息全无的锦溪。

从啸影山庄回来，他就听说了这件事，他很震惊，也很难过，虽然曾经真的很讨厌这个嚣张跋扈的女人，可是同一屋檐下，生活了两年多，他真切地感觉到了她的变化，他都感觉到了，更何况跟她朝夕相处、同床共枕的高朗。

高朗一直不承认自己喜欢她，有一次喝醉了，还一再跟她强调，他喜欢的是鸳颜。他就听着，什么话都没有讲。所谓当局者迷旁观者清，很多事，他都看在眼里，他知道，高朗在自欺欺人，在自以为是。若不喜欢，在听到他们准备按照锦弦的计划将计就计时，何以那么激动？若不喜欢，此刻又何以痛苦成这样？人真的是很奇怪的东西，为何自己都不清楚自己的心。为何非要等到失去时才能明白。

他未曾涉过世间情爱，他不懂。他只知道，人生没有回头路可走，人死了就永远不能再活过来，可活着的人该怎么办？

"高朗，先吃点东西吧，"他不善言辞，也不知该怎样安慰，只能端着一盘红豆糕上前，那是高朗平素最喜欢吃的糕点。高朗缓缓抬起头，朝他看过来，一双眸子里布满的血丝猩红妍艳，吓了他一跳："康叔，她早就知道我们在骗她……"高朗艰难地举起一张纸，手抖得厉害，声音也沙哑得厉害。

康叔有些震惊，微微怔忡了片刻，缓缓伸手，将纸张接过来。白纸黑字，有些字的墨被晕染得有些花掉，显然是写的时候碰到了水。是水吗？还是泪？他被自己突如其来的想法弄得心头一涩，凝眸，他看向信中内容。

"二爷，不，还是叫你高朗吧，第一次叫，也是最后一次叫。"康叔瞳孔微微一敛，继续往下看，"你是不是很惊奇，我怎么会知道？其实，我早就知道了，那夜你跟康叔喝醉酒回来，醉得人事不省，我帮你擦脸，就发现了你的秘密，也终于明白了你为何那般讨厌别人碰你的脸。那夜，我一宿没睡，想了很多，也想明白了很多事情。真是难为你了，跟一个自己不喜欢的人朝夕相处、同床共枕那么长时间，还要做只有夫妻之间才做的亲密事情，你心里一定很委屈、很抗拒，也很恨我吧？对不起……

"我承认我是一个自私的人，就算知晓了你是高朗，就算知晓了你心中有自己深爱的女人（也是那夜你喝醉酒说的，你说你只喜欢鸶颜），就算知道这一切都是骗局，都是假的，我还是自私地隐忍了下来，我贪恋你假意的关怀，我贪恋你怀中的温暖，我甚至自欺欺人地想，若就这样一辈子到老，其实也挺好。可是我知道，就算这样，那也是我的一厢情愿，是梦，终究会醒，是局，终究会破，是棋子，就一定会有利用完的那一天。

"我是一个贪生怕死的人，真的，从小到大，我娇生惯养，我很怕痛，我又极好面子。与其等到那一天到来，我再无利用价值，被你舍弃废掉，让我痛苦，让我被世人耻笑，还不如，我主动舍弃这一切，至少，不是你不要我，至少，还有一丝颜面。

"做戏真的好辛苦，这段日子深有体会，我才多长时间，每日早上醒来，都觉得自己快要崩溃了，快演不下去了，而你，却辛苦演了两年。谢谢你，由衷的。你终于可以解脱了，我也忽然觉得好轻松。最后，真心地希望你，得到自己的所爱，与鸶颜姑娘白首不相离。"

当"锦溪绝笔"四字入眼，康叔已经呼吸都呼吸不过来，第一次发现，原来，他从来没有了解过这个女人。他不知道，她是如何知道了他们这次的计划，信中没有讲，他只知道，她用最决绝的方式走了，她说她轻松了，可那个她说解脱的人，或许一辈子都要生活在樊笼里面。

冬夜，寂静一片，蔚景翻了个身，发现身边的男人竟然也睁着眼睛，脑袋动了动，她在他怀里找了个位子，轻声问道："睡不着吗？"男人伸手抚上她的发丝，微微一叹："锦溪死了。"

蔚景怔了怔，没想到他在想这件事情，她知道，他在难过，也在内疚。默了默，她又往他温暖的怀里钻了钻，并伸出手臂将他抱住："凌澜，如果不是你，我的结局或许跟锦溪一样。"

男人一怔，垂眸看向她："为何这样说？"

第二十四章 不离不弃

蔚景低低一叹:"同样是亡国公主,同样是从云端跌落尘泥,同样是任人宰割的鱼肉,同样是被人利用的棋子。所不同的,我有你,有你永远将我保护在后面。虽然有过误会,有过矛盾,也有过绝望。我知道,你是一直用自己的方式在护我周全。"

而锦溪没有。所以,锦溪用如此惨烈的方式结束了自己的性命,那一刻的绝望,她完全明白,就像是曾经她误会他,然后纵身跳入火海时一般,那一刻的痛,只有痛过的人才能体会。

"谢谢你,凌澜。"将脸埋入他的胸膛,她瓮声瓮气道。男人垂眸深深地看着她,眸光映着床头宫灯里的烛火,莹莹发亮,这一瞬,他觉得此生无憾。

两人静静地拥着躺了一会儿,蔚景又忽然想起什么:"对了,桑成风走了吗?"

"嗯。"

"真没想到,他跟蔚卿最终还是走到了一块。"

"没有。我今日送他出宫的时候,听到他跟蔚卿讲,她身上的毒已经都清干净了,不需要再跟他师父待在山上了,中渊是她的故土,问她是不是留下来。桑成风是君子,所以问得也委婉,那话的意思,不就是不打算将她带回云漠,蔚卿也是明白人,就说,她已经习惯了山上清幽的日子,想继续跟他师父回山上,桑成风便也没有阻拦。都是男人,我看得出来,桑成风对蔚卿早已……"

"他应该有更好的女子去爱。蔚卿本就不适合他。"凌澜的话还没有说完,蔚景就将其打断。凌澜怔了怔,捧起她的脸,凤眸兴味地看着她:"这般替他打抱不平,若是他遇到你在先,是不是就没我什么事了?"

"连桑成风的醋你都吃,凌澜你有意思没?"男人低低一笑:"没意思。"末了,又低头在她唇上嘬了一口,道,"还不是怕失去你!"

蔚景一怔,顺势伸臂圈了他的颈脖,吻住他的唇。

远处的敲梆声传来,凌澜扭头看了一下屋角的时漏,竟然已经五更的天,难怪世人会有"春宵苦短"这样的词语。微微一笑,他悄声而起,将她的被子掖好后,拾了边上的袍子穿上。外面传来人声,微微一辨,似是叶炫跟张如的声音。系了腰间锦带,再次扭头看了眼床榻上沉沉而睡的女子,他举步出了内殿。

果然是叶炫。见他出来,叶炫眸色一喜,连忙迎过来见了礼:"皇上,我是来见鸷颜的,"末了,似是又觉不妥,补了一句,"见鸷颜公主的。"

凌澜垂目看着他,淡声道:"她已经走了。"叶炫浑身一震,愕然抬头:"走了?"

"嗯,"帝王淡应,"昨日下午就走了。"

"去了哪里?"

"朕也不知道,她没跟朕说。"

叶炫完全就像傻了一样,半天才回过神来,摇着头道:"不,不可能,她昨日清楚明白地跟我说,让我今日早上来找她,告诉我她的答案,她让我来的,她怎么会自己失约呢？"叶炫一副完全不可相信的样子。

"告诉她你的答案？"帝王疑惑挑眉，"什么答案？"

"就是愿不愿意当孩子的父亲啊！"

"哦，"帝王点了点头，眉心微拢，"那你愿意吗？"

"愿意啊！"叶炫再一次不假思索，笃定而语。帝王再次点了点头，可是眉心却是皱得更紧了些："这个问题还需要考虑整夜吗？既然愿意，你就应该当场回答她。"

"我当场回答了，她不信，她说我是因为她救了我，我为了报答她所以才这样，是她让我回去考虑的，让我今日来找她。"他一宿没睡，今日还赶了个早，宫门一打开，便入了宫，她竟然，竟然……

"那你是不是因为感恩所以如此呢？"帝王煞有其事地问道。

"当然不是！"

"我……"叶炫脸色一红，犹豫了一会儿，才低头小声嘟囔道，"我……喜欢她，想要跟她在一起。"帝王眼波微微一动："可是现在才说这些，已经没用了，她已经走了。"

"我不信！"叶炫早已乱得失了分寸，噌地一下从地上站起，作势就要越过帝王的身边，径直去龙吟宫里面找人，却是被边上的张如伸手一把抓住衣襟："叶炫，皇上面前，休得无理！"

叶炫哪里管得了那么多，手臂大力一挥，将张如的手挥掉。张如只是一个不会武功的太监，哪经得起这样的力度，被甩出老远，重重跌坐在地上。叶炫径直入了门，帝王也没有阻止，张如却是气得不轻，这简直是反了，昨日高朗，今日他，一个一个为了女人，竟然连帝王都不放在眼里，忍着疼痛从地上爬起，他对着帝王一鞠："皇上，奴才要不要宣门口的禁卫进来？"

"不用，随他去。"帝王回头瞟了叶炫的背影一眼，一副不以为然的样子，末了，又吩咐张如，"伺候朕盥洗吧。"张如怔了怔，只得应道："是！"

不一会儿，叶炫就从偏殿出来了，一副整个人被抽走生气，失魂落魄的样子。帝王唇角微微一勾，眸色兴味："朕可曾骗你？"

"是她骗了我。"叶炫声音恍惚。见叶炫机械地往外走，帝王拢眉，喊住他："你准备怎么做？"

"找她。"

"天大地大，你去哪里找？"

叶炫也没有回头："就算天大地大，也有穷尽，我终究可以找到她，"叶炫笃定说完，忽然，又想起什么，眸光一亮，"而且，她大着个肚子，出行根本不方便，兴许还没有走远。"这般想着，顿时就来了精神，疾步而出。

帝王无力扶额，这人跟人之间的缘分还真是说不清楚，鹜颜那般沉静内敛、睿智

第二十四章 不离不弃

235

聪明的女人，怎么就……无奈地摇摇头，他扬袖吩咐边上的张如："去将人给朕喊回来！"

天牢，从未有过的热闹，从一早开始，就看到过道里，狱卒和禁卫来来往往，不时有犯人被带出，过一段时间再送回，而这些审过的犯人回来后，天牢更是炸开了锅，听说，帝王亲审，听说，岐黄大国云漠的太子桑成风送给帝王一味神奇的药，服下此药者，就像是被迷了魂，问什么答什么，全部真言，且药力散去人清醒后，还不知道自己说了什么。

铃铛起先是冷眼看着这一切，直到越来越多的人被审，回来，越来越多的人表现出了恐惧，她才开始慢慢紧张起来。

"太可怕了，你知道吗？皇上问我为何小时候那么小就心术不正，偷看隔壁家的二丫洗澡，我当时就震惊了，这件事皇上竟然也知道，皇上说，刚才你自己说的，我就更吓了，那什么药也太厉害了吧？"

"是啊，我竟然连偷了老婆的银子跑去风月楼的事也说了，怪不得皇上今日亲审，有这个药，还怕谁不认罪？"

"可不是，听说，有几个罪大的，直接审完就砍头了，你看，那几间牢房都空了，看到没？"

"还真是。"

那些被审完，暂时还活着的犯人一个一个都惊魂未定。

提审是按照牢房的顺序来的，当隔壁的锦弦也被禁卫带出去的时候，铃铛彻底慌了神。

锦弦被审了很久，想想也是，他可是藏掖着很多秘密，而且，肯定很多都是帝王想要知道的秘密。

锦弦被禁卫们送回来的时候，整个人就像是经历了一场浩劫，非常的颓废，入了牢房以后，就一屁股坐在枯草上，黯然失神。铃铛一颗心狂跳，下一个就轮到她了。所幸禁卫说，午膳的时辰到了，皇上先回宫用午膳，下午再接着审，她才暂时微微松了一口气。

怎么办？脑中快速思忖着对策。最终，她还是看向隔壁的锦弦，慢慢将身子挪坐了过去，清清喉咙。锦弦闻声抬头，朝她看过来，她递了一记眼色给他，锦弦怔了怔，便也悄声朝她挪近。两人几乎成了背靠背的姿势，铃铛警惕地环顾了一下四周，见没有人注意到他们这边，这才侧首压低了声音："你听我说，现在有件事要你帮忙。"

跟影君傲和嫣儿道完别后，鸳颜便一手牵着末末，一手牵着暖暖，出了啸影山庄的门。

前日醒来，凌澜将她昏睡的这段时间里发生的事都跟她讲了一遍，她怎么也没有想到他们的娘亲还活着。当时她就迫不及待地想要来啸影山庄，被凌澜拦住，说她身体还未痊愈，昏迷了太久，得先疏通一下经脉才行。昨日下午运气疗法一结束，她就赶了过来。

母女两个十九年未见，有说不完的话，一宿未睡，天亮才眯了一会儿，一觉醒来，都已正午，才想起昨日跟叶炫的清晨之约，便连忙告辞，也顺便帮蔚景将末末跟暖暖带回去。两个小家伙舍不得嫣儿，一直回头望，而且因为她长期昏迷在榻，两个小家伙跟她也不熟，所以，一路都闷闷不乐。

"末末，暖暖，等回到京师，姑姑买好吃的给你们好不好？"从未哄过小孩子，鹜颜完全没有经验，就只得使出浑身解数拼命套近乎，可两个小家伙不领情，都理都不理她，低着小脑袋闷头走路。

"你们想要什么玩具也可以告诉姑姑，姑姑给你们买。"依旧被两个小家伙无视。

"回去以后，姑姑带你们玩游戏好不好？"继续没人睬她，继续嘟着小嘴不开心。

鹜颜便彻底没了辙，小孩子不应该除了吃，就是玩，除了玩，就是吃吗？这两项都不为所动，她就不知道该怎么办了。

"那要不姑姑给你们讲个故事吧！"一边牵着两个的小手往马车的方向走，鹜颜一边还在挖空心思地不放弃。两个小家伙终于有了反应，只不过反应是停下不走了，先是暖暖，暖暖一停，末末也跟着停下。

"不要听故事。"

"要跟嫣儿姐姐玩。"两家伙都委屈地看着她，一人一句，特别是暖暖，小嘴瘪着，一副下一瞬就要哭出来的样子。

好吧，鹜颜也要哭了，跟孩子搞好关系，果然比跟最强的敌人搞好关系还要难啊。答应了蔚景，一定将孩子带回去的，而且，她也对这两个小家伙喜欢得紧，只不过，这两厮似乎对她这个姑姑完全无感。缓缓蹲下，她耐心地诱哄："爹爹跟娘亲在等着末末跟暖暖呢，我们先回去，嫣儿姐姐随后就会来宫里陪末末跟暖暖玩。"

"现在就要嫣儿姐姐一起。"末末低着小脑袋，轻轻摇晃着鹜颜的胳膊，暖暖直接"哇"的一声哭出来。鹜颜就急了："暖暖别哭，姑姑不骗你们的，嫣儿姐姐回去换衣服去了，一会儿就会追上我们。"

"那我们就在这里等嫣儿姐姐。"末末小眼神坚定无比。

鹜颜欲哭无泪，正犹豫着要不要回山庄将嫣儿带上，还是先将两个小家伙留在山庄，到时让蔚景自己来接，就蓦地听到末末惊呼："乌骓！"

暖暖闻言，哭声也戛然而止，下一瞬，两个小家伙就甩了她的手，朝马车的方向跑去，马车的边上，赫然出现了一只白色的小狐狸，见到两个小家伙，小狐狸也摇头摆尾亲昵地迎了过来。此狐狸，鹜颜自是认得，可不就是凌澜养的乌骓，只是它不应该是在皇宫吗？怎么会在这里？

第二十四章　不离不弃

237

缓缓站起身，鸷颜一双水眸疑惑地环顾左右，除了候在车架上的车夫，并未见到任何人，鸷颜抬步走过去。两个小家伙已经跟乌雅愉快地玩在了一起，早已将嫣儿的事忘得一干二净。鸷颜正欲询问车夫，忽然，一个人影从马车的后面走出。

"鸷颜……"一声哑声轻唤，带着颤抖，蕴着万千情绪。鸷颜心尖一抖，循声望去，就看到男人锦衣华服，长身玉立在阳光下，眸色晶亮地看着自己。叶炫。

"你怎么来了？"

"找你！"男人言简意赅，眸光映着头顶的暖阳，每一下闪烁，都是掩饰不住的激动欣喜。早上帝王让张如拦住他，告诉了他一切。原来，她并没有离开，而是来了啸影山庄见她娘，原来，她也没有怀孕，凸起的小腹不过是运气治疗而已。帝王让他等等，说她很快会回去的，他如何能等？一刻也等不住，他要来啸影山庄接她。

听说他要来山庄，帝王不知忽然想起了什么，跟他说，你带上乌雅一起吧，或许能帮到你。当时，他就疑惑了，带只狐狸一起？而且，一只狐狸能帮到他什么？虽心中不明，可对方是帝王，他只得照做，一路上，他还做了种种猜测，最终的答案是，鸷颜喜欢这只叫乌雅的小狐狸，却没想到，喜欢小狐狸的另有其人，带小狐狸来，竟是这个用途。果然还是亲爹了解自己的儿女。

"找我做什么？"鸷颜不看他，转眸看向跟乌雅玩得不亦乐乎的两个小家伙，面色如常，心里却是欢喜的。

"告诉你答案。"

"什么答案？"

"我愿意……"原本想说，我愿意做孩子的父亲，后一想不妥，这不没有孩子嘛，顿了顿，忽然想起帝王早上说的话，帝王说现在才说这些，已经没用了，人已经走了，他顿时脑子一热，大声道，"我喜欢你，想跟你在一起。"

鸷颜呼吸一滞，有些震惊，没想到这根榆木疙瘩会如此直白，与此同时，亦是滚烫的两颊。她别过眼，没有吭声，唇角却是禁不住微微翘起："末末，暖暖，你看乌雅都想你们了，亲自过来接你们呢，我们先陪乌雅回宫好不好，等会儿让嫣儿姐姐来追我们。"

"好！"两个小家伙欢喜地仰起小脸，异口同声道。

午膳过后，天牢里的提审继续，铃铛被带了出去，到达天牢外面的审讯室时，帝王还没有来。

等了一会儿，帝王才到，一袭白色的龙衮，黑发如墨、白衣胜雪，还是那样的俊美无俦，那样的龙章凤姿，就像是一阵风一样，从她的身边掠过，走到审讯室的桌案前，坐下。

明明昨日冬至节的早上，刚刚见过，不知为何，此时再见，她竟觉得恍如隔世。哦，对，昨日早上，只是见到一瞬，他的出现，不过是将她擒住，告诉她，不要再演了，朕早就知道，你不是湘潭，而是铃铛。然后，一句话也不想跟她多说，就让人将她关进了大牢，一如既往的决绝冷漠。

那一刻，她觉得，自己在他面前，似乎永远都是一个笑话，无论她怎样蹦跶，怎样心机用尽，似乎永远也逃不过他的手掌心。

逃不过也无所谓啊，她愿意被他握在手心，可是，他的目光却从未在她的身上停伫，没有人比他冷，也没有人比他狠，所以，也没有人比她恨。

一直以来，她都走得小心翼翼，凡事她都从不做绝，从来都是做着两手准备，给自己永远留着一条退路。这一次，前路被断，退路被堵，她已没有出路，她知道。拖着沉重的脚链，她一步一步上前，千年玄铁撞击在地面上，一声一声脆响让人心悸，帝王眉眼淡淡地看着她，面无表情，甚至连眼波都没有动一下，她同样看着他，一眨不眨地看着他，一直走到桌案前方，她屈膝跪下："铃铛参见皇上，皇上万岁万岁万万岁！"

帝王没有让她起来。铃铛低着头，见帝王一直都没有吭声，便禁不住微微抬眸望了过去，就蓦地撞上他正看向她的目光，虽然依旧秋水淡淡，她却是心头一撞，连忙垂下眼帘。

"有什么要跟朕说的吗？"又过了一会儿，男人终于出声了，声音跟他的目光一样寡淡。铃铛沉默了片刻，答道："铃铛的一切所作所为都在皇上的掌握之中，铃铛没什么好说的。"

男人似乎轻嗤了一声，又似没有。"那好吧。"男人眼梢一掠，示意立在边上的张如，张如颔首，走到铃铛的面前，将手中的一粒药丸伸到她的面前。

铃铛轻凝了眸光，药丸呈红褐色，大小如绿豆般。就是云漠太子给的神奇的能让人吐真言的药物是吗？缓缓伸手接过，铃铛再次看向帝王，在帝王的注视下，将药丸投进口中，咽下。不一会儿，眼皮就沉重起来，神志也变得混混沌沌，映入眼底的男人身影也变得模糊不堪，终于眼前一黑，她彻底晕厥了过去。

再次醒来已是不知时候，没有一丝感觉，没有一丝记忆，甚至不知道他们是用药还是用银针，又或是用的什么其他办法将她弄醒的，她只知道，醒来后，审讯室里多了一个人，当今的皇后娘娘蔚景，也不知几时来的，她睁开眼睛就看到蔚景锦衣华服坐在帝王的边上，眼角眉梢的笑意都还未敛去，似是在这之前，两人正在交谈，或者打情骂俏，见她醒来，帝后二人都微微敛了脸上笑容，看向她。

她不知道自己在这段被药力控制的时间内，说了什么话，交代了哪些事情，但有一点可以肯定，帝王肯定问了她她目前最想知道的，她肯定也如实讲了，就在她等着接受一番拷问的时候，帝王却是忽然朝张如扬了扬手："让禁卫将人带下去。"

铃铛有些震住，就这样？什么也不问就这样将她带下去？哦，不，已经问了，已经在她被药力控制的时候，在她自己完全不知情的时候，都问了，是吗？

第二十四章 不离不弃

被两个禁卫从地上拖起，她的脚有些麻木得站不住，看来，她跪了很久，换句话说，她被药力控制审讯了很久。最后看了一眼帝后二人，两人早已经没再看她，不知又轻声细语说什么去了，她冷冷地唇角一勾，转过身，在两个禁卫的钳制下，她拖着沉重的脚链，跌跌撞撞回了天牢。

锦弦坐在牢房里看着她，她走到草堆上坐下，等禁卫离开，狱卒将玄铁门用铁链锁好也离开，她便迫不及待地移向锦弦，见她如此，锦弦也连忙靠拢了过来。

"快，快告诉我在哪里，可能马上就要重新提审你了。"铃铛警惕地环顾了一下四周，压低了声音道。锦弦一脸莫名："什么在哪里？"

铃铛皱眉："蔚向天啊，你将蔚向天转移到了哪里？"锦弦就更加莫名了："我不是跟你说过，蔚向天不在我手上吗？"

这次轮到铃铛震惊了，她不可思议，也十分愠怒地看着锦弦："锦弦，你这样就太过分了，我们不是说好了吗？而且，你不赶快告诉我，我紧急将人转移掉，他们马上就会提审你，到时药丸一吃，你什么都说出来，人被他们救走，我们两个就彻底玩完。"锦弦眉心微拢："你在说什么？我听不懂。"

睨着他一脸无辜的模样，铃铛气得只差没吐出血来："锦弦，你就是一个不折不扣的小人，阴险狡诈、卑鄙无耻的混蛋！"

锦弦脸色一白，看着她，印象中，这个女人性子一直是沉敛的，话也不多，就算坏，也是坏得很阴，不是那种嚣张跋扈的坏，鲜少看到她非常激动、非常气愤的模样。伸手探上她的额，他敛眸问道："你没事吧？"

"还在给我装，"铃铛不悦地将他的手挥开，"我再说一遍，快点将蔚向天的藏身之处和如何将消息送出去告诉我，我们已经没时间了。"

锦弦不可理喻地摇头："我要说多少次，我不知道蔚向天的藏身之处，明明他在你的手上不是吗？"

"可是我被提审前，不是将他的藏身之地告诉你了，让你转移了吗？"

的确，蔚向天在她的手上，很早以前就在。

锦弦宫变以后，她因协助锦弦有功，成了他的贤妃，便也理所当然地知道了一些事情，譬如冷宫北苑的那个试药人，其实那个时候，她早已是在吃两家饭，她是锦弦的人，也是鹜颜的人。

之所以成为锦弦的人，那是因为那个时候，她的主子蔚景跟锦弦相恋，两人经常偷偷见面，而每次见面，蔚景都带着她一起，他们两人约会，她在边上守着，他们两人柔情蜜意、你侬我侬，她在边上看着。有一次蔚景临时有事不能赴约，便让她去约会地点告诉锦弦，她去了。那是一个夏夜，星空斑驳，在御花园，她走在万花丛中，锦弦突然冒出来抱住了她，她当时吓坏了，她说，她是铃铛。锦弦说，我知道是你，我喜欢你，以后等你们公主嫁到了将军府，你也随嫁给我。

那是她第一次被一个男人抱。或许是一个人在这世上孤单太久了，又或许是心中想要的另一个男人一直正眼都未曾瞧过她一眼，心里面竟忽然好贪恋他怀里的那一刻温暖。她没有推开锦弦，甚至还点了点头。

可就在她耳热心跳、浑浑噩噩回九景宫的路上，一个人拦住了她。后来她才知道是鹜颜，当时是一身宫女装扮。鹜颜亲眼目睹了她跟锦弦在御花园耳鬓厮磨的一幕，威胁她，说她勾引自己主子的男人，枉她主子对她那么好。

她慌乱极了，从未遇到过这样的事情，而且蔚景是公主，还是当时最受宠的公主，一旦她知道了，她的下场可想而知。她问鹜颜想要怎样。鹜颜跟她说，只要她听她的，她一定会帮她严守秘密，不仅如此，她还会帮她得到她想要的男人的心，就算对方是凌澜，她也一定会让她如愿。

当时，她就震惊了。是的，她喜欢凌澜，很早就喜欢了，那时他还是司乐坊的一个小学徒。或许是被他俊美无俦的外表所迷，又或是被他清冷内敛的气质所感，他们甚至都没能正面说上几句话，可是，缘分就是这样奇怪，一眼万年，她便不可遏制地喜欢上了他。

只是身份摆在面前，曾经他是小学徒，她是婢女，后来他是乐师，她还是婢女，而且，自始至终，他的目光都从未在她的身上流转，倒是对她的主人蔚景有些不寻常。她只能将那份相思深埋，没想到竟然被鹜颜察觉了出来。她当时就觉得这个女人太可怕了。女人问她答应不答应，她还有选择吗？也就是那夜，她的人生轨迹发生了巨大改变，她跟着蔚景，私交着锦弦，暗帮着鹜颜。

她知道，她在走一条极其危险的路，稍有不慎，便是万劫不复，可是没有办法，她想活着，她想好好活着，她想有朝一日扬眉吐气，她想成为人上人，她想得到她心爱的男人，所以，她谨慎，她小心，每一件事，她都权衡利弊，她都思虑周全，她都两手准备，她都将退路留好。

她知道鹜颜凌澜他们在找父亲，她怀疑北苑关着的那个试药之人就是他们的父亲，当时，她只是怀疑。借一次随锦弦进北苑让那人试药的机会，她趁锦弦不备，故意在那人耳边说了一声凌澜，那人反应很大，然后，她又连忙用眼神告诉对方自己是凌澜的人，让他不要声张，那一刻，她彻底肯定。

不知自己出于什么心理，她并没有将这个消息告诉鹜颜和凌澜，当然，更是不可能告诉锦弦，她不动声色，她观望。后来，因为六房四宫失火一事，锦弦想要引出幕后之人，将她假意关进了冷宫。那天夜里，蔚景忽然出现在冷宫里面，凌澜也出现在冷宫里面，当时，她在院子里，亲眼看到凌澜挟着蔚景飞身离开。她就在想，会不会他们是来查冷宫？那会不会发现北苑的那个人？想着日后若有什么变故，这个人完全可以成为自己的护身符，所以，她通知了自己的人，连夜将人救走。因为是打着凌澜的名号去救的，所以蔚向天也非常的配合，营救工作很顺利。

第二十四章　不离不弃

这些年，她一直没有将这张底牌亮出来，就是为了在最绝境的时候用。凌澜这次用云漠的那个什么药提审犯人，无非就是为了蔚向天，她知道。起先，她还不信这世上有这样神奇的药，可看到身边这些被审的犯人回来一个一个惊魂未定的模样，又看到锦弦被提审回来整个人就像是霜打的茄子一般，她才慌乱起来。若真有此药，她如实吐真言，那她的最后一根救命稻草也会失掉。

无奈，天牢里面没有她的人，她想要联系外面自己的人都联系不上，所以，她只得求助锦弦，她问锦弦，人在监牢，还有办法秘密送消息出去吗？锦弦说，当然，天牢里有他的人，有两个狱卒就是，只是天牢戒备森严，太多禁卫把守，不然，早想办法营救他了，不过，送个消息给外面的人还是很简单的。

所以，她才将蔚向天的藏身之处告诉了锦弦，让他赶紧让人将蔚向天转移，她怕一旦吃了那个什么药，她就什么都讲了。反正人是一个一个审的，审之前，她将蔚向天的关押之处告诉锦弦，锦弦负责联系外面，将人转移，转移之地暂时不要告诉她，这样她被提审，就算吃药说实话，她也只能说出曾经的那个地方。等她审完回来，锦弦再将地方告诉她，并将联系的人告诉她，她负责对人再一次进行转移，也不告诉锦弦，如此，就算他们重新再提审锦弦，锦弦说真话，他们依旧找不到人。

只要蔚向天在他们的手上，凌澜就不能杀他们，否则一辈子也别想找到蔚向天。只是她做梦也没有想到，锦弦竟然想独吞蔚向天，转移之后就不告诉她了。

"锦弦，快点，不然真来不及了，现在蔚景在跟他说话，等他们说完了，他肯定要来提审你，到时，一切就晚了。"虽然心里面窝火得厉害，铃铛还是强自耐着性子，诱导哄劝。

锦弦也终于禁不住有些怒了："我说了，我不知道蔚向天在哪里，你也从未将他的藏身之处告诉我，昨夜我说蔚向天在你的手里，你还跟我否认，不是吗？现在竟然说我转移了，你到底是什么意思？"话落，锦弦似是意识到什么，猛地瞳孔一敛，眸中寒霜浮起，"你故意的是不是？你就是想将这盆脏水泼到我的头上……"

"故意的人是你！早就知道你是一个阴险狡诈的小人，所以一直不想告诉你，要不是万般无奈，谁会让你帮忙？我还想着，如今我们是一根藤上的两个蚂蚱，必须同心，他们才找不到蔚向天，没想到，你竟然宁愿冒着等会儿被审吐出真相的危险，也要将蔚向天独吞。"铃铛义愤填膺地说完，忽然想起什么，寒眸一眯，"我知道了，你已让你的人将蔚向天转移，地址暂时不告诉你，就算用药提审你也不怕，你就是想独吞，是吗？"

锦弦摇头："不可理喻！"末了，就撑着双腿准备起身跟她坐开，铃铛胸口起伏不定，显然气得不轻，忽然，也猛地起身站起，锦弦一怔，本能地转身朝她看过去，说时迟那时快，就在他转身的那一瞬间，铃铛蓦地举手透过玄铁柱之间的缝隙，以迅雷不及掩耳的速度击向锦弦的胸膛。

事情发生得太突然，锦弦根本没有想到，等他意识过来想避，胸口已是一阵尖锐的刺痛传来，锦弦皱眉，垂眸望去，在他的胸口，一枚发簪深深刺入，发簪的尾部被铃铛的手紧紧攥着，纤细的手指因为用力，指节森白。她竟然……锦弦的脸上露出难以置信的表情，他愕然抬眸，看向铃铛。

铃铛喘息着，眸中染上一层血色，小脸微微扭曲着，眼角眉梢透着一股近乎癫狂的狠绝："想独吞不告诉我，那就不告诉好了，你就带着这个秘密去阴曹地府吧。"只要锦弦死了，就不会有人知道她不知蔚向天的下落，她同样可以以此保命，凌澜也不敢轻易杀了她。

"我说过，我没有……"锦弦哑声开口，艰难吐出几字，倏地掌心一动，提起一道掌力，直直击向铃铛。来不及躲避的铃铛也受了一记，闷哼一声，身子斜斜飞出，与此同时，手中的发簪也因为身子受力，自锦弦的胸口拔出，带出一泓红褐色的血泉。

锦弦脚下一晃，抬手捂上自己的伤口，而铃铛的身子在撞上玄铁柱上后重重跌砸在地上，铃铛张嘴，一口鲜血喷溅于身前，她也不急着爬起，俯在地上，看看手中发簪上已经慢慢转黑的血，又抬眸看看锦弦，唇角噙起一抹冰冷的笑意："你活不了多久了。"

锦弦早已站立不住，伸手扶上玄铁柱，坐在地上，开始打坐调息，可，不提内力还好，一提内力，心口剧痛，五脏六腑都似跟着一起搅动，他皱眉停下，再次抬手捂上自己的胸口，眸色痛苦，手心滑腻，他垂眸望去，沾染在手上的血赫然是黑红色，他瞳孔一敛，有毒，这个女人的发簪竟然有毒。

"你——"他满眸震怒地看向铃铛。铃铛俯在地上低低笑，苍白的唇边，一抹血红妍艳，让她笑得有些狰狞可怖。

"疯子！"锦弦咬牙，眸中冷色昭然，若不是不能用内力，他恨不得捏死那个女人。

毒性发作得极快，很快他连坐都坐不住，鲜血肆意自嘴角漫出，他终于支撑不住地歪倒在地，也就在这时，他忽然明白了过来。

他们两个都被骗了。

他张嘴想说，却再也发不出声，唇抖动着，血更加汹涌而出，他痛苦地盯着铃铛，大口喘息。这些年，他机关算尽，踏上这条嗜血之路，他也早已做好了牺牲的准备，他想过很多种死法，却独独没有想到，自己竟然会死在这个女人手上。他们是夫妻，他们是盟友，可一路踏血而来，一路阴谋算计，他们都早已失去了信任别人的能力，对他，她没有信任，对她，他也没有信任。或许这才是他们最大的悲哀，他也终于命丧于此。

他躺在地上，浑身抽搐着，血腥味越来越浓郁，除了嘴角，他的鼻孔也开始流血，他瞪大眼睛，眼前的景物却是越来越模糊，在一团白雾茫茫中，他忽然怀疑起自己当初的选择。

辛苦筹划了多年，处心积虑了多年，他牺牲了爱情，牺牲了亲情，身边他爱的人和爱他的人，都一个一个离去，他成了真正的孤家寡人，到头来，却只做了不到半年的皇帝。值吗？他问自己。答案他不知道。或许生命再来一次，他依旧还是会选择这条孤

第二十四章　不离不弃

独一人的不归路，又或许安心地做他的大将军、有心爱的女子，有可亲的家人，然后一生一世。

五脏六腑的痛楚渐渐淡去，神志也越来越浅薄，时光似乎一下子回到了几年前。春花烂漫的季节，御花园里花红柳绿、姹紫嫣红，女子锦衣黑发，人比花俏，奔跑在万花丛中，一串银铃般的笑声滑落。

"哎呀，亏你还是大将军呢，连我你都追不上，真怀疑你是怎样上阵杀敌的。"

"上阵杀敌又不需要我跑，马儿跑就行。"他踏着轻功，轻盈跟在女子的身后，浅笑而语。

"那你一个大男人，也不能追不上一个弱女子吧。"她提着裙裾飞奔，开心得如同一只灵动的蝶。

"谁说我追不上？"他轻轻一跃，翩然落在她的前面，她没来得及刹住，就直直撞进他的怀中。

他展臂将她抱了满怀："追上了吧？"

这一次，他终于再也追不上她的脚步。

当其他犯人惊叫"杀人了，杀人了"，禁卫和狱卒闻讯赶来的时候，锦弦已经七窍流血，彻底停止了呼吸，眼睛却是睁得大大的，而肇事者依旧趴在地上，神思恍惚。因是重犯，禁卫们也不敢耽误，有人连忙跑去禀报。

蔚景踏进天牢的时候，锦弦跟铃铛的牢房前面聚集了很多的禁卫和狱卒，其他牢房里面的犯人也都一个一个趴在玄铁柱的缝隙间看热闹。蔚景拾阶而下，一路走过，并没有看到严仲和影无尘，她知道，天牢里还有那种单独隔开的囚室，专门用来关重犯的，想来他们两人应该在那里面，而锦弦跟铃铛关在外面，那是因为凌澜有他的用意。

聚在牢门口的众人看到蔚景来了，连忙纷纷让出一条道，并恭敬行礼。抬手示意众人免礼，蔚景扬眸看向大牢里面，目光触及躺在地上七窍流血、早已声息全无的男人身影，她还是心头一滞。

"将门打开！"她吩咐边上的狱卒。狱卒有些犹豫："血腥之地，娘娘还是不要踏入的好。"

蔚景皱眉看向说话的狱卒。狱卒一吓，赶紧哆嗦着开了门。蔚景抬步而入，缓缓走至锦弦旁边，蹲下。看着男人佝偻着身子，惨烈的死状，蔚景心里早已说不出的感觉。一生都在争，一生都在设计，一生都在为了坐上高位而机关算尽，他想过自己会有今天吗？曾经那般意气风发的一个男人，曾经那样走进她心里的一个男人。

缓缓伸出手，她抚上他的双眼。死不瞑目是吗？是因为自己大业未成，还是因为死于铃铛之手，又或者是因为别的什么，她不知道，她只知道，她拂了两下，他依旧睁眼不闭，直到她用力拂了第三次，他才合上眼帘。

手心一片滑腻，那是锦弦的血，黑红黏稠，很明显的中毒之症，缓缓站起身，她转眸看向隔壁牢房里俯趴在地上的女子。女子也在喘息地看着她，眸子里的情绪她早已看不懂。

凌澜跟她讲过铃铛成为他们的人的经过，她也知道，她真心实意地帮过凌澜和鹭颜，可几时又站在了锦弦那边，她不知道。锦弦已不是风光帝王，而铃铛还能跟着他，为他忍受"百日劫"的摧残，为他冒死假扮湘潭，她以为，铃铛对锦弦动了真情，如今看来，任何真情在这个女人眼里，都不及她爱她自己，她只爱她自己。

"铃铛，知道皇上此刻做什么去了吗？"蔚景缓声开口。

铃铛一怔。

宫门口，帝王迎风而立，衣发翻飞，一双凤眸却是一直望着远处街道的方向，翘首以待。当一群禁卫保护着一辆马车缓缓驶入视线，他终于眸光一亮，难掩满心欢喜激动，健步如飞、急急迎了上去。终于，他终于救到他的父亲了，十九年的含辛茹苦，十九年的韬光养晦，十九年的处心积虑，他终于，终于夺回了蔚家的江山、救回了自己的父亲。

众人也发现了步履如飞、匆匆上前的帝王，队伍停了下来，众人想要行礼，被帝王扬手止住，全场噤了声，一时间，似乎街道远处的喧嚣都销匿不见，天地一片静谧。

帝王放慢了脚步，一步一步朝停下的马车走去，终于行至跟前，他站定，心跳狂乱，就在他抬手想要撩开马车门幔的同时，门幔已陡然被里面的人掀开，父子二人就这样毫无征兆地相对而视。

十九年，人生有多少个十九年，十九年前，他还是一个孩子，如今，他都有了自己的孩子。

"爹……"他哑声轻唤，声线颤抖。

十九年的苦痛折磨，早已将这个男人摧残得不复他幼时记忆中的样子，如蔚景描述的一样，满面疤痕、满目疮痍。

"澜儿……"蔚向天同样激动得难以自制。或许是声带被损坏的缘故，他的声音听起来破碎沙哑得厉害。凌澜眸色一痛，唇角却是轻轻扬起："爹受苦了，孩儿来接爹回宫。"

父子两个就这样一人打着一边的帘幔，凝望着，相视而笑，笑着笑着，蔚向天浑浊的眼中一片晶莹，凌澜连忙别过眼，松了手中帘幔，吩咐禁卫们出发。

队伍再次行了起来，帝王就跟在马车边上徒步走着。他的如此一举，让那些本来骑着马的禁卫哪里敢再骑，全部下马陪着一起走着。

"爹，娘亲也还活着，三姐也很好。"一边走，凌澜一边跟里面的人说着话。里面的人没有回应，却隐约传来低低哽咽的声音。凌澜怔了怔，转眸看向垂坠的帘幔，他知道里面的人在哭。

第二十四章 不离不弃

许久，蔚向天苍老的声音才透幔而出："我知道鸷颜还活着，曾经在北苑，我见过一次，那夜十五，我要饮血，她被送进来，当时，我就觉得她眉眼熟悉，后来看到了你娘的小瓷瓶，就很确定是她，当时，我一副人不人鬼不鬼的模样，又怕她知道后为我犯险，所以，也没有跟她相认。"

凌澜又是怔忡了片刻，唇角微微一勾，并没有说那夜不是鸷颜，其实是戴着鸷颜面具的蔚景。

"对了，澜儿，你是怎么找到我的？"

凌澜收回思绪，脑中掠过某个女人倾城如画的眸眼，微微一笑道："因为你有一个非常厉害的好儿媳，等回宫孩儿再细细跟爹说。"关于蔚景，他得好好跟他的这个父亲沟通。

"是她出的计谋吗？"马车内，蔚向天问。

"嗯。"

的确是蔚景出的计谋。昨夜，她跟他提起自己被抓到北苑的事，然后说她怀疑北苑的那个男人就是他爹，他说是的，只是他去救的时候，人已经被转移。后来他们两人分析人会在谁的手里。

很明显，不在严仲手上。这么长时间以来，他各种威逼利诱、方法用尽，甚至还利用过蔚景，都没能从严仲口中得到他父亲的一丝消息，所以，他怀疑，他父亲根本不在严仲手中，而白日里他故意言语一试，观其表情，让他更加确定。

也很明显，不在锦弦的手上。因为依照锦弦的性子，如果他父亲在他手上，锦弦不可能蛰伏两年多没有行动。白日里说起这事的时候，锦弦一副若有所思的样子，他觉得，虽然人不在锦弦处，可锦弦应该是想到了人在谁那里。

所以，他更加怀疑铃铛，他故意令人将锦弦安排在铃铛隔壁的囚室，等着两人的反应。他想，铃铛之所以没有提出交换，可能有两个原因，一，还在观望中，看他们这边的态度，毕竟此次一起关进天牢的人多，看他们如何处理，她再决定该怎样出手；二，知道他们已经想到人在她的手上，他们不提，她也不提，看谁沉得住气，也笃定既然人在她手上，他们也不可能杀她。

所以，他们要想办法撬开她的嘴。

他们知道，对于铃铛这样心机深沉的人，威逼利诱肯定是没有用的，只能用计。当蔚景听说，他将锦弦安排在了铃铛隔壁时，眸光一亮，说有了，于是，就有了今日的这一幕戏。

下完早朝，他便开始提审，找了几个胆小怕事，又心想改过的犯人，让他们回大牢后散布消息。说，云漠太子桑成风留了秘药，可以让人吐真言，他们都被审过，也领教了其可怕性，在一片人心惶惶中，他先提审了锦弦，其实是带出牢房，然后用迷药将其迷晕。他易容成锦弦回到牢房，并作出一副也被审出很多秘密的颓废之状，再次摧毁了铃铛的心理防线。

铃铛急了，那样的情况下，她只得求助于锦弦，也就是李代桃僵的他，终于和盘托出他父亲的下落。

为了以防万一，他得确认铃铛所言是否属实，所以，他也没有急着揭穿，而是继续演戏，继续提审铃铛将其稳住，另外一方面派禁卫速速按照铃铛提供的地址去救人，果然，果然救到了他父亲。

"你们真卑鄙！"听蔚景说完，铃铛激动地从地上爬起身，其实，在锦弦被她的发簪所刺，口吐鲜血、倒地不起的那一刻，她就意识过来，可能自己上当了。可是她依旧心存一丝侥幸，如今被蔚景一说，她心中最后的一线希望也破灭。

他们已救出了蔚向天，帝王不在，是因为亲自去宫门口迎接去了。

"呵呵……"铃铛低低笑，身子摇摇晃晃，一副极度崩溃的模样，"你们都是骗子，都是卑鄙无耻的骗子。"

"骗子？"蔚景轻嗤，"在你铃铛面前，还真没哪个敢说自己是骗子。你骗取信任，骗取感情，骗取同情心，这世上，有谁比你更能骗吗？"

铃铛脸色一白，蔚景的声音继续："你甚至不惜赌上自己的性命，不惜杀死与自己并肩作战的姐妹，你也要回宫，你也要帮锦弦做事，凌澜对你怎样，我不知道，我只知道，不管曾经，还是后来，我对你不薄，我没有做一件对不起你的事，我不要你心存感激，至少，你不应该加害于我吧？"

"你以为我想这样吗？"铃铛终于站立不住，摇晃了两下，整个人靠在大牢的玄铁柱上。

"我只不过是想活着，想出人头地，想成为人上人，这也有错吗？你自小就有光鲜的身份、疼爱你的父皇、众星捧月的宫人，你可以大明大白跟锦弦谈情说爱，你可以什么都不做，就吸引凌澜的目光，而我呢，我什么都没有，没有亲人，没有朋友，我费尽心机，心头的男人也不多看我一眼，我就只是被男人抱一抱，就要被人当成威胁我的证据。若有安稳的日子，谁又想过整日提心吊胆的生活？我努力过，我积极表现，我赴汤蹈火、我冒着生死，为他们姐弟两个，我肝脑涂地，可是，依旧换不来那个男人的半分真心。锦弦对我，虽也无真心，可至少，有的时候，还愿意在我面前装装样子、做做戏，而他，连敷衍一下都吝啬不给。"

"所以你就毫无原则，毫无立场，做墙头草，泯灭人性、泯灭良知？"蔚景冷冷地看着她。

铃铛再次咧嘴而笑："什么是立场？什么是原则？难道我舍命付出，得不到一丝回报，那就是原则？难道我死心塌地，对方正眼不瞧，那就是正确的立场？凭什么？凭什么我为他出生入死，他却去为你出生入死？"

第二十四章　不离不弃

"是的，行云山大火前的那夜，将你引去七卿宫，就是我故意的，我根本就没有点什么迷香，只不过是做做样子而已。我就是要让你看到你的父皇，就是要让你知道凌澜刻意隐瞒的一切，看你们还怎么在一起？你说我不惜赌上自己的性命，你错了，那不是赌。谁不怕死？我也怕，我之所以会给自己下'百日劫'的毒，是因为我曾经在鸢颜那里看到过他们家的那本医书，我知道上面有解此毒的方法，另外，为了摆脱自己故意诱你的嫌疑，我也必须有所牺牲。"

铃铛说得理所当然，蔚景却听得轻轻摇头，虽然早已知道一切是她所为，可被她如此以一副胜利者的姿态说出来，她还是觉得深深痛心。

"可是铃铛，就算凌澜他们家的医书上有记载解毒方法，你怎么就那么笃定，他一定救你？若我不回，若我不救，你有没有想过，你可能就那样悄无声息地死去？"

"我从来都未曾笃定过他会救我！虽然我默默地在行云山给你守墓，虽然我主动在你身上撒下夜光粉，虽然我在眼盲耳聋的情况下，连夜赶下山，不知跌摔了多少次就是为了将你还活着的消息送给他，我做了那么多，换来的也不过是不用回山守墓，另外给我安排了一个住处，他依旧没有救我。我如何会笃定他？我笃定的不过是你，既然你活着，既然他如此找寻，你一定有回的那日，你会救我。退一万步说，就算你不回，或者你不救，我有自己的人，我早已跟其交代过，等到最后一刻，再出手救我。"

"铃铛，你太可怕了，"蔚景蹙着秀眉，不可思议地看着她，"跟你生活了十几年，从来不知道你竟是如此一人。"

"我说了，我只是想得心头所爱，过人上人的生活而已！"铃铛嘶吼一声，将蔚景的话打断。

早知凌澜绝非池中之物，他日必成大器，鸢颜也曾经答应过她，帮她得到他的心，所以，她幻想着，有朝一日，大业成，他为皇，她为后。可是那个男人却没有让她看到一丝一毫的希望，那她为何非要在一棵树上吊死？至少，她还可以是锦弦的贤妃，没了蔚景，没了蔚卿，她成为锦弦的皇后，那不也是指日可待的事？

所以，她最终决定帮锦弦，帮锦弦夺回帝位。

"对了，"铃铛忽然想起什么，抬眸朝蔚景看过来，"知道凌澜几时开始喜欢你的，又为何喜欢上你的吗？"蔚景微微一怔，见她挂着血渍的唇边噙着一抹嘲弄的笑意，蔚景没有吭声。

"一切都是因为我！"

蔚景愕然抬眸，铃铛自顾自说了起来："还记得那是你五岁生辰前夕，你我二人随宫里的采买出宫置办你生辰宴上需要的东西，当时为了摆脱几个随行，你让我故意将几人引开，然后在前面包子铺会合，我当时就朝偏僻的地方跑，让他们来追我，我见到一间正在修葺的空房子，躲了进去。后来，凌澜来了，就那么从门口跑进来，我躲在一口大缸的后面，所以他没有看到我，而我却将他看得真切，那是我见过的最好看的男孩，

248

虽衣着朴素简单，却毫不输给宫里的那几个小王爷，只一眼，我便深深地记住了他。"

"我不知道他是谁，要做什么，所以也不敢出来，他直接走到大缸面前，揭开盖子跳了进去，然后又将盖子掩上，我正疑惑呢，以为他跟谁在捉迷藏，直到看到有几个男人骂骂咧咧地在窗户外面，似是在找人。我明白了，他们是在找这个男孩，他们手里都拿着刀剑，当时也不知自己怎么想的，就出了屋子，然后那几个人问我有没有看到一个小男孩，比画着身高，我说，有啊，刚刚看到呢，朝那边跑了，我伸手一指，胡乱指了一个方向。那几个男人便朝我指的方向追了过去。想着还要跟你在包子铺会合，我不敢太耽搁，就在窗外对着屋里的人说：他们已经走了，你出来吧。说完我就走，身后传来男孩的声音，谢谢你，你叫什么名字？想了一会儿，我头也不敢回，就说，我叫……蔚景，是当今九公主。那么好看的人，那么好听的声音，我怎么也没有勇气告诉他，我叫铃铛，我是一个奴婢、一个下人。"

"后来，在你的生辰宴上，我再次见到了他，才知道他叫凌澜，是司乐坊的小学徒。我也发现，他一直在看你。所以，是我，是我促成了你们两人的这一切，你应该感激我。"

铃铛说得笃定，眼角眉梢都是得意之色。蔚景眼帘微颤，忽然想起凌澜曾经问过她的问题，他说，蔚景，小时候的事你一点都不记得了吗？是指这件事吗？心头一涩，她却还是弯唇，笑靥如花一般绽开："为何要感激你？感激你盗用我的名号吗？你觉得凌澜那样冷情的男人，会因为小时候连脸都没有见到的一个相遇，就喜欢上一个人吗？如果你笃定那一次相遇对凌澜来说，如此重要，这些年，你为何不跟凌澜讲，当初那人是你？"

铃铛脸色一白，仿佛被人戳到了痛处。是的，她不笃定，一点也不笃定，而且，她还很清楚，后来，就算她跟他说出真相，他也定然不会对她另眼相待，还会以为她有所图，她不想被他看轻。

蔚景睨了她一眼，转身，缓步朝牢房门口走，清冷的声音流泻："他喜欢的人是我，跟我的身份无关，跟你的初遇也无关。"

凌澜一回宫，就听说了锦弦被铃铛杀死一事，将蔚向天安排在建坤宫安顿好，他就直奔天牢而去，在天牢的门口遇到了正从天牢里出来拾阶而上的蔚景，见她脸色微微有些苍白，他眉心一凝，迎了上去："蔚景。"

蔚景似是沉浸在自己的心事中，闻见其声，才抬起头，见到是他，微微一笑："接到你父亲了吗？"凌澜伸手裹了她的手背，却被入手的冰冷弄得一阵心惊。

"怎么那么凉？"他皱眉看着她，没有回答她的问题。蔚景又弯了弯唇："大冬天的手凉不是很正常？"

"是因为锦弦吗？"凌澜忽然开口。

蔚景一怔，一时不知该如何回应，其实，她自己也不知道是因为什么，只知道此

第二十四章 不离不弃

刻她的心里很乱。见她没有吭声，凌澜也没有逼她，只伸手将她往自己怀里一拉，展臂拥住："我知道你会难受，我理解的。"

那一刻，蔚景想哭，却终究忍住。缓缓伸手，她同样将他抱住，无声地靠在他的怀里，贪婪地呼吸着属于他独有的气息。

天牢里的禁卫和狱卒，远处的太监和宫女，都看着紧紧相拥的帝后二人，谁也不敢近前，谁也不忍心打扰到这最和谐的一幕。许久，蔚景在他的怀里缓缓抬起头，再次问了他刚刚没有回答的问题："你父亲接到了吗？"

凌澜怔了怔，抬手刮了一下她的鼻尖："什么叫你父亲？也是你的父亲好不好？"见蔚景面色微微一滞，凌澜忽觉不妥，连忙笑道："接到了。"

"那就好！"蔚景弯了弯唇。

"天儿那么冷，手炉也不知道带。"将她冰冷的小手裹在掌心轻轻搓了搓，凌澜语带责怪，"你先回龙吟宫，我去天牢看看，一会儿就回。"

"嗯。"蔚景点头，缓缓将手自他的手心抽出，拾阶而上。凌澜站在原地，看着她的背影好一会儿，才转身拾阶而下。蔚景披风轻曳，凌澜衣袍飘扬，两人就这样朝相反的方向而去。

铃铛被禁卫带出宫的时候，还一头雾水，直到带到一处别院，她才发现，那是她曾经住过的地方，于是，她就更加莫名了。这个住处是当初凌澜安排给她的，如今又为何将她带到此处？难道凌澜要放了她？让她继续在这里生活？难道蔚景将他们小时候初遇的事告诉给他了，所以他才如此做？

就在她正心跳不已地做着种种猜测的时候，凌澜出现了。院子里的禁卫都行礼，站在院中的她便也跪了下去，凌澜没有近前，只远远地站着，示意禁卫们平身，却没有让她起来，然后，就跟其中一个禁卫说："动手吧！"

动手？铃铛心头一撞，这个词。还未反应过来怎么回事，那个禁卫就已经走至跟前，她疑惑又带着惶恐地看着禁卫，禁卫忽然朝她猛一扬手，有什么东西自他的手心而出，劈脸砸了过来，一股异香扑鼻。

是香粉，哦不，不是，这香味她并不陌生，因为她曾经也用过，是软筋散。她被自己的这个认知吓了一跳，慌惧抬眸，看向凌澜，他对她下软筋散做什么？

随着浓郁的香气侵入鼻端，她很快就觉得四肢无力起来，甚至跪都跪不住，强自坚持了一会儿，她终是再也支撑不住，一屁股跌坐在地上。

"知道朕要做什么吗？"男人举步朝她走来，白袍轻荡，声音如同此时的天气，冷得瘆人，男人一直走到她的面前，站定，居高临下地睥睨着她，"就是在这间院子里，湘潭被人下了软筋散，然后丢于枯井中活活闷死。"男人的声音不徐不疾落下，铃铛浑身一震，愕然抬眸看向男人。

"你不是喜欢跟湘潭比吗？朕今日便让你也尝尝湘潭当日的滋味。"话落，便示意边上的禁卫，禁卫们七手八脚上前，作势就要抬起铃铛。铃铛脸色大变，早已慌乱得失了分寸："皇上饶命，铃铛知道错了，请皇上饶过铃铛，铃铛再也不敢了……"

　　凌澜轻笑："知道错了？你倒是说说看，你错在了哪里？"凤眸似笑非笑地盯着她的脸，凌澜扬手，几个禁卫就暂时放开了她。铃铛喘息着，小脸早已白得如同一张宣纸，"铃铛不该杀了湘潭，不该对皇上痴心妄想，不该轻易动情，不该因爱生恨，不该自不量力！"一口气说了几个不该，铃铛伏地磕头。

　　凌澜再次低低笑，对这样的时候，还藏着这样心机的她嗤之以鼻，听听那几个不该，除了第一个杀了湘潭，那也是此时提到了不得已说的，其余的几个不该，还真是……

　　"铃铛，你知道你最不该的是什么吗？"

　　铃铛缓缓抬起头，怔怔看向他。

　　"你永远都没有摆正自己的位子！"凌澜唇角笑意一敛，沉声而语，"作为蔚景的婢女，蔚景对你不薄，作为我们的人，我们也不会亏待你，可是你心比天高、吃着碗里的瞧着锅里的，你凭什么跟蔚景比，你拿什么跟她比？你连跟湘潭比的资格都没有！今日朕用你对付湘潭的方式赐死你，就是想要告诉你，朕珍惜每一个人真心为朕的人，也会对每一个真心为朕的人好，谁欺负他们，朕就不放过谁，谁杀了他们，朕也必定为他们报仇。"凌澜说完，再次对禁卫们扬手，"行刑吧！"

　　冰冷的三字落下，男人决绝转身，举步往外走去，头也未回。

　　不知是软筋散药力发挥到了极致，还是被男人的那一席话震得回不过神，绝望地看着那抹无情离开的背影，铃铛艰难地张了张嘴，却终究没有发出一个音。禁卫们上前，将她从地上拖拽而起，在被抛入无底黑暗之前，她看到头顶白云轻轻、冬阳似火……

　　凌澜回到龙吟宫的时候，内殿炭炉里的炭火烧得正旺，殿里温暖如春，却不见蔚景的人，他问张如，张如说不久前看到还在的，还跟他说，末末跟暖暖怎么还没回来，似是很焦急，让他去宫门口看看，所以他就去了，回来便不见了人，凌澜眉心一跳，忽然有种很不好的预感。

　　将龙吟宫内殿外殿正殿偏殿都找了一遍，不见人影，他又急匆匆赶到九景宫，宫人们说，根本没有来过。心里面的那份恐惧越来越紧地将他裹死，他只觉得呼吸都呼吸不过来。他又去了她平素会去的几个地方，依旧不见人，他还去了天牢，也没有。他遣了大量的禁卫和宫人开始全宫去找，甚至连他曾经用过的密室暗道都不放过，将皇宫翻了个底朝天，依旧不见她的踪影。

　　他才不得不承认，她走了。

　　难怪昨夜那样反常，那样抵死纠缠着他，那样尽情地燃烧自己，原来，真的没有明天。帮他找到他的父亲，是她留下来要做的最后一件事，是吗？得知他父亲平安得救，所以，

第二十四章　不离不弃

251

她就悄然离开了，是吗？难怪在天牢的青石阶上，她那样旁若无人地抱他，难怪她埋首在他的胸前久久不愿将头抬起，原来，是要跟他永别。

蔚景，你怎么那么狠心？你怎么就真的迈得动脚？

我知道你在意的是什么，我也知道你心里过不去的是什么。可是，你还有我，你还有末末，你还有暖暖，你怎么能就这样不负责任地一走了之？说到底，蔚景，你还是不信我。

皇后失踪的消息很快就传得天下皆知，很长的一段时间里，百姓们茶余饭后，茶楼里的说书先生，就连园子里的戏文里，全都是这个话题。

自从皇后失踪，中渊皇帝就踏上了漫漫寻妻路，传说，在一年多的时间里，几乎踏遍了万里河山，只差上天入地。

要不，就是关于啸影山庄的。啸影山庄也没有闲着，同样动用了大量的人力物力，帮中渊皇帝寻人。这一壮举甚至被记入了史册。传说，这是有史以来，朝廷跟啸影山庄关系最好的时期。

甚至还有关于云漠国的。听说，云漠太子听闻此事，亦是伸出援手，在云漠国内帮中渊皇帝找人。

但，谁都没有找到人。

江湖上甚至有传闻，皇后可能已死，不然，一个大活人，这样被层层密密搜索，不可能没有一丝消息。

不知是不是帝王也相信了江湖上的传闻，终于放弃了找寻，啸影山庄也尽数将人撤回，云漠也不再在国内寻人。这件事好像被翻过了一页，慢慢地，四方的声音少了，最后，终于不再有人提及。

帝王似乎也将这件事忘了，励精图治，勤政治国。只不过，连原本就只有四人的后宫也被遣散得干净，四人均被证依旧是清白之身，且被帝王亲封为郡主，风光返家、光耀门楣。

在这期间，还发生了两件事。

一件就是，啸影山庄庄主影君傲替自己原本的义弟影无尘求情，免了死罪，影庄主散去了影无尘一身武功，并让他服下了一种药物，将前事忘得一干二净，单纯得就像是一张白纸，影庄主将其带回了山庄，跟他说，重新做一个真正的无尘吧。

另外一件就是，倒台皇帝蔚向天，哦，不，是严仲，严仲在影无尘被影君傲救出带走的第二日，以身上衣袍的衣带悬梁自缢于天牢之中，并留下了一封写于衣袍布料上的血书。血书上的内容是什么，没人知晓，除了当今天子。传说，当时天子拿在手中，有狱卒远远地看到，好像是画的图像，又好像也有文字。

一踏进灼华岛，芬芳的桃花香扑面而来，凌澜顿时就觉得心旷神怡。

这是他第三次走进这个岛。第一次是，鸳颜还在昏迷，需要新鲜的桃花瓣和春蝉做药，隐卫们找到了这个四季如春的岛，他亲自前来取了深秋绽放的桃花瓣和春蝉。第二次是，蔚景离开后，他四处找她，也找到了这里。这是第三次。

之所以再次来到这里，是因为蔚景练习的拈花笑的三年之期到了，她必须生活在这样四季如春的地方。

自那日她不辞而别，他遍寻天下都没能找到她，他便不再找了。或许世人都以为他放弃了，其实，他是改变了策略。既然，如此密集的搜寻方式都没能找到她，只能说明一点，她就是刻意在躲，她要是刻意躲，他又如何能找得到？所以，他假意放弃，也让影君傲放弃，桑成风放弃，他要让蔚景觉得，他不再找了，她便也不用再躲了。

三年之期到，他也大大缩小了寻找的范围，曾经他派隐卫早已四处找了四季如春的地方。

希望，能有奇迹发生。

穿过丛林，穿过小溪，他一步一步朝岛的深处走。

当一个小木屋映入眼底，他已经心跳快得不能自抑。他记得很清楚，前两次来，岛中并无人烟，一看木屋就知是新建，显然，有人住。会是她吗？他一边心跳加速地祈祷，一边又告诉自己不能抱太多希望，因为这些日子以来，他失望了太多次。

走到木屋的门前，他抬手轻叩门扉，没有回应。他试着轻轻一推，没有上锁的门就开了，屋里没有人，但是，只看了一眼屋内，他就已经震惊得忘了呼吸。很简陋，可，很熟悉，跟他宫望山上的那间小屋布置得一模一样。

是她，是蔚景！任何言语都无法形容他那一刻的心情，那欣喜若狂到几乎要眩晕的心情，扭头，他刚准备找出去，就蓦地发现一个人影快步跑开。

呼吸一滞，"蔚景……"他唤她，疾步追了上去，外面阳光正好，桃花成林，却是没有看到有人的影踪。

不可能，不可能是他看花了眼睛，她也不可能跑得那么快，她肯定就躲在附近。一阵微风拂过，桃花林动枝摇，粉红色的桃花瓣纷纷扬扬，落红满天。

"蔚景，我知道是你，我知道你在。"

"我知道你在意的是什么，我也知道你心里过不去的是什么，可是逃避并不能解决问题。难道你要在这个岛上过一辈子吗？难道你一辈子都不想见末末和暖暖吗？"

"曾经是你告诉我人生没有什么是过不去的，只要勇敢面对，就一定能风和日丽，为何轮到你自己，你却做不到？"

"还记得我曾经问你记得小时候的事吗？那时，我刚进宫，刚入司乐坊做学徒，因为没有殷实的背景，所以老被他们欺负，一次遭人陷害，师父罚我在御花园跪三个时辰，那时我九岁，当时的我真的觉得人生是那样灰暗，万念俱灰，记忆中，童年就是一

第二十四章　不离不弃

个噩梦,我只知道我要复仇,我活着就是为了复仇,学习琴棋书画是为了复仇,练习武功是为了复仇,入宫当司乐坊学徒也是为了复仇,可,我连脚跟都站不稳,今日不是被这个学徒欺负,明日就是被那个学徒穿小鞋,这样的我,怎么能复仇?

"当时,我跪在御花园里,看着满园花开,心中又气又恨,又难过又绝望,我拿出小刀,在一棵梨树上发泄着,我在上面刻了一朵蔫耷耷凋零的花儿,一朵死花就如同自己彼时的心情。

"后来第二日又是因为什么事被罚去御花园跪石子,我惊奇地发现,那棵梨树上我刻的花儿竟然不知被谁用丹青上了颜色,变成了一朵红艳艳的花儿,虽然依旧耷拉着脑袋,却因为有了色彩,似乎也变得有了生机,不仅如此,那个人还在花上画了一个太阳,阳光普照在那朵花上。

"我跪在那里,我就想,那个人的用意是什么,是想说,只要有希望,枯花也能重开吗?可是,人生光有希望又有什么用?现实如此残酷。于是,我又拿出刀子,在上面刻上乌云,密布的乌云将那人画的太阳也遮住。

"因为很好奇那人会是谁,翌日一早我就躲在御花园里,然后就看到老夫子带着一群公主王爷在御花园里学习画画,而我也终于知道了,那丹青,那太阳出自于何人之手,就是你,蔚景。那时,你才四岁的样子,就跟现在末末暖暖差不多大,你根本无心学画画,其余的王爷公主们都在宣纸架上认真作画,你却偷偷溜到那棵梨树的后面,嘟着嘴看我画的乌云,然后,我就看到你跑去取了画笔,又回来在梨树上涂涂画画。等夫子带着你们离开后,我跑去一看,发现你画的是风,吹走所有乌云的风。

"那一刻,我忽然觉得那风不仅吹走了我刻的乌云,似乎也真切地从我心头吹过,扫去了里面积郁的阴霾。我又拿出小刀在上面刻下了纷飞大雪,心想着,看你明日还能画出什么来?

"第二天,当我来到御花园看到梨树上你画的东西时,我彻底哭笑不得了,你画了一把伞,遮在花儿的上面,甚至还画了一些音符,透伞而出。我在那棵树前站了很久,先是哭笑不得,后是看着看着笑了,真的,亏你想得出,也是那一刻,我觉得人生是充满希望的,任何苦痛都会过去,任何问题都有解决的办法,只要我们不逃避,只要我们有心,甚至可以听到花开的声音。"

"那哪里是花开的声音,你什么眼神啊?我画的是香气,是表示花香四溢,你怎么就能看成是音符了?"女子从小屋后走出,凌澜呼吸一滞。

时间仿佛在这一刻停止,天地万物都黯然失了颜色,包括身边一片绯红的桃林,眼眸里只映入一人,那人黑发长衣、眉目如画,几分娇嗔,几分愤慨地看着他。

"蔚景……"他忽然举步走过去,一步比一步快,衣发翻飞,疾步上前,张开双臂将她抱了满怀。

"难怪你成天花开的声音,花开的声音,我一点印象都没有,而且那个时候,我也不知道是你。"蔚景还沉浸在方才的那件事中没有走出来，小嘴嘟嘟囔囔。

"蔚景，不要再逃避了好不好，你看，那时你才那么小，却像是一道光一样，照亮了我黑暗的人生，你现在都是两个孩子的娘了，你难道越活越回去不成？"

蔚景沉默，没有吭声。

"对了，给你看样东西。"将她放开，凌澜自袖中掏出一张宣纸，抖开。映入眼帘的是一张画，画上亦是桃花盛开，桃花林中，一人花掩身姿，似是在做着什么手势。

"什么？"蔚景抬眸，疑惑地看向他，"你不会又想玩小时候那个游戏吧？"

"当然不是！这是《拈花笑》的最后一式。"

蔚景一震，"什么意思？"

"意思就是我娘的那本秘籍被你爹撕掉了最后一页，若最后一式不练，就会如你们这样，可只要练了最后一式，就不会有什么问题了。"

"真的吗？"蔚景有些难以置信。

"当然！"凌澜伸手一拉，将她裹进怀里。这就是严仲在天牢自缢时留下的血书，只不过，他让人重新临摹了一张。

"蔚景，曾经我们分开了两年，这次我们又分开了两年，人生没有太多的两年，答应我，以后再也不要离开我，我们一家人好好地在一起，不管发生什么，我们都一起面对，不离不弃，好不好？"

蔚景没有回答，只伸出手，紧紧将男人抱住。

（全文完）

第二十四章　不离不弃